近現代作家集 II

Modern & Contemporary Writers II

池澤夏樹＝個人編集

日本文学全集 27

河出書房新社

目次

近現代作家集 II

はじめに

池澤夏樹

この巻には昭和十年代から四十年代にかけて書かれた作品を収める。

これに先立つ『近現代作家集　Ｉ』と同じ方針でこの巻でも並べる順序に一工夫した。作者の生年や作品の発表の順ではなく、その作品が扱っている時代の順にしたのだ。

武田泰淳《たいじゅん》が初めに来るのは『汝《なんじ》の母を！』が彼が従軍した昭和十三年あたりの話だからである。発表は戦後になってからだが、時代は支那《しな》事変の頃。

それから大東亜戦争＝太平洋戦争が始まって、敗退が続き、本土空襲があり、ようやく敗戦を迎えて、戦後と呼ばれる時代が来た。この間を書いた作品が多いのは、それだけ日本人にとってこれが意味深い時期だったからだろう。その最後が井上ひさしの『父と暮せば』で、それ以降はほぼ発表の順である。平和な時代は緩やかに推移するからランドマークがない。

武田泰淳　汝《なんじ》の母を！

戦場の情景と言うにはあまりに悲惨な話だが、悲惨がそのまま日常なのが戦争なのだろう。セックスは生理的である以上に政治的な、支配と被支配の関係になり得る。強姦《ごうかん》は暴力による優位の表明だ。

発表は一九五六年、終戦になるまでは書けない話だったし、こういう報告は他にあまり例がない。(柳美里《ゆうみり》の『8月の果て』の「楽園にて」の章が「従軍慰安婦」の実態を描いて見事だったが。)

近代の日本語には悪口雑言が少ない。敵対する相手とその母親を性的に侮蔑する、つまり英語のmotherfuckerに当たる言葉がない。しかし過去には「母開《ぼかい》」つまり「母親の性器」という表現や「母婚《おやま》け」すなわち「母と姦する者」という言いかたがあった。そこまで言ったら「闘殺の基《もとい》」、すなわち殺し合いになるから禁じるという法もあった。

その後、中世から戦国の世を経て徳川の平和な治世に至り、この国の人々はこういう雑言と縁を切ったらしい。それが大陸の戦争と共に戻ってきた。

最後の部分、母と子の(想像裡《そうぞうり》の)対話がこの作家の真面目である。

汝の母を!

クズ屋であり、精神修行の初心者である私が、コンクリート建築の裏側、人通りのない細路、空地の樹陰で最近、熱中している研究テーマは「汝《なんじ》の母を!」である。上海《シャンハイ》語では、ツオ・リ・マアである。どんな漢字か私は知らない。マアだけはわかる。ママ、万国語共通の母親の意味であろう。魯迅《ろじん》先生には「他媽的《タアマアデ》!　について」という一篇のエッセーがある。岩波版の最新刊の「魯迅選集」を、二十日とたたないのに、もう私に払いさげてくれた「読書人」がいる。学問ずきのクズ屋にとって、東京ほど便利な文化都市はない。

「他媽的!」という、ものすごい罵倒の名文句は、このまま訳すと「お前さんの母親を!」とか「てめえの御ふくろを!」となるらしい。

魯迅先生の言《げん》によれば、他媽的《タアマアデ》!　は、中国特有の「国罵」とも称すべき、(卑劣ではあるが)

偉大なる発明らしい。汝の母を性的に犯してやるぞ！　あまり他国に例を見ないが、ロシア文学（帝政時代の）を読みあさったあげく、先生は一箇所《いっかしょ》だけ、その実例を発見したそうだ。ドイツ語訳でよむと、その珍奇なロシア語は「おれはお前のおふくろを使ってやったぞ」となっているそうだ。日本語訳では「お前のおふくろはおれのメス犬だ」となっているそうだ。「使ってやったぞ」も「メス犬だ」も、誤訳ではなかろうが、何ともまわりくどくて、面と向って血を吐きかけるような苛烈さが失われている。他媽的！　はたった三字で、広大無辺な、呪いと怒りを表現し得ているではないか。

罵りの効果が発揮されるのは、相手を感覚的に不愉快にさせる点にある。どんな鈍い奴でも「たまらねえ！」と叫び出したくなるまで、不愉快にしてやらなくちゃならない。眼も口も、耳の孔《あな》も鼻の孔も、孔という孔を濡《ぬ》れぞうきんで蓋をされたように、厭《いや》で厭でたまらなくさせるのが目的である。

何回となく異民族に占領され、支配されつづけてきた漢人には、悪口を投げつけるべき相手が無数にあったにちがいない。しかもそれらの相手、つまり敵なるものは、占領し支配する強者であるからして、あたりまえの悪口では、蚊にさされたほどにも感じない。苦心に苦心を重ね、悪口のどろんこの中から、もっとも悪臭をはなち、もっとも悪味と毒気のこもった奴を選《え》りすぐって、結晶させたものである。（悪口は結局のところ、口さきだけの不徹底な行為であって、この戦術だけにたよろうとする被支配者は、支配者に鼻であしらわれる結果になるにせよ、苦しまぎれの当人にとっては、何もしないより、多少とも胸のすく企てであったのだろうと想像される。）

私自身は、聴くのも言うのも、悪口はきらいである。悪口を吐くのが下手であるためかもしれない。ただし、どんな悪口を言われても平気というわけではない。むしろ敏感すぎるぐらい、悪口に感じ入る方であるから、嫌いというより、むしろ怖れるのである。憎しみをこめて「汝の母を！」と、まっ正面から怒鳴られたら、一週間ぐらい、そのため自分の顔がゆがんで、もとへもどらないような気分におち入るだろう。

不思議なことに、中国大陸の戦地生活、まる二年のあいだ、ずいぶん方々うろつき歩いたのに、面と向って「タア・マア・デ」や「ツオ・リ・マア」を浴びせかけられた記憶がない。銃を手にした人相のわるい日本兵に、武器なしの中国民衆、（ことに老婆や女子供）が、この国罵を投げつけるのは、危険きわまりない冒険だ。したがって彼らはおそらく、我々日本兵士に聴こえない場所で、ひっきりなしにこの罵言を撒《ま》きちらしていたにちがいない。そして侵略者の血統、敵の生存の根源を性的に汚してやりたいほど、はげしい憤怒《ふんぬ》の念を唾といっしょに、地面や壁に吐きつけたことだろう。

戦地の七月、麦畑のつらなる田舎町で、一つの奇妙な想《おも》い出《で》がある。駅に近い井戸まで、飲料水を汲みに行くのに、白く乾きはてた長い一本路が、熱気でゆらめいていた記憶がある。藁《わら》ぶきの天井からは、紫色のサソリが落ちてくる。水牛や馬の屍臭《ししゅう》が、どこにでもみちているから、風下では食事もとれない。数里四方には、青い野菜が一葉も残っていなかった。住民も家畜も、生物はすべて消え失せて、あるのは暑熱と埃《ほこり》、それに兵士たちのだらけた殺気ばかりだった。

泥壁の二階屋が街道の両側に、ひっそりと並ぶだけの、その無人の町に、三回ほど火災が起きた。そ町はずれにマッチ工場があった。そのため、兵士たちはマッチだけは、不自由しないですんだ。それも原因の一つだったかもしれぬ。しかし、火薬倉庫と、軍用橋の付近、二つとも重要な地点から、夜間と白昼、つづいて火を発してから、密偵の放火だという予想が生まれた。

兵士たちは、誰が火つけしようと、どうせ自分たちの損害にならないから、気にとめない。ただ厄介なのは消火作業に、かり出されることだ。発火現場の周囲の民家を、たたきこわして延焼をふせぐのである。これが闇夜、流れてくる煙や焔《ほのお》の下では、一軒ひき倒すのも、なかなかめんどうだった。手順よくやらぬと、屋根からころげおち、柱や壁の下敷になる。ぶ器用な私などは、指の爪のあいだに、一寸五分ほどのトゲを刺し、頬や首の皮をすりむいた。

だいたいが、敵襲などありそうにない、のっぺりと平たい地帯だった。歩兵のかわりに、我ら輜《し》重兵《ちょうへい》が守備している。輜重兵も、未教育の補充兵だから、臨時やといの用心棒ほどの実力もない。火災のおかげで、歩哨《ほしょう》任務が倍加したから、みんな不平たらたらである。三八式の安全装置も掛けわすれて、仲間どうし暴発にヒヤヒヤする、このような歩哨に、逮捕される密偵など、あるはずがない。

ところが、まっぴるま男女二人が、つかまった。四十代の婦人と、二十代の青年。二人とも明らかに農民で、色あせた藍衣《らんい》を身につけている。強がった兵士が乱暴に押し倒したらしく、綿衣も頭髪も、鼻のあたまも、キナコをまぶしたように、土埃《つちぼこり》で白くまみれている。「自分たちは百姓《ひゃくしょう》で、村人がマッチ不足で困っているから、マッチを拾いに来た」と申しのべる。隊長も下士官も、まず「百姓だ」という申立を信用できなかった。顔つきが、二人とも上品すぎたのである。百姓だって、上品な容貌の男女はいくらでもいる。ことに、中部や南部の農民には、とても農民とはおもえない(これが、そもそもまちがいのもとなのだが)清楚《せいそ》な眼鼻だちの男女が多い。潜入して来た、大胆なやり口が、ただものでない。これが、隊長の第二の判断だった。だが、もともと自分たちの品物である洋火《マッチ》を、自分たちの故郷に取りにもどるのは、それほど非常手段や、冒険とは思わなかったのかもしれない。隊長に言わせれば、マッチが便衣《べんい》隊の武器に見えるし、彼らにとっては、日常の必需品にすぎなかったかもしれない。

「どんな殺し方をするだろうか」と、兵士は隊長の英断を待っている。殺さないでおくという、もう一つの予感など、誰ひとりうかべる者はいない。ともかく太陽光線がむやみにギラギラして、あたりは埃くさく、また汗くさい。空気はおそろしく乾燥して、どこの家の屋根や炊事場から、いつ火を噴き出しても、もっともと思われるほどの暑さだった。

赤ん坊を生んで、まだ三日とたっていない母親を強姦した、後備の上等兵も、ニヤニヤして見物している。若い現役兵や補充兵にくらべ、中年の予後備兵の悪人ぶりは、まことに見事なものなのだ。若い兵士、とくに独身のインテリとなると、いくら好色でも限度がある。「性」を神聖とまで思わないにしろ、どこかに潔癖がのこっている。ところが後備で成績のわるい、士官、下士官となったら、強がり出したら何をしでかすかわからない。腕力や度胸のすぐれた、若い兵士を統御するために、必要以上にわるぶるのが常識だった。

隊長は、内地の農村で役場の書記をしていた、すこぶる気の小さい男だった。兵站《へいたん》本部や、前線部隊に呼びつけられては、いつもこっぴどく叱りつけられる。とても、うまい殺し方など案出するだけ、気転のきく人物ではなかった。

「オ、お前たちは一体、ナ、なにものか!」と隊長はどもりながら叫んだ。あんまり興奮しすぎて、声は咽喉《のど》もとでつかえ、口ばかりタコのように突き出していた。

「これは私の母親であり、私は彼女の息子である」と、若者は指を使って説明した。垢《あか》ぬけした母親は蒼白《そうはく》になって、下うつむいている。彼女は、息子の答弁を聴いただけで、恐しげに、かつ恥ずかしげに肩をひくつかせた。その捕われの母は、日本兵の眼に、申し分なく（と言うより、むしろあまりにも）女らしく見えたのだった。

「誰かが、彼女を強姦するのだろうか」と、私は思った。「するかな。したがってる奴がいるな。しかし、息子がいるのに、まさかやれないだろう。それに、したがってる奴が多すぎるから、かえってやりにくいかな。ともかく、やらないにしても、ただ鉄砲射って殺すなんて、そんな簡単にはすむまいな。全く、めったにないチャンスなんだから」

多くの若い兵士は、私と同様、みんな自分自身が血なまぐさい死刑執行人であったり、ありがったりするとは思いつめていないし、ただ見物人、立会人としてその場にのぞんでいたのだ。

二人の異国人が、母と子であると知ったとき、例の強姦好きの上等兵は、気味のわるい、よほど悪に熟達した悪魔でも、うっかりすると忘れているような笑いで、健康そのものの赤い頬の肉をゆるめたのだった。

「ダメだよな、隊長の奴、キンタマがちぢかんじまってるじゃないの」と、彼は私にささやきかけた。（彼はどう言うものか、私が好きだったのだ）「厭じゃありませんの。オダオダしちまって。あんた、俺とても面白い考えがあんだけど、相談にのってくんない」

私が毛虫でも払いおとすように首を振ると「そうか、あんたもダメね。インテリだから」と、軽蔑したように言った。彼は隊長の所へ、すばらしくしっかりした足どりで、隊一ばんの長身をはこんで行った。そして、しかめ面の隊長の耳に、愉快でたまらないようにささやきかけた。隊長は、放心してバカみたいになった、くそまじめな顔つきでうなずいた。

「ダ、誰か。その二人にサイコサイコさせろ。面白いんだぞ。誰か早く、ソ、その二人にサイコさせろ。とても面白いんだぞ」と、彼は、面白いどころでない悲痛な声で命令した。

「よし、おらがサイコやらしてやるべえ」と、隊でもっとも無能な、炭焼出身の兵がすすみ出た。

「よし、おらも」と、隊員の品物を平気でぬすむ、人夫出身の兵もすすみ出た。そして、まだ他の五、六人が母子をとりかこんだ。銃剣を突きつけて、褲子《ズボン》をぬげと二人をおびやかした。後の光景を、私は目撃しなかった。全然見なかったわけではないが、ほとんど見なかった。耳には仲間の騒ぎ声が聴こえているから、事態の進行は厭でもわかってくる。「命令にしたがえば、許してくれるのか。釈放してくれるのか」と、若者はたずねたらしい。隊長が「やったら、許してやる。許してやるから、やれと言ってやれ」と、ヒステリックに叫んでいる。

ぐるりと人垣をつくった兵士たちは、蛙《かえる》をふみつぶしたり、猫の子を溝へ投げ入れたりする、子供のいたずら気分で、我慢してムリにやる面白味を楽しんでいたにちがいない。どんな乱暴な部隊でも、真に悪魔的な男など、三、四人いるかいないかである。

「ダメだな。男の方は。冷汗たらして、ふるえてやがる。これじゃ、いつまでたっても、ラチがあかない」と、上等兵の声がきこえた。「女の方はあきらめがいいな。寝ころがってるよ」「うまくいくもんじゃねえ。なあ、おふくろだぜ。ほんとにひどいよう。やれって言う方がムリだべよ」自作農出身の二等兵は、困り切ったようにつぶやいた。

太陽はあいかわらず、照りつけているが、あたりがうす暗くなるようで、かなり長い時間がゆっくり経過したように思われた。実演させられる母子二人を襲っている、恐怖と屈辱の念が、兵士たちにものりうつってきた。カーキ色の人垣は、妙にしずまりかえっている。「ツオ・リ・マア！」

と、うんざりした上等兵がののしった。「だらしねえな。俺がかわりにやってやろうか」その無知な肉屋さんが「ツオ・リ・マア」の真の意味を知っているはずはなかった。一番ひどい悪口だとは、知っていたのだろう。彼はただ「バカヤロウ」を、支那語でしゃべったつもりなのだ。

ある程度、兵士たちが満足する結果に終ったらしかった。やがて、その親子は、放火犯人として焼きころされた。

あれからもう十五年、兵士からクズ屋に転身した私は「汝の母を！」の研究者になるまで、この事件をことこまかに想起したことがない。わずかに今日に到《いた》って、あの二人の犠牲者の、あのような状態に於《おい》ての心理を、推量してみるのみだ。彼ら二人は、なぜ日本兵に向って「ツオ・リ・マア」と、憎悪ののしりを吐きかけなかったのか。彼らが勇敢な遊撃隊のメンバーではなくて、平凡な農民だったからだろうか。かりに彼らが遊撃隊員だったとする。いずれにせよ、母は息子の命を、息子は母の命をたすけたかったにちがいない。何より、あの瞬間、二人はたがいに、そう想いあっていたであろう。任務を遂行するためには、あらゆる障害を突破して生きぬかねばならない。そう判断して、敢《あえ》てあの行為をやったのであろうか。だが、彼らがもし遊撃隊員だったとすれば、逮捕した者をすぐ殺害する、日本兵のやり口を知悉《ちしつ》していたはずだ。もしそうだとしたら、なぜ、決定した死を前にひかえて、あのやりにくい行為をやる必要があったろうか。して見ると、彼らはたんに、途方にくれた哀れな農民だったのかもしれぬ。それにしても彼ら二人は、あの上等兵の口から吐き出された「ツオ・リ・マア！」を、明らかに聴いたはずだ。あのとき、二人して聴いたはずだ。それを聴いた瞬間の二人の胸中を推察すると、冷たいものと熱いものが、私の背すじにもぐりこみ、走りぬける。彼ら母子にこそ、日本兵の祖先代々の母たちを、汚してやる権利があったのではないか。それだのに二人は、その日本兵の一人に「汝の母を！」と罵られ、かつ自分たちが文字どおり、それを敵の眼前で実行せねばならなかったのだ。どうしてこんな、皮肉な逆転が起ったのだろうか。焼けつく烈日の下で、下半身を裸にして、埃にまみれながら、二人の内心にとり交わされた、誰にも（彼ら二人自身にさえ）聴きとれない会話は、果して、「天のテープレコーダー」「神のレーダー」に、どのように記録されたのだろうか。

その母「わが肉の肉、骨の骨なるわが息子よ。今、私たちは、おそろしい闇の中へ、身を沈めようとしている。すべての人の道、人の教え、人の救いが顔をそむけずにいられない、永久に浄《きよ》められることのない闇の底へ、ころげこもうとしている」

その子「なぜお前たちは死をえらばなかったのか、と人々は、敵も味方も、私たちに問いかけるだろう。その問いとさげすみに、私たちは答えることができない。もしも私たちが、あなたは私を殺させないために、私はあなたを殺させないために、この身ぶるいするほどなまぐさい闇の方を選んだのだ、と答えたならば、人々は眼を怒らせ、耳をおおい、地だんだをふみ、声をそろえて叫び出すだろう。『お前たちは、お互いに、生かしあったのではないぞ。お互いに殺しあったのだぞ。もっとも醜いやり方で、互いに殺しあったのだぞ。銃や槍《やり》や短刀で何百回となく殺しあうより、もっとひどく、互いの肉と心を振りかざして殺しあったのだぞ』と。人々のこの叫びに、はむかうことのできる者など、いるはずはない。あなたの夫、私の父も、人々と共に、そう叫ぶだろう」

母「ああ、お前の父、私の夫、私たちにとって忘れることのできぬ一人の男の名を想い出させて下さるな」

子「ああ、しかし、今の今ほど、あの男が私の身ぢかにいたことはない。今ほど、父の肉が私を押しつつんだことはない。わが子よ、お前に母があるかぎり、お前には父があるのだぞと『彼』が、私の肉の中で、無数の虫となって叫んでいる」
母「ああ、すべてが敵の悪、戦争の悪のせいだと言い切れるのだったら、どんなにいいことだろう」
子「母よ。私は、私たちをとりかこみ、私たちを見おろしている、これらの敵たちを憎む。彼らを生かしておく、地上のおきての、寛大さを憎む。あなたを眺めまわしている彼らの眼が、敵の眼であるばかりでなく、男の眼であることが堪《た》えがたいのだ。早く、あなたの裸を隠して下さい。どこか遠いところ、私の眼がとどかない、どこか遠いところへ」
母「もう、それができないのだよ。私たちをとりかこんでいる無恥な男たちが、私たちの裸を隠させなくしてしまったからばかりではないよ。私たち自身の無恥が、私たちの裸を隠させなくしたのだよ」
子「あなたは、無恥ではない。あなたはただ私に、恥ずかしめられただけなのだ」
母「では、お前が無恥だとでも言うの。私は、お前を無恥な男だと思いたくないよ」
子「だまって下さい、黙って。あなたの声までが、まるでちがった、別の女の声のようにきこえる。私の汚れが、あなたの声まで汚してしまったのだ」
母「だまることはできないよ。いや、私たちは、黙ってはいけないのだ」
子「誰が、私たちのことばなど、聴きたがるだろうか。母でなくなった母の声など、子でなくなった私でさえ、もう聴きたくはないのに」
母「お待ち。聴きたがらないから、言わなければならないのだよ。あ、誰だろう。今、ツオ・

リ・マア！　と罵ったのは、お前かい？」
子「……私が？　私には、もう罵る時間は、すぎ去ってしまっている」
母「ああ、では、あの顔の赤い、背の高い兵士が、私たちをツオ・リ・マアと罵ったのだね。ツヽオ・リ・マアと、あの荒々しい男が。他人《ひと》を殺しても殺しても自分だけは無事に生きのこっていそうなあの男が、私たちを罵ったのだ。私たちが生れてからこのかた、いつも使いなれているあの罵言《ののしり》だ。お前、聴いたかい」
子「あのののしりを、かつて発明した奴は、私たちのために、もう一つ別のののしりを発明するにきまっている」
母「こんなに爆発するようにとどろいて、あのののしりが、私の耳にきこえたことはない」
子「あなたの耳にではない。あなたの肉にきこえたのだ」
母「そうだよ。その通りだよ。ああ、だがもしかしたら、今のののしりは、私の肉よりお前の肉に、もっと手ひどくひびいたかもしれない」
子「そうだ。あなたは私が嘔吐《おうと》したくなるほど、私の感覚をよく知ってしまったのだな。息子に汚された女より、マアを犯した息子の方が、あのののしりにふさわしいのだ」
母「私とお前とを、ひきはなそうとするのは止めにしておくれ。あのののしりが、黒い綱で、私たち二人をしっかりと結びつけてくれているのに」
子「結びつくという言葉など、今すぐ消えてなくなってくれ！」
母「ああ、私の眼が見えなくなる」
子「その方が、あなたのためにいいのだ」

母「私の耳がきこえなくなる」
子「これ以上、何がききたいのですか」
母「私から離れてはいけない。私を放さないで」
子「あなたは、まだ母であろうとして、女であろうとして、もがくつもりなのか」
母「私にはもう、お前のほかに何も残ってはいないのだよ」
子「私は、あなたの肉でありたくない」
母「お前は今こそ、私の肉の肉、私の骨の骨だよ。今こそ、お前は私から離れ去ることができないのだ」
子（母にも敵にも、生きとし生ける者すべてに絶対に聴きとれないような奇怪な声で、ツオ・リ・マア！ と叫ぶ）「今ののしりは、一体誰が叫んだのだろうか。私の敵がだろうか。それとも私の父がだろうか。誰かが、どこかで、あの罵りを叫んだのだ。私が叫んだのではない。私には、あれを叫ぶことは、もはや許されない。しかし、誰かが、どこかで、あれを叫んでくれたのだ。いや、まだ叫んではくれなかったかもしれない。しかし、いつか、あれを叫んでくれるのだ。いつか誰かが、どこかで叫んでくれる声が、今かすかに、私の肉にきこえてきたのだ……」

武田《たけだ》泰淳《たいじゅん》（一九一二～一九七六）

東京生まれ。浦和高等学校（現・埼玉大学）から東京帝国大学支那文学科に入学。大学中退後、竹内好《よしみ》らと中国文学研究会を設立し、研究や翻訳を発表。輜重兵《しちょうへい》として華中戦線に派遣され、除隊後の一九四三年、戦場体験を評論『司馬遷』に反映させた。中日文化協会上海分会東方文化編訳館勤務、北海道大学法文学部助教授を経てフリーに。四七年の「審判」以降、人間が自身の手によって滅亡しうる可能性を記す戦後作家として「蝮《まむし》のすえ」「「愛」のかたち」『風媒花』などを発表。「ひかりごけ」『森と湖のまつり』『貴族の階段』で戦時下の食人、アイヌ問題、二・二六事件などに材を採った。六九年、『秋風秋雨《しゅうふうしゅうう》人を愁殺《しゅうさつ》す　秋瑾《しゅうきん》女子伝』での芸術選奨文部大臣賞受賞を辞退。未完の自伝的長篇『快楽《けらく》』で七三年第五回日本文学大賞、口述筆記による連作私小説『目まいのする散歩』で七六年第二九回野間文芸賞。他に武侠小説『十三妹《シイサンメイ》』、戦時下の精神病院を舞台とする思索的長篇『富士』など。妻は随筆家・武田百合子、娘は写真家・武田花。

略歴作成／千野帽子（文筆家）＊以下同

長谷川四郎

駐屯軍演芸大会

不思議な話だ。

大陸のどこか、オアシスの町に三百九十名の日本兵が駐屯している。敵の姿は見えず、戦闘はない。町民もおだやか。

そこで演芸大会が開かれるというので、兵士たちは浮かれて猥歌《わいか》の練習に勤《いそ》しんでいる。ツーレロ節、安里屋《あさとや》ユンタ、ノーエ節、みんな替え歌。

話の運びが奇妙で、三という数字への執着とか、東西南北を姓とする兵たちとか、普通の小説とは異なる論理が裏の力にあるらしい。読んでいってその論理に馴《な》れたあたりで東一等兵のところへ「面会人」がやってくるのだが、読者はもうこの奇妙な女性をおかしいとは思わない。ともかく幸福感は伝わるのだ。

父はジャーナリスト。長兄は牧逸馬《まきいつま》・林不忘《はやしふぼう》・谷譲次《たにじようじ》と三つのペンネームを使い分けた流行作家長谷川海太郎だが、この人は四郎が二十六歳の時に亡くなっている。

軍隊という超論理の世界をもっと深く知るには、大西巨人の大作『神聖喜劇』を読むといい。

駐屯軍演芸大会

海山遠くはなれては
面会人とてさらにない
——軍国歌謡

1

海軍記念日と陸軍記念日と、この二つの記念日が官製の暦にあるだけで、総括的な軍隊記念日というのはなかったが、駐屯軍は町へ夜の夜中に入ってきて、いよいよ駐屯生活を開始した日を、自分で軍隊記念日と称していたので、これはたったの三百名の駐屯軍にしては出すぎたことで、僭《せん》称《しょう》ではないか、と批評する兵隊もいたが、しかし考えてみれば、軍隊とは必ずどこかに駐屯しているもので、駐屯していない軍隊はなかったし、この軍隊をいくらこまかく分割しても、それが軍隊であるかぎり、やっぱり軍隊で、したがって駐屯軍がその記念すべき日を軍隊記念日と名づけたところで、いっこうさしつかえないばかりか、総員三百名もあるとなれば、むしろ大威張りだった。

それは夏の朝で、この一日がじりじりとむし熱くなっていくのが感じられ、町はすっかりひそまりかえっていた。

総員三百名というのは「われら隊員三百名」と駐屯軍隊歌にあったからだが、これはたしかにそのほうが語呂がよかった。しかし人事係り保管の入隊台帳に記載された隊員名簿を一つ一つ数えていくと、どうしても頭数は三百九十だった。

町はずれでもなければ町のまん中でもないところに、駐屯軍は駐屯していて、だだっぴろい広場の中のその建物は家齢三十年の古ぼけた木造で、そこに常住しているのは三百名かっきりで、九十名は余分で、この余分の九十名は幻想の九十名であるような、錯覚がおきてこないでもなかった。

地上からも上空からも、それが駐屯軍であることがわかるような目印は一つもないほうがよくて、じっさいその通りだった。なるたけ見すぼらしく目立たないのが主義で、その気になりさえすれば予算を大本営に申請して新築することもできたのだが、それはやらなかった。ときどき寸づまりの黒い飛行機がすぐ上空を飛びこえていき、駐屯軍には気がつかないらしかった。

なんの看板も出していない、その門の前を通りかかった人が、ちょいと中をのぞいてみると、シャツ一枚の若者たちが運動場で、体操をしたり、ランニングをやったり、ベースボールをやったり、流行歌を合唱したりしていた。駐屯軍専用の食物や燃料は駐屯軍専用の夜間トラックが大本営から運んできて自給自足的で、ただ駐屯軍の排泄物《はいせつぶつ》処理に町の清掃人が公正な賃金でやとわれたくらいのものだった。このようにそれは町とほとんど無関係にそこに駐屯しているように見えたが、じっさいはそうでもなかった。公正な賃金といっても、軍票による支払いだったし、そもそも駐屯軍は夜の夜中に、ちょうど暑中休暇中だったが、町の公立小学校の校舎にあがりこんできて、そのまま家賃も棚あげで、そこに駐屯し、住みついてしまったのだ。町は左岸という名前で、左岸市会議員はそれを大目にみたのか遠慮したのか、とにかく家賃取立てにこなかった。一方、駐屯軍の兵隊たちは兵隊たちで、いっこう軍事訓練などやらないくせに、つぎのような歌をつくって歌っていた。

左岸の町からノーエ
左岸の町からノーエ
左岸のサイサイ、町から
駐屯軍を見れば
鉄砲かついでノーエ
鉄砲かついでノーエ
鉄砲サイサイ、かついでガニ股の並び足
おっぴきひゃらりこノーエ
……………………

ところで、余分の九十名は幻想の九十名ではなくて、彼らは駐屯軍の三百名が運動場でベースボールなどやっている時、そこから十二キロはなれた場所で、勤務に服していた。この現実の九十名はぶつぶつ不平をつぶやきながら、町へ出入りする三つの街道のすぐそばにたむろして、通りかかる男女の身分証明書をしらべ、荷物の中身をひっぱりだして、ついでにちょいとおどかして、塩漬けの魚やドブロクや肉マンジュウをよこどりしていた。軍事機密に属することで、一般人にはよくわからなかったが、なにしろ破壊工作防止というか、反対物排撃というか、破邪顕正《はじやけんしよう》というか、なにかこれに類する大義名分で駐屯軍は駐屯していた。このことは駐屯軍が駐屯してから三日目に早くもそれらしいと知れわたってしまったので、いやしくも街道を通ろうとする人間は、身分証明書はもとより、進物用の肉マンジュウもちゃんと用意しておいた。

この九十名は三十名ずつ三つの班にわかれ、第一、第二、第三とナンバリングがうたれて、それらは外務班とよばれていた。外務班とは内務班に対する呼称で、また、他の手段をもってする内務班の延長ともいえた。すでに気がついたことだが、だいたいにおいて駐屯軍は三の倍数で編成されていて、外務班の勤務は三カ月で、三カ月すると、そっくりそのまま内務班と交代した。交代は町を遠まわりして夜中にこっそりおこなわれたので、夜があけてみると、駐屯軍は昨日と少しも変りがなく、ちゃんと三百名で、そこに駐屯していた。順番で自動的にぐるぐる循環して、内務班が外務班になり、外務班が内務班になり……といった流れ作業で、したがって、きょうは運動場でバレーボールなどやり、いかにも無害に見えた若者が、あすともなれば街道のゴマノハエになっただろうから、どんなに強弁しても駐屯軍は見かけほど無害なものとは言えなかった。「ちきしょう、エイ、また外務班か」と内務班自身が悪態をついたのも無理なかった。

営内常住三百名の駐屯軍のアドレスは〇〇〇軍×××隊という一個中隊で、この一個中隊は三個小隊からなり、一個小隊が三個分隊にわかれていて、各分隊がそれぞれ一つの内務班を形成していたから、駐屯軍には合計九つの内務班があった。第一小隊第一分隊を第一の内務班とすれば、第三小隊第三分隊が第九の、そしてびりけつの内務班だったが、もちろん、これは便宜的な編成順序であり、価値の序列ではなかった。むしろ第九内務班といえば第九シンフォニーのようで、いちばん壮大な感じさえしたが、これら九つの内務班は三ヵ月勤務（というより戦陣訓の学習と称し、まあ休暇に近かったが）で、ちょうど一ヵ月勤務の三つの外務班とバランスがとれていた。単に編成組織の面からみると、それはかんたんなことだったが、これを兵隊個人個人の内面に立ち入ってみれば、このかんたんはタイクツとなり、あんまりありがたくなかった。というのは、外務班勤務の一ヵ月は大本営制定の守則にしばられ、一昼夜二十四時間のうちたっぷり十二時間は、街道の土埃《つちぼこ》りをかぶって立ちづめに立っていなくてはならなかったし、いくら待っても、その街道を誰ひとりとして通らないことも例外ではなかったからだ。

さて、ちょうどその日は、夜ともなれば、第九内務班が第三外務班と深夜のいれかわりをやることになっていた。夏の朝で、この一日がじりじりとむし熱くなっていくのが感じられ、町はすっかりひそまりかえって、朝っぱらから白昼の燈火《とうか》管制《かんせい》のようだった。

第九内務班に属する東一等兵は昨夜、一睡もしていなかった。といって、どこかの屋根裏部屋で思い出の記などを書いていたのではなかった。内務班勤務のうち勤務らしい勤務といえば衛兵勤務で、これは各内務班から一名ずつ合計九人の兵隊が出て、昼間は門の内側の衛兵小屋から、挙動不審の人間が出入りしないかと目を光らし、夜間は三名ずつ組んで建物の周囲をぐるぐる歩きまわることだった。一睡もしなかったのは、このぐるぐる歩きのためだった。

朝、東一等兵がこの衛兵勤務から解放されて、自分の内務班の兵室へ入ってみると、そこには仲間の兵隊は一人もいなくて、すべてはきちんと整頓され、まるでことさらそうやって、みんなが出ていったあとのようだった。東一等兵はさっさと装具類を一つ一つはずして、靴下もぬぎ、夏の兵隊服一枚でベンチに腰かけ、テーブルに頬杖《ほおづえ》をつき、そのままじっと動かなくなって、早くもぐっすり眠りこんでしまったようだった。昨夜は夜っぴて身体がめざめていて頭脳は眠っていたが、それが今や身体は眠りについていて、頭脳の内部が目をさまし、おもむろに活動をはじめるべき番だったろう。室内は明るくて、まだ朝早く、気持よく涼しかった。東一等兵は眠って、夢を見ているようだった。

この内務班は以前の屋内運動場を板壁で九つに仕切って改装したものだった。一方、営庭は以前の屋外運動場で、そこではその日、朝早くから兵隊たちが舞台を作ったり天幕をはったりしていた。東一等兵が衛兵勤務から下番してきた時、人々が出払って、内務班の中が空虚だったのは、そのためだった。ここは静かだったが、むこうは板をはりつける音や杙《くい》を打ちこむ響でにぎやかだった。

駐屯軍隊長はゴヘイかつぎというほどではなかったが、三の倍数にこだわった。以前の彼はいざ知らず、少なくとも駐屯軍隊長に就任してからは、たぶん組織に支配されたからだろう、それにこだわるようになっていた。で、その日がちょうど駐屯以来三度目の軍隊記念日だったので、当日の十二時から祝三周年演芸大会をひらくことにしたのだ。それも団体コンクール式の一大演芸大会で、十八時までに終了。慎重審査の結果、最優秀の内務班には正賞として表彰状、副賞として当該内務班の全員に、一人当り三合のナダの生《き》一本が出ることになっていた。三つの外務班はこのコンクールから除外されていて、不公平といえば不公平だったが、これは任務の重大さを思えば、仕方のないことだった。そして駐屯軍の九つの内務班のうち三の倍数の最大である第三小隊第三分隊の内務班、つまり第九内務班が月桂冠をいただこうと、大いにはりきったのは当然で、隊長も口にこそ出さなかったが、とくに第九内務班にそれとなく期待しているようだった。

ツーツーレロレロツーレーロ
ツレトレヤレトレヤレシャン
ツレトレヤレシャンシヤンシヤン
わたしのとうちゃんキツネかタヌキ
夜の夜中にアナさがすアナさがす

第九内務班の兵室はいちばんはじっこで、そのはげちょろけの壁をつたわって、歌っている兵隊の声が聞えてきた。無人の兵室で、いるのは東一等兵だけだったが、これまた不在も同然だった。歌っているのは同じく第九内務班の西一等兵だった。内務班のテーブルに頬杖をついて、じっと動かない東一等兵のイガグリ頭をめぐって、ハエのようにむらがり飛ぶその歌声は、奇妙に女めかして、なかなか巧みな裏声だった。しかし、東一等兵の頭蓋骨は岩のようにかたくて、びくとも動かなかった。

コンクールだ。一大演芸大会だ。内務班対抗マッチだ。兵隊たちはいそいそとその準備にとりかかっていた。つぎの機会はあと三年しなければ、まわってこないだろう。駐屯軍の九つの内務班は愛内務班精神を燃やして、コンクールへの出し物を互いに秘密にして、君子は独りをつつしんだが、だいたいの見当はついていて、やっぱり、かくれたるよりあらわるるはなしだった。
東一等兵の頭がぐらりと動いて、また立ちなおり、頬杖をつきなおした。第九内務班からのコンクール代表選手は今の歌声の主である西一等兵と、その相棒の北一等兵で、このことは衆目のみるところ、初めからきまっていたようなものだった。で、西一等兵の歌声がやんで、隣りの部屋が静かになったと思うと、こんどは北一等兵の歌声が聞えてきた。空気をぶるぶる振動させるような、ふといバスで、西一等兵との相聞歌《そうもんか》だった。それは東一等兵の石頭をゆさぶったが、やっぱりびくともしなかった。

ツーツーレロレロツーレーロ
ツレトレヤレトレヤレシャン
ツレトレヤレシャンシャンシャン
わたしのかあちゃん団平船《だんべいぶね》のセンド
夜の夜中にサオさがすサオさがす

各内務班のほとんど全員が作業に出ていたが、西一等兵と北一等兵と、この両一等兵は第三小隊第三分隊内務班班長の熱心な支持と内密なはからいで、駐屯軍付軍医から「練兵休」の偽診断をくだしてもらい、作業には出ないで、そのかわり、演芸大会のリハーサルに専心していた。ふだんはからっぽだったが、ときどき駐屯軍の下士官たちが、炊事班長の目をちょろまかし、というより、暗黙の目くばせで、炊事の倉庫から一升ビンやスルメを軍隊毛布にくるんで持ちだし、そこで酒盛をひらいたりする内務班予備の部屋が、この西北両一等兵の稽古場となっていた。下士官たちは証拠インメツをはからなかったので、そこにはからっぽの一升ビンがごろごろしていたし、炊事の倉庫には、勝利の祝祭用だったろう、まだまだいっぱいの一升ビンがたくさん木函《きばこ》の中でワラをかぶっていた。

駐屯軍は全国市町村出身者のいりまじった混成中隊だったが、西一等兵と北一等兵は同じ村の同じ字《あざ》から入隊してきた名コンビで、この両代表選手がコンクールに何をひっさげて登場しようとしているのか、第九内務班の全員にはちゃんとわかっていて、いわず語らずのうちに、全員一致の応援態勢ができていた。両一等兵はかつては村の青年団の寄合《よりあい》でこれを演じ、大いに拍手カッサイを博したものだが、入隊してからは、第三小隊第三分隊の内務班だけの小演芸大会でも、この隠し芸をやってみせ、舞台がいかにも狭苦しくて、じゅうぶん演技力を発揮できなかったにもかかわらず、大当りをとったものだった。これを本日のヒノキ舞台に出せば、まずは当選確実、ほとんど疑いなしだった。

雌チョウ雄チョウがひらひらと
追いつ追われつ春の風

胡蝶雙雙入菜花の図で、これが西北両一等兵のサブロク十八番のテーマだったが、ただこの雌チョウ雄チョウが雌犬と雄犬に変身して、チョウならばおそらく幻想的・ローマン的かもしれない風情が、温血胎生哺乳動物の現実味をおびてきて、いささかなまなましくなっていた。

装置も衣裳《いしよう》もいらなかったし、舞台はひろければひろいほどよく、それに豆しぼりの手ぬぐいがあれば、ますますよくて、両人はちゃんと豆しぼりの手ぬぐいを持って入隊してきていた。西一等兵は色白の小柄だったし、北一等兵は色黒の大柄だったし、この両一等兵が豆しぼりの頬かぶりをして四つんばいになり、追いつ追われつがはじまって、大団円までえんえんとつづく、ディズニーばりの、三十分パントマイム・ドラマで、在郷軍人の先輩から伝承された芸の形に演技者自身の創意工夫を加えて、なかなかもって微妙なものだった。西北両一等兵談によると、これには本来なら、もう一人の雄犬がいて、この両雄同士が大格闘のすえ、ついに一方が負犬となるプロローグかエピソードがあるのだが、このもう一人のほうは持病の痔疾《じしつ》がひどくなり、兵役をまぬかれたということだった。これは永遠の三幅対《さんぷくつい》から一つが事前に脱落し、戦わずして負けたようなもので、隊長がもしこれをきいたら、さぞかしざんねんがったろうと思われた。

北一等兵の歌がやんだ。いよいよ沈黙の息づまる追いつ追われつが、これからはじまろうとする、そのハヤシ歌が今のツーツーレロレロで、これは演芸大会場においては第三小隊第三分隊の内務班の全員から、期せずして湧きおこる大合唱となるはずだったが、リハーサルには観客が一人もいなかったので、西北両一等兵は、おそらくは「気分を出す」ために、みずからそれを歌ったのだったろう。この相聞歌の唱和がすむと、本番を前にしたこれが最後のリハーサルで、内務班の隣りの部屋からは、もうそれこそ夜の夜中のように、物音一つしなくなった。

町全体を客観すれば、人間が出て動いているのは駐屯軍の営庭だけで、その日は朝っぱらから夜の夜中のように、町には人影がなくて、ひっそりしていた。

東一等兵は内務班のテーブルに頬杖をつき、コダレをたらし、眠り猫のようにクスンクスンと鼻いびきをかいていた。昨夜は眠らなかったし、今夜はまた外務班との交代で眠れないだろう。眠りのあるうちは眠りの中を歩け、だった。

「班長が班長室へ来いってさ。」

突然、声がした。どうやら南一等兵の声らしかった。じっさい、内務班の戸口に、それらしい人影が立っていた。同じく衛兵勤務から下番してきた、隣接内務班の兵隊だった。しかし東一等兵はあいかわらずテーブルに頬杖をつき、身動き一つしなかった。

「おい東。きこえたのか。」南一等兵はたちまち声を高くした。

すると東一等兵はテーブルに頬杖をついたまま、口だけ動かし、寝言のようにつぶやいたが、その声は意外とはっきりしていた。

「しずかにしてくれよ。おれは今、歌の文句を考えているところなんだ。」

「そうか。そいつはこちとらの知ったことじゃない。だが、おい、聞いたか。」南一等兵が言った。

「聞いた。聞いた。おれはきょうの演芸大会に飛び入りで歌をうたうぞ。」

九日も前から駐屯軍隊長命令で告知され予定されていた本日の演芸大会であって、それへの参加要項には、飛び入り歓迎と書いてなかったが、さりとて飛び入り禁止とも書いてなくて、だから、やろうと思えばやれないことでなかった。それどころか、当然、予想されてしかるべきことだった。

「よし、よし。わかったよ。だが、すぐいったほうがいいぜ。さもないと、むこうからくるぜ。」

南一等兵が言った。

しかし東一等兵はあいかわらず内務班のテーブルに頬杖をつき、そこにいながら、そこにいないようだった。

「ああ、聞いたとも。だが、いったい、くるって、誰がくるんだ？」まるで逆で東一等兵のほうが寝言に受け答えしているようだった。

「こら、いいかげんにしろ。班長殿がさ。きまってるじゃないか。」

「ヨもないタンバコヤがふれてくるか。」

「きて、鼻をつまみあげるぜ。」

鼻ときいて、ようやく東一等兵はのろのろと立ちあがった。身体が二つにわかれて、一つはテーブルに頬杖をつき、一つがそれからはなれていくようだった。

「ちきしょうめ。鼻をつまみあげる。なんだって、いまごろ。おれには眠りの権利があるんだ。わかったよ。班長室へ来いとか言ったな。」

「どうせ大したことないさ。」声はしたが、南一等兵の姿はもうそこになかった。

方向感覚をうしなったようで、東一等兵は立ちあがり、やみくもに奥のほうへ進んでいき、壁にぶつかって、それからテーブルをぐるっとまわって、ようやく出口を見つけ、ハダシで足音もなく、内務班から出ていった。ヨダレがテーブルに残っていた。

子供たちが帽子をかけた釘《くぎ》がずらりとうちつけてあって、空虚で、放課後のような、長い長い廊下だった。東一等兵はすたすたとそこを歩いていき、三ノ三と扉に書いてある班長室へ入っていった。彼はノックしなかったが、班長もそれに気づかなかった。

東一等兵が入っていった時、三ノ三班長は、電車の中の女学生のように、ベッドのはじっこに腰かけ、うつむいて、編み物をしていた。白い細い十本の指が、ぴかぴか光る幾本もの針金をあやつって、さっさと毛糸の靴下を編んでいたが、その毛糸は黒と白と、それからカレー粉で染めあげた黄の三色で、早くも出来あがった片方の靴下が三毛猫のように、班長の膝の上にのっていた。夏の盛りに冬の身仕度。ぶうぶうと風の吹きまくる、あらあらしいこの町の駐屯軍の冬だった。東一等兵は入ってきて、十五度前傾の敬礼となった。

「第三小隊第三分隊第三十号東一等兵まいりました。」

無意識にノックしなかったのだろうが、班長も意識しなかった。意識すれば怒るのが普通だった。班長は編む手をやすめないで、ちらりと上目づかいに、入ってきた兵隊を見ただけだった。

「まだそこにいたのか。早く帰って寝ろよ。きょうは演芸大会があるんだ。」班長は言って、もう編み物に目をおとしていた。

さっき衛兵勤務を下番してきた時、東一等兵はここへ申告のため立ちよったから、あれからずっとこの兵隊がそこに立っているとでも、班長は思ったのだろう。それよりも班長の関心は本日の演芸大会にあるようだった。とにかく、その話でもちきりというほどではなかったにしろ、その日の全駐屯軍の関心は演芸大会にあったし、それが内務班対抗マッチとあってみれば、三ノ三班長がいささか上の空なのも、もっともだった。しかし東一等兵をここへ呼んだ張本人は三ノ三班長ではなかったか。

「こいといわれてきたのであります。」足のほうはもう帰りかけて、東一等兵の口が言った。

「こいというたとて、なんだって？　いいから、早く帰って寝ろ。演芸大会は十二時からだ。」

鋭気をやしなっておけと言っているようでもあれば、仕事のじゃまをするなと言っているようでもあった。まだ半分は内務班のテーブルに頬杖をついていて、ぼやけた目で、東一等兵は一瞬間、眼前にうつむいた班長の頭蓋骨を見た。この頭蓋骨の持主はまったく器用な男ではあった。本職は神官で、ぜんぜん洋服屋でなかったが、背広服の上下を自分で裁断し自分で縫うことができた。この班長には、他人のやっていることをそばからじっと見ていて、たちまちその仕事の要領を会得してしまうようなところがあった。青白くひょろっとした男で、兵隊たちはアオビョウタンとかげながら彼を呼んでいたが、このアオビョウタンは生れながらにして力の使い方を知っていて、タコつぼ掘りくらいだったら、いかなる兵隊よりも巧みで早かった。召集されて二等兵からウナギのぼりにずるずると軍曹にのぼったのは、たぶん肉体以外の力の使い方も知っていたからにちがいない。

「夜の夜中におこされて……」

眼前の班長はなにやら口の中でもぐもぐと歌謡曲をうたい、フンフンフンと鼻をならし、編み物をし、演芸大会に思いをはせていて、機嫌がよくて、まったく無害にみえたが、こういう時がむしろあぶなかった。東一等兵は班長室へ入ってきた時から、本能的に防禦《ぼうぎょ》の姿勢になっていた。

班長はおとなしい男だったが、なかなか油断のならないところがあった。腕力に自信がなかったからでもあるだろう、班長は何か気にくわないことがあると、いきなり兵隊の鼻をひねったり、耳をひっぱったりした。わけてもそれは、兵隊たちと談笑している時に、無気味に突発してきた。

「やい、やい。まだそこにおるか。」

東一等兵は防禦の姿勢から退却へ移ったが、それがなんだかのろのろしていた。不眠と不眠の中間にある夏の一日だった。半分は眠っているようだった。ちきしょう。南のやつがおれをかついだんだ。東一等兵は帰りかけたが、その時、班長は急に編み物をやめて顔をあげた。電車の中で乗り越しはしないかと駅名を見るような工合《ぐあい》だった。

「待て、待て。おれじゃない。人事係りのところへいけと言ったんだ。人事係りだよ。人事係りの曹長殿が呼んどらす。わかったか。早くいけ。」

南一等兵はかついだのではなくて、ちょっと遠まわりの伝達をしただけだった。

半身がテーブルに頬杖をついている、ガランとした兵室へ、こんどは全身がかえっていって、いよいよベッドによこたわるはずだったが、それがなんと、さらに遠くへ送りこまれることになった。

なんだかのろのろした動作で、班長室から出かかったが、早くいけと怒鳴ったくせに、班長はしばし東一等兵をひきとめた。

「東一等兵よ。どうだね。あの二人はうまくやってるだろうな。」

あの二人とは偽練兵休の西一等兵と北一等兵のことで、三ノ三班長の目下の最大関心事は、やっぱり本日の演芸大会にあったのだ。

「わが戦友たちはみなうまくやっているであります、班長殿。」

もう部屋から出ていって、東一等兵の声だけ、そこにのこっているようだった。

「そうだろう。だいじょうぶ。どうせ、一等賞は三ノ三内務班、わが内務班のものさ。」

「それはもう、班長殿。だんぜん光っていると思います。」

「よし。今夜はオミキがのめるぞ。ツーツーレロレロ。おい。シュー長の娘、湖畔の宿、金色夜叉《こんじきやしや》、ドジョウすくい……。いや、わが班にくらべたら、てんで問題にならんね。どう思う、東一等兵?」

「そう思います、班長殿。露営の一夜、月よりの使者――なんてのもあるそうですよ、班長殿。」

「そうだってな。あいつがやればぼくもやる。歩一《ほいち》の営門。なに、大したことないさ。おい、まだそこにおるか。早くいけ、曹長殿が呼んどらす。よし。今夜はオミキがのめるぞ。東一等兵よ。」

夏の朝で、この一日がじりじりとむし熱くなっていくのが感じられ、町は人影なく、いやにひっそりしていた。三ノ三内務班班長はうつむいて、せっせと白い細い指をあやつり、三毛猫みたいな毛糸の靴下を編みつづけた。

ふらふらと三ノ三班長室を出た東一等兵は長い廊下をさらに遠くへ歩いていき、もうそろそろ鼻の頭に汗をかいて、角をまがり、どんづまりの人事係りの曹長の部屋に入った。ノックも敬礼もしなかったし、名乗りもあげなかった。ぼんやりしていて、無意識にやらなかったらしかったが、人事係りの曹長もそれに気がつかなかった。気がつけば怒るのが普通だったから、この日はたしかに普通でなかった。

2

東一等兵が入っていった時、人事係りの曹長は一冊のファイルを机の上に開き、のぞきこんでいて、その開かれたページは、東一等兵にかんする記載のある所らしかった。三ノ三・第三十号。身長一八〇。体重六九。出生地。人相。性癖。趣味。などなど。

胸のボタンをはずすと胸毛があらわれてきて、カフスからも毛がはみだし、眉がふとく、眼光するどく、見たところ、ひどくいかつい大男だったが、人事係りの曹長は銃剣術も射撃も乗馬もついぞやったことがなくて、いつも書類をかかえて立ったり坐《すわ》ったり、歩きまわったりしている事務屋だった。ソロバンは一級の腕前で、大本営へ会計検査のため提出する帳簿など、この曹長が目を通してやれば、ぜったいい文句をいわれることがなかった。

ファイルのページをのぞきこんでいた曹長は、そこへ記事の本人があらわれたからだろう、ファイルをとざし、もとの棚へおしこんで、それからこんどは東一等兵の顔、というより人相をのぞきこんだ。

曹長は新兵が駐屯軍へ入ってくると、すぐさま呼びだして特別室へつれていき、そこで一対一で、身上調査をやる人物で、その特別室は教室の原型をとどめていて、片側に高い壇があり、人事係りは裁判官のように、その壇上正面の机につき、赤ビロードの椅子に腰かけて、そこから壇下のベンチにかしこまっている新兵にむかって、いろんな質問を天下り式に発して、相手の返答を細大もらさず書きとめておいた。人事係りの部屋にはそれらの記録をとじこめたファイルがずらりとならび、これまた三、三、三と、第一小隊第一分隊から九つの分隊に整理整頓され、兵隊のベッド順にナンバリングがうたれて、さながら九冊の書類と化した九つの内務班を一目に見る思いがした。

「おそいぞ。呼んだら、すぐこなくちゃいかん。時間厳守は美徳の第一。まあいいだろう。東一等兵か。なんだって、ここへきたんだ?」曹長は立ちあがり、てきぱきと、だが、それ自身矛盾するようなことを言った。

「いけと言われたからきたのであります、曹長殿。」

「たしかにそう言われたか。」

「たしかにそう言われました、曹長殿。」

「誰がそう言ったか。」

「三ノ三内務班班長、軍曹殿がそう言ったであります、曹長殿。」

身上調査の時の兵隊の答にたいして、曹長は疑うことをしなかったが、これは疑わなかったからではなくて、そのほうが事務上、かんたんだからだった。すべてを事務的に片づけた。事務的に曹長はあらゆる兵隊の経歴その他、先祖の系譜から花柳病の有無にいたるまで、ちゃんと知っていて、そればかりか、各兵隊の性格や気質について、特別室における身上調査からつくりあげた観念をもっていた。これらの知識や観念には自信たっぷりで、曹長には、うそつきの兵隊は、あくまでも、うそつきの兵隊でなくてはならなかった。

「きさま、本日は演芸大会だ。出て歌でもうたわんか。どうだ?」

ここでもまた演芸大会問題だった。

「はあ、曹長殿。きょうは内務班対抗でありますから、東一等兵の出る幕はないであります。」

内務班のテーブルに頬杖をついている東一等兵は、歌をうたうつもりだと南一等兵に言ったが、人事係りの部屋に立っている東一等兵は、どうもドッペルゲンガーくさくて、歌はうたわないつもりだと曹長に言った。曹長は、しかし、本日が演芸大会だったので、ファイルの中で目についた記事、東一等兵の趣味の欄から急に思いついて言ったまでで、ことさら歌をうたわせるために、わざわざ東一等兵を呼び出したわけではなかった。

「遠慮することないさ。東一等兵。歌いたかったら歌え。きさまの趣味は唱歌だものな。いつかのジャバのマンゴー売りはよかったよ。」断定的に曹長が言った。

「それほどでもないです、曹長殿。」東一等兵はこう答えたが、しかしそれまでせいぜいツーツーレロレロの合唱に参加したくらいのもので、彼のノド自慢はまだ誰も聞いたことがなかった。

曹長はてきぱきと事務をさばいた。曹長はファイルの記事と本人とをつきあわし、相手を観察したが、それはただそう見えただけで、じつはなんにも観察していなかった。それは自分のよく知っているつもりの兵隊が、そこに立っているのを見ただけで、要するに形式的な人定尋問《じんていじんもん》だった。あとは事務的に命令を発するだけで、曹長はもうソロバンをとり、炊事台帳の下検分にうつっていた。

「東一等兵。すぐ外出の仕度をせい。」これが人事係りの命令だった。

「外出でありますか、曹長殿?」

スローモーションのホップ・ステップ・ジャンプのようだった。内務班のテーブルに頬杖をついていて、そこから班長室へいき、班長室から人事係りの曹長の部屋へきて、ここからたちまち外へおし出され、飛躍し、とび出すことになりつつあったからだ。

「そうだよ。面会人があった場合、特別の事情がないかぎり、外出させることになっておる。演芸大会は特別の事情に入らない。すぐ外出せい。」

いままで平行線とみえたものが、急にここでまじわったようだった。いちどにわんさと三百九十名の面会人がおしよせてきても、特別の事情がないかぎり、びくともしないで、かたっぱしから処理してやるというような横顔を、曹長はしていた。規則の権化だった。テンパンレイ(典範令)というのが渾名《あだな》で、曹長はこの渾名に忠実だった。もう東一等兵には関心がなくて、ちらりと毛むくじゃらの腕時計を見た。

「外出時間は六時間。十五時までに帰営せい。第九内務班は今夜、第三外務班と交代することになっておる。わかったな。わかったら、班長に申告していくのだぞ。いいな。」テープレコーダーの声だった。

助走をやりなおすように東一等兵は内務班の兵室へもどってきて、それまでテーブルに頬杖をついて居眠りしていたのが、急にむくむくとおきあがり、あたりを見まわす恰好《かっこう》で、そこに立っていた。人々が出払ってガランとした、あいかわらずの室内だった。うすい板の仕切りをへだてて、南一等兵の大きなイビキが聞えるだけで、むし熱くなりつつある夏の朝だったが、明るくて、室内はまだ涼しくて、ひどく静かだった。東一等兵はノビをし、アクビをし、半分は眠っているような、のろくさい動作で外出の服装をし、片手に一足の編上靴をぶらさげ、内務班から出ていった。兵室は完全に無人となり、幕間のような時間が流れ、隣りの内務班予備の部屋から西一等兵と北一等兵の歌声がかすかに壁をつたわってきた。それはこんどもまた犬同士の掛合だった。

チュザイショノマエデタチボボスレバ

サーヨイヨイ

と、ここまでは西一等兵の歌で

ジュンサハラタテヤレホニ

マラタテル

と北一等兵がひきとり

あとは声をそろえて

マタハーリヌチンダラカヌンサマヨ

その時はもう東一等兵は三ノ三班長室の前へきていた。彼はこんどは規定通り三つノックして、のこのこと入っていき、またもや十五度前傾の敬礼となった。

「第三小隊第三分隊第三十号東一等兵、只今より外出、十五時に帰営いたします。」

三、九、十二、十五、三十、三百、三百九十――すべてこれ三の倍数だった。ただその日だけは八月の十日で、八も十も三の倍数でなかったが、しかし、八と十を加えると十八になり、やはり三の倍数にすることができた。

三ノ三班長はベッドのはじっこに腰かけ、あいかわらず三毛猫靴下を編んでいて、もう片方も完成ちかく、そろそろ一対になりつつあった。

「外出だって？　腰がぬけんようにせいよ。」班長が言った。

……面会人はひとりでやってきて、営門の内側で待っていた。営庭では兵隊たちが舞台を作ったり天幕をはったりしていた。彼らは演芸大会気分で、歌をうたいながら、木の槌《つち》をふるい、丸太棒を地面にうちこんだ。

駐屯軍からノーエ
駐屯軍からノーエ
駐屯サイサイ、軍から
東を見れば
さいの河原でノーエ
さいの河原でノーエ
さいのサイサイ、河原で赤鬼青鬼盆踊り
おっぴきひゃらりこノーエ

……………………

しかし広い営庭のむこうのはずれでやっているので、営門のところからは、彼らの話声も歌声も物音も聞えなかった。それは距離のためというよりも、機械の故障で音のはぎとられたトーキーのようでもあった。営門の内側、塀の外からはおいそれと見えないところに衛兵小屋が立っていて、そこでは衛兵勤務の兵隊たちが三名ずつ三列横隊に腰をおろし、黙って、ときどき面会人のほうを見た。面会人は門柱の内側にへばりついて、今か今かと待っていた。夏の朝で、この一日がそろそろむし熱くなって、じっとしていてもワキの下がかすかに汗ばみ、時刻はちょうど九時だった。ついに兵舎の戸口に東一等兵の姿があらわれ、まっすぐ営門のほうへ歩いてきて、だんだんと大きくなった。彼はパッと挙手の敬礼をして衛兵司令に外出許可証をみせて、面会人とつれだち、改札口からのように町へ出ていった。

涼しい風が吹いていて、営門から一歩外へ出ると、気候が一変した。正面から照りつける太陽は白くて、きらきらしていたが、空はどんよりと灰色で、天上における狐の嫁入りのようで、ところどころに小さな虹がかかっていた。木々はもう落葉していた。……やっぱりそうしたものだったのだ。自然が秋へと傾くにつれて、兵隊たちの心にも身辺にも秋色が濃くなっていたことだろう。きっと兵隊たちの心の木の葉は黄ばんでしまったのだ。そして、いつかしらあたりの木々の葉はもう散り落ちてしまっていた。時として兵隊生活が陽気な色合いをおびることもあったが、それはほんの一瞬のことにすぎなかった。

それまで東一等兵は外務班との交代の時、三ヵ月毎に遠まわりして通りすぎ、夜の町を見ただけだった。その都度、ほとんど季節のけじめもなく、夜の町は燈火が点々とまたたく黒い小山のようで、見通しはきかなかった。今は午前で、営門から十二歩といかないうちに街路が眼前にひらけたが、それは大きく曲りくねっていて、もしそうでなければ、むこうに見えたでもあろう地平線をさえぎって、昼の町もやはり見通しがきかなかった。

営門の門柱の内側にへばりついていた時の面会人は、長い長い炎天下の道を歩いてきて、砂埃にまみれ、ぐったりして、みすぼらしく、ことさら黒ずんで小さかった。面会人は物乞いでも見るような衛兵たちの目に見られていた。それが営門から十二歩といかないうちに、それまで服のひだにかくしてもっていた白い傘をぱっと開いて、ぶるぶると身ぶるいし、砂埃をすっかりはらいおとして、なめらかな毛並をあらわし、黒い皮の靴がぴかぴかと光ってきて、身体がぐんと大きく、しゃんとなって、こつこつと高い音をたてて、舗道の上を歩いていった。

「汽車の中にも兵隊が一人いたけど、カラーに大きなシラミがくっついていたわ。あなたにもいるんじゃありません？　軍隊って、よっぽど不潔なところなのね。」さきに立って大股に歩きながら、面会人が言った。

「石ケンで毎週毎週、ぼくは洗濯しているから、だいじょうぶさ。入浴は毎日毎日だ。一日のアカは一日でおとせ。」暗誦《あんしょう》するように東一等兵は答えた。

「そう。そんならいいけど。」

むかしは砂漠の中で、大きな河のほとりにある小さな町だったが、その河は河床を変えて、ずっと遠くを流れており、町は今は鉄道のほとりにある大きな町だった。人々のうえた樹木と古いオアシスの樹木がいりまじって、ひじょうに丈が高くなり、街路にずらりと並んでいた。両側の一階建てや二階建ての家々はどれも窓や戸をとざしていて、ときどきクモリ・ガラスのむこうから人影がさして、すぐ消えた。静かで、家のずっと奥で泣いている赤ん坊の声が聞えてきた。太陽が東一等兵の顔を正面から照らしつけた。

「ばかにひっそりしてるな。」

「そういえば、そうだわね。」

「どうしたのかな。」

「日曜日のせいじゃないかしら。」

木々はすっかり葉をなくしていたが、地面に落ちている葉はのこらず消え去っていた。道路掃除人がはたらいていた。

男女一組の道路掃除人が男は車をひっぱり、女は大きなホウキとチリトリをもち、二人とも青い作業服をきて、道路を掃除していた。男のひっぱっている車には、黄や緑や青の葉っぱがうず高くつみあげられ、ちょっとさわっただけで、すぐさま道路いちめんにくずれおちてきそうだった。街路にはそのほか一人の通行人もいなかったので、道路掃除人は禁令を犯してまで道路に出ているようにみえた。規則正しい動作で掃除をしながら、道路掃除人の男女はゆっくりと移動していて、すでに掃除のすんだあとと、これから掃除しようとしている部分とが、はっきりと区別されて見えた。すべてはきちんと整頓され、気持がよかった。家のずっと奥から赤ん坊が、牛乳のスープでものんでいるのだろう、舌の鳴る音が聞えた。今や東一等兵は面会人とならんで歩き、ときどき手がふれた。

「きょうは日曜日か。駐屯軍では軍隊記念日で、演芸大会があるんだぜ。」

「ははあ。そうだったの。わかったわ。あなたはそれに出るつもりなんでしょ。」

「うん。歌の文句ができればね。」

「だいじょうぶ。舞台にあがれば歌はできるじゃない。でも、そんなことよしたほうがいいわ。」

面会人の顔も太陽にまともに照らされ、横目でみると、その頬にエクボが出たりひっこんだりしたが、それは喜びの記号ではなくて、悲哀の記号のようだった。

「よして、どうしろっていうんだい?」

「本でも読んでたほうがいいわよ。だいじょうぶ。誰か迎えにきたら、あたしがうまくことわってあげる。ああ、あれはこのあいだなくなりました、ってね。」

「そうかんたんにはいかないぜ。なんてったって、隊長命令だからな。」

「そうね、ひっかきまわすでしょうね。」

掃除人の男女はずっとおくれてしまい、街路の上は落葉だらけになっていた。面会人の靴はもうこつこつと響かないで、がさがさと音がした。さっきから二匹の犬がむこうへ走っていったり、こっちへ走ってきたりして、さかんに遊びまわっていた。二匹の犬はいなくなったと思うと、突然、すぐそばにあらわれて、それからまた走っていった。赤ん坊の泣き声はもう聞えなくなって、そのかわり、まだ生れない者が面会人の身体のずっと奥から細い叫び声をあげてくるようだった。

「勇気が必要ってわけだな。」

「ほんの少しばかりのね。」

「その、ほんの少しばかりがむずかしいんだよ。」

「いったい、なんのこと言ってるの?」

「もうよすってことさ。」

「それならあとで考えましょうよ。いそぐことないわ。」

面会人は少し唇をつきだして口笛をふきはじめ、その口笛が細い歌声にかわった。それはほとんど口の中の、かすれたつぶやき程度のものだったが、耳をすますと、つぎのように聞えた。

カラスカラスカンザブロ
カンザブロの墓は
川のむこうのスモモの木
スモモの実がおっこちて
風ががぶりとくいついて
カラスになって飛んでった

日当りのいい岡のふもとで、ひとり働いている女が急に歌いだし、その歌が風にのってとぎれとぎれに聞えてきて、悲しげな曲だった。街路は曲りくねっていて、曲り角のむこうに曲り角があらわれ、岬につづく岬だった。二匹の犬がどこまでも東一等兵のあとについてきて、飼犬のようだった。歩測するくせが東一等兵についていていて、それによると営門からまだ三〇〇メートルときていなかった。街路が急にひろくなり、大きな広場になっていて、壁にまるい絵にかいたような時計のくっついた家が見えてきた。町はかんぜんにひそまりかえってしまった。

「まだ九時か。へんだな。」

「さっきからとまってるみたいね。」

広場のほとりには掲示板が立っていて、東一等兵は通りすがりにそれを読んだ。市民は本日、外出禁止。やっぱりこの日は朝っぱらから燈火管制のようだった。

「きょうはいやにひっそりしているが、日曜日じゃないぜ。週の第三日だ。」

「そうらしいわね。でも、あなたはこの町を知ってるの？」

「うん。夜だって、もっとにぎやかだよ。」

「きっと、きょうが軍隊記念日で、演芸大会があるからでしょ。敬意を表してるんだわ。町の人もよばれてるの？」

「いや、そんなはずないな。」

「よばれたって、いかないでしょうけどね。」

「いきなりぐらぐらときそうな気がする。」

「今にはじまったことじゃないじゃないの。あたしはそれを待ってるんだわ。」

「石の煙突がぐらっときて、それからがらがらとくずれてくるぜ。」

「下敷きになるのもわるくないわね。」

「線路が急にひんまがって汽車が脱線する。乗客全員即死だ。」

「とびおりるなら今のうちってわけね。」

「ところが、なんてことないんだ。」

「まだ、あんなこと言ってる。」

広場は町の中央らしかったが、まるでそこには道路掃除人が一度も入ったことがないようで、たくさんの古新聞が風に吹かれ、ちらかりほうだいにちらかっていた。二匹の犬はいなくなって、東一等兵が口笛を吹いても、もうどこからもあらわれてこなかった。広場からは幾本かの街路が出ていて、面会人は案内人のように、さきにたって歩き、街路の一つへ入っていったが、これまた曲りくねっていて、袋の中を歩いているようで、見通しはぜんぜんきかなかった。両側の建物はあらゆる入口や窓に板戸をたてて、人影もさすことなく、しずかで、日中に出現した夜の夜中のようになってしまった。

「ぼくは十五時までに帰るよ。」

「やっぱりね。あたしの汽車もちょうど十五時に出るんだけど。」

「とにかくぼくは汽車には乗らない。」

「仲間たちがあなたを呼んでる。そうでしょ？　あたしにも聞えるようだわ。」

「そうなんだ。さきのことはわからん。とにかく、きょうは帰るよ。」

「わかったわ。まあ様子をみてみましょうよ。けさは雲が出ていて、夕ぐれには雨になるかもしれないものね。」

三つ目の角をまがった。そこは角ではなくて、路地への入口で、アーチ形の門になっていた。面会人はそこへ入っていった。入るとすぐ、ずっと奥のほうからワーンというような音がした。そして十二歩といかないうちに、四角い空地へ出たが、その空地ではたくさんの子供たちが遊んでいた。バクテリアのもつエネルギーで、子供たちは足ぶみしたり、とんだりはねたり、走りまわったりしていた。口々になにやら叫び、それが意味もなくワーンワーンと聞えた。

「こら。おい。なんだ。うるさい。あっちへいけ。ひっぱたくぞ。」東一等兵はどなった。

子供たちはいっせいに面会人におしよせてきて、とりかこみ、とびついたり、手にぶらさがったりした。彼らは東一等兵をてんで問題にしないどころか、その姿も見えなければ、声も聞えないようだった。

「どなっても、だめ、だめ。あたしを歓迎してるんだもの。」

「ばかに人気があるんだな、きみ。」

「人気？　そんなんじゃないと思うわ。あたたかいのが好きなだけよ。」

面会人はいちどきに三人の子供を抱きあげて空地のまん中までいき、そこにおろしてやった。子供たちはちらばって、またもとのバクテリア運動にもどった。

「保育園かい？」

「ちがうでしょ。よく知らないけど。」

町の中でここだけが安全地帯で、そこに町じゅうの子供たちが集まってきたようだった。四角い空地をとりまいているのは一軒の大きな二階建ての家で、ここでも人々は内部にかくれ、ときどきカーテンが中からふくらんだり波うったりするのが見えるだけだった。面会人は空地のすみにある木の階段をのぼっていった。それは空地をとりまく家の二階についている露台のような廊下へ通じていた。

子供たちのワーンというような音は消えてしまった。

廊下をつたわって、そのつきあたりの部屋へ入ると、病院のようでもありホテルのようでもあり、清潔で簡素で、白いベッドと白いテーブルと白い椅子があるだけだった。面会人は中へ入る前に、戸口に立ちどまり、点検するように部屋じゅうをぐるっと見まわした。それからすばやく入って、東一等兵をひきいれた。

「服をお脱ぎ。ズボンも、シャツも。」子供に命令するように面会人が言った。

東一等兵はその着ているものをみんな脱ぎすてた。床の上にちらばったそれらの物はひどく不潔な、くたびれたものに見えた。面会人はいつのまにか大きなカゴをもっていて、それらのぐったりした洗濯物をみんなその中にぶちこみ、頭の上にのせて、無言で部屋から出ていった。さっさと袖をまくりあげて、赤い太い腕をして、いかにもきびきびした動作だった。

こんどは東一等兵が、なんだか頼りのない、アバラ骨のごつごつした恰好になって、待つ番だった。ベッドにあおむけにねころんだ。すると、白い天井に黒い大きなプロペラのような扇風器がついていて、それがゆっくり回転しているのが見えてきた。見ていると、うとうとして、目がだんだん細くなってきた。部屋に一つしかない大きな窓は開かれていて、そこから鳥のさえずるような音がきこえてきて、きいているうちに、それはたくさんの女たちの声のようにも聞えた。若いのもいれば、年とったのもいて、みんなが川の河原で洗濯しているようだった。歌っているのではなく、おしゃべりしているようでもあったが、なんと言っているのか、てんで意識に入ってこなかったろう。それらはあらゆる母音とあらゆる子音のさまざまな組み合せで、それらが乱雑にばらばらに空間にちらばった。それらを勝手にくみあわして、言葉にすることもできたろう。歌にすることもできただろう。石と水と布と木と、これらをぶつけあわすような音もした。だが、きいているうちに、東一等兵は眠ってしまった。

部屋の中が急に寒くなってきて、目がひらいて、天井からいろんな男物や女物の洗濯物がぶらさがっていて、熱をさかんに吸収しているのがわかった。ベッドにはもう一人の人間がそばによこたわっていて、面会人の声がした。

「さあ、ひとはたらきしましょうよ。」

東一等兵は寝がえりをうち、面会人におおいかぶさって、身体がひろがり、相手をすっかりくるんでしまった。出ているのはその背中だけで、見る見るうちに毛が密生し、外側は芝生で、内側は面会人のものだった。この状態は面会人が「もうねむくなった」というまでつづいた。東一等兵はおきあがって、すばやく服をつけた。服はもうサバサバと乾いていて、日光の匂いがした。

「こりゃ気持がいいや。まったく久しぶりだな。お茶でものまないかい？」

「そんな時間あるかしら？　もう十五時十五分前だわよ。」面会人は旅行に出かける服装でそこに立っていた。

「なに、おくれたってかまわん。せいぜい、重営倉《じゅうえいそう》三日くらいのもんだ。」

「あたしのほうはそうはいかないわ。汽車は待ってくれないもの。」

「そうか。じゃあ、いくとするか。」

ちょうど二人の人間が一本の坂道をのぼっていくと、その坂道が二つにわかれ山の中腹をめぐっていて、それが山のむこうで再び一つに出会うかどうか、ためしてみようと、二人がわかれわかれに歩いていくような工合だった。

部屋を出ると建物にかこまれた四角い空地には、みんなそれぞれの家から呼びもどされたのだろう、子供たちは一人もいなくなっていた。路地を通りぬけて街路に出ると、その街路はもう曲りくねっておらず、長い長い一本道で、その一方のはずれには駐屯軍の門がみえ、もう一方のはずれには停車場がみえた。町全体は前よりも一そうひっそりして、午後の雲間をもれる日差しの下によこたわっていた。早くも汽車の近づいてくる鐘の音がかすかにして面会人は停車場のほうへ、こつこつとカカトの音をひびかせて歩いていった。

「またくるわね。」

「いや、こんどはこちらからいくよ。」

東一等兵は駐屯軍のほうへ歩いていった。それはこちらから近づいていくというより、むこうから近づいてくるようだった。たちまち駐屯軍の営門が眼前に立っていた。広い営庭のむこうはじに三つの大きな天幕がはられ、それにさえぎられて見えなかったが、そのむこうには野天の舞台が作られていたのだろう。そして演芸大会は今やたけなわのようだった。営門から入ると、それまで静かだったのが、急にざわめきだし、空気はむし熱くなり、駐屯軍の風土だった。あいかわらず、外部からは見えないところに衛兵小屋があって、そこに衛兵たちが三名ずつ三列横隊にきちんと腰かけていて、すべてはいつもと変りがなかった。東一等兵は歩調をとって衛兵小屋の前へいき、直立不動となり、パッと挙手の敬礼をした。

「第三小隊第三分隊第三十号東一等兵、只今《ただいま》、外出より帰りました。」

衛兵小屋の柱時計はちょうど十五時かっきりを示していた。

ツーツーレロレロツーレーロ
ツレトレヤレトレヤレシャン
ツレトレヤレシャンシャンシャン

演芸大会場から兵隊たちの合唱が聞えてきたが、それは単に第三小隊第三分隊の内務班の合唱ではなくて、ありとあらゆる内務班の全員が声をそろえて歌いだした大合唱のようだった。いよいよ本日の呼び物の開幕らしかった。

「第三小隊第三分隊第三十号東一等兵、只今、外出より帰りました。」

「よろしい、入れ。」

型通りの衛兵司令の声がしたが、衛兵司令の姿はどこにも見えなかった。同時に九人の衛兵たちがいっせいに立ちあがった。

「おい東。いこうぜ。衛兵なんか、くそくらえ。」彼らは口々にさけんで、ばらばらと走り出した。悪童どもだった。村にサーカスがかかって、テントをはり、ジンタをやりだしたので、彼らはもうガマンができず、学校はそっちのけで、カバンをおっぽりだし、いっせいに村はずれの、巨大なインド象の色をした小屋掛けめがけて走っていった。

ツーツーレロレロツーレーロ
ツレトレヤレトレヤレシャン
ツレトレヤレシャンシャンシャン

黒い寸づまりの飛行機がかなりの低空飛行で上空を飛びこえていき、どうやら駐屯軍の存在には気がつかないらしかった。その爆音はほぼ九十ホンあるかと思われたが、兵隊たちのツーツーレロレロ大合唱にまぎれて、ひどく遠くにしか聞えなかった。

駐屯軍はもう三の倍数編成ではなくなっていた。あらゆる内務班の兵隊が露天の平土間にいりみだれ、アグラをかき、より多く県人会的編成になっていた。ぜんたいとすればツーツーレロレロだったが、ところどころから、アーソイソイ、アラエッサッサと、いろんなお国ぶりが聞えてきて、舞台の上は空虚で、まだ西北両一等兵の追いつ追われつは始まっていなかった。

たぶん駐屯軍隊長の英断だったろう、兵隊一人当り三勺《しゃく》の酒が出ていた。兵隊たちは三勺の酒で酔うことができた。まず酔ったふりをすれば、それがどうやらほんものらしい酔いに転化したのだ。で、兵隊たちは酔っぱらって、さかんに手拍子をたたいていた。

ふたたび黒い寸づまりの飛行機がかなりの低空飛行で上空を飛びこえていき、駐屯軍の存在には気がつかないらしかった。

平土間をへだてて舞台とむかいあって三つの天幕がはられ、そこに将校・下士官が陣どっていたが、これがまた席次がいりみだれ、兵隊がわりこみ、将校・下士官の区別があやしくなっていた。東一等兵はあちこち苦労して三ノ三班長をさがしまわったが、ついに見つけだされた三ノ三班長は駐屯軍隊長にへばりつき、くだをまいていた。東一等兵はその前に立ち、パッと挙手の敬礼をした。

「第三小隊第三分隊第三十号東一等兵、只今、外出より帰りました。」

三ノ三班長は、おそらく兵隊の九層倍も酒をのんだのだろう、とろんとした目をして、もうロレツがまわらなかった。

「なんだと？　きさまか。やい、三ノ三バンザイ。こら、どこふらついてきた？　ヨカ、ヨカ。おれはな、かたいことはいわん。さあ、飲め。カケツケ三杯だ。飲まんか。おれが許す。ね、いいでしょう、隊長？」

「よかろう。きょうは特別だ。」隊長が言った。

東一等兵はグイグイグイと酒を三口飲んだ。ツーツーレロレロはますます高揚してきたが、西北両一等兵はまだ気分が出ていなかったのか、酔っ払ってしまったのか、舞台にのぼっていなかった。

「いいぞ。その調子。三三九度だ。やい、歌でもうたえ。東一等兵。おれが許す。」

「カンベンして下さい、班長殿。」

「なに、カンベンだと? ぬかしたな。きさま、班長のいうこと、きかんきか。」

「あとで歌いますから、班長殿。」

「いかん。いますぐだ。カンベンならねえ。これは命令だぞ。きさま、おれの命令にそむくきか。エイ、はらだたしやの。重営倉三日だ。ねえ、隊長?」

「三日か六日か九日だ。」駐屯軍隊長はすっかりくたびれたようで、とくべつそこに持ちだされた隊長の肘掛《ひじかけ》椅子にぐったりしていた。

「ヒガシ、ヒガシ、イットウヘイ、ヤリダセ、ツノダセ、アタマダセ。」

東一等兵は酒に弱かった。彼はもう足がふらふらして、顔面が赤くなったり青くなったり、なんとか舞台にはいずりあがった。ツーツーレロレロは一段と高まり、舞台もまた高くなって、そこから見ると天幕の屋根のむこうに営門が小さく見え、営門のむこうに町が見えて、町は兵隊たちのあらゆるざわめきをこえて、あいかわらずひそまりかえっていた。

舞台にあがれば歌はできるじゃない、と面会人は言ったが、それがそうかんたんではなかった。とにかく、もぐもぐとたっぷり六分はかかった。それからようやく東一等兵の口がひらいたりとじたりして、歌らしきものが出てきた。

ツーツーレーロ
ツーレーロ
夜の夜中におこされて
オバコきたかと
出てみたら
オバコきたきた
きたけれど
嫌じゃありませんか軍隊は
外出時間三時間
抱いたとおもたら
夜があけた
コケコッコー
夜があけた

申しわけみたいな感じで、兵隊たちも聞いてはいなかったが、その時、東一等兵の目にいやにはっきり見えたが、営門から第一外務班一行三十名が二列縦隊で手をふりふり入ってきた。つづいて第二外務班一行三十名。つづいて第三外務班一行三十名。ぞくぞくと入ってきた。この合計九十名がたちまち演芸大会場に合流して、入隊台帳通り三百九十名になったが、それだけでインフレのようにふくれあがり、同時にツーツーレロレロの大合唱はぴたりとやんだ。東一等兵はふらふらと舞台からおりてきた。かわって、右総代だったろう、第三外務班の指揮者である上等兵が器械体操の一挙動で舞台の上にあがっていた。彼は歌った。

みなのしゅう、みなのしゅう
古今無双の英雄で
バンダの桜、エリの色
三、三、三と整列せい
煙も見えず雲もなく
退却だ、ほら、退却だ
タタカイいまや、たけなわや
三つの街道いっぱいに
しめてちょうだい腹帯を
鉄のカタピラひびかせて
土も草木も火と燃える
黒いタンクがやってきた
あまつ日かげも色くらく
一台、二台、三台だ
イロハのイの字はイノチのイの字
ニゲルのニの字は二本足のニの字

三、三、三と整列せい
花見帰りの女学生、ほら
退却だ、ほら、退却だ
黒いタンクがやってくる

ほら、退却だ、ほら、退却だ。兵隊たちはいっせいにはやしたてて、立ちあがった。どよめきながら、三、三、三と九つの分隊に整列しはじめた。もうろうとして隊長も、ふらふら立ちあがった。その時、黒い寸づまりの飛行機がかなりの低空飛行で上空を飛びこえていった。これが三度目の正直だった。

三度目の爆音は三十ホンくらいだったが、こんどは兵隊たちにブルンブルンブルンときこえ、みんな空を見あげた。それまで曇っていた空がたちまち晴れわたっていて、飛行機はたちまち見えなくなっていたが、あとに三つの光り物がのこっていた。見ていると、その三つが一つになって、あれよあれよ、まっすぐ演芸大会場に落ちてきた。たぶん正味三百九十名分のバクダンだったろう、舞台と天幕の中間におちて、おちたところから煙が立ちのぼった。どこまでも晴れわたった空に、白い煙が最初は1の字の形をしてのぼっていき、それから3の字になり、つづいて9の形になって、ついに0の形となり、オーオーオーとわめいているようで、それからはもうなんの形にもならず、早い夕焼の光をうけ、バラ色のまま消えていった。町の家々の窓がいっせいにパタパタパタパタとはばたいて開くのが聞えた。

3

現在、駐屯軍の兵舎はまたもとの公立小学校になっていて、それは新築の白壁作りのモダンなものである。校庭のフィールドやトラックやコートはひろびろとして草一本ないが、ただ隅っこのほうに草がぼうぼう生えていて、これはあの演芸大会場が浅茅《あさじ》ガ原《はら》になったところである。そこには自然石のままの大きな御影石《みかげいし》が一つころがり、おかれていて、これはPTAの寄進したものである。記念碑と呼ばれているが、記念碑というよりも、地下になにやらうごめくものがあって、それをおさえるフタ、あるいは、むしろオモシのようである。毎年の八月十日、校長先生が朝礼の時、黒いリボンをむすんだ白い花束をそなえる。その御影石にはつぎのような文字がきざまれている。

ここに兵士ら
三百と九十柱
その祖国の
土と共に眠る
願わくば安らかに
眠りて目を
さますことなかれ

長谷《はせ》川《がわ》四《し》郎《ろう》（一九〇九～一九八七）

函館生まれ。兄に小説家林《はやし》不忘《ふぼう》（谷譲次《たにじようじ》、牧逸馬《まきいつま》）、画家・小説家長谷川潾二《りんじ》郎《ろう》（地味井《じみい》平造）、詩人長谷川濬《しゅん》がいる。法政大学独文科卒業後、満鉄調査部、満州国協和会調査部を経て召集を受け、ソ満国境監視哨《かんししょう》になる。シベリアの捕虜収容所での五年間の抑留ののち帰国。翻訳家として活躍しながら、一九五一年以降、苛烈な俘虜《ふりょ》体験を一連の短篇小説で感傷を排して記述し、五二年から五三年にかけて『シベリア物語』『鶴』にまとめて刊行した。他に戦後混乱期の日常に材を採った小説集『阿《あ》久《く》正《ただし》の話』、ベルリンの壁建造直前のドイツ滞在記『ベルリン一九六〇』、詩集『原住民の歌』など。六九年『長谷川四郎作品集』で第二三回毎日出版文化賞。翻訳に『マラルメ先生のマザー・グース』『ブレヒト詩集』『カフカ傑作短篇集』、アラン＝フルニエ『グラン・モーヌ』、ギリェン『キューバの歌』、アルセーニエフ『デルスー・ウザーラ』、上田秋成『雨月物語』他多数。

里見弴《とん》

いろおとこ

花柳小説の佳品。

明治以降、日本の作家は女を描くのに苦労した。小説である以上、男との行き来が眼目のはずなのに、家庭の女たちは令嬢も夫人もひっそりと貞節に暮らすばかりでドラマにならない。社会が女に自主的に生きることを許さない、という恋愛小説がとても書きにくい状況。

従って自分の意思で生きる女は花柳界にしかいない。大岡昇平は貞淑な妻の姦通《かんつう》未遂を『武蔵野夫人』で書き、現代の遊女の彷徨《ほうこう》を「黒髪」で書いた（どちらも第十八巻に収めた）。「黒髪」は後に長篇『花影《かえい》』になった。

里見弴の『いろおとこ』は一人の男の数日を女の視点から描く。鍵はこの男が誰かということだが、作者が明かしていない以上、知らない方が楽しめる。しかし知らないままでもつまらないので、この巻の最後の「解説」で彼の正体を伝えることにしよう。

いろおとこ

濡縁《ぬれえん》に蹴出した麻の座布団に大胡坐《おおあぐら》で、莨《たばこ》と小楊枝《ようじ》とをこもごも脣《くちびる》にもって行くばかり、男はもう永いことものを言わなかった。よく晴れて、残る暑さの相当に厳しい、午《ひる》ちかい朝飯の、餉台《ちゃぶだい》の上のあと片づけに、カタコトいわせていた女が、薄汚れのした団扇《うちわ》の柄をむこう向けに、畳にずらせて、

「はい」

ちょっと振り返っただけで、すぐまた鬱陶《うっとう》しく茂り重なった樹木、強い日射《ひざし》に耀《かがや》きながら瀬をなして流れる池水の方へ、どこをあてともない瞳を戻した。そのくせ、高くて広い額《ひたい》や、大きいが姿の整った鼻の周りなど、脂汗《あぶらあせ》で光っていた。すべてに満ち足りた体の状態から来る懶惰《ものぐさ》とばかりも思えない無言を、また始まった、と心に呟《つぶや》き、餉台に片肘《かたひじ》あずけて、やや居住《いずま》いを崩すのと一緒に、

まともに男の方へ向き直ると、別の団扇を把《と》りあげて、はだかり加減の胸元へ、ゆるゆると風を送りだした。

「あんた、どうしたのよ」

「うん」

あおられる度に、明石《あかし》の、茄子紺《なすこん》の影が、肌の白さを染めつつ揺《ゆら》いで、

「何をそんなに考え込んじまったの?」

「…………」

「ねえ、お食後ぐらい、ちっとは気楽にお喋《しゃべ》りをなすったらどうなの? 毒よ」

「まア、いい。黙っとれ」

北に山を負い、南には高い水平線も薄霞《うすかす》む、遥かな海面《うなづら》が望まれるような、A温泉の山手、特別な客しか迎えない、風変りな宿の、さして広くもない母屋を中心として、緩い起伏のある、万にちかい坪数の庭園のあちこちに、梅、桜、藤、紅葉などと銘《なづ》けて、それらを眺めるによい位置に、ぽつりぽつりと、八畳、六畳、あるいは六畳、四畳半に風呂場と便所だけの、茶がかった離れが点在している、そのうちの一つで……。しッきりない蟬《せみ》の声も、耳に滞《なず》んでしまっては、しんしんと、淋しいくらいの閑寂《しずけさ》だった。

無言の小半時《こはんとき》ばかりも過ぎてから、石段を踏む跫音《あしおと》が近づき、出入り口の硝子《ガラス》格子があいて、次の間から、

「ごめんくださいまし」

「はい、どうぞ」

「お粗末様でございました」

「御馳走様《ごちそうさま》。おいしかってよ」

広蓋《ひろぶた》に皿小鉢を移すのを手伝いかけて、「あ、そうそう。うっかりこれをやるんで、とかくおさとが知れちまうんだってね」

相手ほしやから、田舎出《ぽッとで》の若い女中などにはなんのことやらわかる筈《はず》のないことを言って、女は、ひとり嬌艶《あでやか》に笑った。果して、挨拶に困って、

「どうぞ、ほっといて頂きます」

も口のうちに、クルクルと、鎌倉彫の方卓《かくづくえ》を丸く拭きかけるのを、

「ちょっとかしてね」

敏捷《てばや》く布巾《ふきん》を取ると、隅々まで拭き直して、「どうも御苦労様。寮が遠いんで、一々お運びが大へんでしょう?」

「いいえ。ちっとも行き届きませんで……」

逃げるように次の間にさがると、襖際《ふすまぎわ》に突き指で、きまり台詞《せりふ》か、すらすらと、「お昼寝なさいますンでしたら、お床をおのべして参りますが……」

「いいえ。よござんすの」

と、言い切ってから、少しく意味ありげな笑顔を男の方へ向けて、「それとも、どうなさる?もしなんなら……」

「いや、よろしい」

半白の坊主頭を、頂辺《てっぺん》から盆の窪《くぼ》へ、クルリとひと撫《な》でしたのは、いくぶんてれくさげだったが、

憚《はばか》るところのない笑い声で、高らかに、

「そうは、お前、体がもたんよ」

「莫迦《ばか》ねえ、あんたは」

軽く瀬戸物の触れ合う音がし、硝子戸があいて、締《しま》って、木《こ》の間《ま》に赤い帯がチラつき、跫音が遠ざかった。

それきりで、戸外《おもて》を見やったままの、団扇さえ手にしない、男の緘黙《だんまり》が続いた。時おり、思い出したように、華車《きやしや》な雁首《がんくび》を、吐月峯《はいふき》に打ち当てたりしていた女が、

「ほんとに、あんたって人は、まるッきりしらばがもてないのね」

「しらばとは、なんのこッた」

「さしンなるとつまらない人だって言うのよ。何を考えてなさるんだか、すぐだんまり虫ンなっちまって……」

「上手だって褒めたじゃないか」

クスリとも笑わずに、

「一芸は別としてさ。なんかこう、ちっとは話の種がありそうなもんじゃないの」

「ない」

「あっさりしてるわね。……じゃア、あたしが話してあげるから、そう、そっぽばかり向いてないで、せめて相槌《あいづち》くらいいうってくれたらどう？」

「面白くもなかろう」

「いいわ。じゃア、勝手ンなさい！」

しばらくして、女は、鞄《かばん》から取り出して来たトランプを、ペタリペタリと餉台の上に並べだした。忍耐戯《ペーシェンス》と呼ばれるくらいで、よくよくしょうことなしの暇潰しだった。それでも、出来れば出来たで、出来なければ出来ないで、あとを引いた。その日は、どのやり方でも、不思議なくらい出来が悪かったが。

赭顔《あからがお》で、髭《ひげ》の剃《そ》りあとの濃い、大兵肥満の六十男は、障子の小端《こば》に背を倚《よ》せ、両膝を擁《かか》え込《こ》むようにしたり、急に居住いを正したり、また片胡坐に組んだり、あえて沈思黙考という様子でもなかったが、倦《う》まず撓《たゆ》まない無言は続いていた。鋭く光る目を半眼に鎖《とざ》し、一文字に堅く唇を引き結んで、石でも噛《か》み砕《くだ》きそうな顎には、時おり瘤《こぶ》のような肉塊がグリグリと動いたりした。

長々と物の影が横たわり、夕風も習《そよ》ぎだしたが、高台の空は広々と、いつまでも耀きを和《やわら》げず、海上から先に暮れかけて、盛りあがったように、水平線がはっきりして来た。その紺青《こんじょう》の海面に、西陽《にしび》に染った帆が、点々と光っていた。

爆音を轟《とどろ》かせて飛行機が頭上を横切った。軒端《のきば》から三機編隊が姿を現わすと、興味なげながら、男の目は、追浜《おっぱま》あたりへ帰るらしいそのあとを見送っていた。それよりはぐッと低く、この方は音もなく、烏《からす》も山へ帰りつつあった。

女にとってはやっとの想いの、電燈がともった。トランプを揃《そろ》え、一服つけながら、

「御飯前に、ひと風呂あびていらしったら？　坐ったッきりで、お腹《なか》すかないでしょう？」

「うん。一緒にはいろうかね」

「狭ッ苦しくって……。お先にどうぞ」

前夜の言いつけを守って、ビールと枝豆だけ先に来た。湯あがりの胸をはだけて、一本半ほどあ

け、そろそろ銚子《ちょうし》や料理も運ばれだした頃、女は、三島菊の、四十ちかい年齢《とし》にしてはあらい柄を、むしろじみすぎる好みのように着《き》なし、白献上の半幅帯の結び目に手を廻したままではいって来た。

「お待ち遠様」

したとも見えぬ化粧も匂いやかに、ピタリと餉台のむこうに座を占めるのが、いかにもいたについたとりなしだった。

「さっき、うちへ電話を申込んどいてもらいましたの」

「そうか。……ビール、どうだ？」

「そうね、あたしはお酒にします。おいしそうだけど、あと汗ンなるんで……」

「いずれにしても汗にゃアなるさ」

すましてそう言い、酌をしようとするのを、優しく奪い取って、逆に銚子の口を向け変えながら、

「ついでに、なんか、東京に御用ありません？」

「お前ンとこなんぞに用のあるわけはないじゃないか」

「はい、すみません」

と、今度は酌を受けて、「いいえね、明日、誰か呼んだらどうかと思って。一日三界だんまりじゃア。……喧嘩《けんか》なら喧嘩でまた張合いもあるけど、てんから相手にされないんじゃア、あたしだってやりきれないわ」

子供に等しい聞きわけのよさで、

「うん、それァそうだろうな」

「ですからさ、森さんと加代ちゃんにでも来て頂いて、麻雀《マージャン》しましょうよ」

「うん」

「うんって、どんなの？　曖昧ね。そんならそれで、うちの松枝に、加代ちゃんとこへ行ってそう言わせるわ。森さんには、加代ちゃんから連絡してもらえばいいし……あちら、いま東京なんでしょう？」

「さア、どうかな。しょっちゅう往《い》ったり来たりしてるから。……お前、しかし、そんなに退屈なら、ひとりで先に帰ってもいいよ」

「あら、あたし、帰りたいなんて言ってやしませんわ」

「俺は、今度は、少し考えごとがあって来てるんだ。麻雀なんぞいつだって出来る」

「そう。そんならそれでいいの」

「なんだ、お冠《かんむり》か」

「いいえ、慍《おこ》りやしませんけど、……どんなむずかしい問題だって、大抵、一時間かそこら考えてたら、どうなりと思案がきまるもんだと思うわ。そんな、あんたみたいに、一《いち》ン日《ち》もふつ日《か》も考えづめに考えてたからって……」

「下手な考え休むに似たり、か」

「そんな、下手なんてことないでしょうけど、……でも、なんだか少しへんね。いつものだんまり虫と、今度は、なんとなく様子が違ってるてよ」

「おかしいな。どう違う？」

「どうってね。……そろそろあたしに飽きが来たんじゃアない？」

「莫迦な！　嫌いな奴《やつ》と一緒に旅行なんかするもんか」

「嫌いにならないまでも、……そうね、なんかわけがあって、これッきりもうあたしに会わないつもりかなんかで……」

「しょっとるなア」

「ちゃかさないでよ。……それで、あんたにしては珍しく、ふた晩もみ晩も……」

「いいじゃアないか。ふた晩み晩たんのうさせてもらえば、願ったり叶《かな》ったりだろう。自惚《うぬぼれ》るくらいなら、そこまで自惚とれよ」

「ええ。でも、それがね、なんとなくあんたらしくなくって、……かえって気味が悪いの」

「おかしな奴だ」

と事もなげに笑ったが、この女の勘は壺《つぼ》をはずさなかった……。

翌日は天気が崩れ、急に秋風だって、時おり、バラバラと、時雨《しぐれ》模様の雨が落ちて来たりした。それでも、障子はあけはなしのまま、揺れ動く萩《はぎ》などに、瞶《まじろ》がない目を置き据えて、昨日に変らぬ男の緘黙《だんまり》が続いた。

三日目の朝は早起きをし、旅装もととのえてから、

「あああ、今度こそあたし、天徳《てんとく》をしくじるわ」

「いくらでもあと釜が控えてるくせに。けちなことを言うな」

「けちで言うんじゃアなくってよ。いくら、相手があんただって、ちっとはすまないような気もするわ。一昨日《おととい》の晩の電話で聞いたんだけど、あんたと一緒だってことがわかって、大悶着《おおもんちゃく》らしいわよ」

「別に驚くほどのことじゃなかろう」

「それァそうだけど、……あんたは、知らん顔して逃げる気ね？」

「いろおとこ、金と力はなかりけり、だ」

と、平然と笑い飛ばすのを、いくぶんか怨《うら》めしげに、

「あんたみたいな人って肇《はじめ》てだわ」

「あたりまえさ」

「ほんとにこれンばかりも可愛げなんてない、いやないろおとこ！」

そんなことで、A駅から、上りと下りと別れたきり、ふッつりと音も沙汰もなかった。世に聞えた人だのに、誰に訊《き》いても、——唯一の親友・森に会ってさえも、曖昧に言葉を濁《に》ごされた。ある財閥の当主たる旦那に暇を出されたあとも、生得の暢気《のんき》さと淫奔心《みだらごころ》から、かねてのいろ客・某省の何某《なにがし》とて、札つきの箒木《ほうき》のもちものとなって、その日その日を面白可笑しく暮し、いつかあの男の記憶も薄れて行った。

ふた月半ほどすると、突然、かの人の名が、日本はおろか世界中にさえも響き亘《わた》った。根掘り、葉掘り、その後の様子を聞き知ろうとの熱意も失われていた折からだけに、なおさら女の驚愕《おどろき》は大きかった。前の旦那の別荘に乗り込んで来て、大威張りで泊ったり、旦那と一緒に飲み食いしたりするような、ふてぶてしいとも、図々しいとも言いようのない「いろおとこ」が、庭先を歩くでもなく、昼は、禅坊主さえ退屈しそうな無言の行《ぎょう》、夜半《よなか》は、打って変えての、雄々しくも逞《たくま》しい性慾で圧倒して、未練なげに別れて行った、あの、残暑の三日ふた晩の旅に、今更らしく、思いあたる節々を捜し覓《もと》めたりして、自分までが、一躍世界的の人物にでもなったような、かつて覚えのない心のときめきをどうすることも出来なかった。森を介して、心入れの品々を送り届け、たまさかの

短いたよりを喜び、新しい旦那に見せびらかして、痴話の種にしたりした。

翌々年の春浅い頃、かの人の、下役の者に伴われて、瀬戸内海のM島へ行き、会いは会ったが、本意《ほい》ない別れだった。以前とはまるッきり別な、畏《おそ》れ敬うような気持も、いくぶんかは添っていたのに、さきは、例によって例のとおりで、女も、つい、いつもの彼女に還《かえ》らされはしたものの。

四月、華々しい戦死を遂げた男の遺骨を捧じて還った下役の者から、英雄の最期に適《ふさ》わしい、現場の模様を聞かされた。——島の密林が一ヶ所、焦穴《こげあな》をつくっているとの、偵察機からの報告に従って、海、陸の小部隊が急行し、あがってみると無人島で、海兵は、夥《おびただ》しく屈曲する川を短艇で溯上し、陸兵は、磁石をたよりに、千古斧鉞《ふえつ》を知らない密林を伐《き》りひらきながら、その焼焦《やけこげ》の地点へと急いだ。陸兵の方が四五十分も先に到達した。飛行機の破片、黒焦の死体、惨憺《さんたん》たるなかに、両《りょう》掌《て》で日本刀の柄《つか》を摑《にぎ》り締《し》めて、無傷とも見える提督が横たわっていた。近くに、スポンジ・ゴムの座布団の如きものがあり、今が今まで悠然とそれに腰かけ、股の間に軍刀を突ッ立てていたかと思われるほど、崩れのない姿勢だった。自分等に与えられた指命について、何事も告げられていない兵隊たちは、それがなんぴとなるかを知らず、ただ襟章によって、将官たるがゆえに礼を厚く取り扱っているところへ、海兵も着いて来た。平生愛顧を蒙《こうむ》っていた参謀が屍《むくろ》を抱いて艇中に運び、上陸した地点へ戻った時には、赤道ちかい空にも、静かな夕《ゆうべ》が催していた。出来るだけ煙をあげないよう、竹を焚《た》き、またそのように工夫された穴のなかで荼毘《だび》に附《ふ》し、有合《ありあ》う箱に納めて、汽艇によって、沖に繋留《けいりゅう》中の艦へ運んだ。途中、第二の便を待たせて置いた陸兵の方を振り返った参謀は、凸凹の海岸に、なお横隊を解いていないらしく見えたので、望遠鏡を把《と》り出《だ》し、瞼《まぶた》に当てた。指揮官の命令か、兵隊各個の自発的意思か、みんなピタリと捧銃《ささげじゅう》の礼をとっているのが、模糊《もこ》たる靉烟《あいえん》のうちに映ってきた。望遠鏡はそのままながら、急に何も見えず、参謀の頬はしとどに濡《ぬ》れた。

……どこの誰とは知らずとも、あれは、武人の死に対するおのずからなる尊敬だ！

——語る者も、聞く者も、共に泣いた。

ほどなく、盛大な国葬が執り行われた。戦争中、民心がほんとうに一丸となったのは、彼《か》の提督に対する愛惜、追慕の念くらいのものだったろう。

もとより遺族ではないが、特に設けられた席から、かくべつえらいとも、勝《すぐ》れているとも思えなかった人に対する、国を挙げての哀悼を目前《まのあたり》にしては、さすがの暢気屋も、「万感胸に迫る」という聞《き》き齧《かじ》りの言葉どおり、何がなんだかわけがわからなくなって、附添いの者を不安にしたほど、ひた泣きに泣き崩れた。

不見転《みずてん》あがりだとか、男誑《おとこたら》しだとか、強慾だとか、見栄坊だとか、傲慢だとか、あらゆる悪評を屁《へ》とも思わなかったような彼の女にまで、急に好意や同情の慈雨が降り注いだ。そうされると、別人の如く優雅《しとやか》になり、控目にもなって、未亡人じみた悲嘆の日を、ひとり静かに送りたがった。

——いつまで続くことかと、嘲り嗤《わら》う者もないではなかったが……。

＊

一時は香煙を絶たなかった西郊多磨なる墓所に、いま夏草が茂っている……。

里見弴《さとみとん》（一八八八〜一九八三）

横浜生まれ。東京帝国大学英文科中退後、バーナード・リーチにエッチングを学ぶ。一九一〇年、同じ学習院出身者であるふたりの兄（有島武郎《たけお》、有島生馬《いくま》）、志賀直哉、武者小路実篤、柳宗悦らと雑誌「白樺」に依り、短篇小説「お民さん」などを発表する。一時大阪に移住。上京後、一六年の「善心悪心」以降、技巧的な短篇を数多く書くいっぽう、長篇小説『安城家《あんじょうけ》の兄弟』で兄・有島武郎の心中を中心題材とし、『荊棘《いばら》の冠』ではヴァイオリニスト諏訪根自子《すわねじこ》のスキャンダルを取り上げた。一時、明治大学文芸科で小説論を講じた。四〇年第二回菊池寛賞、四七年芸術院会員、五六年『恋ごころ』で第七回読売文学賞、五九年文化勲章、七一年『五代の民』で第二二回読売文学賞（随筆・紀行賞）。他に「妻を買う経験」「銀二郎の片腕」「椿」『今年竹』『多情仏心』「初舞台」『道元禅師の話』「彼岸花」『文章の話』など。その作風は、自分の心に素直に従う「まごころ哲学」と呼ばれる。鎌倉で死去。

安岡章太郎

質屋の女房

もっぱら自分の身に起こったことを素材に小説を書いた人であった。決して露悪的にならず、自虐に陥らない、品のいい私小説。

昭和十八年春、慶應義塾大学の予科に籍をおいていた安岡章太郎は徴兵検査を経て入営した。その直前のつつましい情事を書いた佳品である。本人のふるまいよりも時代の雰囲気の描写に値打ちがある。

ちなみにこの後、彼は軍に入って間もなく満州国の北の孫呉《そんご》というところに送られた。同じ年の夏に彼が所属する部隊はフィリピンに移動、やがてレイテ島でほぼ全滅する。しかし幸いにも彼はこの移動の直前に高熱を発して病院に送られ、胸膜炎の治療をするうちに、昭和二十年三月、内地に送還されて、七月一日に現役免除になった時は金沢第一陸軍病院にいた。

そういう運命が待っていることを知らぬままの質屋の女房との行き来。

この主人公は愛すべき青年であると思う。いや、およそ九十三年の生涯を通じて彼はみなに愛される人であった。

質屋の女房

はじめて質屋へ行ったときのことを憶《おぼ》えている。友達におしえられて、夜、路地の奥にある店へ入った。ノレンをくぐって格子戸《こうしど》を開けるとき、大罪悪を犯しているような気がした。――自分はもう、これで清浄潔白の身分ではなくなる。堕落学生の刻印を額の上におされるのだ。

分厚い欅《けやき》の台の上に、腕からはずした時計を置いた。

拾五円《じゆうご》くれた。店を出るとき、

「ありがとうございます」と、番頭とうしろに控えた小僧とに頭を下げられ、変な気がした。

金をもらったうえに、礼を云われる理由が、咄嗟《とつさ》にはどういうことか合点が行かなかったのである。

それから半年たたないうちに、僕はもう一っぱし質屋との駈《か》け引きをおぼえ、〝またぎ〟と称する奇怪な利息法のカラクリや、何をどんな時に持って行くのが一番得か、などということを得意げに友達に教えたりした。

家のちかくに私鉄のT線の駅ができて、その傍にもコンクリートの庫《くら》のある質屋が建った。それまでも家の近所に一軒、質屋があったが、そこへは僕は出入りしていなかった。おふくろと二人ぐらしの僕は、あんまり家の近くの店だと母親に嗅《か》ぎつけられそうな気がしたからだ。

おふくろは、僕が外でしていることには何も気がついていない振りをしていた。毎日学校へも行かず友達の下宿で妙なものを書きつづっていることも、旅行に行くと称して吉原《よしわら》や玉の井へ泊ってくることも……。そのくせ、どうかした拍子に、乱雑な僕の机の抽《ひ》き出しの中にあるものを、いつの間にか引っ張り出して、何食わぬ顔で僕の眼にとまるところへ置いてあったりするのだ。おふくろが一体、どのへんまで意識して、そんなことをするのか判《わか》らなかったけれど。

そんなことがあると、僕は母親の眼つきを恐れながら、同時にそのヤリ口に腹が立った。しかも、こちらが怒ればヤブ蛇になるだけだから、一層いら立たしいのである。

その日も、たしか自分の部屋に収《しま》っておいたはずのFからの手紙が茶の間のラジオの上に乗っていた。Fは、おふくろが嫌っている僕の友人だ。いまでは僕もFと付き合っているわけじゃない。そのことは、おふくろにも云《い》ってあるし、認めてもいるはずだ。しかし僕は文句を云う気にはなれない。云ってみたところで、おふくろは、「おや、そうかい」としか云わないし、それ以上押せば、こんどは自分がFのことでどんなに迷惑をこうむったか、とそればかりをクドクドと云いはじめるにきまっているからだ。

で、僕はわざと、おふくろの見ているまえでFの手紙をゆっくりポケットに入れ、二階の自分の部屋に引き上げたが、そのままではまだ気が収まらなかった……。そしてふと、あの質店で金をつくって、どこかへ出掛けてみようと思ったのだ。どっちみち、疑《うた》ぐられるなら、おふくろがイヤがるようにした方がいい。

格子戸をあけて、僕は意外な気がした。

店の上り框《かまち》の座敷に、和服にカッポウ着をつけた女が一人、こちらを向いて坐《すわ》っている。それだけのことだが、何となく勝手がちがって、僕はとまどった。

「いらっしゃいまし」

女は、そう云ったあとで、ふと笑った。すると、なぜだろう、女の白粉《おしろい》気のない顔が、急に輝やいてみえた。

「あの、初めて来たんだけれど」

僕は落ちつかない気持で云った。すると女は、どういうつもりか、

「お近くなんでしょう、お宅は」と、また微笑して云った。「——でしたら別に、うちの方はよろしいんですよ」

僕は、ちょっとの間、何のこと云われているのか、わからなかった。——この人は、僕が質屋になど来たことのない坊っちゃんだと思っているのだろうか？

そんなことを考えたのは、じつは僕自身が自分をそんな風に見てもらいたかったからにちがいない。けれども、それはこちらの思い過ごしだった。彼女は単に、これまで取り引きのなかった客に取らなければならない手続きを省略しようと云っただけだ。

それでも、ともかく僕が泥棒などする男ではないと、一《ひ》と眼《め》で信用してくれたことは、有り難くおもってしかるべきことにちがいなかった。

僕は、持ってきた大きな冬の外套《がいとう》を彼女のまえに差し出した。まえにも云ったとおり、出がけに僕は腹を立てていたから、まっ昼間、こんな大きなものを抱えてきてしまったのだ。しかし、いまになってみると少し恥ずかしい気がした。

「冬ものですね」と彼女は云った。

それから膝の上に拡《ひろ》げて、指で撫《な》でながら、

「いい外套だこと」と、ひとりごとのように云う。

「いくらになる」と、僕は訊《き》いた。

「そうね……」彼女は笑った。「おとうさんに訊いてみなくちゃ」

僕はダマされたような気がした。どうせ彼女が値踏みするのでなければ、こんなに緊張する必要はなかったわけだ。しかし、それよりも彼女の云った「おとうさん」という言葉が僕を端的に刺戟《しげき》していた。

彼女は「おとうさん」を呼びに立ち上った。黒っぽい着物の裾《すそ》から、白いピッタリした足袋《たび》がのぞいた。年齢にくらべておそろしく地味な、おふくろの着ているものより、もっと地味な着物だった。「おとうさん」が彼女の父親でないことは、たしかだ。しかし彼女は普通に結婚しているおかみさんのようにも見えないのである。

「おとうさん」がやってきた。彼の特徴はいっぺんで眼につくものだった。物凄《ものすご》く大きな体つきなのだ。どちらかといえば小柄な彼女がそばに並ぶと、男の肩ぐらいまでしかない。肉づきも素晴ら

しく、茶色い大島の着物をもくもくうごかしながら眼の前に坐ったところは、まるで牛か羆《ひぐま》がいるようだった。年は五十ぐらいだろうか。女房とは二十ぐらいは差がありそうにおもえた。

「いい外套ですな」彼もまたそう云うと、軀《からだ》をゆするようにしながら、

「そうですね、勉強して五拾円ぐらいまでなら」

僕は驚いた。予想したよりずっといい。戦争が長びくにつれて、むかし買った古い物の値が逆にだんだん高くなっていることはたしかだが、それにしてもこれは飛び切り高い値段におもえた。僕は勿論《もちろん》、満足だとこたえた。男は、大きな膝の上で器用に外套を四角く畳みかけたが、

「おや」と、熊のように太い頸《くび》を上げながら云った。「これは、どうしました。襟のこんなところが擦れている」

しまった、と僕は思った。襟の先が一部分、切れかかっているのは僕も知っていた。

「これじゃ、仕方がない。半値がせいぜいですね」

それだって悪い値段ではなかった。しかし、どうしたことか僕は、自分の人格が半値に切り下げられたような気がした。

女（というより、こうして男のそばに並んでみると、あきらかにおかみさんだったが）は、紙幣を手下げ金庫の中から数えて取り出しながら、僕の顔を見てまた笑った。僕は、ひどく情《なさけ》ない気持で、それを受けとった。


その金を何につかったかは、おぼえていない。おぼえているのは、夏がきて、秋がきて、冬になっても、その外套を受け出して着る気になれなかったことだ。

その間に僕は、何度か利子を入れたり、他の品物をあずけたり、よその質屋へ入れた物を受け出して、またその店へ持って行ったりした。

そのたびに彼女は、あの含み笑いを見せながら僕に話しかけてきた。……店の中は、いつもひっそりしてお寺のように陰気だった。奥に金庫のように頑丈な鉄の扉のついた倉庫が見える。そこから死んだように重苦しい空気が冷たい風になって流れ出し、あたりを黴《かび》の臭《にお》いで浸していた。ただ彼女が笑うと、そのまわりだけが灯がともったように生きかえって、まともな、人の住んでいる家を想《おも》い出させるのである。

僕は用心しなければいけないと思った。あれから「おとうさん」はほとんど店へ姿を見せなかったが、彼女の笑顔を見るたびに、そのうしろに寛大なのか、ぬけめがないのか判らない、巨《おお》きな男のいることを忘れるわけには行かなかったからだ。

ところで、こんな風に云うと、まるで僕はその質屋の女房に恋愛していたように思われるかもしれない。しかし、そんなものではないのだ。と云って、それでは恋愛とはどんなものかと訊かれても困るが、とにかくそのころの僕は、ただ何となく彼女の店を利用していたにすぎない。しかし、こういうことは云えるだろう。金を借りる側にとっては、いかなる場合でも相手に信用を博そうとか、そのためには相手に好かれたいとかいう気持が絶えず働いており、それは恋愛によく似た心のうごきを示すことになる、と。……僕自身でも、何度も通ううちに、はっとするようなことがないわけではなかった。

夏休みも、そろそろ終りかけたころ、学生服を受け出しに行くと、青い顔で番台に頬杖《ほおづえ》をついていた彼女が、

「あんた、恋愛でもしてんの?」

と、狎《な》れなれしい口調できいた。

「どうして?」

「だって好きな人でもなきゃ、こんなにお金がかかるわけはないもの」

僕は咄嗟にどうこたえていいかわからなかった。すると彼女は、親もとから学校へ行きながら、こんなにたびたび質屋へくるのは、どこかに愛人をかくまっているとしか考えられない、と云った。僕にはそんなことはなかったから、これは即座に打ち消した。

「でも、あんたは童貞じゃないわね」

「そりゃ、そうさ」

「ふーん。あんまり親に心配かけるもんじゃないわよ」

僕はなぜかギクリとした。余計なお世話だ、と云ってやりたい気もした。しかし、ふと見ると、彼女は青い顔に汗をにじみ出さしていた。それは、いつになく醜い感じだった。首筋に覗《のぞ》いてみえる真っ白い半襟まで汗臭いように思えた。しかも彼女はその前屈《まえかが》みの姿勢の中に、かつてないほど強烈な「女」を全身で発散させていた。


新学期がはじまったが、僕の生活はまったく変りばえがなかった。相変らず学校も怠け、堕落することにも熱意がなかった。

おふくろは友人のFたちのことを警戒していたが、僕は彼等からも見棄《みす》てられていた。僕には彼等のように思い切ったことは出来ないし、それ以上にマメに勤勉に「堕落の道」を歩きつづける根気がなかった。遠い親戚《しんせき》に一人、一生涯はたらかず、女房ももらわず、財産がなくなってからは葬式の提灯持《ちょうちんも》ちになって、死んだ男がいる。

「おまえも、あんなふうになりたいのか」というのが、おふくろの僕にあたえる教訓の十八番だが、じつはそういう彼女が僕をその男に似るように仕向けていたともいえる。おふくろは僕に何もさせたがらず、また僕がいつまでたっても何も出来ないということが彼女を満足させていたのだ。だから質屋の女房が僕に意見したことは見当ちがいだ。僕は、すくなくとも積極的に親不孝だったことは一度もない。

僕は、れいの「旅行」さえもしなくなった。おもに東京の反対側のはずれにあるその町まで足をはこんで、エナジイーを費やし、また帰ってくるということが、考えただけでも面倒だった。それよりは、いっそ質屋で話しこんでいる方がマシにおもえた。

そんな僕を彼女は、こんどは「旅行」によって罹病《りびょう》した伝染病患者だと思うらしかった。彼女は平気でそれを口に出し、自分もなったことがあるからわかるのだと云った。

「だから、わたしは子供ができないのよ。このごろは、もうそんなに欲しいとはおもわなくなったけれど……」

僕は彼女の以前の職業に興味をもったが、それをこちらから訊き出すことは、やはりはばかられた。

彼女の主人(と云うべきか旦那と云うべきか)である大男のことは、一層わからなかった。あちこちに、いろいろの種類の店を何軒かもっており、日をきめて一軒ずつ廻《まわ》っているような風だったが、それもはっきりはわからない。

いつか彼女は僕に、映画の切符をくれようとしながら、

「つまらないわ、わたしは。こんなものを貰《もら》っても外へ出るわけに行かないんだから」と云った。その言葉に僕は、現在の彼女ばかりでなく、これまでの彼女の境遇も示されているようにおもったが、敢《あ》えて元気づけるために云ってやった。

「どうして？　留守番をたのめば、出られるじゃないか」

「だって、一人じゃ……。あんた、ついてってくれる？」

「僕でよければ、つき合うよ」

しかし、彼女は果して、笑って首を振っただけだった。はじめから僕には、それがわかっていた。彼女は主人に忠実であり、僕はそれを好ましく思うと同時に、いっしょに町をつれて歩いてやれないのは、やはり残念だった。


世の中は、いよいよ奇妙な混乱をていしていた。ある日、映画館に入ると、バドリオ政権ができてから禁止されているはずの「ファシストの歌」をやっているので、おやと思い、出てみると町ではイタリヤの降伏と、ムッソリーニの復権をつたえる号外売りが走っていたりした。

あらゆることが、中途半ぱで消えてなくなったり、かと思うと、いきなり途中から始ったりしているようだった。

払底した陸海軍の下級将校を、速成でおぎないをつけるために、大量の学生が動員されはじめた。そのころ僕は、質屋で妙な仕事を受けもたされることになった。突然出征した学生が質に入れっぱなしで行った本を、整理することを申しこまれたのだ。

僕は、本のことなど知らないから、と正直に云ってことわったが、

「おとうさんよりは知ってるでしょう」と云われると、引き受けないわけには行かなかった。

僕は質屋の庫の中というものに、はじめて入った。中には太い木の枠《わく》が組まれ、ネズミ除けの金網が張りめぐらされて、座敷牢《ろう》というのは、こんなものかと思った。

二百冊ばかりの本は翻訳ものの文芸書が主で、他の単行本もほとんど新刊書ばかりだから、整理して間違いなく預ったものが揃《そろ》っていることをたしかめながら、リンゴの箱へつめるほうだけの仕事は、別段、難しくも厄介なものでもなかった。バルザック全集、ジイド全集、ドストエフスキー全集、それにゲーテ全集、大思想家全集だのというのが、一冊の欠巻もなしにそろっているのを見ると、よくもこんなに全集ばかりあつめたものだと感心させられるが、しかもそれを全部質に入れたまま入営してしまった男というのは、いったい何を考えていたのだろう、と不思議な気もした。そしておそらく彼は、僕のような男がその蔵書を整理したとは一生知らずにおわってしまうのである。

そんなことを思いながら、僕はふと、この男も自分のように、これらの本を何冊かずつ抱えては、この質屋にやってきたのではあるまいか、とおもった。読みもせず、売りとばしもせず、ただあとで利子をつけて取りかえすために、一冊買っては一冊質に入れ、またその金で一冊買う、そんなことをくりかえしている男のことが、急に一種の親しさをもって感じられてきた。と同時に、そんな機械的な反復のほかには何もせず、何をしようとも思わなかった男が、この金網に囲まれた庫の中で自分と向いあっているという、何ともイラ立たしい幻影が僕の全身にまつわりついてくるような気がした。

「どうも、ご苦労さま」

彼女が云いながら入ってきた。格子ごしに覗くと、土間に立っている客の姿が、逆光線で黒い影法師のように見えた。女は片側の壁に梯子《はしご》を掛けると、四五段上って、器用にハトロン紙のたとうに包まれたものを抜き出した。職業的に熟練した動作だった。

「危いぞ！」

僕は床に腰を下ろしたまま、梯子の上の彼女を見上げて云った。不意にナフタリンと織物の混り合った臭いが鼻をくすぐって、黒い着物の裾から出ている足袋の白さが眼についた。

「いやア」

女は女学生のような声で云うと、僕の顔を見下ろしながら一瞬、梯子の上で身を固くした。片手にたとうを抱えたまま、ぎごちない動作で梯子を下りきると、

「意地悪」

と短く云って、出て行った。すると僕は、まつわりついている「反復」の幻影から、ほんのしばらく自分が脱け出していたことに気がついた。


その晩、彼女は僕に夕飯を食べて行くようにと云った。僕は、それを断った。好意を無にしたくはなかったが、その日僕のしたことの礼として何かを振舞ってもらうのがイヤだったからだ。

「でも、こまるわ」

彼女は僕の顔を見上げながら、実際に困惑している声で云った。

「いいんだよ。何でもないことだもの、あんなこと……」

僕は、まえ云ったことを繰り返した。

「そう？　でも、こまっちゃうな、あたし」

彼女は眉根《まゆね》にしわをよせて、ほとんど懇願にちかい態度だった。僕は反射的に、あの熊のように大きな体軀《たいく》の男を想いうかべた。彼はきょうはよそへ廻っている。しかし、あの男が彼女に、仕事がおわったら僕に飯を出すようにと云いつけて置いたにちがいない。

彼女は、また小声に云った。

「こまっちゃったな。ああ、こまっちゃった」

「…………」

僕は不意に、うつ向いて立っている彼女の軀を抱きしめてやりたくなった。

しかし、いまそんなことをすれば彼女は怒るかもしれない。僕は、かろうじて衝動を抑えながら思った。彼女の昔の職業のことが漠然と頭にあった。あの商売の女は身持が固いということだ。彼女たちは自分の体を職業意識でまもっているからだ。

しかし、彼女は怒るだろうか、本当に？　僕は自分の軀がこわばってくるのをイラ立たしく感じながら、本のページをひるがえすように、同じことをくりかえして思った。彼女を怒らせることよりも、自分が怖いんだろう？　僕は、前のめりに、不器用な手つきで彼女の肩に手を置いた。……おもいがけないほど彼女の肩は柔らかだった。そのくせ軀は棒のように固い。そう思った次の瞬間、彼女の顔はまるで僕の胸にぶっつかるように跳びこんできた。甘酸《あまず》っぱい髪の臭いと、ほてった肌のにおいが、僕の顔一面に漂った。

……あたりが、すっかり暗くなったころ、僕は茫然《ぼうぜん》と家へかえった。頭が熱く、喉《のど》がひどくかわいている。

「何処《どこ》へ行ってたの、いまごろ」

母親は刺すような眼で僕を見ると云った。

どこだっていいじゃないか。僕はこたえるのが面倒くさく、立ちはだかったおふくろの軀のわきをとおりぬけて真直ぐ自分の部屋へ行こうとした。

「お前……」と、母は狼狽《ろうばい》しながら呼んだ。

「これをごらん、夕方きたんだよ」

差し出されたのは、召集令状だった。――十二月十二日、高崎の歩兵聯隊《れんたい》に入営するように指示されている。あと一週間の猶予《ゆうよ》だ。


一週間、何をする暇もなくたった。毎日、まだこんなに知り合いや、親戚がまわりに残っていたのだろうかと思うほど、入れかわり立ちかわり、波がよせるようにいろいろの人がやってきた。入営の前日は、おふくろまでがすっかり取り乱して、やってきた親戚の連中が寄り合って食事の支度や何かをするさまを、ぼんやり眺めている。そして、僕自身はこの騒々しさをすこしでも早く脱け出したい、とそれだけしか考えていなかった。

夕食がおわったころ、一とき、潮がひくように家じゅうが静まったときだった。玄関で低い声がした。何げなく、僕は自分で立って出た。

暗い格子戸の外に立っている人影を見たとき、僕は喉がつまりそうだった。……彼女だった。ネズミ色の和服コートの上に、町会の婦人部のバッジをつけているのが、なぜか憐《あわ》れだった。

「お忘れになったのかと思って……」

僕は胸の中が真っ黒くなるような気がした。決して忘れたわけではないにしても、彼女のことを思いやることがまったくなかったのは、たしかだった。……しかし、僕が恥じらいのあまりほとんど恐怖に近い心持を味わうのは、まだこれからだった。

「これを……」

と、彼女が微笑をふくむように差し出したのは、四角く畳んだボッテリとした手ざわりでやっと憶《おも》い出した僕の外套なのだ。

「途中で風邪をひかないように……。それから、これは失礼かもしれませんけれど、あの方はあたしからのお餞別《せんべつ》にさせて」

彼女は明るい笑いをうかべながら、それだけ云うと、さっと暗闇の中に姿を消した。僕はただ一言もなく、しばらくの間は無意味に指の腹で、外套のすこし擦り切れた襟のあたりを撫でていた。

安岡章太郎《やすおかしょうたろう》（一九二〇～二〇一三）

高知に生まれ、市川、善通寺、東京、ソウル、弘前《ひろさき》で育つ。慶應義塾大学文学部予科在学中、学徒動員で満州に送られたのち結核で除隊。英文学科を卒業後、一九五一年「ガラスの靴」で注目され、五三年「悪い仲間」「陰気な愉しみ」で第二九回芥川賞を受賞。「サアカスの馬」などの作品により短篇小説の名手とされ、劣等感や後ろめたさをすくい取る作風で「第三の新人」の私小説的側面を代表。六〇年『海辺《かいへん》の光景』で第一〇回芸術選奨文部大臣賞、第一三回野間文芸賞、六七年『幕が下りてから』で第二一回毎日出版文化賞、七四年『走れトマホーク』で第二五回読売文学賞（小説賞）、七六年第三二回日本芸術院賞および会員。八二年には土佐藩における祖先を題材とする史伝小説『流離譚《りゅうりたん》』で第一四回日本文学大賞、八九年『僕の昭和史』で第四一回野間文芸賞、九一年「伯父の墓地」で第一八回川端康成文学賞、九二年朝日賞、九六年中里介山《なかざとかいざん》『大菩薩峠《だいぼさつとうげ》』を論じた『果てもない道中記』で第四七回読売文学賞（随筆・紀行賞）、二〇〇〇年『鏡川』で第二七回大佛《おさらぎ》次郎賞、〇一年文化功労者。随筆に『アメリカ感情旅行』、翻訳にアレックス・ヘイリー『ルーツ』など。娘はロシア文学者・安岡治子。

色川武大《たけひろ》

空襲のあと

横光利一《よこみつりいち》と川端康成が新感覚派だったとすれば、色川武大は新々感覚派だったかもしれない。普通の人とは異なるものを恐がる感覚が彼にはあった。

約束した客が自分の家に向かってくるのが恐い。市電に乗っていると後ろから次の電車が来る。その迫ってくるのが恐い。自分と世人との違和を書いてこれほどうまい作家はいない（吉行淳之介《よしゆきじゅんのすけ》が、乗ったタクシーの運転手の機嫌を損ねることを異常に怖《おそ》れたという例もあるが）。

雑魚寝《ざこね》の闇の中でうっかり顔を踏んでしまったこのウメという婆さんを彼は恐がったのだろうか。恐いもの見たさという言葉もある。

昭和二十年の初夏から数年間の雰囲気が伝わる。その時に十五歳だった色川武大はその後もずっとこの猥雑《わいざつ》な空気を身にまとったまま生きて、麻雀《マージャン》小説の大家・阿佐田哲也《あさだてつや》になった。このペンネームの由来は「（麻雀で）朝だ、徹夜」だそうだ。

空襲のあと

来客というものはおかしなもので、不意の来客はそれほど驚かないが、きまりきった客が何か約束があって私の家を訪れてくるというような場合、なんとなくこちらも身構えるような気分になる。怖いというほどではないが、先方が、電車の吊皮《つりかわ》にぶらさがったり車の中にうずくまったりしながら、一路、私のところをめざしてきている。その姿を思うと、やはり、なんだか怖い。本来は遊びにくるのであるが、そうやって一直線に私の家へ入ってきて、何かのはずみで勢いあまって、どういうことをやりだすかわからない。

昔、王子電車の後尾に乗っていると、ピーポーという感じで後続の電車がすぐあとに迫っている。此方《こちら》が停留所に停まると差がつまり、その分を向こうが停まっている間にとり返す。追いつかれてどうということはなくても、追いつかれない方がよろしい。気になりだすと非常に気になる。

カーブがあって、敵の姿が見えなくなると、ほっとする。しかし、すぐにまた現われるにちがいないので、来るぞ、あ、あ、と思っているうちに、どっと現われてくる。その緊張感がたまらない。電車というものは前から見ると眼鼻があるので、幼い連想だが、窓が眼、ライトが口、額の部分も顎の部分もある。特に路面電車のように一台で走っているやつは生き物臭く、型によって、太い中年の顔、几帳面《きちょうめん》な顔、巨人型の長い顔、塩《しょ》っぱい顔、有頂天の顔、そうしてこちらを追いかけてくるとき、それ等は皆、猿のように酷薄な表情になっている。

おかしなもので、道を歩いているとき、電車や車にいくら追い越されてもかまわないけれど、たとえば、もう五十メートルほど歩いて左折するというような場合、ふと振りかえると、遠くにトラックか電車のようなものが来ている。あ、あれに追いつかれるな、と思うとたんに、その背後の響きがすべてを押し潰しながら我が身に迫ってきているようで、まことにもはや、のっぴきがならない。

足も折れんばかりに歩いて早く左折してしまおうとするが、その五十メートルほどがなかなかはかどらず、響きの気配が直接当る背中の芯のあたりが痙攣《けいれん》してくるほど怖い。早く早く、早ければすべてがうまくいくのに、その早くが思うにまかせない。

しかし、走りだすことはできないので、走れば、背後の敵も私に気がついて、急に速度を倍加して追いすがってくるだろう。

怖い、というのが向こうから強迫がましく来るものについてのことだとすると、それといくぶんちがって、不気味、というほどの感じがするのは、彼女たちの罪ではまったくないが、お婆さんである。お婆さんの表情は、笑っていなくても、笑っているようであり、笑っていても、笑っていないようでもある。お婆さんが、訪ねていく先のことだけを念頭に思い浮かべながら黙々と道を歩いていく図柄は、私の悪夢のひとつの形式であって、私自身が老境に近づいてきても、それはまったく変らない。

三十年ほど前、つまり空襲さかんなりし頃、私が中学を無期停学になって家の中に逼塞《ひっそく》していた頃のことであるが、昼も夜も、という感じで警報が鳴る。

単機で偵察飛行のこともあり、他の不幸な都市が目標にされて東京は警報のみという場合もあるが、しかしサイレンが鳴れば起きていなければならないので、その間に断続的に眠ろうとすると、自然、万年床になり、日常の区切り目がどうでもよくなって、のべつまくなしに寝たり起きたりしていることになる。私自身はそういう自堕落がさまで苦にならない。すべてに不如意で、だいいち明日の日が迎えられるかどうかすら不如意であり、だから昂奮《こうふん》でぎらぎらしながら日を送っていた。今になってみるとなつかしいが、ではもう一度といわれると尻ごみをしたい。誰しもが麻薬中毒者のように昂揚していなければ生きられなかっただけの話である。

五月末の山手一帯が焼けた大空襲のとき、私の生家の周辺にもさかんに焼夷弾《しょういだん》が落ち、三方、隣家まで焼けた。奇蹟《きせき》的に、隣りまで火がくるたびに風向きが変ったのだという。ともかく無事だった私たちも皆眼をやられており、数日の間、膿《う》み腫《は》れになやまされた。そうして火煙がおさまってみると、塀の向こう側は見渡す限りの焼跡で、したがって焼け残った一画は、罹災者《りさいしゃ》の当面の仮の宿になり、どの家も鈴なりになっていた。

家族何人でひと部屋という場合もあるが、家族を疎開させて、所帯主だけが東京に残ってよんどころなくやもめの日を送っているというケースも多かったように思う。彼等は一室に何人も詰めこまれて布団を敷き並べていた。

　私は昂奮が極に達して、少し離れたところに住む縁者の安否をたしかめに歩きまわった。安否を見物に行ったといってもよい。死体を跨《また》ぎ越さなければ歩けないような道が各所にある。黒焦げの死体、ざくろのように割れた直撃の死体、煙に巻かれて蠟人形《ろうにんぎょう》のようになった死体。家族らしい人がとりすがって腹の底が鳴るような音をたてて哭《な》いている。

　もっとも死体そのものには、当時、慣れっこになっていた。私は大空襲と縁が深くて、三月の下町大空襲の夜は偶然浅草に居《お》り、横浜のときもそこに居て、死体の山を目撃している。死体もああ数が多いと物質的になって怪も妖も感じない。

　帰宅して、そのときは罹災者《りさいしゃ》が家内に鈴なりという事情を知らなかった。一番奥の子供部屋へ行こうとして、八畳の客間を横切った。昼間だったが雨戸をしめきっていてまっくらで、それはいつものことでなんの不思議もない。

　足が万年床に触れた。その次に出した足が、ぐにゃっと柔かい、しかしごりごりしたものを踏んだ。ぎゃっという悲鳴を私はきいた。

　私が踏んだのは老婆の顔であり、ぐにゃっと柔かいものはその鼻であった。私は今でもそのときの足裏の感触を思いおこすことができる。ぐにゃっと柔かい、しかしごりごりした存在感の塊であった彼女を。

　ウメさんという名だったと思う。白髪《しらが》頭の小さい婆さんで、私の生家に現われた当初から活発に動きまわり、そのうえ勝気らしいよくとおる声だったので、ほとんど婆さん一人が家内でしゃべり散らしているような趣きだった。そうして明るいところで私と会って、踏みつけたことを私が謝罪しても、ムスッとして笑わなかった。

婆さんはまた、配給所が焼けた跡から焼米を掘りおこしてたくさんかっぱらってきた。私たちはそれから当分、異様な臭いのする飯を喰《く》わされた。

「旦那がた、銀シャリだよ、よくかんで喰べてくださいよ――」と婆さんはいった。「何も困ることなゝかないゝですよ。あたしゃ空襲の熟練工だからね。喰う着る住むなゝざ、どうにでもなるゝですよ。この世に怖いものなゝざありませんね」

八回か九回、罹災したというのが彼女の自慢であった。どこで焼けてもあたしはきっと這《は》いだしてくる、と婆さんはいった。婆さんの荷というのは、納豆の藁苞《わらづと》のような細長いものを鼠色《ねずみいろ》になった風呂敷で巻いて、それひとつだった。

婆さんが自分でいうとおり、諸事不如意な空襲下の生活の処理が異様に練達していて、私の母親も、他の同居者の女房も、知らず知らずのうちに婆さんの指揮下で動くようになっていた。婆さんはまた頓狂なことをいって絶えず周辺を笑わせていた。

「あの人が居ると退屈しないね――」

と私の母親などはいっていたが、しかしそれはうわべの景気だったのではないかと思う。何故といって、彼女は、同居者の一人であるYさんが、町内の疎開者からゆずり受けた雇い女であり、身寄りのない老女だったから。いわば犬か猫のようにYさんの意向で飼われている存在で、着のみ着のままの罹災者というだけではなかったのだ。客間でYさんのそばに寝たのは最初の日だけで、あとは台所と風呂場の間の、物置きがわりの三畳で炭俵と一緒に寝ていた。

当然のことながら、彼女がYさんを恐れるのはひととおりではなかった。Yさんは素封家《そほうか》の跡とりで、私たちの手に入らない喰べ物や酒を、どこからか手に入れてくる。夜、Yさんが酒を呑《の》みだすと、私の家にあった古い三味線を持ちだして、婆さんが唄を唄う。彼女は俗謡をよく知っていた。Yさんは酒の肴《さかな》のように、よく婆さんを殴った。「婆ァ、かかってこい、さァこい――」というようなことをいって殴る。老女では殴るよりほかにもてあそびようがなかったのかもしれない。

婆さんは、私のような年少者にはまったく愛想がなかった。ほとんど口もきかない。ある日、私がなんとなくそばに居るとき、婆さんがいきなり、くくく――と笑いだした。くくく――と笑ってばかりいて果てしがない。私は婆さんの顔をじっと眺めていた。

「亭主がね、死んだときのことだよ――」

「空襲でかい――」

婆さんは首を振って、又笑った。

「病気よ――、病気」

「なッの病気――」

「すぐ死ッでしまったのよ――」と婆さんはいった。「お茶箱に、あたしが亭主を詰めてね――」

くくく――と婆さんは笑い転げた。

「リヤカーを借りにいったのよ――、リヤカーをどうするッだ――、リヤカーはあたしがひっぱるんだって――、くくく、なッでリヤカーをひっぱるのか――、そうきかれてね、いったのさ――」

あははは、と彼女はこらえきれずに腹を折りまげて転がってしまった。

「あたしが、リヤカーをひっぱって――、亭主を――、亭主を――、くくく――」

しばらく日がたってから、私は、納豆の藁苞のような形をした婆さんの持ち物は、なッだろう、と思いはじめた。婆さんが使いに出たあとなど、私はよく三畳へ行って、棚の上に雑品と一緒に乗っている風呂敷包みを眺めた。

とうとう、中を見なかった。しかし、きっと他愛のないものか、日常品か、そのどちらかだったろう。

その年の八月に急に戦争が終って、仮の同居者たちは方々に散っていった。Yさんは、他の一所帯とともに、しばらく私の生家に居残っていた。もちろん、ウメ婆さんも健在であった。

しかし、皮肉なことに、Yさんも、私の親たちも、血なまぐさい戦争が終ったとたんに、切実に、一個の死体のことを考えだしたのである。近い将来にそうなるであろう婆さんの死体のことを。

戦争が終れば、婆さんの存在価値も急激に減少するのである。

「あの婆ァね、死ぬまで背負いこむわけにはいきませんやね」

Yさんは知人の間を廻《まわ》って婆さんの譲り先を探しているようであった。私の親たちも相談をかけられただろうが、軍人恩給が廃止されていて、とても婆やをやとう余裕はない。かりにあっても尻ごみをしたのではないかと思う。

ある日、Yさんがこういった。

「婆ァ、お前、養老院に行くッだ――」

「へェ――」と婆さんはいった。

「俺が手続きをしてきてやったからな。明日行け。一人で行けよ」

「へェ――」婆さんはムスッとしてそう答えただけだった。

翌日、婆さんは、鼠色の風呂敷包みを背中に巻いて、現われたときと変らぬ姿で私の家を出て行った。

それきり月日がたって、婆さんのことは記憶の底に沈んでいった。

戦後もなお餓《う》えは続いており、その日暮しで、誰にせよ他人の運命を想う余裕はなかった筈《はず》だ。まだ都電が復旧しない頃で、大分離れた国電の駅まで歩いていた時分だから、敗戦からそう何年もたっていない頃だと思う。

ある日の夕方、飯田橋に抜ける都電道のだらだら坂を私が歩いていくと、突然、向こうから踊るような恰好《かっこう》で歩いてくる婆さんに出会った。

ほんの咫尺《しせき》のところで気づき、あッというまにすれちがったが、婆さんはなゝだか腹の底が鳴るような声で唄いながら歩いており、私の方には視線をよこさなかった。

婆さんの素足は焼死体のようにまっ黒だったし、顔は青くむくんで、私が踏んづけた低い鼻はそのためよけい目立たない。鼻孔の一方から鼻汁が白くたれていた。

そうして私の家や転居したYさんの居る方角に足を速めていった。私は恐ろしいものを見るおもいで見送り、あの藁苞のような形の持ち物が背中についていたか、よく見ようとしたが夕闇でも定かにはわからなかった。

焼跡はもうどこにもなくて、あのおびただしい灰も地層の下に沈んでいるので、若い人にその感じを伝えるのが容易でない。

戦後の焼跡時代には、たとえば上野の山から東を見ると、浅草六区の興行街まで何もなく、牛込《うしごめ》の私の生家附近から国会議事堂の頭が直接見えた。

その頃、一部の人の間で語られた話に、江戸川乱歩《えどがわらんぽ》さんの怪談というのがある。乱歩氏の経験談だそうだが、私は乱歩さんにパーティの席上などでチラとお目にかかったきり、一度も親しく口をきいていただいたことはない。で、この話は、当時の推理作家か、その周辺の人からきいたのだと思う。

国電田端《たばた》駅は、一方に上野の山が迫り、崖及び土手になっている。他の一方は、千住《せんじゅ》、浅草まで通ずる下町で、当時は見渡す限りの焼跡だった。

ある夜、乱歩さんは田端駅を山側の方に出て、知人の家へ行くために線路伝いに土手の細道を登った。国電はかなり下を通っており、切りたった崖になっていて、おりおり飛びこみがあるところだ。

むろん暗い。その細道に女の人が線路を見おろすようにして佇《たたず》んでいる。乱歩さんは何の気なしに歩いていって、その女の人すれすれに歩きすぎた。

水を浴びたような心持ちがして、少し行ってから振りかえった。佇んでいる女の人をシルエットにして、その向こうに下町の焼跡の夜景が拡がって見える。

浅草の国際劇場の屋上にあった廻転サーチライトの細長い光の帯が、徐々にこちらに廻ってくる。その光の帯がこちらに廻ってきて、女の人の身体で遮られず、黒いシルエットを透すようにして動いていくのが見えた――。

当時の夜景や国際劇場の光の筋をご存じの向きにはなつかしいような話ではあるまいか。

この種の怪談は戦争中にはなかった。どっと溢《あふ》れたのは戦後の数年間だったと思う。戦争が終って、身近なところにあった死体及び死から解放されたとたんに、戦争が終ろうと終るまいと、やがて訪れる自分たちの死からは解放されていないことを思いだしたのであろう。これらの死は、戦争のように人為的でないだけに、かえって理不尽に見える。

私の友人に同姓で従兄弟の関係にあった二人の男の子がいた。一人は私と同じ年、もう一人は二つ年下。二人の父親が兄弟だったわけだ。

彼等の家はそれぞれ焼け、特に弟の方は焼夷弾の直撃で即死し、妻と子二人が残された。疎開しようにも故郷が九州で、遠い。

どちらも知人宅に身を寄せていたが、そのうち、近所の個人病院の院長が疎開することになり、その家をゆずり受けた。病院だから部屋数は多い。ゆずり受けたのは兄の方だと思うが、弟の残された家族もその家に同居することになり、玄関脇の洋間を彼等が占めた。

友人が二人、同じ家に居るので、私はよくその家へ遊びに行った。

兄の方の家族は、妻と子供四人。所帯主はいろいろの会社の役員をしたり退いたりという状態ではなかったか。温厚な人物で、一日中ニコニコしており、私たちがカルタなどして遊んでいる部屋の隅に来て、だまって眺めているような人だったが、家内の人気は何故かわるかった。女房も子供たちもほとんど父親らしい扱いをしてなかったようである。

全体に、古い、衰えかけた血を感じさせるものがあり、長男は陸士を出た将校だったが、戦争が終ると東大に入り、一流商社へ勤めていた。世間知らずの横柄さで、三十すぎて嫁も貰《もら》わず、不満の類ばかりいろいろ内向させている。しかし人は好かったように思う。長女は美女だったが、これも結婚しない。

私の友人は末ッ子で、その間に大学生の次男がいた。これは父親のニコニコをそっくり受けついでおり、神様という渾名《あだな》で、悪気が異常に欠けている人物だった。

「寒いね――（暑いね。或《ある》いは、いい天気だね。雨で嫌だね）」

「ええ――」

「もうすぐ、春だね（夏だね、秋だね、冬だね、正月だね、彼岸だね、夏休みだね）」

ニコニコして、それきり口をつぐむ。毎日のように会うが、判で押したようにこの二つの言葉しかいわない。他の人にも言葉遣いが変るぐらいで同じなので、私に会って、すぐ又べつの誰かに同じことをいっている。そこが異様なのであるが、このくらい罪のない人物はいない。

彼等の母親は、故郷のなまりむきだしで、腰が低く、親切で、いい人だったが、掃除気狂いといわれていた。明け方の四時半頃から起きて各部屋をなめるように丹念に掃除してまわる。はたいて掃いて拭いてすむなンてものじゃない。ひとつところを祈るようにいつまでも磨いている。それは夕方までかかる。毎日である。どうかすると晩飯が終ったあと、またやりだす。

階上は、元病院らしく同じような広さの部屋が五つほど廊下づたいに並んでいる。

その中のひとつの自分の部屋で、神さまの次男坊が机に向かっていると、夜、いきなり、
だッ、だッ、だだだだッ、
と階段を駈け昇ってくる音がして、廊下を走り寄り、部屋の障子が開いたそうである。

例の空襲で死んだ弟の方が血だらけの顔つきのまま立っていた。

真偽をこの眼で確かめたわけではない。末ッ子の私の友人が、秘密だぞ、といってひそかに教え

てくれた。

一度だけではなくて、何週間かずつ間をおいて、だッ、だッ、だだだだッ、障子がガラリ、そういうことが三、四度重なったという。

『牡丹燈籠《ぼたんどうろう》』のカランコロンという、あの下駄の音もユニークな効果を発揮しているが、この、だッ、だッ、だだだだッ、も相当強烈で、特に二度目からは怖かっただろうと思う。

作り話にしては、発想が鋭すぎる。だいいち、この一家のその件に対する姿勢に微塵《みじん》も浮わついたところがない。

次男はもちろん、誰もその部屋に入らなくなった。掃除気狂いの母親も、その部屋に手をつけない。

そのうちに彼等の父親が、まあ老衰死というような状況で死んだ。葬儀をやり、故郷からたくさんの縁者が出てきて、家内がごった返した。

さすがに部屋数の多いその家も、寝部屋の割りふりに困って、母親が逡巡《しゆんじゆん》しながら、例の部屋の障子をあけた。

亡くなったばかりの父親が、そこに坐《すわ》っていたそうである。彼はうつろな眼をして、ぼんやり何か考えこんでいるような気色だったという。まもなく母親もあとを追うように死に、神様の次男も若くして死んだ。

色川武大《いろかわたけひろ》（一九二九〜一九八九）

東京生まれ。第三東京市立中学校（現・都立文京高校）中退。戦後、行商人、闇屋、博徒《ばくと》などをして糊口《ここう》をしのぎ、無頼生活を経験。業界紙記者、雑誌編集者を経て井上志摩夫名義で時代小説を書く。一九六一年自伝的小説「黒い布」で第六回中央公論新人賞。六六年雀風子名義で麻雀コラムを執筆。生涯の病となるナルコレプシーを患いながら、六八年以降阿佐田哲也名義のギャンブル小説を発表、自伝的ビルドゥングスロマン『麻雀放浪記』で注目され、同作のスピンオフ『ドサ健ばくち地獄』、博徒小説『次郎長放浪記』など多数を刊行。本名では七七年、回想記とも小説ともつかないスタイルで戦後の人々を活写した連作『怪しい来客簿』で第五回泉鏡花文学賞、七八年「離婚」で第七九回直木賞、八二年「百」で第九回川端康成文学賞、八九年にはみずからの幻覚体験から生まれた『狂人日記』で第四〇回読売文学賞を受賞。『寄席放浪記』『唄えば天国ジャズソング』『映画放浪記』『私の旧約聖書』などのエッセイでも知られた。八九年、一関で死去。

坂口安吾　青鬼の褌《ふんどし》を洗う女

坂口安吾《あんご》は『堕落論』によって日本人を敗戦の失意から救い出した。神州不滅という幻想＝建前が消滅した後には弱い人間の現実＝本音がある。それならば堕《お》ちるところまで堕ちてみればいい。そこから再出発すればいい。

この『青鬼の褌を洗う女』はこの巻に収めた里見弴《とん》の『いろおとこ』や第十八巻にある大岡昇平の『黒髪』と同じく花柳小説というジャンルに属する。

主人公サチ子の独り語り。

母にオメカケとして世を渡ることを指南され、反発しながらもそれに近い生きかたを選ぶのだが、見るべきは自分がいかなる女であるかを語る言葉の揺るぎなさだ。良妻賢母を遠く離れて自分勝手に生きながら、その時々の選択がどれも自分の性格と社会の条件と運命が決める必然であることに何の疑いも抱かない。

こんな強いヒロインは敗戦を経なければ生まれなかったし、その意味でこれは『堕落論』の延長上にある。

『いろおとこ』の芸者は受け身の語り手だし、『黒髪』の久子は最後には落飾に至る。同じ作者の長篇『花影《かえい》』の葉子は最後には自ら命を絶つ。それに比べるとサチ子は威風堂々、戦後の混乱期にふさわしい女性像である。

青鬼の褌を洗う女

匂いって何だろう?

私は近頃人の話をきいていても、言葉を鼻で嗅ぐようになった。ああ、そんな匂いかと思う。それだけなのだ。つまり頭できき とめて考えるということがなくなったのだから、匂いというのは、頭がカラッポだということなんだろう。

私は近頃死んだ母が生き返ってきたので恐縮している。私がだんだん母に似てきたのだ。あ、また——私は母を発見するたびにすくんでしまう。

私の母は戦争の時に焼けて死んだ。私たちは元々どうせバラバラの人間なんだから、逃げる時だっていつのまにやらバラバラになるのは自然で、私はもう母と一緒でないということに気がついたときも、はぐれたとも、母はどっちへ逃げたろうとも考えず、ああ、そうかとも思わなかった。つまり、母がいないなという当然さを意識しただけにすぎない。私は元々一人ぽっちだったのだ。

私は上野公園へ逃げて助かったが、二日目だかに人がたくさん死んでるという隅田《すみだ》公園へ行ってみたら、母の死骸にぶつかってしまった。全然焼けていないのだ。腕を曲げて、拳を握って、お乳のところへ二本並べて、体操の形みたいにすくませてもうダメだというように眉根を寄せて目をとじている。生きてた時より顔色が白くなって、おかげで善人になりましたというような顔だった。

気の弱いくせに夥《おびただ》しくチャッカリしていて執念深い女なのだから、焼けて死ぬなら仕方がないけど、窒息なんて、嘘《うそ》のようで、なんだか気味が悪くて仕方がなかった。あの時から、なんとなく騙《だま》されているような気がしていたので、近頃母を発見するたびに、あの時の薄気味悪さを思いだす。

私が徴用された時の母の慌て方はなかった。男と女が一緒に働くなどというと、すぐもうお腹《なか》がふくらむものだというように母は考えているからである。母は私をオメカケにしたがっていた。それには処女というものが高価な売物になることを信じていたので、母は私を品物のように大事にした。実際、母は私を愛した。私がちょっと食慾《しょくよく》がなくても大騒ぎで、洋食屋だの鮨屋《すしや》からおいしそうな食物をとりよせてくる。病気になるとオロオロして戸惑うほど心痛する。私に美しい着物をきせるために艱難辛苦《かんなんしんく》を意とせぬ代り、私の外出がちょっと長過ぎても、誰とどこで何をしたか、根掘り葉掘り訊問する。知らない男からラヴレターを投げこまれたりして、私がそれを母に見せると、まるで私が現に恋でもしているように血相を変えてしまって、それからようやく落着きを取りもどして、男の恐しさ、甘言手管《てくだ》の種々相について説明する。その真剣さといったらない。

私はしかし母を愛していなかった。品物として愛されるのは迷惑千万なものである。人々は私が母に可愛がられて幸福だというけれども、私は幸福だと思ったことはなかった。

私の母は見栄坊《みえぼう》だから、私の弟が航空兵を志願したとき、内心はとめたくて仕方がないくせに賛成した。知人や近隣に吹聴する方がもっと心にかなっていたからである。夜更けに私がもう眠ったものだと心得て起き上って神棚を伏し拝んで、雪夫や、かんにんしておくれなどとさめざめと泣いたりしているくせに、翌日の昼はゴムマリがはずむような勢いでどこかのオバさんたちに倅《せがれ》の凛々《りり》しさを吹聴して、あることないこと喋《しゃべ》りまくっているのである。

私は徴用を受けたとき、うんざり悲観したけれども、母が私以上に慌てふためくので、馬鹿馬鹿しくて、母の気持が厭《いや》らしくて仕方がなかった。

私は遊ぶことが好きで、貧乏がきらいであった。これだけは母と私は同じ思想であった。母自身がオメカケであるが、旦那の外にも男が二、三人おり、役者だの、何かのお師匠さんなどと遊ぶこともあるようだった。私にすすめてお金持の、気分の鷹揚《おうよう》な、そしてなるべく年寄のオメカケがよかろうという。お前のようなゼイタクな遊び好きは窮屈な女房などになれないよというのだが、たって女房になりたけりゃ、華族の長男か、千万円以上の財産家の長男の奥方になれという。特に長男でなければならぬというのである。名誉かお金か、どっちか自由にならなけりゃ、窮屈な女房づとめの意味がないというのだ。浮草稼業の政治家だの芸術家はいくら有名でもいつ没落するかも知れないし貧乏で浮気性で高慢で手に負えないシロモノだという。会社員などは軽蔑しきっており、要するに私がお金のない青年と恋をするのが母の最大の心痛事であり恐怖であった。

私は女学校の四年の時に同級生で大きな問屋の娘の登美子《とみこ》さんに誘われてゴルフをやりはじめた。ちょっと映画を見てきても渋い顔をする母が私の願いを許したのは、ゴルフとは華族とか大金満家とか、特権階級というものの遊びで貧乏人の寄りつけないものだと人の話にきいて知っていたからで、だから高価なゴルフ用具もまったく驚く顔色もなく買ってくれた。

独身の若者には華族であろうと大金満家の御曹子《おんぞうし》であろうと挨拶されてもソッポを向くこと、話しかけられてもフンとも返事をしないこと、その一日の出来事を報告して母の指示を仰ぐこと、細々《こまごま》と訓示を受けたが、実は御年配の大金満家か大華族に見染められればいいという魂胆で、女学生だけ二人づれでゴルフに行くなんて破天荒の異常事だということなどは気がつかないのだ。ガッチリ屋のくせに無智《むち》そのものの世間知らずであった。

あいにくなことに御年配の華族や大金満家には御近づきの光栄を得ず、三木昇という映画俳優と友達になった。美貌を鼻にかけるだけが能で、美貌が身上《しんじょう》だと思っており、芸術についての心構えが根底に失われている。ギターが自慢で、不遇なギター弾きの深刻な悲恋か何か演じれば巧技忽《たちま》ち一世を風靡《ふうび》して時代の寵児《ちょうじ》となるのだけれども、それが分りすぎるから同僚の嫉《ねた》みに妨げられて実現できないのだという。ギターをきかせるから遊びにこいとしつこくいうので二人そろって行ってみたが、話の外《ほか》の素人芸《しろうとげい》で、当人だけが聴きほれて勝手なところで引っぱったり延ばしたりふるわせたり、センスが全然ないばかりか、悪趣味のオマケがあるだけだった。

三木は私を口説《くど》いたが拒絶したので、登美子さんを口説いてこれも拒絶された。私は黙っていたので、登美子さんは自分だけだと思って自慢顔に打開けたが、私は三木の薄ッペラなのが阿呆《あほ》らしくなっていた折だから、その後は交際はやめてしまった。まもなくゴルフの出来ないような時世になって、やがて女学校を卒業したが、登美子さんは拒絶しながら、しかし内々得意になってその後も交際をつづけていた。そして私が登美子さんに誘われてももう三木と遊ばなくなったのを、嫉妬のせいだとうぬぼれていたが、私も三木に口説かれたことがあったわ、たぶんあなたよりも先に、といってもそれも嫉妬のせいだと思い、三木に訊《き》いたけどそんなこと大嘘だといったわよといって、鼻をひくひくさせていた。それ以来は一そう得意で、三木の実演だ、研究会だ、というような切符を昔は十枚三十枚ぐらい買ってやっていたのを、百枚二百枚三百枚、五百枚ぐらい買うようになった。パトロンヌ気取りで、時計や洋服を買ってやったり、指環を交換しあったり、お金もやったりしていたようだが、温泉だの待合へ泊るようになり、しかし処女はまもっているのだと得意であった。そういう時には私に連絡して私の家へ泊ったように手配しておく。それを私達はアリバイとよんでいたが、私もしかし登美子さんに私のアリバイをたのむことにしていた。

私は登美子さんにアリバイをたのんだけれども、誰とどこで何をしたということは一切語らなかった。登美子さんは根掘り葉掘り訊問する癖があったが、私は、なんでもないのよ、とか、別にいいことじゃないのよ、などと取りあわないから、性本来陰険そのものだとか、秘密癖で腹黒いとか、あなたは純情なんて何もなくてただ浮気っぽいから公明正大に人前にいったり振舞ったりできないのでしょう、ときめつける。

私はしかしそんなことは人には何もいいたくないのだ。つまらないのだ、恋愛なんて。ただそれだけ。

登美子さんは女学校を卒業すると、かねてあこがれの職業婦人で、事務員になったが、堅苦しくて窮屈なので、百貨店の売子になった。私は別に働きたくはなかったけれども、母と一緒に家にいるのが厭なので、勤めに出たくて仕方がなかった。しかし許すどころの段ではなく、そんなことをいいだすと、そろそろ虫がつきだしたとますます監視厳重に閉じこめられるばかり、そのうえ母は焦って、さる土木建築の親分のオメカケにしようとした。この親分は一方ではさる歓楽地帯を縄張りにした親分でもあり、斬《き》ったはったの世界では名の知れた大親分だということだが、もう隠居前で六十を一つか二つ越していた。

私は賑《にぎ》やかなことが好きなタチだから、喧嘩《けんか》の見物も嫌いではなかったけれども、根が至って気のきかない、スローモーション、全然モーローたる立居振舞トンマそのものの性質で、敏活また歯ぎれのよい仁義の世界では全然モーションが合わないのだもの、話にならない。私は別にオメカケが厭だとは思っていなかったが、自由を束縛されることが厭なので、豊かな生活をさせてくれて一定の義務以外には好き放題にさせてくれるなら、八十のオジイサンのオメカケだって厭だとはいわない。親分の名を汚したの何だのと短刀をつきつけられ小指をつめたり、ドスで忠誠を誓わされ自由を束縛されては堪えられない。

私は母に厭だといったが、もう母親が承諾した以上、今更厭だといえば、命が危い。お前は母を殺していいのかいといって脅迫する。仕方がないから、母には内密に、私から断わることにして、近所の洗濯屋の娘で、薄馬鹿だけれども伝言の口上だけはひどく思いつめて間違いなくハッキリいってくるという、潔癖のすぎたあげくの気違いのような娘がいて、私に変に親しみをこめて挨拶するような仲だから、この娘に伝言をたのんだ。私より三ツ年上のそのとき二十二であった。この娘が私にいわれた通り、無理に親分に会わせてもらって、口上を間違いなく述べたから、親分は笑って、そうかい、よしよし、お駄賃をくれて帰して、その日のうちに相当の乾児《こぶん》を使者に破約を告げて、お嬢さんへ親分からの志といって、まるで結納《ゆいのう》のように飾りたてた高価な進物をくれた。

そうこうするうちオメカケなぞは国賊のような時世となって、まっさきに徴用されそうな形勢だから、母は慌ててやむなくオメカケの口はあきらめ、徴用逃れに女房の口を、といいだしたけれども、たかがオメカケの娘だもの、華族様だの千万長者の三太夫《さんだゆう》の倅だって貰《もら》いに来てくれるものですか。そこへ徴用が来たのだから、母は血相を変えた。そしてその晩、夕食の時にはオロオロ泣きだしてしまったものだ。

世間の娘が概してそうなのか私は人のことは知らないけれども、私や私のお友達は戦争なんか大して関心をもっていなかった。男の人は、大学生ぐらいのチンピラ共まで、まるで自分が世界を動かす心棒ででもあるような途方もないウヌボレに憑《つ》かれているから、戦争だ、敗戦だ、民主主義だ、悲憤慷慨《ひふんこうがい》、熱狂協力、ケンケンガクガク、力みかえって大変な騒ぎだけれども、私たちは世界のことは人が動かしてくれるものだときめているから勝手にまかせて、世相の移り変りには風馬耳《ふうばじ》、その時々の愉《たの》しみを見つけて滑りこむ。日頃オサンドンの訓練、良妻賢母、小笠原《おがさわら》流、窮屈の極点に痛めつけられているから単純な遊びでも御満悦で、戦争の真最中でも困らない。国賊などと呼ばれても平チャラで日劇《にちげき》かなんかグルリと取りまいて三時間五時間立ちン坊をして、ひどく退屈だけれども、退屈でも面白いのである。私は退屈というものは案外ほんとに面白いんじゃないかと思っている。だってほかに、ほんとに面白いという何かがあるのだろうか。

ところが女房となると全然別種の人間で、これぐらい愚痴ッぽくて我利我利《がりがり》人種はないのである。職業軍人の奥方をのぞいたら、女房と名のつく女で戦争の好きな女は一人もいない。恨み骨髄に徹して軍部を憎み政府を呪っているのも、自分の亭主が戦争にかりたてられたり、徴用されたり、それだけの理由で、だから私にはわけが分らない。私は亭主なんてムダで高慢なウルサガタが戦争にかりだされて行ってしまえば、さぞ清々《せいせい》するだろうに、と思われるのに。

生活的に男に従属するなんて、そして、たった一人の男が戦争にとられただけで、世界の全部がなくなるようになるなんて、なんということだろう。私には、そんな惨めなことは堪えられない。

私の母は、これはオメカケで、女房ではないのだけれども、これまた途方もなく戦争を憎み呪っていた。しかしさすがにオメカケらしく一向に筋が通らずトンチンカンに恨み骨髄に徹していて、タバコが吸えなかったり、お魚がたべられなくなったり、そんなことでも腹を立てていたが、何といってもオメカケが国賊となり、私の売れ口がなくなったのが、口惜しさ憎さの本尊だった。

「ああ、ああ、なんという世の中だろうね」

と母は溜息をもらしたものだ。

「早く日本が負けてくれないかね。こんな貧乏たらしい国は、私はもうたくさんだよ。あちらの兵隊は二日で飛行場をつくるんだってね。チーズに牛肉にコーヒーにチョコレートにアップルパイにウィスキーかなんかがないと戦争ができないてんだから大したものじゃないか。日本なんか、おまえ、亡びて、一日も早くあちらの領分になってくれないかね。そのとき私が残念なのは日本の女が洋服を着たがることだけだよ。着物をきちゃいけないなんてオフレが出たら、私ゃいったい、どうすりゃいいんだい。おまえは洋装が似合うからいいけれど、ほんとに、おまえ、そのときはシッカリしておくれよ」

要するに私の母は戦争なかばに手ッ取りばやく日本の滅亡を祈ったあげく、すでに早くも私をあちらのオメカケにしようともくろんだ始末で、そのくせ時ならぬ深夜に起き上って端坐《たんざ》して、雪夫や許しておくれ、などと泣きだしてしまう。雪夫や、シッカリ、がんばれ負けるなというかと思うと、じれったいね、おまえ飛行機乗りは見張りがついてるわけじゃないんだから、敵陣へ着陸して、降参して、助けて貰えばいいじゃないか。どうせ日本は亡びるんだよ。ほんとにまア、トンマな子だったらありゃしない。

母は私の妹を溺愛のあまり殺していた。盲腸炎で入院して手術の後、二十四時間絶対に水を飲ましてはいけないというのに、私と看護婦のいないとき幾度か水を飲ませたあげく腹膜を起させ殺してしまった。そのせいではないけれども、私は母に愛されるたび、殺されるような寒気を覚えるばかり、嬉《うれ》しいと思ったこともないのである。無智なのだ。私は貧乏と無智は嫌いであった。

私はそのころまったく母の気付かぬうちに六人の男にからだを許していた。その男たちの姓名や年齢、どこでどうして知りあったか、そんなことは私はいいたくもないし、全然問題にしてもいないのだ。ただ好きであればいい、どこの誰でも、一目見た男でも、私がそれを思い出さねばならぬ必要があるなら、私は思いだす代りに、別な男に逢《あ》うだけだ。私は過去よりも未来、いや、現実があるだけなのだ。

それらの男の多くは以前から屢々《しばしば》私にいい寄っていたが、私は彼らに召集令がきて愈々《いよいよ》出征するという前夜とか二三日前、そういう時だけ許した。後日、娘たちの間に、出征の前夜に契って征途をはげます流行があるときいたが、私のはそんな凜々しいものではなかった。私はただクサレ縁とか俺の女だなどとウヌボレられて後々までうるさく附きまとわれるのが厭だからで、六人のほかに、病弱の美青年が二人、この二人にも許していいと思っていたが、召集解除ですぐ帰されそうなおそれがあったので、許さなかった。果して一人は三日目に戻ってきたが、一人は病院へ入院したまま終戦を迎えた。

登美子さんは不感症だそうだ。そのせいか、美男子を見ると、顫《ふる》えが全身を走ったり、堅くなったり、胸がしめつけられたり、拳をにぎったり、圧迫されるそうだけれども、私はそんなことはない。

私は不感症の反対で、とても快感を感じる。けれども私はその快感がたって必要な快感だとも思わないので、そういう意味で男の必要を感じたことは一度もなかった。ちょっと感じても、すぐまぎれて、忘れてしまうことができる。だから私は六人の男に許したときも、自分が浮気だとは思わずに、電車の中だの路上だので、思わず赧《あか》くなったり胴ぶるいがするという登美子さんが、よっぽど浮気なのだと思っている。私はあんなことは平凡で適度なのが好きだ。中には色々変な術を弄して夢中にさせる男もいるけれども、あとで思いだすと不愉快で、ほんとに弄ばれたとか辱しめられたという気持になるから、あんな時にあんな風に女を弄ぶ男は嫌いだ。あんなことは平凡で、常識的で、適度でなければならないものだ。

私は終戦後三木昇に路上であってお茶をのんだが、そのとき思いついたように私を口説いて、技巧がうまくてそのうえ精力絶倫で二日二晩窓もあけず枕もとのトーストやリンゴを噛《かじ》りながら遊びつづけることもできるのだから、どんな浮気な女でも夢中になったり、感謝したりするなどといった。私は夢中になるのは好きじゃないと答えたが、彼は女のてれかくしだと思って、ネ、いいだろう、路上で私の肩をだいたが、抱かれた私は抱かれたまま百米《メートル》ほど歩いたけれども、私はそんな時は食べもののことかなんか考えていて、抱いている男のことなどは考えていない。

私は男に肩をだかれたり、手を握られたりしても、別にふりほどこうともしないのだ。面倒なのだ。それぐらいのこと、そんなことをしてみたいなら、勝手にしてみるがいいじゃないか。するとすぐ男の方はうぬぼれて私にその気があると思って接吻《せっぷん》しようとしたりするから、私は顔をそむける。しかし、接吻ぐらいさせてやることは何度もあった。顔をそむける方が面倒くさくなるから。

すると忽ちからだを要求してくるけれども、うん、いつかね、と答えて、私はもうそんな男のことは忘れてしまう。

＊

私の徴用された会社では、私が全然スローモーションで国民学校五年生ぐらいの作業能力しかないので驚いた様子であった。私はすぐ事務の方へ廻《まわ》されたが、ここでも問題にならなかった。けれども別に怠けているわけでもなく、さりとて特別につとめるなどということは好きな男の人にもしてあげたことのない性分なのだから、私はヒケメにも思わなかったし、人々も概して寛大であった。

会社は本社の事務と工場の一部を残して分散疎開することになり、私の部長は工場長の一人となって疎開に当り、私にうるさく疎開をすすめた。

私が何より嫌いなのは病気になることと、そして、それ以上に、死ぬことであった。戦争が本土ではじまることになったら山奥へ逃げこんでも助かるつもりでいたが、まだ空襲の始まらぬ時だったので、遊び場のない田舎へ落ちのびる気持にもならなかった。

私は平社員、課長、部長、重役、立身出世の順序通りに順を追うて口説かれたが、私は重役にだけ好感がもてた。若い男達が口説くというよりただもうむやみにからだを求めるのを嫌うわけではなく、私自身は肉慾《にくよく》的な要求などはあんまりないのだけれども、私は男女が愛し合うのは当然だと思っており、その世界を全面的に認めているから、たとえば三木昇が好色で肉情以外に何もなくとも、そのことで軽蔑はしなかった。できないのだ。文化というのだか、教養というのだか、なんだか私にもよく分らぬけれども、精神的に何かが低いから厭になっただけであった。

母の旦那は大きな商店の主人であったが、山の別荘へ疎開した。その隣村の農家だかに部屋があるからという知らせがきて、母は疎開したがったが、私が徴用で動けないので、大いに煩悶《はんもん》していたが、空襲がはじまり、神田《かんだ》がやられ、有楽町《ゆうらくちょう》がやられ、下谷《したや》がやられ、近いところにポツポツ被害があったりして、母も観念して単身荷物と共に逃げだした。母もまた私同様病気と死ぬことが何よりの嫌いで、雪夫は医者に育てるのだと小さい時からきめていたのは、少しでも長生きしたいという計算からであった。

母は一週間に一度ずつ私を見廻りに降りてきた。けれども実際は若い男と密会のためで、これだけは私に隠しておきたかったのだけれども、交通も通信も不自由で、打合せがグレハマになるから、仕上げは御見事というわけにも行かず、男を家へひきいれて酒をのみ泊めてやることもあった。

私は母だから特別の生き方を要求するような気持は微塵《みじん》もなく、私が自由でありたいように、母も私に気兼ねなどしない方がサッパリして気持がいいと思っていたが、私はしかし母が酔っ払うとダラシなくなるのと、男が安ッポすぎたのでなさけなかった。

三月十日の陸軍記念日には大空襲があるから三月九日には山へ帰るのだと母はいっていた。そのくせ男との連絡がグレハマにいったので、九日の夜にはいってようやく男に会えて家へつれてきて酒をのんでいた。この日のために山から持ってきた鶏だの肉だの、薄暗がりで料理する女中につきあって私も起きており、警戒警報のでた時は母の酒宴はまだ終らず、私のきいているラジオの前へやってきて、ダイヤルの光をたよりにまた酒もりをはじめた。三機ほど房総《ぼうそう》の方からはいってきて投弾せず引返し、またしばらくして三機ほど同じコースからはいってきて、これも投弾せず引返してしまった。もう引返してしまったから解除になるだろうなどといっていると、外の見張所で、敵機投弾、火事だ火事だ、という。すると私たちの頭上をガラガラひどい音がした。二階の窓へ物見に行った女中が大変、もう方々一面に火の手があがっているという。わけが分らずボンヤリしているうちに空襲警報がなったのだ。

モンペもつけず酔っ払っていた母の身仕度に呆《あき》れるぐらいの時間がかかったけれども、夜襲の被害を見くびることしか知らなかった私は窓をあけて火の手を見るだけの興味も起らず暗闇の部屋にねころんでおり、荷物をまとめて防空壕へ投げこんで戻るたび、あっちへも落ちた、こっちにも火の手があがったというけたたましい女中の声をきき流していた。

そのとき母のさきに身仕度をととのえて私の部屋へきていた男が酒くさい顔を押しつけてきて、私が顔をそむけると、胸の上へのしかかってモンペの紐《ひも》をときはじめたので、私はすりぬけて立ちあがった。母がけたたましく男の名をよんでいた。私の名も、女中の名もよんだ。私は黙って外へでた。

グルリと空を見廻したあの時の私の気持というものは、壮観、爽快、感歎《かんたん》、みんな違う。あんなことをされた時には私の頭は綿のつまったマリのように考えごとを喪失するから、私は空襲のことも忘れて、ノソノソ外へでてしまったら、目の前に真ッ赤な幕がある。火の空を走る矢がある。押しかたまって揉《も》み狂い、矢の早さで横に走る火、私は吸いとられてポカンとした。何を考えることもできなかった。それから首を廻したらどっちを向いても真ッ赤な幕だもの、どっちへ逃げたら助かるのだか、私はしかしあのとき、もしこの火の海から無事息災に脱出できれば、新鮮な世界がひらかれ、あるいはそれに近づくことができるような野獣のような期待に亢奮《こうふん》した。

翌日あまりにも予期を絶した戦争の破壊のあとを眺めたとき、私は住む家も身寄の人も失っていたが、私はしかしむしろ希望にもえていた。私は戦争や破壊を愛しはしない。私は私にせまる恐怖は嫌いだ。私はしかし古い何かが亡びて行く、新らしい何かが近づいてくる、私はそれが何物であるか明確に知ることはできなかったが、私にとっては過去よりも不幸ではない何かが近づいてくるのを感じつづけていたのだ。

全くサンタンたる景色であった。焼け残った国民学校は階上階下階段まで避難民がごろごろして、誰の布団《ふとん》もかまわず平気で持ってきてごろごろ寝ている男達、人の洋服や人のドテラを着ている者、それは私のだといわれて、じゃア借りとくよですんでしまう。顔にヤケドして顔一面に軟膏《なんこう》ぬって石膏《せっこう》の面みたいな首だけだして寝ている十七八の娘の布団を、三枚は多すぎらといって一枚はいで持って行って自分の連《つれ》の女にかけてやる男もある。何かねえのか食べ物は、と人のトランクをガサガサ掻《か》きまわすのを持主がポカンと見ているていたらくで、あっちに百人死んでる、あの公園に五千人死んでるよ、あそこじゃ三万も死んでら、命がありゃ儲《もう》け物《もの》なんだ、元気だせ、幽霊みたいな蒼白《そうはく》な顔で一家の者を励ます者、屍体《したい》の底の泥の中に顔をうずめて助かって這《は》いだしてきたという男はその時は慾がなかったけれどもこうして避難所へ落着いてみると無一物が心細くて、かきわけた屍体に時計をつけた腕があったが、せめてあの時計を頂戴してくればよかったといっている。この男はまだ顔の泥をよく落しておらないけれども、大概似たような汚い顔の人たちばかり、顔を洗うことなんか誰も考えていない。

私と女中のオソヨさんは水に浸した布団をかぶって逃げだしたが、途中に火がつき、布団をすて、コートに火がついてコートをすて、羽織も同じく、結局二人ながら袷《あわせ》一枚、無一物であったが、オソヨさんの敏腕で布団と毛布をかりてくるまり、これもオソヨさんの活躍で乾パンを三人前、といったって三枚だ、一日にたったそれだけ、あしたはお米を何とかしてあげる、と係りの者がいうので空腹だけれども我慢して、そして私はオソヨさんが、もう東京はイヤだ、富山の田舎へ帰る、でも無一物で、どうして帰れることやら、などとさまざまにこぼすのをききながら、私はしかし、ほんとにそうね、などと返事をしても、実際は無一物など気にしていなかった。

何も持たない避難民同士のなかから布団と毛布がころがりこむし、三枚の乾パンでは腹がペコペコだけれども、あしたはお米がくるというから、私は空腹よりも、こうして坐っていると人が勝手にいろいろ何とかしてくれるのが面白くて仕方がない。私はちょっとした空腹などより、人間同士の生活の自然のカラクリの妙がたのしい。窮すれば通ず、困った時には自然に何とかなるものだ、というのが、私がこれまでに得た人生の原理で、私に母をたよる気持のないのも、私の心の底にこんな瘤《こぶ》みたいな考えがあるせいだろう。私は我《わが》まま一ぱいに育てられたけれども、たとえば母も女中も用たしにでて私一人で留守番をしてお料理はお前が好きなようにこしらえておあがりといわれていても、私は冷蔵庫のお肉やお魚には手をつけずカンヅメをさがす、カンヅメがなければ御飯にカツブシだけ、その出来あがった御飯がなければ、あり合せのリンゴやカステラの切はしだけでも我慢していられる。ペコペコの空腹でも私はねころんで本を読んでいるのだ。だから我まま一ぱいなどといっても空腹には馴れており、それも我ままのせいかも知れないけれども、我まままた相当に困苦欠乏に堪える精神を養成するもので、満堂数千の難民のなかで私が一番不平をいわないようだった。

私自身がそんな気持だから、人々の不幸が私にはそれはいうまでもなく不幸は不幸に見えるけれども、また、別のものに見えた。私には、たしかに夜明けに見えたのだ。

私はハッキリ母と別な世界に、私だけで坐《すわ》っている自分を感じつづけていた。私がふと気にかかるのはもう母に会いたくないということだけで、私はここにこうしている、母もどこかにこんな風にしているだろう、そしてこのまま永遠にバラバラでありたいということだけであった。

私にとっては私の無一物も私の新生のふりだしの姿であるにすぎず、そして人々の無一物は私のふりだしにつきあってくれる味方のようなたのもしさにしか思われず、子供は泣き叫び空腹を訴え、大人たちは寒気と不安に蒼白となり苛々《いらいら》し、病人たちが呻《うめ》いていても、そしてあらゆる人々が泥にまみれていても、私は不潔さを厭《いと》いもしなければ、不安も恐怖もなく、むしろ、ただ、なつかしかった。私のような娘（私のような娘が何人いるのか私は知らないけれども）ともかく私のような娘にとっては、日本だの祖国だの民族だのという考えは大きすぎて、そんな言葉は空々しいばかりで始末がつかない。新聞やラジオは祖国の危機を叫び、巷《ちまた》の流言は日本の滅亡を囁《ささや》いていたが、私は私の生存を信じることができたので、そして私には困った時には自然にどうにかなるものだという心の瘤があるものだから、私は日本なんかどうなっても構わないのだと思っていた。

私には国はないのだ。いつも、ただ現実だけがあった。眼前の大破壊も、私にとっては国の運命ではなくて、私の現実であった。私は現実はただ受け入れるだけだ。呪ったり憎んだりせず、呪うべきもの憎むべきものには近寄らなければよいという立前《たてまえ》で、けれども、たった一つ、近寄らなければよい主義であしらうわけには行かないものが母であり、家というものであった。私が意志して生れたわけではないのだから、私は父母を選ぶことができなかったのだから、しかし、人生というものは概してそんなふうに行きあたりバッタリなものなのだろう。好きな人に会うことも会わないことも偶然なんだし、ただ私には、この一つのもの、絶対という考えがないのだから、だから男の愛情では不安はないが、母の場合がつらいのだ。私は「一番」よいとか、好きだとか、この一つ、ということが嫌いだ。なんでも五十歩百歩で、五十歩と百歩は大変な違いなんだと私は思う。大変でもないかも知れぬが、ともかく五十歩だけ違う。そして、その違いとか差というものが私にはつまり絶対というものに思われる。私は、だから選ぶだけだ。

オソヨさんが富山へ帰る途中に赤倉《あかくら》があるから、私は山の別荘へ母の死去を報告に行ってみようか、会社へ顔をだしてみようか、迷っているうち、布団と毛布の持主が立去ることになり、仕方がないから私も山へ行こうと思っていると、専務が私を探しにきてくれた。どうにかなるということが、こうして実際行われてくるのを知りうることが、私を特別勇気づけてくれた。

私は山の別荘へ行くことは好まなかった。母の旦那と私には血のつながりはないのだけれども、やっぱり親の代理みたいに威張られ束縛されるのが不安であったし、私はそれに避難民列車にのって落ちて行くのがなんとも惨めで堪えがたい思いになっていた。

避難民は避難民同士という垣根のない親身《しんみ》の情でわけへだてなく力強いところもあったが、垣根のなさにつけこんで変に甘えたクズレがあり、アヤメも分たぬ夜になると誰が誰やら分らぬ男があっちからこっちから這いこんできて、私はオソヨさんと抱きあって寝ているからオソヨさんが撃退役でシッシッと猫でも追うように追うのがおかしくて堪らないけど、同じ男がくるのだか別の男なのだか、入り代り立ち代り眠るまもなく押しよせてくるので、私たちは昼間でないと眠るまがない。

日本人はいつでも笑う。おくやみの時でも笑っているそうだけれども、してみると私なんかが日本人の典型ということになるのか、私は人に話しかけられると大概笑うのである。その代りには、大概返事をしたことがない。つまり、返事の代りに笑うのだ。なぜといって、日本人は返事の気持の起らない月並なことばかり話しかけるのだもの、今日は結構なお天気でございます、お寒うございます、いわなくっても分りきっているのだから、私がほんとにそうでございますなんて返事をしたら却《かえつ》て先さまを軽蔑、小馬鹿のように扱う気がするから、私は返事ができなくて、ただニッコリ笑う。私は人間が好きだから、人を軽蔑したり小馬鹿にしたり、そんな気のきいたことはとてもできない。今日は結構なお天気でございます、お寒うございます、私はあるがまま受け入れて決して人を小馬鹿にしない証拠に最も愛嬌《あいきよう》よくニッコリ笑う。すると人々は私が色っぽいとか助平《すけべい》たらしいとかいうのである。

私は元来無口のたちで、喋《しやべ》らなくてもすむことなら大概喋らず、タバコが欲しい時にはニュウと手を突きだす。タバコちょうだい、とってちょうだい、そんなことをいわなくともタバコの方へ手をのばせば分るのだから、黙って手をニュウとだす、するとその掌の上へ男の人がタバコをのせてくれるものだときめているわけでもなくて、のせてくれなければタバコのある方へ腰をのばしてますますニュウと手を突きのばして、あげくに、ひっくりかえってしまうこともあるけれども、私は孤独になれていて、人にたよらぬたちでもあり、怠け者だから一人ぽっちの時でも歩いて取りに行かず、腰をのばし手をのばして、あげくに摑《つか》んだとたん、ひっくりかえるというやり方であった。けれども男は女に親切にしてくれるものだと心得ているから、男の人が掌の上へタバコをのっけてくれても、当り前に心得て、めったに有難うなどとはいったことがない。

だから私はあべこべに、男の人が私の膝の前のタバコを欲しがっていることが分ると、本能的にとりあげて、黙ってニュウと突きだしてあげる。そういうところは私は本能的に親切で、つまり女というものの男に対する本能的な親切なのだろう。その代り、私は概《おおむ》ねウカツでボンヤリしているから、男の人が何を欲しがっているか、大概は気がつかないのである。しかし根は親切そのもので、知らない男の人にでもわけへだてなく親切だから、登美子さんは私のことを天下に稀《ま》れな助平だという。つまり、たまたま汽車の隣席に乗り合せた知らない男の人がマッチを探しているのを見ると、私は本能的に私のポケットのマッチをつかんで黙ってニュウとつきだしてあげる。私は全く他意はなく、女というものの男に対する本能だもの、これは親切とよぶべきもので、助平などとは意味が違うものなのだ。電車の中で正面に坐っている美青年に顔をほてらせたり、からだが堅くなったり、胸や腰がキュウとしまるという登美子さんが、それも本能だろうから、私は別に助平だとは思わないが、私にくらべて浮気だろうと思うのである。

けれども男の人たちも登美子さんと同じように私の親切を浮気のせいだと心得て、たちまち狎《な》れて口説いたり這いこんだりする。特別、避難所の国民学校では屈することなくしっきりなしの猛襲にうんざりして、こんな人たちとこんな風に都を落ちて見知らぬ土地へ流れるなんて、私はとても、甘えすぎたクズレが我慢のできない気持でもあった。

だから私は専務を見るとホッと安堵《あんど》、私はたちまち心を変えて別荘への伝言をオソヨさんにたのみ、私は専務にひきとられた。

＊

久須美（専務）は五十六であった。

さして痩せてるわけでもないが、六尺もあるから針金のようにみえる。獅子鼻《ししばな》で、ドングリ眼《まなこ》で、醜男そのものだけれども、私はしかし、どういうせいか、それが初めから気にかからなかった。まじりけのない白髪が私にはむしろ可愛く見え、ドングリ眼も獅子鼻も愛嬌があって私はほんとに嘘や虚勢ではなく可愛く見える。私は少女のころから男の年齢が苦にならず、女学生の時も五十をすぎた教頭先生が好きでたまらなかった。この人も美しい人ではなかった。

終戦後、久須美は私に家をもたせてくれたが、彼はまったく私を可愛がってくれた。そしてあるとき彼自身私に向って、君は今後何人の恋人にめぐりあうか知れないが、私ぐらい君を可愛がる男にめぐりあうことはないだろうな、といった。

私もまったくそうだと思った。久須美は老人で醜男だから、私は他日、彼よりも好きな人ができるかも知れないけれども、しかしどのような恋人も彼ほど私を可愛がるはずはない。

彼が私を可愛がるとは、たとえば私が浮気をすると出刃庖丁《でばぼうちよう》かなにか振り廻して千里を遠しとせず復縁をせまって追いまわすという情熱についてのことではなくて、彼は私が浮気をしても許してくれる人であった。

彼は私の本性を見ぬいて、その本性のすべてを受けいれ、満足させてくれようとする。彼が私に敢《あえ》て束縛を加えることは、浮気だけはなるべくしてくれるな、浮気するなら私には分らぬようにしてくれ、というぐらいのことだけであった。

だいたい私みたいなスローモーションの人間は、とても世間並の時間の速力というものについて行けない。けれども私は人と時間の約束したり一つの義務を負わされると、とても脅迫観念に苦しめられるけれども、どうしてもスローモーションだからダメで、会社へでていたころは二時間三時間、五時間六時間おくれる。終業の三十分前ぐらいに出勤して、今ごろ出てくるなら休みなさいなどと皮肉られても、私だってそんな出勤が無意味と知りながら出てゆくからには、どんなに脅迫観念に苦しめられていたか、久須美だけはそれを察して、専務が甘やかすから、などと口うるさくても、彼は私に一言の非難もいわず、常にむしろいたわってくれた。

私は好きな人と、たとえば久須美と、旅行の約束をして、汽車の時間を二時間三時間おくれてしまう。たとえば私が出かけようとして身支度ととのえているところへ、知りあいの隠居ジイサンなどがやってきて、ほらごらんよ、うちの孟宗《もうそう》でこんなタバコ入れをこしらえたから、などと見せにきて一時間二時間話しこむ。私は嫌いな人にでも今日は用があるから帰ってなどとはいえないたちで、まして仲よしの隠居ジイサンだから、帰って、とはとてもいえない。私は私の意志によってどっちの好きな人を犠牲にすることもできないから、眼前に在る力、現実の力というものの方にひかれて一方がおろそかになるまでのことで、これは私にとっては不可抗力で、どうすることもできないのだもの。

久須美はそういう私をいたわってくれた。だから私たちの旅行はトンチンカンで、目的地へつかないうちに、この汽車はここまでだから降りてくれという、つまり汽車がなくなったのだ、仕方なしに思いがけないところで降されて、しかし、そのために叱られるということのない私はそのトンチンカンが新鮮で、パノラマを見ているような楽しい思いがけない旅行になる。

ほんとうに醜い人間などいるはずのないもので、美というものは常に停止して在るのじゃなくて、どんなものでも、ある瞬間に美しかったり、醜かったりするものだ。私にとって、寝室の久須美は常に可愛く、美しかった。

私は若い女だもの、美しい青年と腕を組んで並木路を歩いたり、美青年に荷物をもってもらったり自動車をよびに走ってもらったり、チヤホヤかしずかれて銀座など買物に歩いて、人波を追いつ追われつ、人波のあいまから目と目を見合せて笑いあう。

久須美にはもうそんな若い目はなくなっている。そして、そんな仇《あだ》な目のかわりには、ゴホンゴホンという咳《せき》などしかなくなっているのである。

しかし、そんな若い目は、男と女のつながりの上では、たかが風景にすぎないではないか。並木路の散歩、楽しい買物、映画見物、喫茶店、それらのことは、恋人同士の特権のように思われがちだけれども、私はあべこべに、浮気心、仇心《あだしごころ》の一興、また、一夢というようなものにすぎないと考える。

私はむかし六人の出征する青年に寝室でやさしくしてあげたが、また、終戦後も、久須美の知らないうちに、何人かの青年たちと寝室で遊んだこともある。けれどもそれもただ男と女の風景であるにすぎず、いわば肉体の風景であるにすぎない。

しかし久須美に関する限り私はもはや風景ではなかった。

私が一人ぽっちねころんで、本を読んでいたり、物思いにふけっていたり、うとうとしているとき久須美が訪れてくる。どのような面白い読書でも、静かな物思いでも、安らかな眠りでも、私はそれを捨てたことを露すらも悔《くや》みはしない。私はただニッコリし、彼をむかえ、彼の愛撫《あいぶ》をもとめ、彼を愛撫するために、二本の腕をさしだして、彼をまつ。私はその天然自然の媚態《びたい》だけが全部であった。

このような媚態は、久須美が私に与えたものであった。私はその時まで、こんな媚態を知らなかったのに、久須美にだけ天然自然にこうするようになったので、つまり彼が一人の私を創造し、一つの媚態を創作したようなものだった。

それは一つの感謝のまごころであった。このまごころは心の形でなしに、媚態の姿で表われる。私はどんなに快い眠りのさなかでもふと目ざめて久須美を見ると、モーローたる嗜眠《しみん》状態のなかでニッコリ笑い両腕をのばして彼を待ち彼の首ににじりよる。

私は病気の時ですら、そうだった。長い愛撫の時間がすぎて久須美が眠りについたとき、私は笑顔と愛撫、あらゆる媚態を失うことはなかった。私は激痛のさなかに彼を迎え、私は再び激痛をとりもどした。それはもはや堪えがたいものであったが、私はしかし愛撫の時間は一言の苦痛も訴えず最もかすかな苦悶《くもん》の翳《かげ》によって私の笑顔をくもらせるようなこともなかった。それは私の精神力というものではなく、盲目的な媚態がその激痛をすら薄めているという性質のものであった。七転八倒というけれども、私は至極の苦痛のためにある一つの不自然にゆがめられた姿勢から、いかなる身動きもできなくなり、生れて始めて呻く声をもらした。久須美は目をさまし、はじめは信じられない様子であったが、慌てて医師を迎えたときは手おくれで、なぜなら私はその苦痛にもかかわらず彼が自然に目をさますまで彼を起さなかったから、すでに盲腸はうみただれて、腹の中は膿《うみ》だらけであり、その手術には三時間、私は腹部のあらゆる臓器をいじり廻されねばならなかった。

この天然自然の育ち創られてきた媚態を鑑賞している人は久須美だけが一人であった。

若い目と目が人波を距《へだ》ててニッコリ秘密に笑いあうとき、そこには仇な夢もこもり、花の匂いも流れ、若さのおのずからの妖しさもあったが、だからまた、そこには、退屈、むなしさ、自ら己を裏切る理智もあった。要するに仇心、遊びと浮気の目であった。

美青年に手を握られてみたいような、なんとなくそんな気持になる時もあり、美青年と一緒に泊りたわむれてウットリさせられたり、私はしかしそんな遊びのあとでは、いつも何かつまらなくて、退屈、私は心の重さにうんざりするのであった。

しかし私が久須美をめがけてウットリと笑い両手を差しのべてにじりより、やがて胸に白髪をだきしめて指でなでたりいじってやったり愛撫に我を忘れるとき、私の笑顔も私の腕も指も、私のまごころの優しさが仮に形をなした精、妖精、やさしい精、感謝の精で、もはや私の腕でも笑顔でもなく、私自身の意志によって動くものではないようだった。

つまり私は本性オメカケ性というのだろう。私の愛情は感謝であり、私は浮気のときは男に遊ばせてもらってウットリさせられたりするけれども、私自身が自然の媚態と化してただもう全的に男のために私自身をささげるときは、感謝によるのであった。要するに私は天性の職業婦人で、欲しいものを買っていただき、好きな生活をさせてもらう返礼におのずから媚態と化してしまう。そのかわりお洗濯をしてあげたいとか、お料理をこしらえて食べさせてあげたいとか、考えたこともない。そんなものはクリーニング屋とレストランで間に合わせればよいと思っており、私は文化とか文明というものはそういうものだと考えていた。

私はしかしあんまり充ち足り可愛がられるので反抗したい気持になることがあった。反抗などということはミミッちくて、私はきらいなのだ。私は風波はすきではない。度を過した感動や感激なども好きではない。けれども充ち足りるということが変に不満になるのは、これも私のわがままなのか、私は、あんな年寄の醜男に、などと、私がもう思いもよらず一人に媚態をささげきっていることが、不自由、束縛、そう思われて口惜しくなったりした。実際私はそんな心、反抗を、ムダな心、つまらぬこと、と見ていたが、おのずから生起する心は仕方がない。

ふと孤独な物思い、静かな放心から我にかえったとき、私は地獄を見ることがあった。火が見えた。一面の火、火の海、火の空が見えた。それは東京を焼き、私の母を焼いた火であった。そして私は泥まみれの避難民に押しあいへしあい押しつめられて片隅に息を殺している。私は何かを待っている。何ものかは分らぬけれど、それは久須美でないことだけが分っていた。

昔、あのとき、あの泥まみれの学校いっぱいに溢《あふ》れたつ悲惨な難民のなかで、私はしかし無一物そして不幸を、むしろ夜明けと見ていたのだ。今私がふと地獄に見る私には、そこには夜明けがないようだ。私はたぶん自由をもとめているのだが、それは今では地獄に見える。暗いのだ。私がもはや無一物ではないためかしら。私は誰かを今よりも愛することができる、しかし、今よりも愛されることはあり得ないという不安のためかしら。燃える火の涯《はて》もない曠野《こうや》のなかで、私は私の姿を孤独、ひどく冷めたい切なさに見た。人間は、なんてまアくだらなく悲しいものだろう、馬鹿げた悲しさだと私はいつもそんなときに思いついた。

私が入院しているとき、お相撲《すもう》の部屋の親方だかが腫物《はれもの》か何かで入院しており、一門のお弟子、関取から取的《とりてき》まで、食事のドンブリや鍋に何か御馳走《ごちそう》を運んできたり、お酒をぶらさげてきたり賑やかだったが、その一人に十両の墨田川《すみだがわ》というのは私の同じ町内、同じ国民学校の牛肉屋の子供で、出征の前夜に私の許した一人であった。

さっそく私に結婚してくれなどといったけれども、彼も物分りの悪い男ではなく、女に不自由のない人気稼業で、十両ぐらいで結婚なんて、おかしいでしょう、というと、じゃア時々会ってなどといったが、病後だからとその時はすんだけれども、巡業から戻ってくるたび、毎日のようにやってくる。

墨田川は下町育ちだから理づめの相撲で、突っぱって寄る、筋骨質でふとってはいないけれど腰が強くて投げもあり、大関までは行けると噂《うわさ》のある有望力士であったが、下町気風のあっさり勝負を投げてしまうところがあって、しつこく食いさがるねばりがない。稽古の時は勝っても負けてもとても綺麗《きれい》で、調子づくと五人十人突きとばして役相撲まで食ってしまう地力《じりき》があるのに、本場所になると地力がでずに弱い相手に負けるのは、ちょっと不利になるとシマッタと思う、つまり理智派の弱点で、自分の欠点を知っているから、ちょっとの不利にも自ら過大にシマッタと思う気分の方が強くて、不利な体勢から我武者羅《がむしゃら》に悪闘してあくまでネバリぬく執拗《しつよう》なところが足りないのだ。シマッタと思うとズルズル押されて忽ちたわいもなくやられてしまう。弱い相手に特にそうで、強い相手には大概勝つ。つまり強い相手には始めから心構えや気組が変って慎重な注意と旺盛《おうせい》な闘志を一丸に立向っているからなのである。

私は勝負は残酷なものだと思った。もてる力量などはとてもたよりないもので、相撲の技術や体力や肉体の条件のほかに、そういう精神上の条件、性格気質などもやっぱり力量のうちなのだろうか。有利の時にはちっともつけあがらず、相撲しすぎるということがなく、理づめに慎重にさばいて行く、いかにも都会的な理智とたしなみと落着きが感じられるくせに、不利に対して敏感すぎて、彼の力量なら充分押しかえせる微小な不利にも頭の方で先廻りをして敗北という結果の方を感じてしまう。だから一気に弱気になって、こんなことではいけない、ここでガンバラなくてはと気持をととのえた時には、もう取り返しがつかないほど追いこまれていて、どうにもならない。

私は稽古も見に行ったし、本場所は毎日見た。彼は私の席へきて前頭《まえがしら》から横綱の相撲一々説明してくれるが、力と業《わざ》の電光石火の勝負の裏にあまり多くの心理の時間があるのを知った。力と業の上で一瞬にすぎない時間が、彼らの心理の上では彼らの一日の思考よりも更に多くの思考の振幅《しんぷく》があるのであった。大きな横綱が投げとばされて、投げにかけられる一瞬前に、彼の顔にシマッタというアキラメが流れる、私にはまるでシマッタという大きな声がきこえるような気がするのだった。

相撲の勝負はシマッタと御当人が思った時にはもうダメなので、勝負はそれまで、もうとりかえしがつかない。ほかの事なら一度や二度シマッタと思ってもそれから心をとり直して立直ってやり直せるのに、それのきかない相撲という勝負の仕組はまるで人間を侮蔑するように残酷なものに思われた。相撲とりの心が単純で気質的に概してアッサリしているのは、彼らの人生の仕事が常に一度のシマッタでケリがついて、人間心理のフリ出しだけで終る仕組だから、だから彼らは力と業の一瞬に人間心理の最も強烈、頂点を行く圧縮された無数の思考を一気に感じ、常に至極の悲痛を見ているに拘《かかわ》らず、まるでその大いなる自らの悲痛を自ら嘲笑軽蔑侮辱する如くにたった一度のシマッタですべてのケリをつけてしまい、そういう悲劇に御当人誰も気付いた人がなく、みんな単純でボンヤリだ。

エッちゃん(墨田川は私たちの町内ではそうよばれていた)は特別わが心理の弱点で相撲の勝負をつけてしまい、シマッタと思わなくともよいところで、過大にまた先廻りをしてシマッタと思って、そしてころころ負けてしまう。エッちゃんの勝負を見ていると、ア、シマッタ、とか、やられた、とか、ア、畜生め、なんでい、そうか、一瞬の顔色が、私にはいつもその都度いろいろの大きな叫び声にきこえてきて、するともう見ていられない気持になる。

あなたは御自分の不利にだけ敏感すぎるからダメなのよ。御自分のアラには気がつかず人のアラばかり気がつく人なんてイヤだけど、相撲の場合はそういうヤボテンの神経でなければダメなんだわ。いつでも何クソとねばらなければいけないわ。そうすれば、大関にも横綱にもなれるのよ。私は彼にそういった。この忠言は彼をかなり発奮させ、二三度勝って気を良くしたが、その次の相撲で、例のシマッタ、そこで一気に不利になり、いつもならもうダメなところで私の忠告がきいたのか、思いもよらず立直って、とうとう五分の体勢まで押し返したから、すばらしい、エッちゃんとうとう悟りをひらいて、もう、こうなれば勝てると思ったのに阿修羅《あしゆら》の怪力大勇猛心で立直りながら急にそこから気がぬけたようにズルズルと負けてしまった。そしてそれからまた元のモクアミ、自信を失っただけ、却っていけないようなものだった。

「どうしてあそこで気がぬけたの。でも、あそこまで、立直ったのですもの、気持をくさらせて投げてしまわなければ、あなたは立直る実力があるのね。そこまでは証明ずみですから、今度はその先をガンバってごらんなさい」

と私がはげましてあげても、エッちゃんは浮かない顔で、いっぺん自信がくずれると、せっかくの大勇猛心や善戦が身にすぎた奇蹟《きせき》のように思われるらしく、その後はますますネバリがなくなり、シマッタと思うと全然手ごたえなくヘタヘタだらしなく負けるようになった。

力だけが物をいうヤボな世界だと思っていたのに、あんまり心のデリケートな世界で、精神侮蔑、人間侮蔑、残酷、無慙《むざん》なものだから、私はやりきれなかった。昔は関脇《せきわけ》ぐらいまでとり、未来の大横綱などといわれた人が、十両へ落ち、あげくには幕下、遂には三段目あたりへ落ちて、大きな身体でまたコロコロ負かされている。芸術の世界などだったら、個人的に勝負を明確に決する手段がないのだから、落伍者《らくごしや》でも誇りやウヌボレはありうるのに、こうしてハッキリ勝敗がつく相撲というものでは負けて落ちてゆく、ウヌボレ慰めの余地がない。残酷そのもの、精神侮蔑、まるで人の当然な甘い心をむしりとり人間の畸形児《きけいじ》をつくりあげている、たえがたい人間侮蔑、だから私はエッちゃんが勝ったときは却ってほめてやる気にならず、負けた時には慰めてやりたいような気持になった。

その場所の始まる前に巡業から帰ってきて、

「僕はサチ子さんの気質を知っているから、くどくいいたくないけれど、好きなんだから仕方がないよ。いつも口説くたんびに、ええ、そのうちに、とか、いつかね、とか、どうもね。だから、こっちもキマリが悪いけど、僕も、もう、東京がつくづく厭でね、それというのが本場所があるからで、以前は本場所を待ちかねたものだけど、ちかごろは重荷で、そのせいだけで、ふるさとのお江戸へ帰るのが苦しいのさ。それでもいくらか帰る足が軽くなるのはサチ子さんがいるということ一つだけで、さもなきゃ、廃業したいぐらい厭気ざしているのだが、廃業しちゃア、サチ子さんも相手にしてくれないだろうなぞと考えて、ともかく裸ショウバイになんとか精を出すように努めているのだ。こんな僕だから思いはいっぱいだけど、自分一人勝手のわがままはいいたくない。それはこんなショウバイをしているオカゲで、取柄といえば、女と男のことだけはいくらか身にしみて分るんだな。僕らはよくヒイキの旦那の世話になる。旦那というものにはオメカケがいるものだが、旦那はみんないい人たちで、だからサチ子さんの旦那でも僕には旦那という人が、みんないたわってあげたいような気持になる。だから僕の見てきたところでも、オメカケが浮気をしてロクなことになったタメシはないね。罰《ばち》が当るんだ。けれども、サチ子さん、僕にはもう心の励みがあなた一人なんだから、僕は決して女房になってくれ、そんな無理なことはいわない。こうして毎日つきあってもらって、それで満足できりゃいいけど、別れて帰ると、なんとも苦しい。ほかの女でまにあうというものじゃアないんでね。巡業に出ているうちは忘れられる。こうして目の前に見ちゃ、ダメだ。僕が相撲をとってるうち、そして、東京へ戻った時だけ、遊んで貰うわけには行かないか」

その場所エッちゃんは十両二枚目で、ここで星を残すと入幕できるところであった。私はなんとなくエッちゃんを励まして出世させたいと思ったから、

「そうね、じゃア、今場所全勝したら、どこかへ泊りに行ってあげる」

「全勝か。全勝はつらいね」

「だって女の気持はそんなものだわ。関取がギターかなんか巧《うま》くったって、そんなことで女は口説かれないと思うわ。関取は相撲で勝たなきゃダメよ。あなたの全勝で買われたと思えば、私だって気持に誇りがもてるわ」

「よし、分った。きっと、やる。こうなりゃ是が非でも全勝しなきゃア」

しかし結果はアベコベだった。エッちゃんはそういう気質なのだ。励んだり、気負いたっているとき、出はなに躓《つまず》くと、ずるずると、それはもう惨《みじ》めとも話にならぬだらしなさで泥沼へ落ちてしまう。初日に負けて、いいのよ、あとみんな勝って下されば、二日目も負け、いいわ、あと勝って下されば、で千秋楽まで、楽の日は私もとうとうふきだして、いいわ、楽に初日をだしてよ、きっと約束まもってあげる、けれどもダメ、つまり見事にタドンであった。

エッちゃんには都会人らしい潔癖があるから、初日に躓いたとき、もうダメだったので、約束通り全勝して晴れて私を抱きしめたかったに相違ない。おなさけ、というようなことでは自分自ら納得できない気分を消し去ることができない気質であった。

私はしかしエッちゃんが約束通り全勝したらとても義務的なつきあいしかできなかったと思うけ

れども、見事にタドンだから、いじらしくてせつなくなった。

私はエッちゃんを励まして、共に外へでた。まだ中入前《なかいり》で、久須美は何も知らずサジキに坐って三役の好取組を待っているのだが、私は急に心がきまると、久須美のことはほとんど心にかからず、ただタドンのいじらしさ、人間侮蔑に胸がせまって、好取組の見物などという久須美が憎いような気持まで流れた。

「私、待合や、ツレコミ宿みたいなところ、イヤよ。箱根とか熱海《あたみ》とか伊東とか、レッキとした温泉旅館へつれて行ってちょうだい。切符はすぐ買えるルート知ってるのよ」

「でも僕は明日から三四日花相撲があるんだ。本場所とちがって、こっちの方は義理があるのでね」

「じゃアあなた、あしたの朝の汽車で東京へ帰りなさい」

私はすべて予約されたことには義務的なことしかできず私の方から打ちこむことができないタチであったが、思いがけない窓がひらかれ気持がにわかに引きこまれると、モウロウたる常に似合わず人をせきたて有無をいわさず引き廻すような変に打ちこんだことをやりだす。私自身が私自身にびっくりする。女というものは、まったく、たよりないものだ、と私はそんな時に考える。

温泉で意気銷沈《いきしょうちん》のエッちゃんにお酒をすすめて、そして私たちが寝床についたとき、

「エッちゃん、今まで、いうの忘れてたわ」

「なにを？」

「ごめんね」

「なにをさ」

「ごめんねをいうのを忘れてたのよ。ごめんなさい、エッちゃん」

「なぜ」

「だって、とても、人間侮蔑よ」

「人間侮蔑って、何のことだい」

「全勝してちょうだい、なんて、人間侮蔑じゃないの。私、エッちゃんにブン殴られてもいいと思ったわ」

エッちゃんはわけが分らない顔をしたが、私は私のことだけで精いっぱいになりきるだけのタチだから、

「エッちゃんはタドン苦しいの？　平気じゃないの。私むしろとても嬉しいのよ。許してちょうだいね。私が悪かったのよ。だから、エッちゃん」

私は両手をさしのべた。久須美のほかの何人《なんぴと》にも見せたことのない天然自然の媚態がおのずから私のすべてにこもり、私はもはや私のやさしい心の精であるにすぎなかった。

翌日、エッちゃんは明るさをとりもどしていた。それは本場所のタドンよりも私との一夜の方がプラスだという考えが彼を得心させたからで、そして彼がそういう心境になったことが、私の気分を軽快にした。

「人間侮蔑っていったね。僕が人を土俵にたたきつけるのが人間侮蔑だってえのかい。だって、それじゃア、年中負けてなきゃアお気に召さないてんじゃァ」

「そうじゃないのよ」

「じゃアなんのことだい」

「いいのよ、もう。私だけの考えごとなんですから」

「教えてくれなきゃ、気になるじゃないか。かりそめにも人間侮蔑てえんだからな」

「いっても笑われるから」

「つまり、女のセンチなんだろう」

「ええ、まア、そうよ。綺麗な海ね。ここが私の家だったら。私、今朝からそんなことを考えていたのよ」

「まったくだなア。土俵、見物衆、巡業の汽車、宿屋、僕ら見てるのは人間と埃ばっかり、どこへ行っても附きまとっていやがるからな。なア、サチ子さん、相撲とりが本場所が怖くなるようじゃア、生れ故郷の墨田川へ戻るのが怖しくって憂鬱《ゆううつ》なんだから、僕はお前、こんなところでノンビリできりゃア、まったく、たまらねえな」

「花相撲に帰らなくってもいいの?」

「フッツリよした。叱られたって、かまわねえ。義理人情じゃア、ないよ。たまにゃア人間になりてえ。オイ、見てくれ。これ、このチョンマゲ、こいつだな。人間じゃないてえシルシなんだ。鶏に鶏の形があるみたいに、相撲とりの形なんだぜ。昔はこいつが自慢の種で、うれしかったものだけど」

　私たちは米を持ってこなかった。エッちゃんが宿の人に頼んで一度は食べさせてくれたけれども、ほんとになくて困ってるのだから、なんとか自分で都合してくれという。私が財布を渡すと、ホイきた、とエッちゃんは立上った。

「ほんとに買える?　当《あて》があるの?」

「じゃア、私もつれて行って」

「大丈夫大丈夫」

「それがいけねえワケがある。一ッ走《ひとぱし》り行ってくるから、ちょっとの我慢」

やがてエッちゃんは二斗《と》のお米と鶏四羽、卵をしこたまぶらさげて戻ってきて、旅館の台所へわりこんでチャンコ料理だの焼メシをつくって女中連にも大盤ふるまい。

「わかるかい、サチ子さん、お前をつれて行けなかったわけが。つまりこれだ、チョンマゲだよ。こういう時には、きくんだなア、お相撲が腹がへっちゃア可哀そうだてんで、お百姓はお米をだしてくれる、お巡《まわ》りさんは見のがしてくれる、これがお前、美人をつれて遊山《ゆさん》気分じゃア、同情してくれねえやな。アッハッハ」

「じゃア、チョンマゲの御利益《ごりやく》ね」

「まったくだ。因果なものだな」

夕靄《ゆうもや》にとける油のような海、岬の岸に点々と灯が見える。静かな夕暮れであった。私はおよそ風景を解するたちではないのだが、なんとなく詩人みたいにシンミリして、だらしなく長逗留《ながとうりゅう》をつづけることになってしまった。

＊

私の家には婆やと女中のほかに、ノブ子さんという私の二ッ年下の娘が同居していた。戦争中は同じ会社の事務員だったのだが、戦災で一挙に肉親を失った。久須美の秘書の田代さんというのが、久須美から資本をかりて内職にさるマーケットへ一杯のみ屋をひらくについて、ノブ子さんが根が飲食店の娘で客商売にはあつらえ向きにできてるものだから、表向きはノブ子さんをマダムというように頼んだわけだが、まだ二十、マダムになったときが十九というのだから嘘みたいだけど、実際チャッカリ、堂々と一人前以上に営業しているのである。

思いがけない長逗留で、お金が足りなくなったので、ノブ子さんにたのんで秘密にお金をとどけて貰う手筈をしたが、ノブ子さんは田代さんと同道、温泉までお金をとどけに来てくれた。

田代さんはノブ子さんが好きで、一杯のみ屋のマダムは実は口実で、ていよく二号にと考えてやりだしたことであったが、ノブ子さんも田代さんが好きで表向きは誰の目にも旦那と二号のように見えるが、からだを許したことはない。

久須美の秘書の田代さんが来たものだからエッちゃんが堅くなると、

「イヤ、そのまま、私は天下の闇屋です、ヤツガレ自身が元来これ浮気以外に何事もやらぬ当人なんだから」

実際私は田代さんが来てくれた方が心強かった。なぜなら彼は自ら称する通り性本来闇屋で、久須美の秘書とはいっても実務上の秘書はほかにあって、彼はもっぱら裏面の秘書、久須美の女の始末だの、近ごろでは物資の闇方面、そっちにかけてだけ才腕がある。彼を敵にまわさぬことが私には必要だった。

「これ幸いと一役買っていらっしゃったのね。ノブ子さんと温泉旅行ができるから。もっぱら私にお礼おっしゃい」

「まさにその通りです。ちかごろ飲食店が休業を命ぜられて、ノブちゃんは淫売しなきゃ食えないという窮地に立ち至って、私の有難味が分ったんだな。サービスがやや違ってきたです。そこへこの一件をききこんだから、これ幸いと実は当地においてノブちゃんを懇《ねんご》ろに口説こうというわけです。今日あたりは物になるだろうな。ノブちゃん、どうだい、この情景を目《ま》の当り見せつけられちゃア、ここで心境の変化を起してくれなきゃ、私もやりきれねえな」

「ほんとにサチ子さん、すみません。私ひとり、お金をとどけるつもりだったけど、私、一存で田代さんに相談しちゃったのよ。だって心配しちゃったのよ、このまま放っといて、あとあと……」

私もノブ子さんがこうしてくれることを予想していたのであった。

ノブ子さんは表面ひどくガッチリ、チャッカリ、会社にいたころも事務はテキパキやってのけるし、飲み屋をやってからも婆やを手伝いにつけてあるのに、自転車で買いだしにでる、店のお掃除、人手をかりずに一人で万事やる上に、向う三軒両隣、近所の人のぶんまでついでに買いだしてやったり、隣りの店の人が病気でショウバイができず、さりとて寝つけば食べるお金にも困るという、するとノブ子さんは自分の店の方をやめて、隣の店で働いてやるという、女には珍しい心の娘であった。

だから活動的で、表面ガッチリズムの働き者に見えるけれども、実際はもうからない。三角クジだの宝クジだの見向きもしたことがなく、空想性がなく着実そのものだけれども、人の事となると損得忘れてつくしてやって一銭ずつの着実なもうけをとたんにフイにしてしまう。

田代さんはノブ子さんの美貌と活動性とチャッカリズムに目をつけて、大いにお金をもうけるつもりでかかったのに、一向にもうけもなく、おまけにノブ子さんは売上げの一割は手をつけずにおいて、自分の方にもうけがなくとも、この一割だけは田代さんの奥さんへとどけてやる。万事万端意想外で田代さんは呆気《あっけ》にとられたが、この人がまた、金々々、金が欲しくて堪らない、金のためなら何でもするという御人のくせに、御目当の金の蔓《つる》、しかし営業不成績をあきらめて、ノブちゃんの純情な性質の方をいたわった。

「しかしノブちゃん、からだぐらい、処女をまもるなんて、つまらねえな、そんなこと。私の女房に悪いから、なんて、ねえ奥さん（彼は私をこうよんだ）人間は本性これ浮気なものだから、かりそめに男を想う、キリスト曰《いわ》く、これすでに姦淫《かんいん》です。心とからだは同じことだよ。からだだけはなんて、そんな贋物《にせもの》はいけねえな。だから奥さんは浮気、からだ、そんなこと、てんで問題にもしていねえ。だからまた、うちのオヤジと奥さんとは浮気の及ばざる別のつながりがありうることになるのだな。ここのところを見なきゃア。からだにこだわったんじゃア、だからノブちゃんは大学生だのチンピラ与太者に崇拝されたりなんかして、そういうクダラナサが分らねえのだから切ないよ。どうしてこう物の道理が分らねえのか、ねえ、奥さん」

田代さんがノブ子さんを私のところへ同居させたのも、なんとかして私の浮気精神をノブ子さんに伝授させたい念願だから、特別私の目の前でせっせと口説くけれども、私は笑って見物、助太刀してあげたことがない。

「奥さん、ノブちゃんの心境を変えるようになんとか助けて下さいな」

「だめ。口説くことだけは独立独歩でなければだめよ」

「友情がねえな、奥さんは。すべてこの紳士淑女には義務があるです。それは何かてえと友の恋をとりもつてえことですよ。私が女をつれて友だちに会う。するてえと、私は友達よりも私の方が偉いように威張り、また、りきむです。これ浮気の特権ですな。したがってまた友だちが女をつれて私の前へ現れたときは、私は彼の下役であり、また鈍物であるが如く彼をもちあげてやるです。これを紳士の教養と称し義務と称する、男女もまた友人たるときは例外なくこの教養、義務の心掛がなきゃ、これ実に淑女紳士の外道だなア。奥さんなんざア、天性これ淑女中の大淑女なんだから、私がいわなくっとも、なんとかして下さるはずなんだと思うんだけどな」

ノブ子さんには大学生が口説いたり附文《つけぶみ》したり、マーケットの相当なアンちゃん連が二三人これも口説いたり附文したり、何々組のダンスパーティなどと称して踊りを知らないノブ子さんを無理につれて行くから、田代さんのヤキモキすること、テゴメにされちゃア、あの連中、やりかねねえから、などと帰ってくるまで落着かない。からだなんざアとか、処女なんて、とかいってるくせに、案外そうでもないらしいから、私がからかってあげる。それは、あなた、だって、なにも、下らなく傷物になることはないからさ、誰だってあなた、好きな人が泥棒強盗式みてえに強姦されたんじゃア、これは寝ざめが悪いや。かほど熱心に口説いているけど、ノブ子さんはウンといわない。けれども田代さんが好きなのである。

私と全然似てもつかないノブ子さんは、私のもろい性質、モウロウたるたよりなさを憐れんで、私よりも年上の姉さんのように心配してくれた。しかし実際は表面強気のノブ子さんが実際は自分の行路に自信がなくて、営業のこと、恋のこと、日常の一々に迷い、ぐらつき、薄氷を踏むようにして心細く生きているのを私は知りぬいており、私は無口だから優しい言葉なんかで、いたわってあげることはないけれども、身寄りのないノブ子さんは私を唯一の力にしてもいた。

「奥さん、しかし、まずかったな。浮気という奴は、やっぱり、誰にも分らないようにやらなきゃダメなものですよ。しかし、ここで短気を起しちゃ、尚いけない。それが一番よくないのだから、何くわぬ顔で帰ること。そして、なんだな、関取と泊った、そこまでは分っているから仕方がないが、一緒に泊ったが、関係はなかった、いいですか、こいつをいい張るのが何よりの大事です。いい張って、いい張りまくる、疑りながらも、やっぱりそうでもねえのかな、と、人間てえものは必ずそう考える動物なんだから、徹頭徹尾、関係はなかった、そういい張っていりゃア、第一御本人までそう思いこんでしまうようなものでさア。分りましたか」

しかし田代さんは私のことよりも自分のことの方が問題なのだ。ノブ子さんは田代さんと同じ部屋へ寝るのが厭だといったのだが、田代さんはさすがにいくらか顔色を変えて、ノブちゃん、そりゃアいけない。そこまで私に恥をかかしちゃいけないよ。旅館へあなた男女二人できて別の部屋へ泊るなんて、そりゃアあなた体裁が悪い、これぐらい羞《はず》かしい思いはないよ。同じ部屋へねたって、それは私は口説きますよ、口説きますけど、暴力を揮《ふる》いやしまいし、そういう信用は持ってくれなきゃ、そこまで私に恥をかかしちゃ、まるで、ノブちゃん、それじゃア私が人格ゼロみたいのものじゃないか。

男たちが温泉につかっているとき、ノブ子さんは私に、

「どうしたらいいかしら。田代さんを怒らしてしまったけど、つらいのよ。寝床の中で口説かれるなんて、第一私男の人に寝顔なんか見せたことないでしょう。寝床の中で口説かれるなんて、そんなこと、私田代さんに惨めな思いさせたり惨めな田代さん見たくないから、許しちゃうかも知れないのよ。そんな許し方したら、あとあと侘《わび》しくて、なさけないじゃないの。そうでしょう。だから、いっそ、私の方から許してしまったら。なんだか、ヤケよ。サチ子さん、どうしたらいいの。教えてちょうだい」

「私には分らないわ。あんまりたよりにならなくて、ノブ子さん、怒らないでね。私はほんとに自

分のことも何一つ分らないのよ。いつも成行にまかせるだけ。でも、ほんとに、ノブ子さんの場合は、どうしたらいいのかしら」

「ヤケじゃァいけないでしょう」

「それは、そうね」

その晩の食卓で私は田代さんにいった。

「田代さんほどの人間通でもノブ子さんの気持がお分りにならないのね。ノブ子さんは身寄りがないから、処女が身寄りのようなものなのでしょう。その身寄りまでなくしてしまうとそれからはもう闇の女にでもなるほかに当《あて》のないような暗い思いがあるものよ。私のような浮気っぽいモウロウたる女でも、そんな気持がいくらかあるほどですもの、女は男のように生活能力がないから、女にとっては貞操は身寄りみたいなものなんでしょう、なんとなく、暗いものなのよ。ですから、ノブ子さんのただ一つの身寄りを貰うためでしたら、身寄りがなくとも暮せるような生活の基礎が必要でしょう。前途の不安がないだけの生活の保証をつけてあげなくては。口約束じゃアダメ。はっきり現物で示して下さらなくては」

「それは無理ムタイという奴だな奥さん。それはあなたは、あなたの彼氏は天下のお金持だから、だけど、あなた、天下無数の男という男の多くは全然お金持ではないのだからな。処女というものを芸者の水揚げの取引みたいに、それは、あなた、むしろ処女の侮辱だな。むろん、あなた、私はノブちゃんを大事にしますよ。今、現に、私がノブちゃんを遇する如くに、です。それ以外に、あなた、水揚料はひでえな」

「水揚料になるのかしら。それだったら、私もタダだったわ」

「それ御覧なさい。それはあなた、処女は本来タダですよ」

「私の母が私の処女を売り物にするつもりだったから、私反抗しちゃったのよ。でも、今にして思えば、もし女に身寄りがなかったら、処女が資本かも知れなくってよ。だって芸者は水揚げしてそれから芸者になるのでしょう。私の場合は、処女というヨリドコロを失うと闇の女になりかねない不安やもろさや暗さに就《つい》ていうのです。ですから処女をまもるのは生活の地盤をまもるのよ」

「かつて見ざる鋭鋒だな。奥さんが処女について弁護に及ぶとは、女は共同戦線をはるてえと平然として自己を裏切るからかなわねえなア。共同の目的のためというのはストライキの原則だけど、己を虚《むな》しうし、己を裏切るてえのは、そんなストライキはねえや。それはあなた、処女が身寄りのようなものだてえノブちゃんの心細さは分りますとも。けれどもそんな心細さはつまりセンチメンタリズムてえもので、根は有害無益なる妖怪じみた感情なんだなア。処女ひとつに女の純潔をかけるから、処女を失うてえと全ての純潔を失ってしまう。だから闇の女になるですよ。けれどもあなた純潔なるものはそんなチャチなものじゃない。魂に属するものです。私は思うに日本の女房てえものは処女の純潔なる誤れる思想によって生みなされた妖怪的性格なんだなア。もう純潔がないのだから、これ実に妖怪にして悪鬼です。金銭の奴隷にして子育ての虫なんだな。からだなんざアどうだって、亭主の五人十人取りかえたって、純潔てえものを魂に持ってなきゃア、ダメですよ。そこへいくとサチ子夫人の如きは天性てんでからだなんか問題にしていない人なんだから、そしてあなた愛情が感謝で物質に換算できるてえのだから、自ら称して愛情による職業婦人だというのだから、これは天晴《あっぱ》れ、胸のすくような淑女なんだな。そのあなたが、こともあろうに、いけません、同情ストライキ、それはいけない。あなたはあなたでなきゃアいけない。関取、そうじゃないか、サチ子夫人がかりそめにも浮気の大精神を忘れて、処女の美徳をたたえるに至っては、拙者はあなた、こんなところへワザワザ後始末に来やしませんや。私はあなたサチ子夫人を全面的に尊敬讃美しその性向行動を全面的に認める故に犬馬《けんば》の労を惜しまぬのです。かかる熱誠あふるる忠良の臣民を歎かせちゃアいけねえなア」

田代さんの執念があまり激しすぎるので、楽な気持になれない。私だったらノブ子さんとは違った意味で許す気持にならないけれども、ノブ子さんは田代さんを愛しもし尊敬もしているのだから、処女ぐらいに、ああまでエコジに守るのが私には分らない。私は実際は、こんなこと、ただうるさいのだ。

その夜、田代さんたちが別室へ去ってから、

「え、サチ子さん。ノブ子さんは可哀そうじゃねえのかな」

「なぜ」

「だってムッツリ、ションボリ、考えこんでいたぜ。イヤなんだろう」

「仕方がないわ。あれぐらいのこと。いろいろなことがあるものよ、女が一人でいれば」

「ふーん。いろいろなことって、どんなこと」

「いろんな人が、いろんなふうに口説くでしょう」

「そういうものかなア。僕なんざ、めったに口説いたことも口説かれたこともないんだがな。だけど、あれぐらいムッツリと思いつめて考えてるんじゃア」

「あなただって私をずいぶん悩ましたじゃないの」

「なるほど、そうか。そして結局こんなふうになるわけか」

「罰が当るって、なによ」

「なんだい？　罰が当るって」

「いつか、あなた、いったでしょう。オメカケが浮気してロクなことがあったタメシがないんだって。罰が当るんだって。罰が当るって、どんなこと？」

「そんなことをいったかしら。覚えがねえな。だって、お前、お前は別だ」

「なぜ。私もオメカケの浮気ですもの」

「お前は浮気じゃないからな。心がやさしすぎるんだ」

「たいがいのオメカケがそうじゃないの？」

「もう、かんべんしてくれ。僕はしかし、お前を苦しめちゃアいけねえから、フッツリ諦めよう。これからはもう相撲いちずにガムシャラにやってやれ。しかし、お前のことを思いださずに、そんなことができるかな」

「私は思いださない」

「僕がもうそんなに何でもないのか」

「思いだしたって、仕方がないでしょう。私は思いだすのが、きらい」

「お前という人は、私には分らないな」

「あなたはなぜ諦めたの？」

「だってお前、僕は貧乏なウダツのあがらねえ下ッパ相撲だからな。お前は遊び好きの金のかかる女だから」

「諦められる」

「仕方がねえさ」

「諦められるなら、大したことないのでしょう。むろん、私も、そう。だから、私は、忘れる」

「そういうものかなア」

「つまらないわね」

「何がさ」

「こんなことが」

「まったくだな。味気ねえな。僕はもう生きるのも面倒なんだ」

「そんなことじゃアないのよ。私は生きてることは好きよ。面白そうじゃないの。また、なにか、思いがけないようなことが始まりそうだから。私は、ただ、こんなことがイヤなのよ」

「こんなことって？」

「こんなことよ」

「だから」

「しめっぽいじゃないの。ない方が清潔じゃないの。息苦しいじゃないの。なぜ、あるの。なければならないの。なくて、すまないことなの？」


エッちゃんは答えなかったが、ノッソリ起きて、閉じられた雨戸をあけて庭下駄を突ッかけて外へでて行った。闇夜なのだか月夜なのだか、私は外のことなど見も考えもしなかったが、エッちゃんは程へて戻ってきて私の胸の上へ大きな両手をグイとついた。力をいれたわけではないのだろうけど、私はウッと目を白黒させたまま虚脱のてい、エッちゃんは私の肩にグイと手をかけて摑み起して、

「オイ、死のう。死んでくれ」

「いや」

「もう、いけねえ、そうはいわせねえから」

私はいきなり軽々と摑みあげられ、担がれてしまった。私はやにわに失神状態で、何の抵抗もなくヒョイと肩へ乗せられてしまったが、首ったまにかじりつくと、何だかわけの分らないような一念が起って、

「いいの、私は悲鳴をあげるから、人殺しッて叫ぶから、それでもいいの」

雨戸を押しひろげるためにガタガタやるうち片手を長押《なげし》にかけて、

「我を通すのは卑怯《ひきよう》じゃないの。私は死ぬことは嫌いよ。そんな強要できて？　死にたかったら、なぜ、一人で死なないの」

エッちゃんは、やがて蒸気のような呻き声をたてて、私を雨戸の旁《そば》へ降して、庭下駄はいて外の闇へ歩き去った。私は声をかけなかった。

私は眠るときでも電燈を消すことのできない生れつきであった。戦争中でも豆電球をつけなければ眠られぬたちで、私は戦争で最も嫌いなのは暗闇であった。光が失われると、何も見えないからイヤだ。夜中に目がさめて電燈が消えていると、死んだのか、と慌てる始末であった。私はつまり並外れて死ぬことを怖がるたちなのだろう。

五分ぐらいすぎて、私は次第に怖しくなった。外には何の気配もなかった。ノブ子さんの部屋へ行くと二人はまだ眠らずにいたが、事情を話してノブ子さんの布団の中でねむらせてもらうことにした。

「じゃア関取はまだ戻らないんですね」

「ええ」

「自殺でもしたのかな」

「どうだか」

「うむ、どうでもいいさ」

田代さんはノブ子さんを相手に持参のウイスキーを飲みはじめたが、私は先に眠ってしまった。痺《しび》れるように、すぐ眠った。

＊

夏がきて、私たちは海岸の街道筋の高台の旅館で暮した。借りた離れは湯殿もついて五間《いつま》の独立した一棟《ひとむね》で、久須美と田代さんは殆《ほとん》どここから東京へ通い、私とノブ子さんは昼は海水浴をたのしんだ。

私は毎日七時半頃目がさめる。食事して、久須美を送りだすのが九時ころ、それから寝ころんで雑誌を三四頁よむうちに眠くなり、うとうととして十一時か十一時半ころ目がさめる。昼の食慾は殆どない。ときどき、無性にアイスクリームが欲しい、サイダーが欲しい、冷めたいコーヒーが欲しい。うたたねの夢にそれを見ていることもある。中食後海へ行き四時ごろ帰ってきて風呂にはいり、ついでに洗濯物をしたり、それから寝ころんで雑誌をよみだすと、また、うとうととねむってしまう。久須美が帰ってきて、その気配でたいがい目がさめる。夕方になっている。海がたそがれ、暮れようとしている。私は海をしばらく見ている。久須美が電燈をつけると、もうちょっと、あかりをつけないで、という。しばらくして、もうつけていいわ、という。私は顔を洗い、からだをふき、お化粧を直し、着物を着かえて、食卓に向う。あかるい灯と、食卓いっぱいの御馳走が私の心を安心させ、ふるさとへ帰ったような落着きを与えてくれる。私はオチョウシを執りあげて久須美にさし、田代さんにさす。私は私がたべるよりも、人々がたべ、また、私が話すよりも、人々の話のはずむのがたのしい。

私はこのごろ時々よけいなことを喋るのでイヤになることがある。物を貰ったりすると、ありがとうございます、などといったりする。以前はニッコリするだけだった。季節に珍しい物を貰うと、今ごろ珍しいわね、などと自然に喋っていたり、それだけなら私は別に喋るのがイヤではないけれども、好ましくないものを貰うと、ありがとう、というけれども、そしてニッコリしているけれども、ずいぶん冷淡な声なのである。私の母は嬉しいものを貰うと大喜びをするけれども、無関心ないただき物には、ソッポを向くような調子であった。子供心にそれが下品に卑しく見えて、母の無智無教養ということを呪っていた。以前の私はいつもニッコリ笑うだけだからよかったけれども、近ごろは有難うなぞと余計なことを自然にいうようになったから、ありがとうございます、といったり、ありがとう、といったり、言葉や声に自然の区別があって、なければ余程マシなような冷淡な声をだしたりするから、ふと母の物慾、その厭らしさを思いだしてゾッとするのだ。

私は自分で好きなものを見立てて買い物をするよりも、好きな人が私の柄にあうものを見立てて買ってきてくれるのが好きだった。一緒に買い物にでて、あれにしようか、これにしようか、一々私に相談されるのはイヤ、自分でこれときめて、押しつけてくれる方がうれしい。着物や装身具や所持品は私の世界だから、私自身が自分で選ぶと自分の限定をはみだすことができないけれども、人が見立ててくれると新しい発見、創造があり、私は新鮮な、私の思いもよらない私の趣味を発見して、新しい自分の世界がまた一つ生れたように嬉しくなる。

久須美はそういう私の気質を知っていた。彼の買い物の選択はすぐれていて、その選択の相談相手は田代さんであった。私は私の洋服まで、私が柄や型を選ぶよりも、久須美にしてもらう方が好ましい。洋装店にからだの寸法がひかえてあるから、思いがけない衣裳がとどいて、私はうっとりしてしまう。田代さんやノブ子さんのいる前ですら、私は歓声をあげて自然に久須美にとびついてしまう。

私は朝目がさめて久須美を送りだすまでの衣裳と、昼の衣裳と、夜の衣裳と、外出しなくとも、いつも衣裳をかえなければ生きた気持になれなかった。うとうとと昼寝の時でも気に入りの衣裳をつけていなければ安心していられなかった。美しい靴を買ってもらうと、それをはいて歩きたいばかりに、雨の降る日でも我慢ができずに一廻り散歩にでかけずにいられなくなる。まして衣裳類はむろんのこと、帽子でもハンドバッグ一つでも、その都度一々私は意味もなく街を歩いてくるのであった。映画や芝居の見物よりも私にとって最もうれしい外出はその散策で、私は満足した衣裳を身にまとうとき、何より生きがいを感じることができた。

私はその生きがいを与えてくれる久須美に対してどのように感謝を表現したらいいか、そのことで最も心を悩ました。私の浮気もいわば私の衣裳のよろこびと同じ性質のもので、だから私が浮気について心を悩ますのは帽子や衣裳や靴と違って先方に意志や執念があることであり、浮気自体にうしろめたさを覚えたことはなかったが、私はこの浜で、大学生やヨタモノみたいな人や闇屋渡世の紳士やその他お茶によばれたり散歩やダンスに誘われたが、私はいつも首を横にふってことわった。そのとき私はそんなことをしては久須美に悪いと考えた。そして浮気をしないのが、久須美に対する感謝の一つの表現だと考えた。その考えはなんとなく世帯じみたようでイヤであった。私は母に義理人情をいわれるたびに不快と反抗を感じ、母の無智を憎んだけれども、私もおのずから世帯じみて自然のうちに義理人情の人形みたいに動くようになっているのが不快であり、私はまた、母の姿を見出して時々苦しかった。

私はしかし浮気は退屈千万なものだということを知っていた。しかし、退屈というものが、相当に魅力あるものであり、人生はたかがそれぐらいのものだとも思っていた。私は久須美が痩せているくせに肩幅がひろくそこの骨がひどくガッシリしており肋骨《ろっこつ》が一つ一つハッキリ段々になっている、腰の骨がとびだし、お尻の肉が握り拳ぐらいに小さく、膝の骨だけとびだして股の肉がそがれたように細くすぼまり脛《すね》には全くふくらみというものが失われてガサガサした棒になっている、その六尺の長い骨格を上から下、下から上、そんなものをぼんやり眺めていても、私は一日、飽かずくらしていられる。時にはそれが人体であり肋骨の段々であることも忘れて、楽器と遊ぶように指先で骨と凹みをつついたり撫でたり遊んでいる。私はまた、ねころびながら小さな鏡に私の顔をうつして眺めて、歯や舌や喉や、肩やお乳など眺めていても、一日を暮すことができる。私は退屈というものが、いわば一つのなつかしい景色に見える。箱根の山、蘆《あし》の湖《こ》、乙女峠、いったい景色は美しいものだろうか。もし景色が美しければ、私には、それは退屈が美しいのだ、と思われる。私の心の中には景色をうつす美しい湖、退屈という湖があり、退屈という山があり、退屈という森林があり、乙女峠に立つときには乙女峠という景色で、蘆の湖を見るときは蘆の湖の姿で、私は私の心の退屈を仮の景色にうつしだして見つめているように思いつく。

「私の可愛いいオジイサン、サンタクロース」

私は久須美の白髪をいじりいたわりつつ、そういう。しかし、また、

「私の可愛いい子供、可愛いいアイスクリーム、可愛いいチッちゃな白い靴」

久須美は疲れてグッスリねむった。しかし五六時間で目がさめて、起きてぼんやり私の寝顔を眺めており、夜がしらじら明けると、雨戸をあけて、海を眺めている。私はしかし、どうしてこんなに眠ることができるのだろう。いつでも、いくらでも、私は殆ど無限に眠ることができるような気がした。ふと目をさます。久須美が起きて私をぼんやり見つめている。私は無意識に腕を差しだしてニッコリ笑う。久須美は呆れたように、しかし目をいくらか輝かせて、静かに一つ、うなずく。

「何を考えているの？」

彼は答える代りに、私の額や眼蓋《まぶた》のふちの汗をふいてくれたり、時には襟へ布団をかぶせてくれたり、ただ黙って私を見つめていたりした。

私がノブ子さん田代さんに迎えられエッちゃんと別れて温泉から帰ってきたとき、私は汽車の中で発熱して、東京へ戻ると数日寝ついてしまった。見舞いにきた登美子さんはあなたのからだは魔法的ね、いい訳に苦しむ時には都合よく熱まででるように、九度八分ぐらいの熱まで調節できるんだからな、天性の妖婦なのね、などと私の枕元でズケズケいうのだが、私はいい訳に苦しむ気持などは至って乏しくて、第一私はいい訳に苦しむよりも病気の方がもっと嫌いなのだもの、誰が調節して九度八分の熱をだすものですか。しかし、私が熱のあいまにふと目ざめると、いつも久須美が枕元に、私の氷嚢《ひょうのう》をとりかえてくれたり、汗をふいてくれたり、私は深い安堵、それはいい訳を逃れた安堵ではなくて心の奥の孤独の鬼と闘い私をまもってくれる力を見出すことの安堵、私が無言

で私の二つの腕を差しのばすと、彼はコックリうなずいて、苦しくないか？　彼の目には特別の光も感情も何一つきわだつものの翳《かげ》もないのに、どうして私の心にふかく溶けるように沁みてくるのだろうか。私が彼の手を握って、ごめんね、というと、彼の目はやっぱり特別の翳の動きは見られないのに、私はただ大きな安堵、生きているというそのこと自体の自覚のようなひろびろとした落着きに酔い痴《し》れることができた。

そのくせ彼はこの海岸の旅館へきて、急に思いついたように、

「墨田川が好きで忘れられないなら、私が結婚させてあげる。相当のお金もつけてあげるよ」

「そんなことを、なぜいうの」

「好きじゃないのか？」

「好きじゃない。もう、きらい」

「もう嫌いというのが、わからないな」

「ほんとです。もう苦しめないで。私は浮気なんか、全然たのしくないのです」

「だがな、私のような年寄が。私なら、君のようにいうことができる。しかし君のような若い娘がそんなふうにいうことを私は信じてはいけないと思うのだよ。私は君が本当に好きだから、私は君の幸福をいのらずにいられない。私のようなものに束縛される君が可哀そうになるのだよ」

「あなたの仰有《おつしや》ることの方が私にはわからないわ。好きだから、ほかの人と結婚しろなんて、嘘でしょう。ほんとは私がうるさくなったのでしょう」

「そうじゃない。いつか君が病気になったことがあった。君は気がつかなかったが、君は眠ると寝汗をかく、そのうちに、目のふちに薄い隈《くま》がかかってきたが、ねむるとハッキリするけれども目を

ひらくと分らなくなるので、君は気がつかなかったんだな。いくらか目のふちがむくんでもいた。その寝顔を眺めながら、私はそのとき心の中でもう肺病と即断したものだから、君が病み衰えて瘦せ細って息をひきとる姿を思い描いて、それを見るぐらいなら私が先に死にたいと考え耽《ふけ》っていたものだった。私自身はもう私の死をさのみ怖れてはいない。それはもう身近かに迫っていることでもあるから、私は死をひとつの散歩と思うぐらい、かなり親しい友達にすらなっているのだ。しかし、君は違う。私のような年配になると、人間世界を若さの世界、年寄の世界、二つにハッキリ区別する年齢的な思想が生れる。私自身若かったころは殆どもう若々しいところがなくて孤独癖、ときには厭人《えんじん》癖、まことにひねこびた生き方をしており、私に限らずなべて若者の世界も心中概ね暗《あん》澹《たん》たるもののように察しているが、私はしかしある年齢の本能によって限りなく若さをなつかしむ。慈しむ。若さは幸福でなければならないと思う。若者は死んではならぬ。ただ若さというものに対してすでにそのような本能をもつ私が、私の最愛の若い娘に対して、どのような祈りをもっているか、その人の幸福のために私自身の幸福をきり放して考えることが微塵も不自然でないか……」

久須美は私のために妻も娘も息子もすてたようなものだった。なぜなら彼は、もはや自宅ではなしに私たちの海岸の旅館へ泊りそこから東京へ通っているのだから。人々はそのような私たちをどんな風にいうだろう？　私が久須美をだましたというだろうか。恋に盲《めし》いた年寄のあさましい執念狂気を思い描くことだろう。

私はしかしそんなことはなんとも思っていない。息子や娘にとって、親なんか、なんでもないではないか。そして親が恋をしたって、それはやむを得ぬこと、なんでもないことだと私は思う。久須美もそんなことは気にしていなかった。私は知っている。彼は恋に盲いる先に孤独に盲いている。

だから恋に盲いることなど、できやしない。彼は年老い涙腺までネジがゆるんで、よく涙をこぼす。笑っても涙をこぼす。しかし彼がある感動によって涙をこぼすとき、彼は私のためでなしに、人間の定めのために涙をこぼす。彼のような魂の孤独な人は人生を観念の上で見ており、自分の今いる現実すらも、観念的にしか把握できず、私を愛しながらも、私をでなく、何か最愛の女、そういう観念を立てて、それから私を現実をとらえているようなものであった。

私はだから知っている。彼の魂は孤独だから、彼の魂は冷酷なのだ。彼はもし私よりも可愛いい愛人ができれば、私を冷めたく忘れるだろう。そういう魂は、しかし、人を冷めたく見放す先に自分が見放されているもので、彼は地獄の罰を受けている、ただ彼は地獄を憎まず、地獄を愛しているから、彼は私の幸福のために、私を人と結婚させ、自分が孤独に立去ることをそれもよかろう元々人間はそんなものだというぐらいに考えられる鬼であった。

しかし別にも一つの理由があるはずであった。彼ほど孤独で冷めたく我人《われひと》ともに突放している人間でも、私に逃げられることが不安なのだ。そして私が他日私の意志で逃げることを怖れるあまり、それぐらいなら自分の意志で私を逃がした方が満足していられると考える。鬼は自分勝手、わがまま千万、途方もない甘ちゃんだった。そしてそんなことができるのも、彼は私を、現実をほんとに愛しているのじゃなくて、彼の観念の生活の中の私は、ていのよいオモチャの一つであるにすぎないせいでもあった。

田代さんはこの旅館へきてノブ子さんと襖《ふすま》を距てて生活して、いまだに目的を達することができずにいた。田代さんは三日目ぐらいに自宅へ泊る習慣で、その翌日は、きのうは私の奥さんを可愛がってやってきました、などとことさら吹聴したが、田代さんの通人哲学、浮気哲学はヒビがはいっているようだ。田代さんは人間通で男女道、金銭道、慾望道の大達人の如くだけれども、田代さんはこれまで芸者だの商売女ばかりを相手にして娘などは知らないのだから、私みたいな性本来モウロウたるオメカケ型の女ででもなければ自分の方から身をまかせるように持ちかける女などはめったにないことを御存知ないのだ。女はどんな好きな人にでも、からだだけは厭だという、厭ではなくても厭だという、身をまかせたくて仕方がなくとも厭だといって無理にされると抵抗するような本能があり、私でもやっぱり同じ本能があって、私はしかしそれを意識的に抑えただけのことで、私はそんな本能はつまらないものだと思っている。女は恋人に暴行されたいのだ。男はその契りのはじめにおいて暴行によって愛人のからだと感謝を受ける特権があるということ、田代さんは相談ずくの商売女しか御存知ないから、それに田代さんは通人、いわゆる花柳地型の粋人だから、ずいぶん浮気性だけれども、愛人が厭だといい抵抗するのを暴行強姦するなんてそんなことはやるべからざる外道だと思っている。そして十年一日の如くノブ子さんを口説きつづけているのだけれども、たぶん暴行によらない限り二人の恋路はどうすることもできないのだろう。私はバカバカしいから教えてあげない。そして時々ふきだしそうになるけれども、田代さんはシンミリして、「いったいノブちゃん、君は肉体的な欲求というものを感じないのかなア。二十にもなって、バカバカしいじゃないか」

そしてムッツリ沈黙しているノブ子さんを内心は聖処女ぐらいに尊敬し、そしてともかくノブ子さんの精神的尊敬を得ていることを内心得意に満足していた。

けれどもノブ子さんは肉体的欲求などは事実において少いのだから、別なことで苦しんでいる様子であったが、それは営々と働いて、自分の生活はきりつめて倹約しながら、人のために損をする、それを金々、金銭の奴隷のようなことをいう田代さんが、いいのだよノブちゃん、それでいいのだ、という。しかし実際それでいいのか、自分の生活をきりつめてまでの所得を浪費して、そして人を助けて果して善行というのだろうか、疑ぐっているのであった。

ノブ子さんはともかく田代さんや私たちがついているから損をしても平気だけれども、独立したら、こんな風でやって行けるかと考えて苦しんでいるので、実行派のガッチリ家、現実家だから、その懊悩《おうのう》は真剣であった。

「女が自分で商売するなんて、サチ子さん、まちがってるんじゃないかしら。私、このまま商売をつづけて行くと、人に親切なんかできなくなって、金銭の悪魔になるわよ。そうしなきゃ、やって行けないわよ」

「そうね」

私は生返事しかできないのである。ノブ子さんの懊悩は真剣で、実際その懊悩通りに金銭の悪鬼になりかねないところがあったが、私はしかしノブ子さんその人でなしに、その人の陰にいる田代さんのガッチリズムの現実家、ころんでもタダは起きないくせに、実は底ぬけの甘さ加減がおかしくて仕方がないのだ。人生はままならねエもんだなア、と田代さんはいうけれども、私もそれは同感だけれども、田代さんが感じる如くにままならネエかどうか、田代さんは人間はみんな浮気の虫、金銭の虫、我利の虫だといいきるくせに、その実ノブ子さんを内々は聖処女、我利我利ズムのあべこべの珍しい気象の娘だなどと、なんてまたツジツマの合わない甘ったれた人なんだか私はハリアイがぬけてしまう。

私は野《の》たれ死《じに》をするだろうと考える。まぬかれがたい宿命のように考える。私は戦災のあとの国民学校の避難所風景を考え、あんな風な汚ならしい赤鬼青鬼のゴチャゴチャしたなかで野たれ死ぬなら、あれが死に場所というのなら、私はあそこでいつか野たれ死をしてもいい。私がムシロにくるまって死にかけているとき青鬼赤鬼が夜這いにきて鬼にだかれて死ぬかも知れない。私はしかし、人の誰もいないところ、曠野、くらやみの焼跡みたいなところ、人ッ子一人いない深夜に細々と死ぬのだったら、いったいどうしたらいいだろうか、私はとてもその寂寥《せきりょう》には堪えられないのだ。私は青鬼赤鬼とでも一緒にいたい、どんな時にでも鬼でも化け物でも男でさえあれば誰でも私は勢いっぱい媚《こ》びて、そして私は媚びながら死にたい。

わがままいっぱい、人々が米もたべられずオカユもたべられず、豆だの雑穀を細々たべているとき、私は鶏もチーズもカステラも食べあきて、二万円三万円の夜服をつくってもらって、しかし私がモウロウと、ふと思うことが、ただ死、野たれ死、私はほんとにただそれだけしか考えないようなものだった。

私は虫の音や尺八は嫌いだ。あんな音をきくと私はねむれなくなり、ガチャガチャうるさいトロットなどのジャズバンドの陰なら私は安心してねむくなるたちであった。

「まだ眠《ね》むっちゃ、いや」

「なぜ」

「私が、まだ、ねむれないのですもの」

久須美は我慢して、起きあがる。もうこらえ性がなくて、横になると眠るから、起きて坐って私の顔を見ているけれども、やがて、コクリコクリやりだす。私は腕をのばして彼の膝をゆさぶる。びっくりして目をさます。そして私がニッコリ下から彼を見上げて笑っているのを見出す。

私は彼がうたたねを乱される苦しさよりも、そのとき見出す私のニッコリした顔が彼の心を充たしていることを知っている。

「まだ、ねむれないのか」

私は頷《うなず》く。

「私はどれぐらいウトウトしたのかな」

「二十分ぐらい」

「二十分か。二分かと思ったがなア。君は何を考えていたね」

「何も考えていない」

「何か考えたろう」

「ただ見ていた」

「何を」

「あなたを」

彼は再びコクリコクリやりだす。私はそれをただ見ている。彼はいつ目覚めても私のニッコリ笑っている顔だけしか見ることができないだろう。なぜなら、私はただニッコリ笑いながら、彼を見つめているだけなのだから。

このまま、どこへでも、行くがいい。私は知らない。地獄へでも。私の男がやがて赤鬼青鬼でも、私はやっぱり媚をふくめていつもニッコリその顔を見つめているだけだろう。私はだんだん考えることがなくなって行く、頭がカラになって行く、ただ見つめ、媚をふくめてニッコリ見つめている、私はそれすらも意識することが少くなって行く。

「秋になったら、旅行しよう」

「ええ」

「どこへ行く?」

「どこへでも」

「たよりない返事だな」

「知らないのですもの。びっくりするところへつれて行ってね」

彼は頷く。そしてまたコクリコクリやりだす。

私は谷川で青鬼の虎の皮のフンドシを洗っている。私はフンドシを干すのを忘れて、谷川のふちで眠ってしまう。青鬼が私をゆさぶる。私は目をさましてニッコリする。カッコウだのホトトギスだの山鳩がないている。私はそんなものよりも青鬼の調子外れの胴間声《どうまごえ》が好きだ。私はニッコリして彼に腕をさしだすだろう。すべてが、なんて退屈だろう。しかし、なぜ、こんなに、なつかしいのだろう。

坂口安吾《さかぐちあんご》（一九〇六〜一九五五）

新潟生まれ。豊山中学校（現・日本大学豊山高校）時代は全国中等学校陸上競技会（インターハイの前身）走高跳で優勝。尋常高等小学校代用教員を経て東洋大学印度哲学倫理学科を卒業、アテネ・フランセ高等科に通い、フランス文学を翻訳。一九三一年にナンセンス小説「木枯《こがらし》の酒倉《さかぐら》から」「風博士」を発表。京都、取手、小田原を転々とし、現代小説『吹雪物語』、伝奇小説「紫大納言」、歴史小説「イノチガケ」、批評「日本文化私観」「青春論」を発表。四六年批評「堕落論」「デカダン文学論」と小説「白痴」「戦争と一人の女」で一躍流行作家に。作風のみならず鬱や薬物中毒、奇行、税金滞納による家財差押といった逸話もあって無頼派と呼ばれた。他に自身の青春や矢田津世子《やだつせこ》との恋を取り上げた「風と光と二十の私と」「三十歳」、説話を題材とする「桜の森の満開の下」「夜長姫《よながひめ》と耳男《みみお》」、軽妙な「肝臓先生」、探偵小説『不連続殺人事件』『明治開化　安吾捕物帖』、歴史小説『信長』、批評「ＦＡＲＣＥに就て」「教祖の文学」、時評『安吾巷談』、紀行『安吾新日本地理』など。

結城昌治　終着駅（抄）

これはたぶん戦後すぐ、昭和二十一年くらいの話だろう。この全集で言えば、第十九巻に収めた石川淳《じゅん》の『焼跡のイエス』とほぼ同時期か。

私事になるが、ぼくが北海道から東京に出てきたのは一九五一年のことだった。だからここに書かれたような終戦直後の雰囲気は知らない。たとえその五年前に上京しても一歳の子供では何もわからなかっただろう。

最初の何か月かを過ごしたのが戸越銀座だった。警察官の家の二階に間借りして暮らした。山手線の大崎駅までは歩いて行けるし、実際、失業中の養父に手を引かれてＰＸ（米兵専用の百貨店）の勤務から帰る母を迎えに何度となく行った。あの頃も戸越銀座には終戦直後の空気が残っていたように思える。狭い道に小さな家が並ぶ貧しい町だった。

この短篇は連作『終着駅』の最初に置かれたもので、この終着駅は大崎である。発表の直後、環状線の終着駅という矛盾が何か意味深いですね、と言ったら結城さんは照れながら嬉《うれ》しそうに笑った。

終着駅（抄）

ウニ三のこと

渡辺の供述

ウニ三といっしょにいたのは女房じゃありませんね。姉さんじゃないかな。いや、妹かもしれない。イナ子って呼びつけにしてたし、イナ子のほうはウニさんと呼んでましたから。あの赤ん坊もウニ三の子じゃないと思うな。ウニ三に直接聞いたことがあるんですが、赤ん坊ができたらしいから喜んでくれと言われて、ウニ三が喜んでやった気持はわかります。あいつは気が弱くて、頼まれると断れなかった。だから喜んでやらないと悪いという気持ですよ。でも、イナ子が赤ん坊を抱いてあらわれたときは困ったと言ってました。困ったら断ればいいのに、そこがウニ三の気の弱さで、ようやく建てたバラックをイナ子に貸して、自分は相変わらず湿っぽい防空壕《ぼうくうごう》で寝起きしてました。ばかだと言ってやったけれど、それほどお人好しのウニ三が泥棒だったなんて考えられない。闇屋をしていたという話も本当かどうかわかりませんね。地下足袋《じかたび》がどこそこに何万足あるとか、ガソリンがドラム缶で何千本あるとか、いつも話だけ大きくて、儲《もう》けた話は一度も聞いたことがなかった。ほんとに大儲けしたら本建築の家が建っているはずで、あんなバラックを建てるわけがないでしょう。屋根は焼けトタンだったけれど、そのバラックもイナ子にただで貸していたようなんです。

といって、イナ子に惚《ほ》れてるようでもなかったからふしぎで仕方がない。イナ子はちょっといい女です。ちょっとでよければ、色気もないほうじゃなかった。あまり愛嬌はよくなかったけれど、年齢は二十歳そこそこかな、横田なんか大分気があったみたいで、手を出そうとして振られたこともあるんじゃないかと思います。

おまえの話はどうも要領を得ない。遠火で手をあぶっているようだ。聞きたい話をそらして、余計なことばかりしゃべっている。こっちは書類を作ればいいんだよ。ウニ三はどぶにはまって死んでいた。ネズミが走りまわっているような狭いどぶだが、酔っ払って転がり落ちたというなら、もちろんそれで構わない。死んだ理由がはっきりして、身内の者が仏さんを引取ってくれたら、おれのほうはその受取りを書類に綴《つづ》っておしまいだ。なにも難しいことを聞こうというんじゃない。いっしょに暮らしてた女が消えてしまって、ウニ三の本名もわからないなんて、それじゃおれの立場がないから手間をかけている。身元不明なら不明のままでよかったのに、おまえがウニ三に間違いないなどと言い出したから厄介《やっかい》なことになった。おまえにも責任をとってもらうよ。これからは警察もデモクラシーなんだから。いちばん仲がよかったというおまえが、ウニ三の本名を知らなかったなんて言わせない。

そう言われても弱ってしまう。ウニ三の名前は初めて会ったときからウニ三だった。ビールの特配があるというんで、おれはウニ三のすぐうしろに並んでいたけれど、ちょうどウニ三の前で売り切れてしまった。普通なら口惜《くや》しがる。酒屋に文句を言いたくなる。文句を言って出直せば、どこの酒屋も配給の酒を闇に流したりしているから、一杯くらいは恩着せがましく飲ませてくれる。でも、ウニ三は妙に諦めがよかった。なぜか、いつもそうだと言ってました。欲しい物があると、いつも誰かに取られていたらしい。ウニ三は自分でそういう男だと思い込んでいるようだった。戦争に引っぱられて、さんざんひどい目に遭って、復員したら親父もおふくろも空襲で死んでひとりぼっちになっていた。家も焼けてしまったし、一人きりの妹も焼け死んだらしいと聞いたことがある。

とすると、イナ子は姉でも妹でもなかったのかな。なかったみたいですね。ウニさんと呼んでいたし、夫婦ともちがうようで、ウニ三の本名はイナ子も知らなかったと思います。ほかに食う物がなくて毎日ウニばかり食っていたら、体じゅうウニ臭くなってウニ泥棒と間違えられたというのが唯ひとつの自慢だったけれど、そういえば、どうしてそんなにウニを食えたのか聞いていません。普通じゃウニなんか食えるわけがない。ウニの配給など一度もありませんからね。それじゃやっぱり泥棒だったのかな。

でも、泥棒に入ったとしてもウニのときだけで、あとは芝浦《しばうら》の米軍キャンプにいる友だちからキャメルやラッキー・ストライクを分けてもらって商売してました。品川《しながわ》の、駅前の露店に友だちが何人かいたらしいんです。友だちの名前は知りませんが、ウニ三がそう言ってました。詳しいことは古着屋の横田に聞くとわかるかもしれない。ウニ三と気が合っているようだった。予科練くずれのような飛行服を着て白いスカーフを得意そうに巻いてますが、ウニ三と同じ隊にいて、いっしょに復員したという話です。だったらポツダム軍曹で、たいした兵隊じゃなかったことになる。横田についてはポン引きしているという噂《うわさ》もあります。とすればGIをイナ子に世話していたのかもしれない。イナ子がパンパンだったなんて、それをウニ三が見ないふりしてたなんて、いくら生活が苦しくても、なんとなく違う気がする。パンパンが赤ん坊を生むなんて目茶苦茶ですよ。イナ子は亭主か恋人が戦死して、やけになっているというほうがわかるけれど、なぜ赤ん坊なんか生んだのかわからないし、赤ん坊の父親のことはウニ三も知らないみたいだった。

とにかくウニ三は酒が好きで、カストリばかり飲んでいたから、やはり酔っ払ってどぶにはまったんじゃないかな。あんな水の浅いどぶにはまるなんて、ほかに考えようがありません。カストリも二杯までは大丈夫、三杯飲んだら足を取られるでしょう。あんなまずい焼酎《しょうちゅう》でも、ウニ三は飲まずにいられなかったんです。誰かを探していて、どうしても見つからなかったせいじゃないかと思います。それが笛子《ふえこ》という女だった。名前しか知らないけれど、その女が恋人だったのかもしれない。横田は、ウニ三をロマンチックなばかだと言ってました。だから、あとは横田に聞いてください。横田も笛子の話を聞いているはずです。

横田の供述

渡辺は浅草で芝居をやってたことがあるそうで、また舞台に戻るんだなんて言ってますが、あいつの話は信用できませんよ。全部でたらめね。相手の言うとおり全部話を合わせちゃうんです。逆らったりしないで、ごく自然に合わせてしまう。調子がいいんです。みんなその場限りで、約束なんか忘れてもけろっとした顔している。それで憎まれないのだから、得な男かもしれない。渡辺に較《くら》べると、ウニ三は損ばかりしていた。たとえば軍隊だったら、どの隊にもかならず殴られやすいというのが一人はいたでしょう。なにも悪いことしていないのに、そこにいるというだけで殴られる。殴るほうはそれがわかっていながら、なんとなくそいつの顔を見ると殴りたくなる。また殴られるほうも殴られ方を知っているみたいで、相手を飽きさせないように悲鳴をあげたり鼻血を出したりして、なんか当たり前という感じなんですね。ガキ大将によくいじめられてる子と同じです。実際に殴られてたかどうか知らないけれど、ウニ三はそういう男だったと思います。

いいえ、私は予科練じゃありません。歩兵です。現役のまま満州へ持っていかれて、もう少しで沖縄へやられるところだった。歩けないほど痔《じ》がひどかったので残されたんですが、沖縄へいった連中はほとんど戦死したらしい。ウニ三も予科練じゃなくて、終戦のときは北支《ほくし》にいたそうです。私も軍隊に三年ばかりいましたが、ウニ三は四年もいて一等兵のままだと言ってました。どんな兵隊だったか想像がつきます。でも、ウニ三は滅多に軍隊の話をしなかった。話しかけても、乗ってこなかった。それで逃亡兵じゃないかと思ったことがあります。というのは、友だちに軍隊から逃亡したやつがいて、いつも誰かに追われているようにびくびくしていた。初めはわけがわからなかったけれど、メチールで死ぬ間際にうわごとのように言ったんです。もう戦争に負けた、憲兵もいなくなった、だから心配するなと言ってやっても駄目だった。うわごとを言いつづけて死んでしまった。でも、ウニ三に逃亡するような度胸があったとは思えない。ただ、いつも追われているような感じが似てたんです。

　イナ子には私も何度か会っています。少し暗い感じですが、器量はわるくなかった。化粧なんかしなくても、野村などは玄人《くろうと》っぽい色気があると言ってました。アメ公専門にパンパンをやってるっていうやつもいましたが、パンパンなら子供を生むわけがないでしょう。子供の父親は知りません。ウニ三も遠慮して聞かなかったらしい。まさか渡辺じゃないだろうし、野村でもないと思う。ま、わかりませんね。ことによると勲章屋の丙《へい》さんが知ってるかもしれないけれど、勲章屋の丙さんを知りませんか。五十歳くらいで、品川の露店では有名なじいさんだった。道端に茣蓙《ござ》を敷いて、勲六《くんろく》の旭日章《きょくじつしょう》とか勲八の桐葉章《とうようしょう》、安っぽい従軍記章なんかも結構商売になっているようだった。金鵄勲章《きんしくんしょう》は少し高かったかな。丙さんもどこへ行ったのか、この頃は見かけませんが、ウニ三は丙さんに気に入られているみたいだった。とにかくウニ三ときたら、勲章でもタバコでも芋アメでも、頼めばきっと見つけてきました。そのくせ儲けたという話は聞かなかった。飲むといえばカストリで、焼跡の防空壕にひとりで住んでいた。へんな野郎ですよ、ほんとに。どぶにはまって死んでたなんて、いかにもウニ三らしくて可哀そうで仕方がありません。それじゃ、あんたがウニ三を引取ってくれると助かるんだがね。このまま放っておくわけにいかないんだ。引取人がいなければ、区役所から火葬場へ送って灰にしてもらうしかない。イナ子が見つかるといちばんいいが、赤ん坊を抱えてどこへ消えたのか、誰も知らんというのがおかしい。ウニ三が発見されたのは今朝の六時頃だ。犬が吠《ほ》えて、子供らに知らせたんだ。犬に怪しまれるような死に方がまず感心しないが、体はすっかり冷えていて、国民服の背中に踏んづけられた跡があった。かなり大きな靴の跡だった。あんたの足は大きいほうじゃない。せいぜい十文半か七分だろう。渡辺もそれくらいだったが、イナ子はどうかな。鳩胸出《で》っ尻《ちり》十三文なんて女もいる。

イナ子の足は小さかったような気がします。小柄だし、痩せぎすで、それにいつも下駄だった。素足がきれいでね、足にも色気がありました。イナ子が進駐軍の兵隊相手にパンパンをやっているとしたら癪《しゃく》にさわる、戦争に負けたんだから占領は仕方がないけれど、女まで取られたんじゃかなわないって、野村がそう言ってました。あいつはすぐ憤慨するんです。空襲で女房や子供を亡くしたせいだと思いますが、ばかな話で、野村は軍需工場に徴用されていたから疎開できなくて東京に残り、女房と子供だけ田舎へ疎開させたら、その疎開先が空襲でやられたんだそうです。それで私も言ってやったことがあります。進駐軍が来たときのことを考えてみろって。男はみんな金玉を抜かれて、若い女はみんな進駐軍のオモチャにされるというんでびくびくしてたんだ。そしたらデモクラシーで、威張りくさっていた軍人はいなくなったし、それを考えれば御《おん》の字じゃないかってね。へんな焼餅を焼くなと言ってやりました。野村は黙ってましたが、あいつはイナ子に惚れてたんですよ。

野村も足が小さいほうか。

会ったことないんですか。

知らんな。あんたと渡辺は前から知っていたが、野村というのは顔も知らない。やはりこの辺にいるのか。

会社の寮から通ってるようです。戦争の終り頃、品川の遊廓《ゆうかく》はほとんど軍需工場の工員寮に模様替えしたでしょう。軍の命令かどうか知りませんが、模様替えといっても割り部屋をぶち抜いて広くしただけで、最近はまた以前の女郎屋に戻った店が多くなりましたが、あそこは焼け残ったんですね。吉原《よしわら》も玉の井も焼けたのに、品川は焼けなかった。野村の会社は田町《たまち》です。芝浦の海岸寄りで、敗戦までは飛行機の部品を作ってたっていいますが、今は製粉器や電熱器を作ってるそうです。この時間なら、会社にいるんじゃないですか。言われてみれば、野村は体格がよくて、足も大きいかもしれない。

それじゃ呼んできてくれ。歩いてもたいした距離じゃなさそうだ。

私はまだ商売なんですけれど。

わかってるよ。あんたはいつだって忙しいんだ。いいかい。わかってるんだからな。あんたの商売は古着だけじゃない。さっき、ウニ三に頼めば何でも持ってくると言ったが、ウニ三はあんたの走り使いにすぎなかった。さんざん使われて、それでもバラックが建ったのがよほど嬉《うれ》しかったらしい。だから当然バラックに住んでいると思ってたんだ。死体を見たときは顔が変わっていて、ウニ三だと気づかなかったが、通りかかった渡辺がウニ三に間違いないと言うので、よく見たらウニ三だった。

私のことは誰に聞いたんですか。

ウニ三だよ。あいつは酔うと交番にきて、管《くだ》を巻く癖があった。しゃべる相手が欲しかったのだろうが、なにも交番にくることはない。世の中に不平が多いようだったがね。しかし愚痴みたいなことばかりで、おれが知りたいようなことは巧くごまかしていた。ウニ三は決してばかじゃなかった。あんたのこともいろいろ聞いているが、悪くは言わなかったな。いったい、ウニ三と知合った最初はどこなんだ。

店へ飛行服を売りに来たんです。この飛行服じゃありませんが、ほとんど新品同様でした。軍服ならいくらでも手に入るというので、ウニ三について高崎のほうへ行ったこともあります。終戦のとき真っ先に軍隊からずらかった将校がトラックに軍服や砂糖を山と積んで、防空壕に隠しておいたのが見つかったというんです。その将校は儲けを一人占めにしようとして部下に殺されたなんて話も聞きましたが、高崎へ行っても軍服など一着もなかった。砂糖もなし、缶詰もなし乾パンもなしで、あったのは話だけです。ウニ三に話を持ち込んだやつも頼りない男で、私はもう少しで詐欺にかかるところだった。似たような話は今でも珍しくないけれど、大体が嘘《うそ》っぱちでしょう。そんなうまい話が転がっているわけがない。ウニ三から服を買ったのはそれが最初で最後でした。あいつは途方もない夢を見ていたんです。大金持になるという夢で、どこまで本気か知りませんが、大金持になったら広い芝生の庭をつくってテニスをやるんだと言ってました。

ウニ三らしくないな。

でも、笑っちゃいけないんです。ちゃんとテニスの相手が決まっていて、それが笛子という女なんです。復員以来ずっとその女を探していたようで、ことによると恋人だったのかもしれない。戦地から帰ったら家が焼けて、恋人が行方不明なんて話はよく聞きます。

さっきの話と違うな。復員兵なら逃亡兵じゃないだろう。

するど、どういうことになりますか。

おれは知らんよ。あんたが勝手に言い出したんじゃないか。とにかく、おれのほうはウニ三を引取ってもらえればいいんだ。イナ子が見つからないなら、葬式くらい友だちが面倒みてやるのが人情だろう。野村にもそう伝えてくれ。背中の靴跡なんか問題にしているわけじゃない。

渡辺が引取ると言わないんですか。

渡辺は初めから当てにしていなかった。ウニ三と似たようなもので、人前で挨拶なんかする柄じゃないからな。引取らせても、あとが心配だ。

しかし、イナ子はウニ三が死んだことを知らないでいるんですかね。昨日も一昨日もいなかったし、その前の日もいなかったような気がします。いればなんとなく気配でわかりますが、一昨日はウニ三が留守で、ことづてを頼もうと思ってバラックを覗《のぞ》いたら、イナ子も留守でした。昨日は昼間の二時か三時頃です。イナ子はやはり留守のようで、ウニ三は防空壕の入口にしゃがんでシャツのシラミをつぶしてました。とくに変わったようすはありませんが、少し痩せ過ぎていると思ったので、栄養失調に注意しろと言ってやったのを憶《おぼ》えています。栄養失調というのは二通りあるでしょう。げそげそに痩せるのと、むくむくにむくんでくるのと、どっちが危いかといえば、どっちも同じように危い。それでウニ三がくたばったと聞いたときは、すぐげそげその体を思い出したくらいです。あいつも昼間はおとなしかったけれど、夜になると焼酎ばかりで、ろくに物を食わなかった。つめたいようですが、どぶにはまったのが寿命かもしれません。

野村の供述

話は確かに簡単です。でも、ウニ三を引取るなんて無理ですよ。会社の寮にいるんですからね、お骨にしてもらっても置き場所がありません。

ウニ三は気のいい男で、みんなに好かれていたし、ぼくも気が合っていたほうでいっしょに飲んだこともある。大体あの防空壕はぼくが貸してたんです。もちろん防空壕の貸し賃なんて取れませんが、もとはクリーニング屋の熊切《くまぎり》のもので、熊切がバラックの店を建てて移ったあと、ぼくがゆずってもらって、そのうち会社の寮に住めるようになったからウニ三に貸したわけです。つまりまた貸しみたいなものですが、そのことは熊切も承知してました。地主は群馬県のほうへ疎開したきり音沙汰ありません。

ウニ三はいつどこから来たのか、まるでボウフラが湧いた感じで、勝手に防空壕に住みつかれたときは文句を言ってやりましたが、全然文句など通じないようで、どうせ住む者がいなかったら崩れてしまうし、貸してよかったと思っています。意外と義理堅くて、熊切の店が忙しいと手伝ったりしてました。いつかなんか甲府からはがきをくれて、まだ寒いのに「拝啓　春暖の候」という書出しなんです。山ちゃんに見せたら「早春の候」じゃないかと言ってましたが、ウニ三は旅先からいちいち便りを寄越すという義理堅い面があって、イモリは金玉が六つあるなんて知ってたのもウニ三だけだった。山ちゃんも感心してました。

山ちゃんを知らないんですか。熊切のクリーニング屋にいる学生で、元気なのがいるでしょう。顔を見れば知ってますよ。

横田がウニ三を逃亡兵じゃないかというのは、半分くらい当たっているかもしれない。ぼくは捕虜だったんじゃないかと思ってましたけれども。戦地でアメリカ軍の捕虜になって、敗戦のおかげで内地に帰還したが、恥ずかしくて郷里へ帰れない。それで東京の焼跡をうろうろしていた男を知ってるんです。横田に紹介されたんですが、思い切って郷里へ帰ったらとうに戦死したことになっていて、結局郷里にいられなくて舞戻ってきたと言ってました。表向きは戦死でも、捕虜になったらしいという噂は村じゅうに広がってたんですね。東京ならそんなこと詮索するやついません。しばらく横田の店を手伝ったりしてましたが、横田の話によれば店の売上げを持ち逃げしたそうで、いつの間にか見えなくなりました。まだ寒かったから、半年くらい前のことです。ウニ三が捕虜だったか逃亡兵だったか、ぼくはどっちでも構いませんが、泥棒じゃなかったのかと言われるとそういう気もします。朝から晩までウニを食っていたというのが第一におかしい。製氷会社の倉庫係をしていたとき、倉庫にウニしかなかったというんですが、ウニしかない倉庫なんてありますかね。たまたま盗みに入ったらウニしかなかったんじゃないかな。とにかくウニを腹いっぱい食ったという話は初対面で聞かされました。初めて知合った人にはかならずその話をするらしかった。だからウニ三ですって、自分で言うんです。あれは綽名《あだな》というより、ほんとうは偽名かもしれない。偽名と思われないためにウニを食った話をこしらえたのかもしれない。とすれば、やっぱり泥棒かな。

本名を知らんのか。

知りません。イナ子もウニさんと呼んでいました。

イナ子とウニ三の関係がわからないんだが、イナ子はいつ頃あのバラックに来たのかね。

ぼくが会社の寮へ移ったのが去年の暮で、近衛《このえ》さんが自殺した日だからよく憶えてるんです。そう、近衛文麿《ふみまろ》、もとの総理大臣、GHQから戦犯の呼出しを受けて自殺したでしょう。その放送を寮のラジオで聞いたんです。

でも、ウニ三に会ったのはもっと後だった。年が明けてからですね。売れそうな物が壕に残っていたので、それを取りに行ったらウニ三が寝そべってたんです。びっくりしましたが、ウニ三もびっくりしたらしかった。入口の戸があいていたというから、ウニ三の前に入ったやつがいたのかもしれません。持ち帰るつもりだった物は盗まれたようで、壕の外でいろいろ話しているうちに、なんとなくウニ三が哀れっぽい感じで貸すことになったわけですが、バラックを建てたのはイナ子のためじゃないと思います。笛子という女を探していて、その女を見つけたらいっしょに暮らすような口ぶりでした。どんな美人か知りませんが、ウニ三はいつも夢みたいなことを言っていた。どこそこの山の中に銀の延べ棒が何千キロ、サッカリンが何千ポンドなんて、うまくいけば大金持になれるという話ばかりです。もちろんうまくいくはずがなかった。ウニ三にしてはバラックを建てただけでも立派なもので、板切れを集めて自分で建てたんです。その点は器用でしたが、せっかくのバラックをイナ子に貸した気持はわかりません。いくら聞こうとしても、しゃべらないんです。まだ暑い盛りで、あれから三月《みつき》と経っていない。赤ん坊を抱いて、ふらっとあらわれたらしい。色白で、ちょっと小綺麗《こぎれい》な女です。初めはその女が笛子かと思ったけれど、そうじゃなかった。ウニ三がバラックで暮らしたのは一日か二日でしょう。あとはまたもとの防空壕で、天気のいい日はいつもシラミを取っていました。シラミを飼っているようじゃ女にもてるわけありませんが、シラミの卵を、一粒ずつ丹念につぶしていた姿が眼に浮かびます。DDTは嫌いだと言って、バラックを建てているときよりシラミをつぶしているときのほうが真剣な感じだった。

イナ子の行先は知りません。横田は三日くらい前から見かけないと言ってましたが、ぼくはイナ子にもウニ三にも一週間以上会わなかった。

ぼくの靴は十文三分です。体の割に足が小さくて、だから横幅ばかりで上に伸びないんだって子供の頃から言われてました。靴がどうかしたんですか。

それじゃ酔っ払って、進駐軍の兵隊と喧嘩《けんか》したんじゃないかな。日本人でそんな大きな靴をはくやつはなかなかいませんよ。でも、相手がアメ公じゃ仕方がないでしょう。ウニ三も運が悪かった。最初に会ったとき運が悪そうな顔だと思ったけれど、ぼくの背が伸びないのと同じですね。葬式をやるなら知らせてください。もちろんぼくも手伝います。受付くらいは手伝わせてもらいます。

熊切の供述

そういう話はわたしも困ってしまう。ウニ三には同情します。死んだなんて信じられない。いいやつだったし、店を手伝ってくれたこともある。でも、どうやって葬式を出すんですか。名前がわからなくて、親兄弟がいるかどうかもわからない。浮浪者ならそれでいいだろうけれど、ウニ三はちゃんとした壕舎に寝起きしてたんですからね。壕を覗いてみましたか。割合しっかりした壕でしょう。直撃をくったら仕方ないが、まわりに焼夷弾《しょういだん》が落ちた程度なら大丈夫なように苦労して作ったんです。板の上に莫蓙を敷いて、風も通るようになっている。野村に拝み倒されて貸したけれど、ウニ三にまた貸しのときは無断だった。

ま、そんないきさつはこの際かまいません。ウニ三がバラックを建てたときも文句を言わなかった。でも、バラックに子持ちの女を住ませるとは思わなかった。今考えてもふしぎです。ウニ三自身もうまく説明できないようで、弱りきった顔で頭ばかりさげていた。ウニ三は正直なんです。夢みたいなホラは吹けても、その場しのぎのような嘘はつけなかった。わかりませんね。どうもわからない。いっしょに暮らすならわかりますが、ウニ三は相変わらず防空壕で、女と赤ん坊だけバラックだった。しかもウニ三が死んだあと行方不明というんでしょう。アメ公と喧嘩して殺されたとすれば、イナ子という女もからんでいるんじゃないかな。

そう早合点してはいけない。野村が余計なことを言ったらしいが、背中に踏んづけられた跡があるといっても、もともと跡がついてたのかもしれんし、酔って道端に寝ているところを間違って踏まれたのかもしれない。踏まれた痛みで眼を覚まし、それからふらふら歩いていてどぶにはまったとも考えられる。ウニ三の死顔はおだやかだった。服装もそれほど乱れていなかった。要するに犬が吠えて、子供らが騒いで、そしたらどぶにはまってたんだ。それだけのことで、イナ子を見つけるか、友だちがウニ三を引取ってくれれば済む。みんな逃げ腰だが、駄目かね、あんたも。

帰ったら女房と相談してみます。山尾に辞められたし、これから冬場にかけて忙しいんですよ。店の看板はクリーニングでも、実際は染物の取次ぎがほとんどでしょう。軍隊の毛布を紺か黒に染めて、オーバーに仕立てるんですが、客から預かった毛布をリヤカーに積んで染物工場へ往復するだけで一日が暮れてしまう。以前は山尾の仕事だったんです。

山尾というのが山ちゃんか。

顔を見れば知ってるはずですよ。勉強したいと言って一と月くらい前に辞めましたが、なかなか代わりが見つからないんです。うっかり雇って、山積みのオーバーをリヤカーごと持ち逃げされたら大変ですからね。そうだ、山尾で思い出したことがある。ウニ三はデモが好きらしくて、うちの店を手伝っていた頃、デモ行進があると仕事を放り出してもデモについていってたというんです。山尾に革命のことを聞いたこともあるそうで、共産党に入ろうかどうしようか迷ってたこともあるらしい。もっともその話は立ち消えになったと聞きましたがね。横田に、共産党もアカじゃなければいいが、アカだから止めたほうがいいと言われたせいだったようで、横田はなにもわかっていないんです。

それからもう一つ、進駐軍の将校なんかにパンパンのオンリーがいるように、進駐軍の女将校も日本人の若い男を欲しがっていて、オンリーになれば洋モクもチョコレートもウィスキーも好きなだけもらえるという話を聞いてきたんですね。ただ、オンリーはなみのサービスじゃ済まなくて、へとへとで動けなくなるまでサービスさせられるので参るという噂だった。それでもウニ三は女将校のオンリーになりたいとまじめに考えていたようなんです。そんな噂はわたしも聞いてますが、たぶんデマだと思います。この話もやはり立ち消えで、デモ好きや共産党と全然合わないのがおかしかった。ウニ三が何を考えていたのか見当がつきません。頭がこんがらかって、自分でもわからなかったのかもしれない。どぶにはまって死んだのは可哀そうですが、ウニ三らしいという気もします。

やはりウニ三は無縁仏になるしかないのかな。運よく戦争で生き残ったのに、野垂れ死んで、惚れた女にめぐり会えないままで、葬式もやってもらえないで、灰になってこの世から消える。それでおしまいだ。誰も泣かない。誰にも惜しまれない。同情されるだけだ。あの世へいったほうが幸福かもしれんがね。

――。

しかし、ウニ三はどういうやつだったんだろう。

ウニを腹いっぱい食ったという以外に、もう少しよかったと思うことはなかったのかな。

――。

返事もしてくれないのか。

――。

みんな、つめたいな。

――。

結城昌治《ゆうきしょうじ》（一九二七〜一九九六）
東京生まれ。早稲田専門学校法科在学中に東京地検事務官になるが、結核療養で休職。卒業後復職し、アテネ・フランセ通学などを経て、一九五九年「寒中水泳」で日本版「エラリー・クイーンズ・ミステリー・マガジン」短篇コンテスト入選。謎解き小説『ひげのある男たち』、ヴェトナムを舞台にしたスパイ小説『ゴメスの名はゴメス』などを刊行。六四年警察小説『夜の終る時』で第一七回推理作家協会賞、七〇年、陸軍刑法の非人間性を告発した『軍旗はためく下に』で第六三回直木賞、八五年には終戦後の庶民を描く『終着駅』で第一九回吉川英治文学賞。『死者におくる花束はない』『暗い落日』は国産ハードボイルド小説、『白昼堂々』は国産コンゲーム小説の、それぞれ初期代表作に数えられる。他に時代小説『斬に処す　甲州遊侠《ゆうきょう》伝』、児童文学『ものぐさ太郎の恋と冒険』、評伝小説『志ん生一代』、エッセイ『俳句つれづれ草　昭和私史ノート』、句集『歳月』『余色』など。

中野重治

五勺《ごしやく》の酒

戦争が終わって、新しい憲法が公布された。

それが一九四六年（昭和二十一年）十一月三日のことで（施行は翌年の五月三日）、そのために特別に配給された酒の残り五勺を飲みながら、校長という職にある男が友人にあてて書いた手紙、というのがこの作品の体裁である。

彼の妹の夫は出征して帰ってこなかった。子供が三人残された。

男は教育者としてのこれまでのふるまいを振り返る。戦局に抗して「予科練、兵学校の割当てでも前青春防衛のためには猿知恵をしぼることも辞しなかった」と言う（前青春は思春期ということだろう）。その一方、「たくさんのわる気のない青年が、こちらから拷問し、暴行し、虐殺しさえしたのだということを」忘れるなと言う。加害者になる不幸という問題は、この全集の第二十九巻『近現代詩歌』に入れた中野の痛烈な詩「新聞にのつた写真」に通じるものだ。

誠実な教育者だったのだろうが、彼は新しい時代の到来にとまどっている。軍による独裁から解放されたとして、この先はどうなるのか。この校長は中野重治その人にある程度まで重なる。

彼は「天皇その人の人間的救済の問題」を言う。「だいたい僕は天皇個人に同情を持っているのだ」とも言う。ここでぼくはこの全集第十八巻『大岡昇平』に収めた「二極対立の時代を生き続けたいたわしさ」を思い出さずにはいられない。

そしてこれは七十年後、平成のこの時代の天皇像にも通底する。

五勺の酒

会えなかったのは残念だがそれでよかったか知れぬとも思う。会えば書かぬことになっただろう。会って話したのでは話が外《そ》れて行ったろうと思う。このごろ部分的にモーロクしてそういう傾向が強くなった。久しぶりで会ったときの空気は古い知合いに強くひびく。字でかけば幾分でも外れが防げようと思う。とかく書いただけは独立するというものだ。

何から書いていいか、書いても書きつくせぬ、話しても話しきれぬといった具合だ。しまいのところへ「この項つづく」と入れるつもりだが、忘れてぬかしてもそのつもりで読んでほしい。未練がましいが初めにお願いしておく。

未練、未練。まったく僕は未練がましくなった。何にたいする未練か。万事万端べた一面の未練だ。家族の顔、見おろす生徒の顔、わが半生、何もかも未練だらけだ。老醜という言葉があってわかったつもりでいたが、どの辺から老醜がはじまるか考えてみたことはなかった。未練が老醜のはじまりでないだろうか。半生でなく三分の二生だ。もっと五分の四生だ。この三分の二生、五分の四生をふりかえって、残りの三分の一生、五分の一生に未練が出る。「十七歳、フランスが目の前にぶらさがっている……」ぶらさがってはもうおらぬこと、そういう、返せぬ過去への未練でない。将来への、未来への未練だ。行住坐臥《ぎようじゆうざが》、霧のようにのぼってくる未練にむせむせ、未練を感じだした年齢から、これからの年齢を円筒のようにのぞきこんで感じる精神のよろめきだ。君は知るまいが、僕はむかし新人会へはいろうとしたことがあった。しかしはいらなかった。警察署長というおやじの職業が取次ぎの学生を逡巡《しゆんじゆん》させたのだ。彼は拒絶するかわりに僕をさけた。あからさまではなかったが僕はさびしく身をひいた。それから僕は教師になり、生徒にいい評判をとり、校長になり、いまや追放か、でないかというところへきた。新人会幹事はまちがっていただろう。しかし僕はなぜ、さびしい思いなぞを抱いて教師になっただろう。さびしい思い、馬鹿め……僕は地だんだを踏んであと十五年かそこらの残りを考える。

　僕は実際のところ、僕らの少青年時代の親たちや教師や校長があったようにはありたくないのだ。少年たちを理解し、忠言をあたえ、出て行く彼らを窓から心で手を振って見送るというようなのがいやなのだ。這《は》ってでも彼らといっしょに行きたい。むしろ彼らを鼓舞激励したい、彼らをみちびきたいのだ。教師になった僕はペスタロッチだのフレーベルだのルソーだのを読んだ。アメリカの教育法、ソ連の教育法から、中江《なかえ》藤樹《とうじゆ》、山鹿《やまが》素《そ》行《こう》、松下村塾《しようかそんじゆく》などいうものまで読んだ。そして最後に残ったのがコロレンコの小説の某という家庭教師だった。小説の名も忘れ、コロレンコでなくてゲルツェンだったかも知れぬ。とかくそれはロシヤへやってきた渡りもののドイツ人青年家庭教師だった。ロシヤ貴族特有の半アジヤ的空気のなかで、身分の低い若いドイツ人が一心に子供を教えて、子供がまたなつく。馬鹿にされながら、居候あつかいされながら、子供を、持ってきたヨーロッパで教育して、師弟は学友になり、この師弟・学友関係がもうひとつ高い段階へのぼろうとするところである朝教師が逃亡してしまう。私は君を私の能力の限界まで教育しました。これ以上君に教えることは私にありません。私はほかへ出かけましょう。こう置き手紙をして手ぶらで逃亡してしまう。どんなにその美しさが僕を打っただろう。おれの持ってるものを少年たちに与えてしまおう。そしたら逃亡だ。こうしてこの青年は、教師になった僕がたえずうしろ姿として行く手に見てきたものとなった。生徒たちによかった僕の評判には、この逃亡ドイツ青年の影響が実にあったろうと今思う。

そこでどうかというと、なま若い僕がそんな気でつとめてきたことを僕は今あわれむが、持っているものを与えられたかどうか、まわりがそれを許したか許さなかったかとなればそれどころかだ。自分全部を与えることが許されぬとわかった僕は五分の四の自分を与えようとした。それが許されぬとわかったときは二分の一を与えようとした。それが駄目とわかったときは三分の一、つぎは四分の一、つぎは五分の一を与えようとした。最後には何分の一でなくただ僕自身の僕による何かを与えようとした。僕は慄然《りつぜん》とする。五分の四を与えたと思ったとき他の五分の一を僕が与えなかったろうか。二分の一を与えたと思ったとき他の二分の一を、三分の一を与えたと思ったとき他の三分の二を与えなかったろうか。何分の一でなくて、せめてただ何かを与えようとしたとき全部を他で与えなかっただろうか。すくなくとも僕は——戦争、戦争——すべてが、他で与えられるのを見送ってきた。すべてを与えて逃亡する、その逆が僕に道として与えられた。僕はただ、征伐・出征の征を「ゆく」とよむのは間違いだといって生徒たちに教えられただけだ。(英語はなくなって僕は国語をときどき見ていた。)また応召という言葉がはやって「応召される」という受け身の形が生徒の作文に出てきたとき、それは間違いで応召「する」でなければならぬ、受け身なら「召集」されるだといって主張できただけだ。そしてそれさえ、僕の説を受けいれていた若い国語教師が召集されて、その送別会のかえり、思いつめたような「校長先生……」という呼びかけで呼びかけられたとき完全にへたばってしまった。彼はそのときも僕の説を認めていた。ただ彼は、「征」を「ゆく」と、このさい、彼のためによませてくれといった。灯火管制でまっくらな垣根みちをたどりながら、「校長先生……」というよびかけにショックを感じなくなっている僕を僕は認めた。「それだけは勘弁してくれ。」というかわりに僕は彼の乞いを入れた。

僕はこの話が誰かにしたかった。だれかに聞いてもらって、その誰かから、むしろ何ものかから、諒解《りょうかい》が得たかった。僕は焼けだされて以来きていたよし子を相手にえらんだ。しかし、実行はしなかった。サイパンのことは報道されていた。生きてるかも知れぬという希望をもっていたが、三人の子供を並べて立たして、頸《くび》の線が斜線になるなど言っている妹にそれはできなかった。(玉木は確実に死んだことがわかった。四四年春、蘇満《ソまん》国境からまわされるとき一月《ひとつき》ほど東京にいたがよし子も誰も面会はできなかった。サイパンへは横浜から立った。その船が小笠原沖でやられ、七百人ほどのうち四百人ほどが救われて改めてサイパンへ渡された。そのなかに玉木はいた。そのうち四人生きのこってその一人が最近きてくれた。よし子は君を、玉木から聞いて知っているそうだ。よろしくと言っている。彼女はせっせと稼ぐが知れたものだ。どうしたわけか、玉木家は子供三人ともこっちに置いてほとんど援助してくれぬ。本人も考え、僕も苦しいので、今度の上京はよし子の仕事口にも関係していた。あのとおりの玉木は男だった。義理の弟だからではないが、彼は少数のいい出版をした。そう墓に書いてもおかしくはないだろう。このごろ僕はよし子が新聞広告を見るのに気づいた。本屋の広告を丹念に読んで知らぬ顔をして台所口から出て行く。もともと彼女は本屋のことには口出ししなかったらしい。玉木の召集後は玉木の指図で店を売り、それは食ってしまった。彼女を特別あつかいしようとは思わぬが、出版が自由になったための彼女の口おしさは僕は見てやりたいと思う。）

しかしまもなくきたグライダー練習開始が最大の失敗だった。国語教師の「征く」以来僕はまいっていた。原因はいろいろにあったろう。内原《うちはら》のかえり、君に会ったときほどの元気はその時分もうなかった。内原では頑張った。県にたいしても文部省にたいしても頑張った。予科練、兵学校の割当てでも前青春防衛のためには猿知恵をしぼることも辞しなかった。しかし今やまいり、猿知恵の余地もなくなっていた。

ある晴れた日にグライダーが飛ぶことになった。全部の試験が終って教官が声をかけた。どんな言葉だったか忘れてしまった。軍人教官へたいする反感は今まったくなし、そのときも、すくなくもそれに関しては微塵《みじん》なかった。ただ彼は、ひとついかがですという意味の言葉を軽いからかう調子で言った。僕が受けて立った。それまでに僕は永いことこの男とやり合っていた。教師をしていると、子供たちの前青春が感覚的にいとおしまれてくる。それを取られまいとしてやり合ってきたのだ。いきさつがヒヤカシ言葉に絶対なかったとは言いきれぬか知れぬ。しかしその時のかぎり、それを根に持ってこの男がそれを言ったのではなかったし、僕も挑発でそれに乗ったのでは決してなかった。僕は自然で、多少うろたえつつ教官もごく自然にしたがった。

僕は飛んだ。大胆に。何と説明しようか。僕は死にたかったのだ。死のうと思ったのではない。死を恐れなかったのだ。恐れなかったというのが、じつは無知識からもきていたのだが。飛びながら僕は全くたのしかった。雲、丘、河原、すべて色が美しかった。ええい、飛べ、突っこめ、(そしていうならば死ね)……一種の放蕩《ほうとう》だ。悲壮ぬき、責任まったくぬきで上の空で僕は飛んだ。ひどい結果が来た。生徒たちが無言で昂奮《こうふん》して行った。しんとした彼らの昂奮が眼のなかが乾いてくるほど僕へ吹きつけた。玉砕精神、いまでは誰もつかわぬこの言葉のかさかさした音《おん》が僕に疼《うず》いてひびく。彼らの小さい肉体、手のひらをくぼめて受けられるほどのたましい、その完全な染め。かてて加えて長女が豊橋の海軍工場へどうしても行くと言いだしてとめることができなかった。

未練、未練。とめどなく僕は未練がましくなる。その証拠にこれを書留で出す。よし子のことで役場だ、留守業務局だ(なぜただ留守局とせぬのだろう。)とさんざんやった挙句、僕はハガキ一枚でも書留で出すことにした。はじめ局の娘たちが、不思議がって見た。ハガキまで書留にする中学校の校長。半年来彼らは笑いをかみころさなくなった。かわりに不愉快な目、わざと厄介《やっかい》をかけるやつという顔をする。軽蔑、小さい憎悪、低能者にたいする寛大な憐憫《れんびん》。それ以上娘たちを刺戟《しげき》せぬことで僕は満足する。僕の長女のほうが彼女たちより年上なのだ。東京も遠くなり、旅行もつくづく重荷になった。何彼《なにか》につけて年を考えるようにもなった。笑われるか知れぬが、笑わば笑え、おのれの年で誰は何をした、だれはどんな地位にいたなどということが頭へ来てかなわぬ。それも誰々が偉大なやつでであればだが。

しかし無論、未練は未練だ。どうぞして未練から解放されたい。僕は決心をする決心をした。そこで君に相談しよう、議論しようというので訪ねたわけだ。今夜は憲法特配の残りを五勺飲んだ。

そして酔った。もともと僕は酒好きではなかった。学生時代君らと飲んでも格別うまいとも思わず、酒が飲みたいともさほど思わなかった。いまは飲みたい。じつに酒が飲みたい。「破戒《はかい》」に出てくるよぼよぼのやくざ教師、あれが酒の香をかぐというところがあってわからなかったが今やシンパシーでわかる。銚子《ちょうし》の口の上へんを迷うすぐ消える湯気みたようなもの。あれを鼻で吸うと、微粒子のようなのが粘膜へくる。それがしびれるほど誘惑的だ。全くよぼよぼのやくざ教師だ。このやくざ教師は按摩《あんま》の味を覚えた。按摩がないときは末の子供に背なかを踏ませる。それで足りぬで灸《きゅう》をすえようと思うことさえある。酒を飲むとも飲まれるなというのの反対、飲まれたいという欲望だ。教師生活、戦争生活、最初の妻の死、再婚、大きくなる子供たち、玉木の死と、よし子の、出もどりでなく、何というか、肩も腰も石をみたようになり、そして一ぱいの酒が飲みたい。訴えようのない、年齢からもくる全く日常的散文的ないぶせさ、とかく一ぱい飲んで、とかく寝てしまいたい。酒飲みには別の飲み方があるか知れぬが、僕はそうだ。職責(?)から国民酒場の行列には立たぬが、ああして並んで、恥も外聞も忘れたように待っている人生の敗残者といった人たちに面《おもて》をそむけて僕は同情する。僕はこのごろ子供ころの在郷歌《ざいごうた》を思い出した。童謡だ。「雀《すずめ》すずめ、なしてそこにとまてだ。腹コすぎで(腹がすいてだ)とまてだ。腹コすぎだら田つくれ。田つくればよごれる。よごれだら洗え。洗えば流れる。流れだら葦《あし》の葉にとまれ。とまれば手きれる。手きれだら麦の粉をふりかげれ。振りかげれば蠅《はえ》とまる。蠅とまったらあうげ。あうげばさびよ(寒いよだ)。さびがらあだれ。あだればあづいよ(火にあたれば熱いだ)。あづがらひっこめ。ひっこめばとぜね(とぜね、さびしいだ)。……ひっこめばとぜね。とぜねがら(さびしけれや)酒飲め。酒飲めば酔う。酔ったら寝れ。寝れば鼠《ねずみ》にひかれる。起きればお鷹《たか》にさらわれる。」だ。だれがこの文句をつくっただろう。とぜねがら酒飲め。さびしければ酒飲め。酔ったら寝れ。つまりこれは、日本の「家」を歌ったものだろうか。僕は末の子を溺愛しているがこれは二度目の妻の子だ。二度目のは、まだいわなかったが最初のの妹だ。最初のが娘ふたりおいて死に、実の妹と再婚した僕は子供を避けてきた。しかし出来たとわかったときは男をほしいのと男であってくれねばいいがというのとで挟まれて悩んだ。しあわせと女が生まれ、男であってくれたらと思う一方、女で大っぴらに溺愛できて助かってきた。そしてやっとこのごろそれを妻に語ることができた。妻を愛せよ。二度目の妻をわけても愛せよ。一度目の妻、その子供、二度目の妻、その子供、それから父、うちそろって最初の妻の記憶がなつかしく語りあえねばならぬ。あわれな父、あわれな母、それをしょいこまされるあわれな子供たち。とぜねがら酒飲め。君のところではどうだか。僕はこのごろ、日本の女という女がつけている、足の甲の、くるぶしのすぐ下の坐《すわ》りだこ、あのあざのような皮膚の部分が眼をはなれぬ。年ごろになるまであんなものはない。嫁入り支度、そこでそろそろ出来、結婚、母親、それで完成する。最初の妻にもあった。いまの妻にもある。娘たちにはまだない。僕は娘たちにだけはあんなものを出かせたくない。それだけ妻の足の坐りだこを撫《な》でてやりたいよ。すべて日本の女の足の坐りだこを撫でてやりたいよ。日本の女の取りあつめたあわれさ、たこ。そして女という女の足に坐りだこをつくるものの男への反射が酒を求めさせる。ただ、末の子のことで語り合ったため僕らは新しい境地へ来られたようだ。これはたいしたことだった。これ以上生まれるはずもないが、仮《か》りに今後男が生まれるとしても僕はらくに愛せそうに思う。とぜねがら酒飲め。酔ったら寝れ。その年にきて、僕らは、坐りだこの出来た妻を新しく愛せねばならぬのだ。妻への不満、夫への不満、それを思い捨てるべきでないのだ。女で四十すぎ、男は五十ちかくなって、孫を生むほどになって、尾骶骨《びていこつ》の下のくぼんで皺《しわ》になった皮膚がうすぎたなく黒ずんできて、そのときになってあらためて求め求むべきなのだ。

そこできたいが、僕の学校にも青年共産同盟が出来た。だいぶまえに出来た。見ていて僕が気がもめてならぬ。まずこんなことがあった。共産党が合法になり、天皇制議論がはじまると、中学生がいきなり賢くなった。頭のわるくない質朴な生徒、それが戦争ちゅう頭がわるかった。それがよくなってきた。ちく、ちく、針がもう一度うごきだしてきた。中くらいの子供が、成績があがるのとちがって賢くなった。ある日クラス自治会をつくることで教師生徒、議論になったことがあった。そして衝突した。生徒は自治会は自治的につくらねばならぬ、先生は入《い》れぬ形にせねばならぬと言いはった。教師は、それはいかぬ、監督の責任上入れてもらわねばならぬと言いはった。生徒は、それは教師が各クラス自治会の常任議長になることだ、教師連合が自治会を指導しようというのだという。教師は、自治会を圧迫する気は毛頭ない、しかし指導・監督の責任はどこまでも負わねばならぬという。とど教師側でおこってしまった。それは責任を負うことの拒否だ。責任を放棄するのがどこが民主主義だといわれて生徒側がへこんだ。教師側に圧迫する気がなかったことは事実だ。ただ判断は僕にできなかった。僕に気づいたのは、腹を立てたのが教師側だったこと、腹を立てなかったのが生徒側だった新しい事実だ。教師側は立腹して、生徒を言いまくり、やりつけた。この点になると教師側は一致していた。生徒側はばらばらだった。ただ彼らは、腹を立てずに、監督の責任が別の形で負えることを教師たちに説明した。持に非秀才型の生徒が、どうしたら教師側にうまくのみこませられるか手さぐりで話して行ったのが目立った。教師側が大ごえになるほど、彼らが、それはそうじゃない、先生が圧迫しようとしているとは取っていない、そうじゃない、そうじゃなくてと、子供頭をふりふり、全体として受け身で攻撃を受けとめていたのが目立った。教師団が駄々っ子になって、教師・生徒がすっかり位置を顚倒《てんとう》してしまっていた。僕はヌエ的司会者として、もっぱら教師たちのために生徒側をなだめた。教師側をなだめたというのがいっそう正しいだろう。教師もはいれる折衷案が出来てケリはついた。

ただ僕はこんなことではじまった生徒の活動が、その後停滞してきたように見えるのが気になるのだ。停滞してるように僕に見える。生徒たちが、賢くなりかけたまま中途半端な形になってきたというのが僕の気のもめる観察だ。僕は圧迫ということも考えてみた。適度に圧迫することでかえって彼らが伸びるだろう。むろん僕は、あまりに教師・校長くさいのに気づいて苦笑したがやっと原因がわかってきた。とかく共産党がわるいのだ。先《さ》きへ先きへと指導せぬのがわるい。

僕はあの日、君のところへ、抗議でないまでもそれに近い気持ちからも駆けつけていた。僕は午後の祭をみていたのだ。そして君の顔もみたく、ほかに行き場もなくて君のところへ出かけたのだったが、あれはどれくらい集まっていたろうか。新聞には十万とあったが、記事そのままで嘘はなかった。僕はおのぼりだからリュックをかついでうしろにいた。天皇が来て、帽子を取らぬものもいたが、僕は取った。天皇が台へのぼって帽を取った。万歳がおこった。仕掛《しか》け鳩《ばと》が飛んだ。天皇はかえって行った。僕の時計で出てきたのが三時三十五分、おかえりになったのが三十六分、正味一分で、すべてが終った。そして終ったとき始まったことが僕をおどろかした。

まったく、まったく同じだった。例の暁天動員。僕のほうは四時半の集合だったから、竹棒・木《も》銃《じゆう》で市の八幡社へ集合、点呼その他型のごとく終って夜あけとなるのが常だったが、そこで終っていざ解散というときの人波のうごきだし。生活のめいめいの方角へ走りだそうとする。他人にかまっていられぬせちがらいせかせかしたひしめき。自転車へ——弁当のゆわえてある——木銃をくくりつけるなり工場へ駆けだすもの。そのまま電車停留所、汽車の駅へむかうもの。ふうふういって家《うち》へ朝めしにかえるもの。それもはやくかきこんではやく出かけねばならぬ。折りしき、ホフク前進、いまやったまんまのなりでそのことをすっかり忘れている。いい年でしかられたいまいましさなど思い出そうものなら、何をぜいたくなと、我と振りおとして急ぎだす調子。瞬間でやられるぎょっとするほどのその精神のはやがわり。それと全く同じものがそこの広場にあった。散って行く十万人、その姿、足並み、連れとする会話、僕の耳のかぎり誰ひとり憲法のケンの字も口にしてはいなかった。あらゆることがあってそれがなかった。たぶん天皇たちも、あれから帰って憲法のケンの字でも話題にしたかよほど疑わしいと思う。たしかに泣いてた女学生はいたが皇后で泣いたのだ。憲法ではなかった。中身を詰めこむべき、ぎゅうぎゅう詰めてタガをはじけさして行くべき憲法、そこへからだごと詰めこんで行こうとて泣きたい気になったものは国じゅうにもたくさんなかったと僕は断じる。

あの日はうつくしい晴だっただけ、終ったとき日の暮れがくる感じがきつかった。仕事場へ行くか、映画見に行くか、闇商談のつづきへ行くか、家《うち》へかえるか、とかく家路をいそぐという姿がそこにあった。家路、家路、なんとそれが日本的に、あわれに、なつかしく、貧しく、見えるように見えただろう。家路、どこにこの人たちに家路があるのだろう。「せまいながらも」という歌が僕にうかんできた。「せまいながらもたのしいわがやア……」なんとかなしい文句、そしてなんとおかしな、大きな対照がそこにあっただろう。憲法のことがあったのではなかったかのような顔で、そこへ集まったのが憲法のためだったことも、いま憲法で鳩が飛んだことも皆なかったことかのようなふうで散って行く人びとのわが家《や》と、天皇皇后両陛下のかえって行くわが家と、家の大きさでなく、すこしおそくなれば出もせぬ追剝《おいは》ぎに顎を引いて気をつっぱってとっとと急いで行く、電灯が切れて蠟燭《ろうそく》がないような細かい板がこい区切り、そこで、買物ぶくろをほうりだして、スカーツをまくって、ふくれなかったかどうか向《む》こう脛《ずね》を親ゆびの腹で押してみてほっとひと息つく娘たち、おやじたちと、あれから馬車で砂利みちをきしって行って、松の木のむこうへ見えなくなって、玄関、敷台をとおって奥へはいって、街のひびきも人間の声も聞えなくなったところで、生活がこだまを呼びださぬところまで引きこんで顔を見合わしてほっとひと息つける天皇たちと、わが家の感じ方、その何にほっとするかでの皮膚感覚の人間的なちがい、それをこそ、共産党が、国民に、しかし感覚的に教えべきものではないだろうか。じっさい憲法でたくさんのことが教えられねばならぬのだ。あれが議会に出た朝、それとも前の日だったか、あの下書きは日本人が書いたものだと連合軍総司令部が発表して新聞に出た。日本の憲法を日本人がつくるのにその下書きは日本人が書いたのだと外国人からわざわざことわって発表してもらわねばならぬほどなんと恥ざらしの自国政府を日本国民が黙認してることだろう。そしてそれを、なぜ共産主義者がまず感じて、そして国民に、訴えぬだろう。あれを天皇は枢密院《すうみついん》にかけて発布させた。発布「させる」。何だろう、これは。そして枢密院は、みなで百三条ある憲法を二十分で片づけてしまった。あれは、どんなものでそれがあれ、あの禿《はげ》あたまたちが二十分で片づけていい百三条だったろうか。手続きかも知れぬ。手続きならそれでよし。それならば、あれは、うしろのあの金屏風《きんびょうぶ》は、別の屏風だったろうか。焼けて新調したのか。あの前で御前会議があり、大将会議があった。それから右脇の帽子台。それからテーブルかけ。焼けて新調したのならなぜせめて天皇服なみに別品《べつしな》にしなかったろう。羞恥ということのない金屏風。いったい共産主義者は、写真でもわかる金屏風独特のあの光り方、あの上品で落着きのある照りに、胸がさされぬだろうか。メーデーは五十万人召集した。食糧メーデーは二十五万人召集した。憲法は、天皇、皇后、総理大臣、警察、学校、鳩まで動員してやっと十万人かきあつめて一分で忘れた。国民のこの実行による批判、せめて結果としての批判、それをばなぜ『アカハタ』が国民に確認させぬだろうか。それは共産党が、その主要任務の一つ、民族道徳樹立の仕事を、サボタージュしてることではないだろうか。

このことで、教師・生徒のあいだで実に考えさせられることが多いのだ。僕としては教師にも生徒たちにも言い分がある。僕は問題は正しく扱いたいと念願しているつもりだ。そしてこのことで、僕が心ひそかに重んじてるような生徒と衝突することがままあり、彼らが僕を軽蔑して、モーロクあつかいして右翼的だなどということがままあるのだ。——彼らは面とむかってさえ言う。むろん悪気でではないことはよくわかるが、それでどれだけ傷つけられて僕が感じるか子供たちにはわからぬのだ。かと思うと、読みもせぬ本の言葉で左翼小児病的だなどという。僕は笑いだしたくなる。来春《らいはる》は孫が生まれるのだ。それはかまわぬが、長年教師をしてきて、つねつね重んじているような生徒から軽蔑されるのはつらいものだ。畜生、と思う。圧迫してやろうか。ほかに弾力をつけてやる方策がないと思うからだ。問題は天皇制と天皇個人との問題だ。天皇制廃止と民族道徳樹立との関係だ。あるいは天皇その人の人間的救済の問題だ。僕は反省してみてやはり僕が正しいと思う。その点『アカハタ』には、だから不満を持っている。その鼻さきへ、僕が内心重んじていて、彼らから軽蔑されるのが特につらいような生徒がガサガサがさつかせて『アカハタ』をさしつけにくる。

だいたい僕は天皇個人に同情を持っているのだ。原因はいろいろにある。しかし気の毒という感じが常に先立っている。むかしあの天皇が、僕らの少年期の終りイギリスへ行ったことがあった。あるイギリス人画家のかいた絵、これを日本で絵ハガキにして売ったことがあったが、ひと目見て感じた焼けるような恥《はず》かしさ、情《なさけ》なさ、自分にたいする気の毒なという感じを今におき僕は忘れられぬ。おちついた黒が全画面を支配していた。フロックとか燕尾服《えんびふく》とかいうものの色で、それを縫ってカラーの白と顔面のピンク色とがぽつぽつと置いてあった。そして前景中央部に腰をまげたカアキー色の軍服型があり、襟の上の部分へぽつんとセピアが置いてあった。水彩で造作《ぞうさく》はわからなかったが、そのセピアがまわりの背の高い人種を見あげているところ、大人に囲まれた迷子かのようで、「何か言っとりますな」「こんなことを言っとるようですよ」「かわいもんですな」、そんな会話が――もっと上品な言葉で、手にとるように聞えるようで僕は手で隠した。精神は別だ。ただそれは、スケッチにすぎなかったが描かれた精神だった。そこに僕自身がさらされていた。「まるであれだ……」立ちあがって腰をまげた恰好《かっこう》で見られている姿から連想されたその「あれ」を、そのときも僕は、言葉では、心のなかででも言わなかった。ここへも書かぬ。それはできぬことで、またしてはならぬことだ。かくそうとしておさえた手は僕の人種としてのそれだった。それは純粋な同胞感覚だった。どうして隠さずにいられたろう。僕は共産党が、天皇個人にたいする人種的同胞感覚をどこまで持っているかせつに知りたいと思う。

もう一つ僕は同情することがある。いくつもある一つで、あれはいつだったろうか、天皇が病気になって皇太子が摂政になったことがあった。僕らはいろんな噂《うわさ》を聞いた。クラスにいたある代議士のせがれが、天皇発狂時の模様を手まね入りで自慢たらしく吹聴《ふいちよう》したりした。しかし僕が覚えているのはそれではない。新聞の隅にのった小さな水兵の口から出たエピソードだ。読んだ場所までちゃんと覚えている。それは改築まえの駅の待合室のベンチでだった。それはこういう話だった。いよいよ摂政が立ったので新聞記者が町の気分をききに行った。実はそのこと自身僕に新しい事件だった。天皇の病気で皇太子が摂政になるのはあたりまえではないか。何のため町の話などききに出るだろう。それは東京では、田舎とちがってこれが事件であるらしいのを僕にわからした。大事件であるらしい。あちこちで感想をきいた記者が最後に駅で水兵を二人つかまえた。(問題には無関係だが僕は錯覚におちているかも知れぬ。僕は新聞を僕が駅のベンチで読んだと覚えている。しかし記者が水兵を駅でつかまえたことも同様よく覚えているのだ。)そのとき水兵がこういって記者に語ったのだった。「皇后さまがお気の毒です。」この言葉が実は僕にはよくわからなかった。記者が感動して書いていただけよけいそれがわからなかった。ただ何となし、政治権力にからまれた、あるいはそれにからんだ、そして法皇とか院とか、お家騒動、押しこめ隠居、陰謀とか毒殺とか、大名、貴族、王室など、外国でも日本でもあるそういうもの、それが森のように繁《しげ》っているなかでの不幸な中年の女主人、そんなものを、多少陰気に、ただぼんやりと感じることができただけだ。それは水兵が、主人が病気になった――何とかいうだろう。法律に言葉がある。それを気の毒がっているのでなくて、摂政が立って生じた女主人の身分の変動、おもにそれを指して、実の母親がわが子を子とよべぬ仕組みのなかでの女主人というものを気の毒がっていたからだ。もしかあの水兵は、彼の家庭から特にそれを感じていたのかも知れぬ。このことで僕は実に彼らに同情する。このことでといってきちんと限定はできぬが、要するに家庭という問題だ。つまりあそこには家庭がない。家族もない。どこまで行っても政治的表現としてほかそれがないのだ。ほんとうに気の毒だ。羞恥を失ったものとしてしか行動できぬこと、これが彼らの最大のかなしみだ。個人が絶対に個人としてありえぬ。つまり全体主義が個を純粋に犠牲にした最も純粋な場合だ。どこに、おれは神でないと宣言せねばならぬほど蹂躙《じゅうりん》された個があったろう。実地僕は、終戦後新聞に出る彼らの写真ほど同情できるものはほかにない。明治天皇などは写真屋をよせつけなかったものだ。だから彼の写真は（肖像画ではない。）非常に少ないのだ。しまいには、神武《じんむ》天皇の肖像を明治天皇に似せてかき、ほとんどおかしなことだが神武天皇に似せて明治天皇をかく画家さえあらわれたほどだ。終戦後の写真をどれ一つでも見たまえ。皇太子などでさえ笑って写しているだろう。どこかやんちゃなところもある坊ちゃん。彼において、それは実在だ。それだのにそれをデモンストレートせねばならず、またデモンストレートさせずにはおかぬのだ。三日の『読売』の写真を見たまえ。皇后は彼女の責任で太っているのではないのだ。こっち向きなさい。そこで笑ってください。写真屋の表情までの指図の図以外の何でこれがあるだろう。せめて笑いを強いるな。強いられるな。個として彼らを解放せよ。僕は、日本共産党が、天皇で窒息している彼の個にどこまで同情するか、天皇の天皇制からの解放にどれだけ肉感的に同情と責任とを持つか具体的に知りたいと思うのだ。

なぜこれをいうかというと、僕の問題でもあるが生徒たちの問題でもあるからだ。最近こういうことがあった。生徒がニュース映画を見てきて議論してるところへ行きあわせて、彼らが間違っていると思ったので僕が僕の意見を述べた。彼らがむちゃくちゃに反対した。できるだけ僕は譲歩したが、いかにしても彼らが非論理的だ。それを指摘すると今度は昂奮して喰《く》ってかかってくる。ただ僕はニュースを見てはいなかった。しかしそれとこれとは別だからやっつけたまでだ。とうとう一人が言いだしてまだだと僕が答えた。凱歌《がいか》、爆笑。僕は信念は動かなかったが見には行った。彼らが誤っている。彼らは誤っていた。しかしそれ以上僕がすっかり憂鬱になった。

それは千葉県行幸で学校だの農業会だのへ行く写真だった。そして、あいもかわらぬ口うつし問答だった。しかしそのとき、僕はあらためて、言葉はわるいか知れぬがこの人を好きになった。少なくとも今まで以上好きになれる気になった。新聞が書くようにこの人は底ぬけに善良なのだ。善良、女性的、そうなのだ。声も甲高い。そして早くちだ。そして右ひだり顔を振って見さかいなしに挨拶する。愛敬《あいきょう》を振りまくのではない。そんな手くだのあるものではない。何かを得ようとて媚《こ》びてるのでは決してないのだ。口うつしだ。それ以上、そうするのが本人に気がらくなのだ。満洲《まんしゅう》国《こく》皇帝日本来訪のときのニュースを僕は思い出した。あのとき天皇は駅へ出迎えに行った。そして皇帝を迎えて握手をして、それから宮様連中へいちいち皇帝を紹介した。それが善良そのものの図だった。つまり、威張ることを知らぬのだった。フォームで宮連中は一列横隊で並んでいる。天皇は、一歩ずつ横歩きして、かたかたっと止まって、顔をぴょんと落して一人ずつ引きあわせる。ところで、一歩でとどかぬことがあり、そこで、一旦一歩で止まったのがもう一歩か半歩つけ足さねばならぬことがある。すると必ず大急ぎでかたかたっと一歩横、半歩横をやり、上体をねじるとか、そういった才覚をいっさいせぬのだ。そうやって、横隊のむこう端まで、サーベルをおさえて、かたかたっ、かたかたっとやって行った。見ていてはらはらするほどそれが善良だった。満洲国皇帝対日本皇帝、皇族対天皇、この関係からも、それは、この人が、見えを張る、外見を気にする、威厳をつくろうというような点で普通人以下の感覚だったことを証拠だてていた。むろん同時に天皇の大様《おおよう》でもあっただろう。両者の統一、それの学者としての無頓着化ともいえばいえたかも知れぬ。この学者でも、世間以上僕は同情するところがあるのだ。それは、何というか、知っているからのことだ。僕の義理の遠縁（?）の男に舅《しゅうと》さまがあり、もと内務省につとめていた。衛生の仕事が専門だったが、軟体動物のほうの民間学者でもあった。いまは故人だが、それが正月年始まわりの途中ででもドブザラエをやることがある。よさそうなドブに出くわすといきなり紋付《もんつき》をぬいで鼻汁《はな》をすすりすすりかいぼりをやるのだ。おばあさんの細君がののしってよく愚痴をこぼした。それが天皇に標本を貸したことがある。天皇は学会の報告かなどで標本のことを知っていたらしい。しかも献上などさせずにむしろ早目に返してきた。骨董《こっとう》好きの貴族などに比べて淡泊なほどそこが学者らしく、あっさりしていた。そのころこのおやじが、日本ひろしといえども天子に貸しのあるのはおれだけさと自慢したものだが、レヴェルはともかく、学者であるかないかとなればあると僕が思うわけだ。とかくそういった無頓着が事実としてあり、それを僕は思い出したのだ。そこで甲高い早くちで「家《うち》は焼けなかったの」、「教科書はあるの」と、返事と無関係でつぎつぎに始めて行った。きかれた女学生は、それも一年生か二年生で、ハンケチで目をおさえたまま返事できるどころではない。そこでついている教師が——また具合よく必ずいるのだ。——肘《ひじ》でつついて何か耳打ちをするが、肝腎の天皇はそのときは反対側で「家は焼けなかったの」、「教科書はあるの」とやっているのだからトンチンカンな場面になる。そうして、帽子をかぶったと思えば取り、かぶったと思えば取り、しかしどうすることができよう、移動する天皇は一歩ごとに挨拶すべき相手を見だすのだ。そうして、かぶっては取りかぶっては取りして建物のなかへはいって行った。歯がゆさ、保護したいという気持ちが僕をとらえた。もういい、もういい。手をふって止《や》めさして、僕は人目から隠してしまいたかった。暗いベンチの上で、僕の尻がひとりでに浮きあがりそうだった。そのときだ。二階左側席から男の声で大笑いがおこった。見あげてみたが顔も姿も見えぬ。人がいることはわかるがまっくらいなかでの笑いだ。二十前後から三十までの男の声で、十二、三人から二十人ぐらいの人間がいてそれがうわははと笑っている。言いようなく僕は憂鬱になった。なるほど天皇の仕草はおかしい。笑止千万だ。だから笑うのはいい。しかしおかしそうに笑え。快活の影もささぬ、げらげらッというダルな笑い。微塵《みじん》よろこびのない、いっそう微塵自嘲のない笑い。僕はほんとうに情《なさけ》なかった。日本人の駄目さが絶望的に自分で感じられた。まったく張りということのない汚なさ。道徳的インポテンツ。へどを吐きそうになって僕は小屋を出て帰った。

あれは闇屋かだったろうと考えたが、とかく彼らは完全に誤っていた。彼らはこんなことをいって作者を責めていたのだ。あのニュースは取り方がけしからぬ。女学生が泣いて万歳をいうのは天皇を神としてあがめる方向へ観客を導くものだ。彼らの非難したもの、それがそんな甲斐性のあるものだったらそれ一つで僕が救われていただろう。闇屋は別だ。元気な、かしこい、僕が敬意さえ抱いている僕の中学生らがおくれているのだ。道徳感覚上おくれている。どこが制作が反動的だ。彼らの妹、彼らの恋人、彼らの未来の妻たるあの女学生たちに泣く以外何が可能だったろう。泣く彼女らを入れて、泣かれるべき以外のどんなそれが全存在だったろう。理窟はわからぬでいい。感じられるべきだ。僕は説明して彼らに言った。それなら千葉の女学生に手紙を書け。先生・生徒両方へ書いて討論しろ。僕の生徒らはどうしてもそれはやらぬのだ。まだ彼らには、天皇の人間としての愚直さ、おそばつきの存在としての悪党さがのみこめぬ。アンテナがないのだ。闇屋青年は感覚上白痴だ。しかし少年らはいらいらさせるものとして小《こ》っぴどくやっつけてやりたくなる。彼らは作者の批判などする前に、ぶざまに泣く女学生らに異性として腹を立てるべきなのだ。批判だなどと、なんと傍《かたわら》いたい一知半解だろう。何か一つ足りぬためですべてが足りぬ。共産主義者が足りぬためで日本人全体が足りぬ。低級な新聞記者、低級な弁護人と全く同じことが遍満しているのを感じる。あれのあとだったろうか、満洲皇帝が来て法廷に立ったことがあった。あのときの新聞記事、あれを思い出すと今が今なさけなくなる。朝あれを読んだときは坐ったままからだの中身が飛び立つような気がした。なるほど関東軍は横暴だった。毒薬でおびやかしたのもほんとうだったろう。だからといって、命ほしさに傀儡《かいらい》になったことでそのことの責任がのがれられるとでも思いなさるか。詩でまで日本を讃美《さんび》して扇に書かぬでもすんだだろう。皇帝になりたかったのだろう。どうだ。相手がへどもどすればするほど、自分の論理と雄弁に酔ってますますゆっくりたのしんで進む弁護士と、いい気になってくっついて走っている新聞記者と。日本でも名高い弁護士が、傀儡と傀儡師、満洲皇帝と日本天皇との比較、関係に全く不感でしかけているあの汗ばんだながいサディズム、それを天皇と国民とそろって眺めている醜怪さについてなぜ『アカハタ』が鐘をたたいてゆすぶらぬだろう。国民として堪えがたい。おろかなりし人間の一人として堪えがたい。南京陥落《ナンキンかんらく》のとき、僕は県代表で東京へ提灯《ちようちん》振りに行ったものの一人だ。まだ東京はあった。提灯に火を入れて街を練って、最後に宮城《きゆうじよう》前へ行って声をあげてそれを振った。するると天皇が、濠《ほり》をへだてて松の木のむこうでそれに答えて振った。あのとき僕らは、これで戦争がすむ、これですんでもらわねばならぬと、希望を入れてよろこびで振ったのだ。天皇も同じだったろう。虐殺と暴行とが南京で進んでいた。しかし僕らは、僕らも天皇もそれは知らなかったのだ。記憶をくりかえせば、僕らは、僕らも天皇も、これですむ、すんでもらわねばならぬという希望と願望とで、そしてそれをよろこびとしてあかい提灯を振ったのだ。もし天皇が不幸な旧皇帝を訪問して、日本の現在許されるかは別として、しかし許されるだろう、ふたりの不幸と不明とを抱き合って悲しんでわびたのであったら。事実として、天皇その人の天皇制が、提灯を振ったことでの愚かさを、たとえば玉木にわびるチャンスさえ僕から奪って行ったのだ。もし彼がそれをしたのだったら、僕はまっさきに、少なくともそのことを彼に許し、そのことで、僕自身許される慰めをつかむ機会を決してのがさなかっただろう。天皇は旧皇帝を訪問しなかった。旧皇帝の元の日本人しもべ一人が、裁判所の太い柱のかげで変りはてた旧主人に束《つか》の間《ま》面会した。

いったいこのことが、このこと、およびこれにたいする国民の無関心が、極東裁判の進行を侮蔑するものでないかどうか僕によく教えてください。旧皇帝を猿ひきに見はなされた猿として蹴とばしておいて、それで道義の頽廃《たいはい》をうんぬんするとしたらどこに頽廃すべき道義があるのだろう。恥ずべき天皇制の頽廃から天皇を革命的に解放すること、そのことなしにどこに半封建性からの国民の革命的解放があるのだろう。そしてどうしてそれを『アカハタ』が書かぬだろうか。道義、民族道徳樹立の問題をのけておいて、どこに国の再生があるだろうか。道徳樹立について、共産党、共産主義者以外だれがまっさきに責任を負えるだろうか。そうして、天皇と天皇制との具体的処理以外、どこで民族道徳が生まれるだろうか。そうして、そのことを、相対的にいちばん共産党が忘れていはせぬだろうか。先日の『アカハタ』の記事などその最たるものでないかと僕は思う。

「九月一日のアサヒによれば日本の民主化にともない皇族の『臣籍降下《しんせきこうか》』が問題となり、七月の皇族会議で天皇もはいって熱論したとつたえている。新皇室典範は十一月に開かれる臨時議会に出るが、その際にも問題になるだろうというのだ。ところがいんちきな新憲法にさえうたわれているごとく、すべての国民は法のもとに平等であって、社会的身分または門地により政治的、経済的、または社会的関係において差別されないのがあたりまえ。いまさら『君』だの『臣』だの、はしごだんではあるまいに『降下』だなどとこんなバカげた話はない。こういう手数のかかる『天孫降臨種族《てんそんこうりん》』は日本人民からとりあげた金と米をおいて、高天原《たかまがはら》にかえってもらうほかはない。」

「日本の民主化にともない皇族の『臣籍降下』が問題となり」――そうなのだ。そういうこれは民主化なのだ。どこを押せばそんな音《ね》が出るか。どこに「臣」籍があるか。それをなぜ『アカハタ』が問題にせぬだろう。天孫降臨種族なら高天原へかえれ。どこに天孫降臨種族があるだろう。高天原行きの切符をくださいといってきたらどうするのだろう。そう僕は話した。すると反『アカハタ』派までがそろって喰ってかかってきたのだ。（僕らは生徒・教師いっしょ、『アカハタ』派・反『アカハタ』派いっしょの『アカハタ』読会《どっかい》をやっている。出るのに面倒くさいがやり方としてはおもしろいと思っている。）しかしすぐわかってきた。要するに彼らは、天孫だの高天原だのをやっつけるのが楽しいのだ。そして実地にはそれの現実の力を忘れることで満足しているのだ。筆者がまたそこへ導いているのだ。あんな馬鹿なことがどこにあるか。皇族の臣籍降下断じて許さずだ。どこに臣があるか。君の好きな歌人が「臣」で歌を詠んでいるだろう。「あめつちの清く明《あか》くしさだまりておんみづからを臣《おみ》と宣《の》りたまふ」あれは確か高松宮だった。僕らは田舎の学校で式をやってしまっていた。するとあとから県の役人が来て、それが歌好きか何かでわざわざあの歌を引いて説教の裏まつりをやったものだ。また実際あのときは、高松宮かが臣という一人称をつかったのだ。宮様さえ臣というので国民一般が輪をかけて臣にされた。その同じ八百長がいま逆に使われようとするのだ。そしてそれをこそ真正面からたたきつけねばならぬのだ。仮りに天皇、皇族が心からあやまってきた場合、報復観念から苛酷に扱おうとするものが仮りに出ても、つまりもし天皇を臣としようとするようなものがあれば——国民の臣であれ——それとたたかうことこそ正しいのだ。皇族だろうが何だろうが、そもそも国に臣なるものがあってはならぬ。彼らを、一人前の国民にまで引きあげること、それが実行せねばならぬこの問題についての道徳樹立だろうではないか。天孫人種は高天原に行ってしまえ。それは頽廃だ。天皇制廃止の逆転だと思うがどうだろうか。『アカハタ』がそれだから、中学生などがいい気になってふふんと鼻であしらい、その実いつまでも、せいぜい民主的天皇に引きずられて仰ぐものとして心で仰ぐことになるのだ。

それからもう一つ。これは例の女学校のストライキだ。

「女人禁制、オオミネ山に女の登山をゆるすかどうか、坊主どもが論戦のあげく、『やっぱり伝統を守る』ことにきめたと思ったら、こんどはクマモトのある女学校で、断髪してもよいかとの生徒の問いに『イエス』と答えた先生を首にした。これは男女平等への途遠《みち》しなどと笑ってすまされない事件である。女学生に断髪を禁止したり、男学生にいがぐり頭を強要したりすることが人間の基本的権利の侵害であり、そういう非人間的な考え方をもってしては教育などとは思いもよらないということを気づかない点に問題がある。こういう血のかよわない教育者の生まれた根源は臣民あるを知って人間あるを知らない教育勅語だ。文部大臣はこれを万古不易の『自然法』だといったが二ヵ月もたたぬうちにお蔵にする訓令を出した。しかし彼らはこれを廃止しようとしない。そのうちにまたこれがいる時代がくると思い、それを乞い願っているのだ。働くにじゃまな長い髪といっしょにこんな前世紀の遺物は勇敢に切り捨てることだ。」

何を言っているだろう。偶然僕はやはりニュースを見ていた。女学生の登山に反対したのは「坊主ども」ではない。あれは山伏だった。それから、学校ストライキ。これこそ肝腎ではないか。『アカハタ』の記事はてんでやぶにらみだと思う。教育勅語などどこに直接の関係があろう。だいいち、髪は伸ばそうが切ろうがそれは個人として自由ではないか。問題は、校長が禁止して、そのためには教師を首にしてはばからなかったということだ。「これは男女平等への途遠しなどと笑ってすまされない事件である。」筆者以外誰がこれを笑ってすまされる事件と思っているだろう。「非人間的な考え方をもってしては教育などとは思いもよらないということを気づかない点に問題がある。」どこにそんなことに問題があろう。髪の毛を切らせなかった。それで教師を首にした。女学生がストライキに出た。これらが問題なのだ。

天皇、臣問題、教育勅語、人間性、すべてこういう問題のこんな扱い方に僕は腹が立ってくる。せっかくの少年らが、古い権威を鼻であしらうことだけ覚え、彼ら自身権威となるところへは絶対出てこぬというのが彼らの癖になろうとしている危険、そしてこれほど永く教師をやってきたものにとってやりきれぬ失望はないのだ。このことでかさねがさね失望をなめながら、それでも新しい希望が目の前に出てくること一つでわれひとともに教師がつとまるのだ。わるいあの癖こそが頽廃なのだ。実際のところ、僕は今でも生徒に好かれてると思っている。追放の心配も実地にはなし、さればされたでやって行く自信はあるのだ。しかし僕は、生徒らが僕をコケあつかいすることで、生徒とは別に、それに引きつけて教師のなかでものをいうやつがあってそれに悩まされるのだ。生徒が僕を右翼的だというと、ある種の教師がたちまちにしたり顔をする。いくら校長が新しがっても、要するに古く、要するに右翼的なんだ。生徒が小児病的だといえばいうで、たちまち彼らが年寄りの冷水《ひやみず》あつかいをして卑屈にからかうのだ。むろん僕は、そんなものを恐れてはおらぬ。ただ彼らとたたかうのがいやだ。おまけに生徒らが、結果として彼らに身方《みかた》することになる。おまけにそれをさらに『アカハタ』がカヴァーすることになる。僕がやきもきして、なんでそれが追いつこう。まったく腹が立つ。問題は共産党だ。共産党が問題を先きへ先きへとやってくれれば僕のようなものが助かるのだ。僕は我利我利《がりがり》ではない。ただ僕は教育者だ。天皇制廃止は実践道徳の問題だ。天皇を鼻であしらうような人間がふえればふえるほど、天皇制が長生きするだろうことを考えてもらいたいのだ。そんなものがもし若いもののあいだでふえたらどんなことになるだろうか。僕の行きつけの床屋は大の反天皇主義者だ。そして無類の独断家だ。彼は天皇は公爵にする、そして千代田公爵ということにするのだといっているが、この床屋のほうが『アカハタ』のあれより実践的でないだろうか。

去年の八月十五日僕はぼんぼんといって泣いた。あのとき泣いたもののうちいちばん泣いた一人が僕だろう。僕はかずかずの犯した罪が洗われて行く気がして泣けたのだ。あのとき僕は決してだまされたとは思わなかった。しかしあれからあと、毎日のようにだまされているという感じで生きてきた。元旦詔勅はわけても惨酷だった。僕らはだまされている。そして共産主義者たちがだまさせている。これが僕個人のいつわらぬ感じです。教員のストライキにしても、文部大臣が教員をはりたおしておいて暴力に屈せずと宣言した。どうして共産主義者がそれを黙っているだろう。ラジオがストライキをやって放送を投げだした。どうして共産主義者がいっそういいプログラムで放送することを、そして官僚と戦うのはいい放送をすることだということを国民に知らせるように忠告しなかっただろう。また電気労働者のなかの共産党員は、なぜ、変圧器をどしどし修繕して、ふやして、電球、電熱器を配って、駅や藪《やぶ》の下や焼けあとの要所に街灯をつけて、農村へ電気を引いて、それで電動もみすり器をひろめて、その費用を政府もち資本家もちとして、争議が解決しても、ふやした街灯、農山村の電柱はそのままにすることにして、そこで争議になったら日本があかるくなったというようにするよう組合を動かさなかっただろう。なぜあのプラカードの問題で、あの文句以外のことを天皇制がしておらぬこと、健康な犬を狂犬と呼ぶのは侮辱だが、狂犬を狂犬と呼ぶのは侮辱でないこと、またそれは狂犬と呼んで適当に処置せねばならぬこと、プラカードを書いた当人が天皇を侮辱したのでなく、天皇が存在として国民の名誉を毀損《きそん》しているのだことを国民に訴えなかっただろう。なぜ共産主義者が、最近三十代六百年間引きつづきメカケ腹に生まれて、それはそんな言葉でではないが、そしてやはり引きつづいて正妻を持たなかった天皇が、国と民族とにとって何のシンボルだかということを国民に説明せぬだろう。なぜ共産主義者が、むかしその運動が思想運動といわれたことがあったのを忘れたかのように、国民の思想的啓蒙《けいもう》の仕事を原論の稀釈《きしやく》にこんなにまだまかしているだろう。なぜ——そうだ。僕はいつか『アカハタ』でメカケのことを読んだ。事がらは忘れたが、メカケにたいする軽蔑の気味がその文にあった。メカケを軽蔑せよ。それは軽蔑されるべきだ。しかし共産主義者よ、メカケが一人のこらず女だったこと、弱い性だったことを思い出してくれ。女でも金持ちはメカケにならなかったことを思い出してくれ。美しい、たのしい肉体、彼女らはそれ一つをつかうほか生きる手段がなかったのだ。メカケをメカケ所有者から切りはなさぬで考えてくれ。しかしメカケ持ちについてさえ考えてくれ。家とその法とが、そんなことでやっと恋を恋として変則に成り立たしたこともあったろうことを考えてくれ。

何よりもあれを止《や》めてくれ。圧迫されたとか。拷問されたとか。虐殺されたとか。それはほんとうだ。僕でさえ見聞きした。しかし君自身は生きているのだことを忘れないでくれ。生きている人よ、虐殺された人をかつぐな。生きていること、生きのびられたことをよろこべよ。そうして、国民が国民的に殺され拷問されたことを忘れぬでくれ。このことを考えてみてくれ。たくさんのわる気のない青年が、こちらから拷問し、暴行し、虐殺しさえしたのだということを。彼らのあるものは、この辺でもあった、国内ででさえ、工場《こうば》近くの村むすめたちに集団的に暴行したのだ。暴行される域を越えて、自分から暴行するところまで追われ暴行されたのだ。いま生きて、君らの話を演壇の下から聞いている青年ら、彼らは、殺されなかったということそれ一つでいま生きてるのだ。たくさんの人が殺されるのを見てきた。たくさんの仲間の死骸を捨ててきた。場合いかんでは殺しさえして生きのびてきたのだ。そのことを知り、しかも彼らには、彼らを正しく支える精神の柱が与えられていなかったのだことをよく知ってくれ。死者をおそったそのものに君自身どう対したかをしらべずには決して死者を誇るな。そうでなければ、それはフギ氏に対した日本天皇、日本弁護士と同じことになるだろう。そうだ、そしてそれでこそあの強い指導者らをたっとべるのだろう。非転向、世にもプロザイックな音《おん》で呼ばれてきたあの十何年、十八年、それを音楽のようにほめることができるのだろう。彼らを宝ものとせよ。そしてそれを民族のものとせよ。民族の道徳をそこへと基礎づけよ。大臣、大将、公爵、天皇、大資本家、大地主、およそ天皇をかこむこの連中の腐敗した道徳と、ここにものの音《ね》のように鳴る高い道徳の基礎とを、手短かにも卑近にもその質のちがいで見えるように説明せよ。彼らを考えると、それを生みだしたのがこの民族だということだけで僕にもかざせる気がされてきて僕は泪《なみだ》ぐむ。ああ、僕のわるい生徒らもこういう子供を笑うことはできまい。また笑わぬだろう。それが僕の最後の最後の未練だ。

このごろも僕はおやじのことを考えた。そして彼がときどきに見せたむかしの目つきをやはり保護したい気持ちで思い出した。僕のおやじは正月や祭りには金ピカを着て県庁へ行った。それが彼には気に入っていたのだ。彼は署長だったが、正直な署長がもしあるとすれば彼がそれだというふうな人間だったからそれは正当だといっていいだろう。署長だからにはあらゆることをしただろうと僕は思う。しかしただすべてを子供たちのために堪えたのだ。そうして、もし言えるとすればそこには精神の一面がふくまれていたのだ。小心翼々として、子のためには取れる賄賂も取らずに我慢するというのがその場合の彼の精神だった。中学生だった僕にはおやじの職業は全然無関係だった。はじめて高等学校に行ってからそれが気になりだした。しかし同時に父がそれを気にしだしたらしいことが事ごとに僕にわかってきた。茶の間で着つけをして、母や妹の小さな讃嘆の目を受けて一服すい、そこで僕がすぐ次の間にいるのを知りながら、その服装のときにかぎって顔も見せずにまっすぐ玄関を出てしまう。何か言えばかえってわるかろうと思ったから、僕のほうもそのときにかぎって出なかった。茶の間で一服くつろぎ、精神で肩をすぼめて僕の部屋わきを通り、表へ出てつぎの電柱あたりでほっとする様子、それが坐っていて靴おとでよめるというようなのがいつもの具合だった。そのおやじの年に僕はなった。そうして僕は、心からおやじを愛惜して彼のようにあるまいと思い立っているわけだ。子供、孫と意見がちがったら、僕は彼らを抱擁して、それから壁から銃をおろして彼らと反対のトーチカへも行こうと思うのだ。これは多分どこかで昔よんだ話かも知れぬ。ただそうあろうと思うしそれが確かにできそうに思うのだ。それは僕自身から、僕の家庭から、それから日本から、日本の共産主義者からという方向で来た問題でもあり、そこでそこへ返って行く問題でもあるようだ。しかしわけのわからぬようなことを書いたが僕は、共産主義者と僕のとこの生徒なんかとを取りちがえているわけではない。僕はただ――共産党とはいわぬ。

――一部の共産主義者の考えの色合いで小さい生徒らが芯止まりになるのが堪えられぬのだ。その点、寝て考えたりすると非常にたくさんのことが考えられ、共産主義者よりももっと共産党を心配している男というふうにすら自分を考え、思いこんでおかしくなることがある。そこで気づいたことが今夜その一部を書いたようなことだ。十六か十五ぐらいの少年たちが、山林何町歩、資本いくらというような面でだけ天皇を論じてそこ以上進まぬのが僕にはいちばん気にかかるのだ。今うんと伸ばさねば政府が網をうってさらって行くように見えてならぬのだ。

ことに最近もう一度失敗のようなことをやった。今度法律で戦死者の葬式のことがきまったが、あれを知らずに、というよりあれの発表の性質を知らずに僕が反対をしたのだ。戦死者の葬式を学校でやってどこがわるい。町会も出ろ。生徒も出ろ。おおやけにそこで葬《とむら》いをしてこそ戦死者の犠牲の意味がみんなにわかるのだ。公共の建物をつかわぬとか自治体がどうとかいうのは、それこそ侵略戦争のワクのうちで戦死者を犬死させるものだ。そして僕のこの失敗が片づくか片づかぬかのところへあの国語教師が帰ってきたのだ。最初の通知で僕は大歓迎の準備をした。これは肚《はら》のなかで決めたのだ。僕には法の範囲内でほんとうに盛大にやる目算があった。この歓迎で戦死者のともらいも逆に生かしたいというのがそのときの僕の考えだった。同僚で、ひとりだったが同じ考えの申入れもすでにあった。そこへおっかけて細君から連絡があり、それが普通でないので、細君のところへ駆けつけて行って、僕は自分の早手まわしを、形にまだ出てはいなかったがひどく後悔した。この梅本という教師が、健康ではあるが、鼻、耳、くちびるがほとんどなくなって帰ってきたことがわかったのだ。これはくわしく話さねばわからぬだろう。梅本夫妻、親子は稀《ま》れな一対・家族なのだ。ふたりともこの近くの人だ。そして、梅本が美丈夫なら細君はちょっとない美人なのだ。彼らはこの町で大きくなり、童男童女として恋愛し、童貞処女として結婚に進んだのだ。僕は仲人こそしなかったがそれ以上の役をつとめた。だから二人についてはよく知らぬことまでよく知っている。彼らは純粋で、肉体的にもそろって強く、互いの美しさを十二分に享受しつつまっすぐに子供を生んできたような人だ。その梅本が、簡単にいえば、耳は耳たぶ二つともなし、鼻は突出部がなくなってじかに孔《あな》だけあり、くちびるは歯ぐきすれすれの線まで取れたという形で帰ってきた。細君に頼まれて僕は細君よりひと足先きに梅本に会った。そして、結局家《うち》へ連れて行った。その後見ていると彼らは堪えている。彼らは、子供をふくめて、今後とも立派に堪えて行くようだ。しかしいかに困難があるだろう。考えて僕は目まいがする。傷痍《しょうい》軍人として受ける手当のことも無論ある。インフレと全く無関係にここには値上げがないということも問題の一つだろう。しかしそれよりも、人まえへはぜったい出ぬというのが一番の問題なのだ。席はむろんまだ学校にあるが、梅本自身は止《や》めたいといっている。止めるといっている。それをよせということは、むろん僕にはできぬ。しかし病気ではないのだから、これをどう取りあつかうか——ここいらはやはり教師だ。——僕としても決しかねているわけだ。梅本と話すのは、彼の家族以外は天下に僕ひとりだ。僕が困るのは、相手の目だけ見てでなければ話ができぬことだ。耳や口はまだいい、鼻の部分へ目をやるまいとするのは僕としてひととおりならぬ努力が要る。美男美女でないからよくはわからぬが、僕は美男美女としての彼ら二人のこと、特に細君のほうを考えてその言いようのない惨酷に目の前が暗くなる思いをする。とにかくにも惨酷だ。よし子のことを考え、考えることをよし子に気の毒と思いつつ、玉木がこんなで帰らなかったのをいいことだったとさえ思うことがよくある。そうして、死んだほうがよかったと考えるような人が日本でどれだけあるかと考えて心が落ちこみそうになることがある。それは、梅本の細君が梅本がいやになることがありはしまいかと懸念するというようなことではない。不穏当な言葉をいとわねば、梅本夫人における梅本の美しい肉体の破壊が、よし子の出版のことで玉木を悲しむなんどより、どれだけ深刻かはかり知れぬ気がすることがあるということだ。どうか共産党よ。このことを知っていてくれと叫びたくなることがあるということだ。実際ただ、天皇と天皇制とまで行かねばすべてを取りあつかう条件ができぬのだ。しかし夜が明けてきて手もとが怪しくなった。決心をする決心をしたということを書いたが、そのことは説明しずにしまったようだ。いったい僕らがいくらで生きているか、また君らは巡査の元のサーベルがいくら目方があったか知っているか、あれが廃止されて新しく採用されたこのごろの棒、あの棒と昔のサーベルとどっちがたとえば前うでの骨を確実に打ち折ることができるか知っているかというようなことも書きたかったのだ。しかしほんとうに明けてきた。五勺のクダか。しかしすべての年寄りの冷水が消え得るということも事実ではないか。そしてやはりこの項つづくだ。

中野《なかの》重治《しげはる》（一九〇二〜一九七九）
福井県高椋村（現・坂井市）生まれ。第四高等学校（現・金沢大学）在学中に室生犀星に師事。東京帝国大学独文科在学中に詩を発表し注目される。プロレタリア文学団体に参加、批評「芸術に関する走り書き的覚え書」や戦闘的な小説を発表。一九三二年検挙、三四年の出獄後も「村の家」などの転向小説における社会批判の要素が原因で執筆禁止となる。三九年、自伝的青春小説『歌のわかれ』を発表。戦後、共産党では全国区参議院議員、中央委員を経て除名される。五五年、『歌のわかれ』の続篇『むらぎも』で第九回毎日出版文化賞。六〇年、幼少年期を描いた『梨の花』で第一一回読売文学賞。七八年には朝日賞を受賞。他に『中野重治詩集』、批評『斎藤茂吉ノオト』『鷗外　その側面』、戦後の社会状況に対峙した「五勺の酒」『甲乙丙丁』などの長短の小説がある。叙情的な小説と粘り強く戦闘的な批評の双方に共通するぶっきらぼうな文体は、政治的立場を超えて支持された。歿後、戦前戦中に家族に宛てた書簡集『愛しき者へ』が公刊された。

太宰治

ヴィヨンの妻

フランソワ・ヴィヨンは放蕩無頼《ほうとうぶらい》の生活を送ったことで知られる十五世紀のフランスの詩人。泥棒、殺人、絞首刑の宣告など波瀾《はらん》の人生だった（絞首刑は恩赦で逃れたらしい）。晩年のことはわかっていない。

太宰治には滅亡への道を透かし見る悲観の姿勢と、それを洒落《しゃれ》のめしてしまう道化のふるまいが共存していた。原理原則に立てば、この大谷《おおたに》という詩人の生きかたは成り立たない。普通ならば金を払わないで酒を飲むことはできない。それでも酒が飲めたのは、またいつも女たちに囲まれていたのは、要するに彼に魅力があったからだ。それを織り込んで生きるところに彼の、あるいは作者の、甘えを読み取ることができる。

そういう男を一児を成した妻の視点から見る。

追いつめられた事態から、彼女は居酒屋で働くという道を選ぶことで、それまでとまるで違う日々を開き、生き生きと暮らすようになる。戦争が終わって軍国主義・封建主義の抑圧が払われた時代の浮かれた空気が読み取れる。

人生、なんとかなるのだ。太宰自身の最期はそうでなかったとしても。

ヴィヨンの妻

一

あわただしく、玄関をあける音が聞えて、私はその音で、眼をさましましたが、それは泥酔の夫の、深夜の帰宅にきまっているのでございますから、そのまま黙って寝ていました。

夫は、隣の部屋に電気をつけ、はあっはあっ、とすさまじく荒い呼吸をしながら、机の引出しや本箱の引出しをあけて掻《か》きまわし、何やら捜している様子でしたが、やがて、どたりと畳に腰をおろして坐《すわ》ったような物音が聞えまして、あとはただ、はあっはあっという荒い呼吸ばかりで、何をしている事やら、私が寝たまま、

「おかえりなさいまし。ごはんは、おすみですか？　お戸棚に、おむすびがございますけど」

と申しますと、

「や、ありがとう」といつになく優しい返事をいたしまして、「坊やはどうです。熱は、まだありますか？」とたずねます。

これも珍らしい事でございました。坊やは、来年は四つになるのですが、栄養不足のせいか、または夫の酒毒のせいか、病毒のせいか、よその二つの子供よりも小さいくらいで、歩く足許《あしもと》さえおぼつかなく、言葉もウマウマとか、イヤイヤとかを言えるくらいが関の山で、脳が悪いのではないかとも思われ、私はこの子を銭湯に連れて行きはだかにして抱き上げて、あんまり小さく醜く痩せているので、凄《さび》しくなって、おおぜいの人の前で泣いてしまった事さえございました。そうしてこの子は、しょっちゅう、おなかをこわしたり、熱を出したり、夫は殆《ほとん》ど家に落ちついている事は無く、子供の事など何と思っているのやら、坊やが熱を出しまして、と私が言っても、あ、そう、お医者に連れて行ったらいいでしょう、と言って、いそがしげに二重廻《にじゅうまわ》しを羽織ってどこかへ出掛けてしまいます。お医者に連れて行きたくっても、お金も何も無いのですから、私は坊やに添寝して、坊やの頭を黙って撫《な》でてやっているより他は無いのでございます。

けれどもその夜はどういうわけか、いやに優しく、坊やの熱はどうだ、など珍らしくたずねて下さって、私はうれしいよりも、何だかおそろしい予感で、脊筋《せすじ》が寒くなりました。何とも返辞の仕様が無く黙っていますと、それから、しばらくは、ただ、夫の烈《はげ》しい呼吸ばかり聞えていましたが、

「ごめん下さい」

と、女のほそい声が玄関で致します。私は、総身に冷水を浴びせられたように、ぞっとしました。

「ごめん下さい。大谷《おおたに》さん」

こんどは、ちょっと鋭い語調でした。同時に、玄関のあく音がして、

「大谷さん！　いらっしゃるんでしょう？」

と、はっきり怒っている声で言うのが聞えました。

夫は、その時やっと玄関に出た様子で、

「なんだい」

と、ひどくおどおどしているような、まの抜けた返辞をいたしました。

「なんだいではありませんよ」と女は、声をひそめて言い、「こんな、ちゃんとしたお家もあるくせに、どろぼうを働くなんて、どうした事です。ひとのわるい冗談はよして、あれを返して下さい。でなければ、私はこれからすぐ警察に訴えます」

「何を言うんだ。失敬な事を言うな。ここは、お前たちの来るところでは無い。帰れ！　帰らなければ、僕のほうからお前たちを訴えてやる」

その時、もうひとりの男の声が出ました。

「先生、いい度胸だね。お前たちの来るところではない、とは出かした。呆《あき》れてものが言えねえや。他の事とは違う。よその家の金を、あんた、冗談にも程度がありますよ。いままでだって、私たち夫婦は、あんたのために、どれだけ苦労をさせられて来たか、わからねえのだ。それなのに、こんな、今夜のような情ねえ事をし出かしてくれる。先生、私は見そこないましたよ」

「ゆすりだ」と夫は、威《い》たけ高《だか》に言うのですが、その声は震えていました。「恐喝だ。帰れ！　文句があるなら、あした聞く」

「たいへんな事を言いやがるなあ、先生、すっかりもう一人前の悪党だ。それではもう警察へお願

いするより手がねえぜ」

その言葉の響きには、私の全身鳥肌立ったほどの凄《すご》い憎悪がこもっていました。

「勝手にしろ！」と叫ぶ夫の声は既に上《うわ》ずって、空虚な感じのものでした。

私は起きて寝巻きの上に羽織を引掛け、玄関に出て、二人のお客に、

「いらっしゃいまし」

と挨拶しました。

「や、これは奥さんですか」

膝きりの短い外套《がいとう》を着た五十すぎくらいの丸顔の男のひとが、少しも笑わずに私に向ってちょっと首肯《うなず》くように会釈しました。

女のほうは四十前後の痩せて小さい、身なりのきちんとしたひとでした。

「こんな夜中にあがりまして」

とその女のひとは、やはり少しも笑わずにショールをはずして私にお辞儀をかえしました。

その時、矢庭《やにわ》に夫は、下駄を突っかけて外に飛び出ようとしました。

「おっと、そいつあいけない」

男のひとは、その夫の片腕をとらえ、二人は瞬時もみ合いました。

「放せ！　刺すぞ」

夫の右手にジャックナイフが光っていました。そのナイフは、夫の愛蔵のものでございまして、たしか夫の机の引出しの中にあったので、それではさっき夫が家へ帰るなり何だか引出しを掻きまわしていたようでしたが、かねてこんな事になるのを予期して、ナイフを捜し、懐にいれていたの

に、違いありません。

男のひとは身をひきました。そのすきに夫は大きい鴉《からす》のように二重廻しの袖をひるがえして、外に飛び出しました。

「どろぼう！」

と男のひとは大声を挙げ、つづいて外に飛び出そうとしましたが、私は、はだしで土間に降りて男を抱いて引きとめ、

「およしなさいまし。どちらにもお怪我《けが》があっては、なりませぬ。あとの始末は、私がいたします」

と申しますと、傍から四十の女のひとも、

「そうですね、とうさん。気ちがいに刃物です。何をするかわかりません」

と言いました。

「ちきしょう！　警察だ。もう承知できねえ」

ぼんやり外の暗闇を見ながら、ひとりごとのようにそう呟《つぶや》き、けれども、その男のひとの総身の力は既に抜けてしまっていました。

「すみません。どうぞ、おあがりになって、お話を聞かして下さいまし」

と言って私は式台にあがってしゃがみ、

「私でも、あとの始末は出来るかも知れませんから。どうぞ、おあがりになって、どうぞ。きたないところですけど」

二人の客は顔を見あわせ、幽《かす》かに首肯《うなず》き合って、それから男のひとは様子をあらため、

「何とおっしゃっても、私どもの気持は、もうきまっています。しかし、これまでの経緯《いきさつ》は一応、奥さんに申し上げて置きます」

「はあ、どうぞ。おあがりになって。そうして、ゆっくり」

「いや、そんな、ゆっくりもしておられませんが」

と言い、男のひとは外套を脱ぎかけました。

「そのままで、どうぞ。お寒いんですから、本当に、そのままで、お願いします。家の中には火の気が一つも無いのでございますから」

「では、このままで失礼します」

「どうぞ。そちらのお方も、どうぞ、そのままで」

男のひとがさきに、それから女のひとが、夫の部屋の六畳間にはいり、腐りかけているような畳、破れほうだいの障子、落ちかけている壁、紙がはがれて中の骨が露出している襖《ふすま》、片隅に机と本箱、それもからっぽの本箱、そのような荒涼たる部屋の風景に接して、お二人とも息を呑んだような様子でした。

破れて綿のはみ出ている座蒲団《ざぶとん》を私はお二人にすすめて、

「畳が汚うございますから、どうぞ、こんなものでも、おあてになって」

と言い、それから改めてお二人に御挨拶を申しました。

「はじめてお目にかかります。主人がこれまで、たいへんなご迷惑ばかりおかけしてまいりましたようで、また、今夜は何をどう致しました事やら、あのようなおそろしい真似などして、おわびの申し上げ様もございませぬ。何せ、あのような、変った気象の人なので」

と言いかけて、言葉がつまり、落涙しました。

「奥さん。まことに失礼ですが、いくつにおなりで？」と男のひとは、破れた座蒲団に悪びれず大あぐらをかいて、肘《ひじ》をその膝の上に立て、こぶしで顎《あご》を支え、上半身を乗り出すようにして私に尋ねます。

「あの、私でございますか？」

「ええ。たしか旦那は三十、でしたね？」

「はあ、私は、あの、……四つ下です」

「すると、二十、六、いやこれはひどい。まだ、そんなですか？　いや、その筈《はず》だ。旦那が三十ならば、そりゃその筈だけど、おどろいたな」

「私も、さきほどから」と女のひとは、男のひとの脊中の蔭から顔を出すようにして、「感心しておりました。こんな立派な奥さんがあるのに、どうして大谷さんは、あんなに、ねえ」

「病気だ。病気なんだよ。以前はあれほどでもなかったんだが、だんだん悪くなりやがった」

と言って大きい溜息《ためいき》をつき、

「実は、奥さん」とあらたまった口調になり、「私ども夫婦は、中野駅の近くに小さい料理屋を経営していまして、私もこれも上州の生れで、私はこれでも堅気のあきんどだったのでございますが、道楽気が強い、というのでございましょうか、田舎のお百姓を相手のケチな商売にもいや気がさして、かれこれ二十年前、この女房を連れて東京へ出て来まして、浅草の、或《あ》る料理屋に夫婦ともに住込みの奉公をはじめまして、まあ人並に浮き沈みの苦労をして、すこし蓄えも出来ましたので、いまのあの中野の駅ちかくに、昭和十一年でしたか、六畳一間に狭い土間附きのまことにむさくるしい小さい家を借りまして、一度の遊興費が、せいぜい一円か二円の客を相手の、心細い飲食店を開業いたしまして、それでもまあ夫婦がぜいたくもせず、地道に働いて来たつもりで、そのおかげか焼酎《しょうちゅう》やらジンやらを、割にどっさり仕入れて置く事が出来まして、その後の酒不足の時代になりましてからも、よその飲食店のように転業などせずに、どうやら頑張って商売をつづけてまいりまして、また、そうなると、ひいきのお客もむきになって応援をして下さって、所謂《いわゆる》あの軍官の酒さかなが、こちらへも少しずつ流れて来るような道を、ひらいて下さるお方もあり、対米英戦がはじまって、だんだん空襲がはげしくなって来てからも、私どもには足手まといの子供は無し、故郷へ疎開などする気も起らず、まあこの家が焼ける迄《まで》は、と思って、この商売一つにかじりついて来て、どうやら罹災《りさい》もせず終戦になりましたのでほっとして、こんどは大ぴらに闇酒を仕入れて売っているという、手短かに語ると、そんな身の上の人間なのでございます。けれども、こうして手短かに語ると、さして大きな難儀も無く、割に運がよく暮して来た人間のようにお思いになるかも知れませんが、人間の一生は地獄でございまして、寸善尺魔、とは、まったく本当の事でございますね。一寸《いっすん》の仕合せには一尺の魔物が必ずくっついてまいります。人間三百六十五日、何の心配も無い日が、一日、いや半日あったら、それは仕合せな人間です。あなたの旦那の大谷さんが、はじめて私どもの店に来ましたのは、昭和十九年の、春でしたか、とにかくその頃はまだ、対米英戦もそんなに負けいくさでは無く、いや、そろそろもう負けいくさになっていたのでしょうが、私たちにはそんな、実体、ですか、真相、ですか、そんなものはわからず、ここ二、三年頑張れば、どうにかこうにか対等の資格で、和睦《わぼく》が出来るくらいに考えていまして、大谷さんがはじめて私どもの店にあらわれた時にも、たしか、久留米絣《くるめがすり》の着流しに二重廻しを引っかけていた筈で、けれども、それは大谷さんだけでなく、まだその頃は東京でも防空服装で身をかためて歩いている人は少く、たいてい普通の服装でのんきに外出できた頃でしたので、私どもも、その時の大谷さんの身なりを、別段だらし無いとも何とも感じませんでした。大谷さんは、その時、おひとりではございませんでした。奥さんの前ですけれども、いや、もう何も包みかくし無く洗いざらい申し上げましょう、旦那は、或る年増女に連れられて店の勝手口からこっそりはいってまいりましたのです。もっとも、もうその頃は、私どもの店も、毎日おもての戸は閉めっきりで、その頃のはやり言葉で言うと閉店開業というやつで、ほんの少数の馴染《なじみ》客だけ、勝手口からこっそりはいり、そうしてお店の土間の椅子席でお酒を飲むという事は無く、奥の六畳間で電気を暗くして大きい声を立てずに、こっそり酔っぱらうという仕組になっていまして、また、その年増女というのは、そのすこし前まで、新宿のバアで女給さんをしていたひとで、その女給時代に、筋のいいお客を私の店に連れて来て飲ませて、私の家の馴染にしてくれるという、まあ蛇《じゃ》の道はへび、という工合いの附合いをしておりまして、そのひとのアパートはすぐ近くでしたので、新宿のバアが閉鎖になって女給をよしましてからも、ちょいちょい知合いの男のひとを連れてまいりまして、私どもの店にもだんだん酒が少くなり、どんなに筋のいいお客でも、飲み手がふえるというのは、以前ほど有難くないばかりか、迷惑にさえ思われたのですが、しかし、その前の四、五年間、ずいぶん派手な金遣いをするお客ばかり、たくさん連れて来てくれたのでございますから、その義理もあって、その年増のひとから紹介された客には、私どもも、いやな顔をせずお酒を差し上げる事にしていたのでした。だから旦那がその時、その年増のひと、秋ちゃん、といいますが、そのひとに連れられて裏の勝手口からこっそりはいって来ても、別に私どもも怪しむ事なく、れいのとおり、奥の六畳間に上げて、焼酎を出しました。大谷さんは、その晩はおとなしく飲んで、お勘定は秋ちゃんに払わせて、また裏口からふたり一緒に帰って行きましたが、私には奇妙にあの晩の、大谷さんのへんに静かで上品な素振りが忘れられません。魔物がひとの家にはじめて現われる時には、あんなひっそりした、ういういしいみたいな姿をしているものなのでしょうか。その夜から、私どもの店は大谷さんに見込まれてしまったのでした。それから十日ほど経って、こんどは大谷さんがひとりで裏口からまいりまして、いきなり百円紙幣を一枚出して、いやその頃はまだ百円と言えば大金でした、いまの二、三千円にも、それ以上にも当る大金でした、それを無理矢理、私の手に握らせて、たのむ、と言って、気弱そうに笑うのです。もう既に、だいぶ召上っている様子でしたが、とにかく、奥さんもご存じでしょう、あんな酒の強いひとはありません。酔ったのかと思うと、急にまじめな、ちゃんと筋のとおった話をするし、いくら飲んでも、足もとがふらつくなんて事は、ついぞ一度も私どもに見せた事は無いのですからね。人間三十前後は謂《い》わば血気のさかりで、酒にも強い年頃ですが、しかし、あんなのは珍しい。その晩も、どこかよそで、かなりやって来た様子なのに、それから私の家で、焼酎を立てつづけに十杯も飲み、まるでほとんど無口で、私ども夫婦が何かと話しかけても、ただはにかむように笑って、うん、うん、とあいまいに首肯《うなず》き、突然、何時《なんじ》ですか、と時間をたずねて立ち上り、お釣を、と私が言いますと、いや、いい、と言い、それは困ります、と私が強く言いましたら、にやっと笑って、それではこの次まであずかって置いて下さい、また来ます、と言って帰りましたが、奥さん、私どもがあのひとからお金をいただいたのは、あとにもさきにも、ただこの時いちど切り、それからはもう、なんだかんだとごまかして、三年間、一銭のお金も払わずに、私どものお酒をほとんどひとりで、飲みほしてしまったのだから、呆れるじゃありませんか」

思わず、私は、噴き出しました。理由のわからない可笑《おか》しさが、ひょいとこみ上げて来たのです。あわてて口をおさえて、おかみさんのほうを見ると、おかみさんも妙に笑ってうつむきました。それから、ご亭主も、仕方無さそうに苦笑いして、

「いや、まったく、笑い事では無いんだが、あまり呆れて、笑いたくもなります。じっさい、あれほどの腕前を、他のまともな方面に用いたら、大臣にでも、博士にでも、なんにでもなれますよ。私ども夫婦ばかりでなく、あの人に見込まれて、すってんてんになってこの寒空に泣いている人間が他にもまだまだある様子だ。げんにあの秋ちゃんなど、大谷さんと知合ったばかりに、いいパトロンには逃げられるし、お金も着物も無くしてしまうし、いまはもう長屋の汚い一部屋で乞食《こじき》みたいな暮しをしているそうだが、じっさい、あの秋ちゃんは、大谷さんと知合った頃には、あさましいくらいのぼせて、私たちにも何かと吹聴していたものです。だいいち、ご身分が凄《すご》い。四国の或る殿様の別家の、大谷男爵の次男で、いまは不身持のため勘当せられているが、いまに父の男爵が死ねば、長男と二人で、財産をわける事になっている。頭がよくて、天才、というものだ。二十一で本を書いて、それが石川啄木《たくぼく》という大天才の書いた本よりも、もっと上手で、それからまた十何冊だかの本を書いて、としは若いけれども、日本一の詩人、という事になっている。おまけに大学者で、学習院から一高、帝大とすすんで、ドイツ語フランス語、いやもう、おっそろしい、何が何だか秋ちゃんに言わせるとまるで神様みたいな人で、しかし、それもまた、まんざら皆うそではないらしく、他のひとから聞いても、大谷男爵の次男で、有名な詩人だという事に変りはないので、こんな、うちの婆まで、いいとしをして、秋ちゃんと競争してのぼせ上って、さすがに育ちのいいお方はどこか違っていらっしゃる、なんて言って大谷さんのおいでを心待ちにしているていたらく

なんですから、たまりません。いまはもう、華族もへったくれも無くなったようですが、終戦前までは、女を口説くには、とにかくこの華族の勘当息子という手に限るようでした。へんに女が、くわっとなるらしいんです。やっぱりこれは、その、いまはやりの言葉で言えば奴隷根性というものなんでしょうね。私なんぞは、男の、それも、すれっからしと来ているのでございますから、たかが華族の、いや、奥さんの前ですけれども、四国の殿様のそのまた分家の、おまけに次男なんて、そんなのは何も私たちと身分のちがいがあろう筈が無いと思っていますし、まさかそんな、あさましく、くわっとなったりなどはしやしません。ですけれども、やはり、何だかどうもあの先生は、私にとっても苦手でして、もうこんどこそ、どんなにたのまれてもお酒は飲ませまいと固く決心していても、追われて来た人のように、意外の時刻にひょいとあらわれ、私どもの家へ来てやっとほっとしたような様子をするのを見ると、つい決心もにぶってお酒を出してしまうのです。酔っても、別に馬鹿騒ぎをするわけじゃないし、あれでお勘定さえきちんとしてくれたら、いいお客なんですがねえ。自分で自分の身分を吹聴するわけでもないし、天才だのなんだのとそんな馬鹿げた自慢をした事もありませんし、秋ちゃんなんかが、あの先生の傍で、私どもに、あの人の偉さに就いて広告したりなどすると、僕はお金がほしいんだ、ここの勘定を払いたいんだ、とまるっきり別な事を言って座を白けさせてしまいます。あの人が私どもに今までお酒の代を払った事はありませんが、あのひとのかわりに、秋ちゃんが時々支払って行きますし、また、秋ちゃんの他にも、秋ちゃんに知られては困るらしい内緒の女のひともありまして、そのひとはどこかの奥さんのようで、そのひとも時たま大谷さんと一緒にやって来まして、これもまた大谷さんのかわりに、過分のお金を置いて行く事もありまして、私どもだって、商人でございますから、そんな事でもなかった日には、いくら大谷先生であろうが宮様であろうが、そんなにいつまでも、ただで飲ませるわけにはまいりませんのです。けれども、そんな時たまの支払いだけでは、とても足りるものではなく、もう私どもの大損で、なんでも小金井に先生の家があって、そこにはちゃんとした奥さんもいらっしゃるという事を聞いていましたので、いちどそちらへお勘定の相談にあがろうと思って、それとなく大谷さんにお宅はどのへんでしょうと、たずねる事もありましたが、すぐ勘附いて、無いものは無いんだよ、どうしてそんなに気をもむのかね、喧嘩《けんか》わかれは損だぜ、などと、いやな事を言います。それでも、私どもは何とかして、先生のお家だけでも突きとめて置きたくて、二、三度あとをつけてみた事もありましたが、そのたんびに、うまく巻かれてしまうのです。そのうちに東京は大空襲の連続という事になりまして、何が何やら、大谷さんが戦闘帽などかぶって舞い込んで来て、勝手に押入れの中からブランデイの瓶なんか持ち出して、ぐいぐい立ったまま飲んで風のように立ち去ったりなんかして、お勘定も何もあったものでなく、やがて終戦になりましたので、こんどは私どもも大っぴらで闇の酒さかなを仕入れて、店先には新しいのれんを出し、いかに貧乏の店でも張り切って、お客への愛嬌《あいきょう》に女の子をひとり雇ったり致しましたが、またもや、あの魔物の先生があらわれまして、こんどは女連れでなく、必ず二、三人の新聞記者や雑誌記者と一緒にまいりまして、なんでもこれからは、軍人が没落して今まで貧乏していた詩人などが世の中からもてはやされるようになったとかいうその記者たちの話でございまして、大谷先生は、その記者たちを相手に、外国人の名前だか、英語だか、哲学だか、何だかわけのわからないような、へんな事を言って聞かせて、そうしてひょいと立って外へ出て、それっきり帰りません。記者たちは、興覚め顔に、あいつどこへ行きやがったんだろう、そろそろおれたちも帰ろうか、など帰り支度をはじめ、私は、お待ち下さい、先生はいつもあの手で逃げるのです、お勘定はあなたたちから戴きます、と申します。おとなしく皆で出し合って支払って帰る連中もありますが、大谷に払わせろ、おれたちは五百円生活をしているんだ、と言って怒る人もあります。怒られても私は、いいえ、大谷さんの借金が、いままでいくらになっているかご存じですか？　もしあなたたちが、その借金をいくらでも大谷さんから取って下さったら、私は、あなたたちに、その半分は差し上げます、と言いますと、記者たちも呆れた顔を致しまして、なんだ、大谷がそんなひでえ野郎とは思わなかった、こんどからはあいつと飲むのはごめんだ、おれたちには今夜は金は百円も無い、あした持って来るから、それまでこれをあずかって置いてくれ、と威勢よく外套を脱いだりなんかするのでございます。記者というものは柄が悪い、と世間から言われているようですけれども、大谷さんにくらべると、どうしてどうして、正直であっさりして、大谷さんが男爵の御次男なら、記者たちのほうが、公爵の御総領くらいの値打があります。大谷さんは、終戦後は一段と酒量もふえて、人相がけわしくなり、これまで口にした事の無かったひどく下品な冗談などを口走り、また、連れて来た記者を矢庭に殴って、つかみ合いの喧嘩をはじめたり、また、私どもの店で使っているまだはたち前の女の子を、いつのまにやらだまし込んで手に入れてしまった様子で、私どもも実に驚き、まったく困りましたが、既にもう出来てしまった事ですから泣き寝入りの他は無く、女の子にもあきらめるように言いふくめて、こっそり親御の許《もと》にかえしてやりました。大谷さん、何ももう言いません、拝むから、これっきり来ないで下さい、と私が申しましても、大谷さんは、闇でもうけているくせに人並の口をきくな、僕はなんでも知っているぜ、と下司《げす》な脅迫がましい事など言いまして、またすぐ次の晩に平気な顔してまいります。私どもも、大戦中から闇の商売などして、その罰《ばち》が当って、こんな化け物みたいな人間を引受けなければならなくなったのかも知れませんが、しかし、今晩のような、ひどい事をされては、もう詩人も先生もへったくれもない、どろぼうです、私どものお金を五千円ぬすんで逃げ出したのですからね。いまはもう私どもも、仕入れに金がかかって、家の中にはせいぜい五百円か千円の現金があるくらいのもので、いや本当の話、売り上げの金はすぐ右から左へ仕入れに注ぎ込んでしまわなければならないんです。今夜、私どもの家に五千円などという大金があったのは、もうことしも大みそかが近くなって来ましたし、私が常連のお客さんの家を廻ってお勘定をもらって歩いて、やっとそれだけ集めてまいりましたのでして、これはすぐ今夜にでも仕入れのほうに手渡してやらなければ、もう来年の正月からは私どもの商売をつづけてやって行かれなくなるような、そんな大事な金で、女房が奥の六畳間で勘定して戸棚の引出しにしまったのを、あのひとが土間の椅子席でひとりで酒を飲みながらそれを見ていたらしく、急に立ってつかつかと六畳間にあがって、無言で女房を押しのけ引出しをあけ、その五千円の札束をわしづかみにして二重まわしのポケットにねじ込み、私どもがあっけにとられているうちに、さっさと土間に降りて店から出て行きますので、私は大声を挙げて呼びとめ、女房と一緒に後を追い、私はこうなればもう、どろぼう！　と叫んで、往来のひとたちを集めてしばってもらおうかとも思ったのですが、とにかく大谷さんは私どもとは知合いの間柄ですし、それもむごすぎるように思われ、今夜はどんな事があっても大谷さんを見失わないようにどこまでも後をつけて行き、その落ちつく先を見とどけて、おだやかに話してあの金をかえしてもらおう、とまあ私どもも弱い商売でございますから、私ども夫婦は力を合せ、やっと今夜はこの家をつきとめて、かんにん出来ぬ気持をおさえて、金をかえして下さいと、おんびんに申し出たのに、まあ、何という事だ、ナイフなんか出して、刺すぞだなんて、まあ、なんという」

またもや、わけのわからぬ可笑しさがこみ上げて来まして、私は声を挙げて笑ってしまいました。おかみさんも、顔を赤くして少し笑いました。私は笑いがなかなかとまらず、ご亭主に悪いと思いましたが、なんだか奇妙に可笑しくて、いつまでも笑いつづけて涙が出て、夫の詩の中にある「文明の果《はて》の大笑い」というのは、こんな気持の事を言っているのかしらと、ふと考えました。

二

とにかく、しかし、そんな大笑いをして、すまされる事件ではございませんでしたので、私も考え、その夜お二人に向って、それでは私が何とかしてこの後始末をする事に致しますから、警察沙汰にするのは、もう一日お待ちになって下さいまし、明日そちらさまへ、私のほうからお伺い致します、と申し上げまして、その中野のお店の場所をくわしく聞き、無理にお二人にご承諾をねがいまして、その夜はそのままでひとまず引きとっていただき、それから、寒い六畳間のまんなかに、ひとり坐《すわ》って物案じいたしましたが、べつだん何のいい工夫も思い浮びませんでしたので、立って羽織を脱いで、坊やの寝ている蒲団《ふとん》にもぐり、坊やの頭を撫《な》でながら、いつまでも、いつまで経っても、夜が明けなければいい、と思いました。

私の父は以前、浅草公園の瓢箪池《ひょうたんいけ》のほとりに、おでんの屋台を出していました。母は早くなくなり、父と私と二人きりで長屋住居をしていて、屋台のほうも父と二人でやっていましたのですが、いまのあの人がときどき屋台に立ち寄って、私はそのうちに父をあざむいて、あの人と、よそで逢《あ》うようになりまして、坊やがおなかに出来ましたので、いろいろごたごたの末、どうやらあの人の女房というような形になったものの、もちろん籍も何もはいっておりませんし、坊やは、てて無し児《ご》という事になっていますし、あの人は家を出ると三晩も四晩も、いいえ、ひとつきも帰らぬ事もございまして、どこで何をしている事やら、帰る時は、いつも泥酔していて、真蒼《まっさお》な顔で、はあっはあっと、くるしそうな呼吸をして、私の顔を黙って見て、ぽろぽろ涙を流す事もあり、またいきなり、私の寝ている蒲団にもぐり込んで来て、私のからだを固く抱きしめて、

「ああ、いかん。こわいんだ。こわいんだよ、僕は。こわい！　たすけてくれ！」

などと言いまして、がたがた震えている事もあり、眠ってからも、うわごとを言うやら、呻《うめ》くやら、そうして翌《あく》る朝は、魂の抜けた人みたいにぼんやりして、そのうちにふっといなくなり、それっきりまた三晩も四晩も帰らず、古くからの夫の知合いの出版のほうのお方が二、三人、そのひとたちが私と坊やの身を案じて下さって、時たまお金を持って来てくれますので、どうやら私たちも飢え死にせずにきょうまで暮してまいりましたのです。

とろとろと、眠りかけて、ふと眼をあけると、雨戸のすきまから、朝の光線がさし込んでいるのに気附いて、起きて身支度をして坊やを脊負い、外に出ました。もうとても黙って家の中におられない気持でした。

どこへ行こうというあてもなく、駅のほうに歩いて行って、駅の前の露店で飴《あめ》を買い、坊やにしゃぶらせて、それから、ふと思いついて吉祥寺までの切符を買って電車に乗り、吊皮《つりかわ》にぶらさがって何気なく電車の天井にぶらさがっているポスターを見ますと、夫の名が出ていました。それは雑誌の広告で、夫はその雑誌に「フランソワ・ヴィヨン」という題の長い論文を発表している様子で

した。私はそのフランソワ・ヴィヨンという題と夫の名前を見つめているうちに、なぜだかわかりませぬけれども、とてもつらい涙がわいて出て、ポスターが霞《かす》んで見えなくなりました。

吉祥寺で降りて、本当にもう何年振りかで井の頭公園に歩いて行って見ました。池のはたの杉の木が、すっかり伐《き》り払われて、何かこれから工事でもはじめられる土地みたいに、へんにむき出しの寒々した感じで、昔とすっかり変っていました。

坊やを背中からおろして、池のはたのこわれかかったベンチに二人ならんで腰をかけ、家から持って来たおいもを坊やに食べさせました。

「坊や。綺麗《きれい》なお池でしょ？　昔はね、このお池に鯉《こい》トトや金《きん》トトが、たくさんたくさんいたのだけれども、いまはなんにも、いないわねえ。つまんないねえ」

坊やは、何と思ったのか、おいもを口の中に一ぱい頬張ったまま、けけ、と妙に笑いました。わが子ながら、ほとんど阿呆《あほう》の感じでした。

その池のはたのベンチにいつまでいたって、何のらちのあく事では無し、私はまた坊やを背負って、ぶらぶら吉祥寺の駅のほうへ引返し、にぎやかな露店街を見て廻って、それから、駅で中野行きの切符を買い、何の思慮も計画も無く、謂わばおそろしい魔の淵《ふち》にするすると吸い寄せられるように、電車に乗って中野で降りて、きのう教えられたとおりの道筋を歩いて行って、あの人たちの小料理屋の前にたどりつきました。

表の戸は、あきませんでしたので、裏へまわって勝手口からはいりました。ご亭主さんはいなくて、おかみさんひとり、お店の掃除をしていました。おかみさんと顔が合ったとたんに私は、自分でも思いがけなかった嘘《うそ》をすらすらと言いました。

「あの、おばさん、お金は私が綺麗におかえし出来そうですの。今晩か、でなければ、あした、とにかく、はっきり見込みがついたのですから、もうご心配なさらないで」

「おや、まあ、それはどうも」

と言って、おかみさんは、ちょっとうれしそうな顔をしましたが、それでも何か腑《ふ》に落ちないような不安な影がその顔のどこやらに残っていました。

「おばさん、本当よ。かくじつに、ここへ持って来てくれるひとがあるのよ。それまで私は、人質になって、ここにずっといる事になっていますの。それなら、安心でしょう？　お金が来るまで、私はお店のお手伝いでもさせていただくわ」

私は坊やを背中からおろし、奥の六畳間にひとりで遊ばせて置いて、くるくると立ち働いて見せました。坊やは、もともとひとり遊びには馴《な》れておりますので、少しも邪魔になりません。また頭が悪いせいか、人見知りをしないたちなので、おかみさんにも笑いかけたりして、私がおかみさんのかわりに、おかみさんの家の配給物をとりに行ってあげている留守にも、おかみさんからアメリカの罐詰《かんづめ》の殻を、おもちゃ代りにもらって、それを叩いたりころがしたりしておとなしく六畳間の隅で遊んでいたようでした。

お昼頃、ご亭主がおさかなや野菜の仕入れをして帰って来ました。私は、ご亭主の顔を見るなり、また早口に、おかみさんに言ったのと同様の嘘を申しました。

ご亭主は、きょとんとした顔になって、

「へえ？　しかし、奥さん、お金ってものは、自分の手に、握ってみないうちは、あてにならないものですよ」

と案外、しずかな、教えさとすような口調で言いました。

「いいえ、それがね、本当にたしかなのよ。だから、私を信用して、おもて沙汰にするのは、きょう一日待って下さいな。それまで私は、このお店でお手伝いしていますから」

「お金が、かえって来れば、そりゃもう何も」とご亭主は、ひとりごとのように言い、「何せこともしも、あと五、六日なのですからね」

「ええ、だから、それだから、あの私は、おや？　お客さんですわよ。いらっしゃいまし」と私は、店へはいって来た三人連れの職人ふうのお客に向って笑いかけ、それから小声で、「おばさん、すみません。エプロンを貸して下さいな」

「や、美人を雇いやがった。こいつあ、凄い」

と客のひとりが言いました。

「誘惑しないで下さいよ」とご亭主は、まんざら冗談でもないような口調で言い、「お金のかかっているからだですから」

「百万ドルの名馬か？」

ともうひとりの客は、げびた洒落《しゃれ》を言いました。

「名馬も、雌は半値だそうです」

と私は、お酒のお燗《かん》をつけながら、負けずに、げびた受けこたえを致しますと、

「けんそんするなよ。これから日本は、馬でも犬でも、男女同権だってさ」と一ばん若いお客が、呶鳴《どな》るように言いまして、「ねえさん、おれは惚《ほ》れた。一目惚れだ。が、しかし、お前は、子持ちだな？」

「いいえ」と奥から、おかみさんは、坊やを抱いて出て来て、「これは、こんど私どもが親戚《しんせき》からもらって来た子ですの。これでもう、やっと私どもにも、あとつぎが出来たというわけですわ」

「金も出来たし」

と客のひとりが、からかいますと、ご亭主はまじめに、

「いろも出来、借金も出来」と呟《つぶや》き、それから、ふいと語調をかえて、「何にしますか？　よせ鍋《なべ》でも作りましょうか？」

と客にたずねます。私には、その時、或る事が一つ、わかりました。やはりそうか、と自分でひとり首肯《うなず》き、うわべは何気なく、お客にお銚子《ちょうし》を運びました。

その日は、クリスマスの、前夜祭とかいうのに当っていたようで、そのせいか、お客が絶えること無く、次々と参りまして、私は朝からほとんど何一つ戴いておらなかったのでございますが、胸に思いがいっぱい籠《こも》っているためか、おかみさんから何かおあがりと勧められても、いいえ沢山と申しまして、そうしてただもう、くるくると羽衣一まいを纏《まと》って舞っているように身軽く立ち働き、自惚《うぬぼ》れかも知れませぬけれども、その日のお店は異様に活気づいていたようで、私の名前をたずねたり、また握手などを求めたりするお客さんが二人、三人どころではございませんでした。

けれども、こうしてどうなるのでしょう。私には何も一つも見当が附いていないのでした。ただ笑って、お客のみだらな冗談にこちらも調子を合せて、更にもっと下品な冗談を言いかえし、客から客へ滑り歩いてお酌して廻って、そうしてそのうちに、自分のこのからだがアイスクリームのように溶けて流れてしまえばいい、などと考えるだけでございました。

奇蹟《きせき》はやはり、この世の中にも、ときたま、あらわれるものらしゅうございます。

九時すこし過ぎくらいの頃でございましたでしょうか。クリスマスのお祭りの、紙の三角帽をかぶり、ルパンのように顔の上半分を覆いかくしている黒の仮面をつけた男と、それから三十四、五の痩せ型の綺麗な奥さんと二人連れの客が見えまして、男のひとは、私どもには後向きに、土間の隅の椅子に腰を下しましたが、私はその人がお店にはいってくると直《す》ぐに、誰だか解りました。どろぼうの夫です。

向うでは、私のことに何も気附かぬようでしたので、私も知らぬ振りして他のお客とふざけ合い、そうして、その奥さんが夫と向い合って腰かけて、

「ねえさん、ちょっと」

と呼びましたので、

「へえ」

と返辞して、お二人のテーブルのほうに参りまして、

「いらっしゃいまし。お酒でございますか？」

と申しました時に、ちらと夫は仮面の底から私を見て、さすがに驚いた様子でしたが、私はその肩を軽く撫でて、

「クリスマスおめでとうって言うの？　なんていうの？　もう一升くらいは飲めそうね」

と申しました。

奥さんはそれには取り合わず、改まった顔つきをして、

「あの、ねえさん、すみませんがね、ここのご主人にないないお話し申したい事がございますのですけど、ちょっとここへご主人を」

と言いました。

私は奥で揚物《あげもの》をしているご亭主のところへ行き、

「大谷が帰ってまいりました。会ってやって下さいまし。でも、連れの女のかたに、私のことは黙っていて下さいね。大谷が恥かしい思いをするといけませんから」

「いよいよ、来ましたね」

ご亭主は、私の、あの嘘を半ばは危《あやぶ》みながらも、それでもかなり信用していてくれたもののようで、夫が帰って来たことも、それも私の何か差しがねに依《よ》っての事と単純に合点している様子でした。

「私のことは、黙っててね」

と重ねて申しますと、

「そのほうがよろしいのでしたら、そうします」

と気さくに承知して、土間に出て行きました。

ご亭主は土間のお客を一わたりざっと見廻し、それから真っ直ぐに夫のいるテーブルに歩み寄って、その綺麗な奥さんと何か二言、三言話を交して、それから三人そろって店から出て行きました。

もういいのだ。万事が解決してしまったのだと、なぜだかそう信ぜられて、流石《さすが》にうれしく、紺《こん》絣《がすり》の着物を着たまだはたち前くらいの若いお客さんの手首を、だしぬけに強く摑《つか》んで、

「飲みましょうよ、ね、飲みましょう。クリスマスですもの」

三

ほんの三十分、いいえ、もっと早いくらい、おや、と思ったくらいに早く、ご亭主がひとりで帰って来まして、私の傍に寄り、

「奥さん、ありがとうございました。お金はかえして戴きました」

「そう。よかったわね。全部？」

ご亭主は、へんな笑い方をして、

「ええ、きのうの、あの分《ぶん》だけはね」

「これまでのが全部で、いくらなの？　ざっと、まあ、大負けに負けて」

「二万円」

「それだけでいいの？」

「大負けに負けました」

「おかえし致します。おじさん、あすから私を、ここで働かせてくれない？　ね、そうして！　働いて返すわ」

「へえ？　奥さん、とんだ、おかるだね」

私たちは、声を合せて笑いました。

その夜、十時すぎ、私は中野の店をおいとまして、坊やを背負い、小金井の私たちの家にかえりました。やはり夫は帰って来ていませんでしたが、しかし私は、平気でした。あすまた、あのお店

へ行けば、夫に逢えるかも知れない。どうして私はいままで、こんないい事に気づかなかったのかしら。きのうまでの私の苦労も、所詮は私が馬鹿で、こんな名案に思いつかなかったからなのだ。私だって昔は浅草の父の屋台で、客あしらいは決して下手ではなかったのだから、これからあの中野のお店できっと巧く立ちまわれるに違いない。現に今夜だって私は、チップを五百円ちかくもらったのだもの。

ご亭主の話に依ると、夫は昨夜あれから何処《どこ》か知合いの家へ行って泊ったらしく、それから、けさ早く、あの綺麗な奥さんの営んでいる京橋のバーを襲って、朝からウイスキーを飲み、そうして、そのお店に働いている五人の女の子に、クリスマス・プレゼントだと言って無闇にお金をくれてやって、それからお昼頃にタキシーを呼び寄せさせて何処かへ行き、しばらくたって、クリスマスの三角帽やら仮面やら、デコレーションケーキやら七面鳥まで持ち込んで来て、四方に電話を掛けさせ、お知合いの方たちを呼び集め、大宴会をひらいて、いつもちっともお金を持っていない人なのにと、バーのマダムが不審がって、そっと問いただしてみたら、夫は平然と、昨夜のことを洗いざらいそのまま言うので、そのマダムも前から大谷とは他人の仲では無いらしく、とにかくそれは警察沙汰になって騒ぎが大きくなっても、つまらないし、かえさなければなりませんと親身に言って、お金はそのマダムがたてかえて、そうして夫に案内させ、中野のお店に来てくれたのだそうで、中野のお店のご亭主は私に向って、

「たいがい、そんなところだろうとは思っていましたが、しかし、奥さん、あなたはよくその方角にお気が附きましたね。大谷さんのお友だちにでも頼んだのですか」

とやはり私が、はじめからこうしてかえって来るのを見越して、このお店に先廻りして待ってい

たもののように考えているらしい口振りでしたから、私は笑って、

「ええ、そりゃもう」

　とだけ、答えて置きましたのです。

　その翌《あく》る日からの私の生活は、今までとはまるで違って、浮々した楽しいものになりました。さっそく電髪屋に行って、髪の手入れも致しましたし、お化粧品も取りそろえまして、着物を縫い直したり、また、おかみさんから新しい白足袋《しろたび》を二足もいただき、これまでの胸の中の重苦しい思いが、きれいに拭《ぬぐ》い去られた感じでした。

　朝起きて坊やと二人で御飯をたべ、それから、お弁当をつくって坊やを脊負い、中野にご出勤ということになり、大みそか、お正月、お店のかきいれどきなので、椿屋《つばきや》の、さっちゃん、というのがお店での私の名前なのでございますが、そのさっちゃんは毎日、眼のまわるくらいの大忙しで、二日に一度くらいは夫も飲みにやって参りまして、お勘定は私に払わせて、またふっといなくなり、夜おそく私のお店を覗《のぞ》いて、

「帰りませんか」

　とそっと言い、私も首肯《うなず》いて帰り支度をはじめ、一緒にたのしく家路をたどる事も、しばしばございました。

「なぜ、はじめからこうしなかったのでしょうね。とっても私は幸福よ」

「女には、幸福も不幸も無いものです」

「そうなの？　そう言われると、そんな気もして来るけど、それじゃ、男の人は、どうなの？」

「男には、不幸だけがあるんです。いつも恐怖と、戦ってばかりいるのです」

「わからないわ、私には。でも、いつまでも私、こんな生活をつづけて行きとうございますわ。椿屋のおじさんも、おばさんも、とてもいいお方ですもの」

「馬鹿なんですよ、あのひとたちは。田舎者ですよ。あれでなかなか慾張《よくば》りでね。僕に飲ませて、おしまいには、もうけようと思っているのです」

「そりゃ商売ですもの、当り前だわ。だけど、それだけでも無いんじゃない？　あなたは、あのおかみさんを、かすめたでしょう」

「昔ね。おやじは、どう？　気附いているの？」

「ちゃんと知っているらしいわ。いろも出来、借金も出来、といつか溜息《ためいき》まじりに言ってたわ」

「僕はね、キザのようですけど、死にたくて、仕様が無いんです。生れた時から、死ぬ事ばかり考えていたんだ。皆のためにも、死んだほうがいいんです。それはもう、たしかなんだ。それでいて、なかなか死ねない。へんな、こわい神様みたいなものが、僕の死ぬのを引きとめるのです」

「お仕事が、おありですから」

「仕事なんてものは、なんでもないんです。傑作も駄作もありやしません。人がいいと言えば、よくなるし、悪いと言えば、悪くなるんです。ちょうど吐くいきと、引くいきみたいなものなんです。おそろしいのはね、この世の中の、どこかに神がいる、という事なんです。いるんでしょうね？」

「え？」

「いるんでしょうね？」

「私には、わかりませんわ」

「そう」

十日、二十日とお店にかよっているうちに、私には、椿屋にお酒を飲みに来ているお客さんがひとり残らず犯罪人ばかりだという事に、気がついてまいりました。夫などはまだまだ、優しいほうだと思うようになりました。また、お店のお客さんばかりでなく、路を歩いている人みなが、何か必ずうしろ暗い罪をかくしているように思われて来ました。立派な身なりの、五十年配の奥さんが、椿屋の勝手口にお酒を売りに来て、一升三百円、とはっきり言いまして、それはいまの相場にしては安いほうですので、おかみさんがすぐに引きとってやりましたが、水酒でした。あんな上品そうな奥さんさえ、こんな事をたくらまなければならなくなっている世の中で、我が身にうしろ暗いところが一つも無くて生きて行く事は、不可能だと思いました。トランプの遊びのように、マイナスを全部あつめるとプラスに変るという事は、この世の道徳には起り得ない事でしょうか。

神がいるなら、出て来て下さい！　私は、お正月の末に、お店のお客にけがされました。

その夜は、雨が降っていました。夫は、あらわれませんでしたが、夫の昔からの知合いの出版のほうの方で、時たま私のところへ生活費をとどけて下さった矢島さんが、その同業のお方らしい、やはり矢島さんくらいの四十年配のお方と二人でお見えになり、お酒を飲みながら、お二人で声高く、大谷の女房がこんなところで働いているのは、よろしくないとか、よろしいとか、半分は冗談みたいに言い合い、私は笑いながら、

「その奥さんは、どこにいらっしゃるの？」

とたずねますと、矢島さんは、

「どこにいるのか知りませんがね、すくなくとも、椿屋のさっちゃんよりは、上品で綺麗だ」

と言いますので、

「やけるわね。大谷さんみたいな人となら、私は一夜でもいいから、添ってみたいわ。私はあんな、ずるいひとが好き」

「これだからねえ」

と矢島さんは、連れのお方のほうに顔を向け、口をゆがめて見せました。

その頃になると、私が大谷という詩人の女房だという事が、夫と一緒にやって来る記者のお方たちにも知られていましたし、またそのお方たちから聞いてわざわざ私をからかいにおいでになる物好きなお方などもありまして、お店はにぎやかになる一方で、ご亭主のご機嫌もいよいよ、まんざらでございませんでしたのです。

その夜は、それから矢島さんたちは紙の闇取引の商談などして、お帰りになったのは十時すぎで、私も今夜は雨も降るし、夫もあらわれそうもございませんでしたので、お客さんがまだひとり残っておりましたけれども、そろそろ帰り支度をはじめて、奥の六畳の隅に寝ている坊やを抱き上げて脊負い、

「また、傘をお借りしますわ」

と小声でおかみさんにお頼みしますと、

「傘なら、おれも持っている。お送りしましょう」

とお店に一人のこっていた二十五、六の、痩せて小柄な工員ふうのお客さんが、まじめな顔をして立ち上りました。それは、私には今夜がはじめてのお客さんでした。

「はばかりさま。ひとり歩きには馴れていますから」

「いや、お宅は遠い。知っているんだ。おれも、小金井の、あの近所の者なんだ。お送りしましょ

う。おばさん、勘定をたのむ」

　お店では三本飲んだだけで、そんなに酔ってもいないようでした。

一緒に電車に乗って、小金井で降りて、それから雨の降るまっくらい路を相合傘で、ならんで歩きました。その若いひとは、それまでほとんど無言でいたのでしたが、ぽつりぽつり言いはじめ、

「知っているのです。おれはね、あの大谷先生の詩のファンなのですよ。おれもね、詩を書いているのですがね。そのうち、大谷先生に見ていただこうと思っていたのですがね。どうもね、あの大谷先生が、こわくてね」

　家につきました。

「ありがとうございました。また、お店で」

「ええ、さようなら」

若いひとは、雨の中を帰って行きました。

深夜、がらがらと玄関のあく音に、眼をさましましたが、れいの夫の泥酔のご帰宅かと思い、そのまま黙って寝ていましたら、

「ごめん下さい。大谷さん、ごめん下さい」

という男の声が致します。

起きて電燈をつけて玄関に出て見ますと、さっきの若いひとが、ほとんど直立できにくいくらいにふらふらして、

「奥さん、ごめんなさい。かえりにまた屋台で一ぱいやりましてね、実はね、おれの家は立川でね、駅へ行ってみたらもう、電車がねえんだ。奥さん、たのみます。泊めて下さい。ふとんも何も要り

ません。この玄関の式台でもいいのだ。あしたの朝の始発が出るまで、ごろ寝させて下さい。雨さえ降ってなけや、その辺の軒下にでも寝るんだが、この雨では、そうもいかねえ。たのみます」

「主人もおりませんし、こんな式台でよろしかったら、どうぞ」

と私は言い、破れた座蒲団を二枚、式台に持って行ってあげました。

「すみません。ああ酔った」

と苦しそうに小声で言い、すぐにそのまま式台に寝ころび、私が寝床に引返した時には、もう高い鼾《いびき》が聞えていました。

そうして、その翌る日のあけがた、私は、あっけなくその男の手にいれられました。

その日も私は、うわべは、やはり同じ様に、坊やを背負って、お店の勤めに出かけました。

中野のお店の土間で、夫が、酒のはいったコップをテーブルの上に置いて、ひとりで新聞を読んでいました。コップに午前の陽の光が当って、きれいだと思いました。

「誰もいないの?」

夫は、私のほうを振り向いて見て、

「うん。おやじはまだ仕入れから帰らないし、ばあさんは、ちょっといままでお勝手のほうにいたようだったけど、いませんか?」

「ゆうべは、おいでにならなかったの?」

「来ました。椿屋のさっちゃんの顔を見ないとこのごろ眠れなくなってね、十時すぎにここを覗《のぞ》いてみたら、いましがた帰りましたというのでね」

「それで?」

「泊っちゃいましたよ、ここへ。雨はざんざ降っているし」

「あたしも、こんどから、このお店にずっと泊めてもらう事にしようかしら」

「いいでしょう、それも」

「そうするわ。あの家をいつまでも借りてるのは、意味ないもの」

夫は、黙ってまた新聞に眼をそそぎ、

「やあ、また僕の悪口を書いている。エピキュリアンのにせ貴族だってさ。こいつは、当っていない。神におびえるエピキュリアン、とでも言ったらよいのに。さっちゃん、ごらん、ここに僕のことを、人非人なんて書いていますよ。違うよねえ。僕は今だから言うけれども、去年の暮にね、ここから五千円持って出たのは、さっちゃんと坊やに、あのお金で久し振りのいいお正月をさせたかったからです。人非人でないから、あんな事も仕出かすのです」

私は格別うれしくもなく、

「人非人でもいいじゃないの。私たちは、生きていさえすればいいのよ」

と言いました。

太宰治《だざいおさむ》（一九〇九〜一九四八）
青森県金木《かなぎ》村（現・五所川原市）生まれ。旧制弘前高等学校（現・弘前大学）文科甲類時代から自殺を図ること複数回。東京帝国大学文学部仏文科在学中、井伏鱒二に師事。一九三三年に「列車」を発表、三五年「逆行」で芥川賞候補。これらを含む短篇集『晩年』を三六年に刊行する。四〇年、短篇集『女生徒』で第四回北村透谷賞次席。「富嶽百景」「駈込み訴え」「走れメロス」などの短篇、連作『お伽草紙』、自伝小説『津軽』、長篇『新ハムレット』『右大臣実《さね》朝《とも》』など、戦時下も旺盛に執筆。戦後も自意識過剰な自己言及と話芸的な文体で、結核療養所を舞台とする恋愛小説『パンドラの匣《はこ》』、自伝的な『人間失格』、私小説的な「桜桃《おうとう》」、戦後の虚脱感をとりあげた「トカトントン」などを書き、人気を博す。恋人の日記を小説化し没落華族を描いた『斜陽』からは流行語「斜陽族」が生まれた。玉川上水で別の恋人とともに死体で発見された六月一九日を「桜桃忌」と呼ぶ。娘に小説家の津島佑子、太田治子がいる。

井上ひさし

父と暮せば

小説と芝居を書いたが、芝居の方が本領ではなかったか。

生涯を通じての主題は日本人の肖像。

芝居で言えば、『しみじみ日本・乃木《のぎ》大将』、『吾輩《わがはい》は漱石《そうせき》である』、『イーハトーボの劇列車』、『頭痛肩こり樋口一葉《ひぐちいちよう》』、『泣き虫なまいき石川啄木《たくぼく》』……。

その先に名のない人々が立ち現れる。そこで振り返って見れば、乃木大将も漱石も一葉も宮沢賢治も啄木も日本人の一人でしかない。イデオロギーに染まらない正直な日本人像を井上ひさしは追い求めた。丸谷《まるや》才一が彼をプロレタリア文学の系列に繋《つな》がると言ったのはこの文脈においてのこと。

『父と暮せば』は広島の原爆の後日譚《ごじつたん》である。後日はしかし現在であり、未来に繋がっている。過去を引き寄せ、仕立て直し、明日に向かって投擲《とうてき》しなければならない。そういう意図においての傑作。

広島というテーマで並列して読むとしたら井伏鱒二《いぶせますじ》の『黒い雨』と福永武彦《たけひこ》の『死の島』、大田洋子の『屍《しかばね》の街』、詩では峠三吉と原民喜《たみき》、コミックならば中沢啓治の『はだしのゲン』、こうの史代《ふみよ》の『夕凪《ゆうなぎ》の街　桜の国』などがある。

父と暮せば

1

音楽と闇とが客席をゆっくりと包み込む。しばらくしてどこか遠くでティンパニの連打。遠方で稲光り。

——やがてバラックに毛が生えた程度の簡易住宅が稲光りの中に浮かび上がってくる。現在《いま》は昭和二十三（一九四八）年七月の最終火曜日の午後五時半。ここは広島市、比治山《ひじやま》の東側、福吉《ふくよし》美津江の家。間取りは、下手《しもて》から順に、台所、折り畳み式の卓袱台《ちゃぶだい》その他をおいた六帖《じょう》の茶の間、そして本箱や文机《ふづくえ》のある八帖が並んでいる。なお、八帖には押入れがついている。

……と、茶の間の奥に見えていた玄関口に下駄《げた》を鳴らして、美津江が駆け込んでくる。二十三歳。旧式の白ブラウスに、仕立て直しの飛白《かすり》のモンペをきりっとはいて、ハンドバッグ代りの木口《きぐち》の買物袋をしっかりと抱いている。茶の間に足を踏み入れたとき、またも稲光り。美津江、買物袋を抱き締めたまま畳に倒れ込み、両手で目と耳を塞いで、

美津江　おとったん、こわーい！

押入れの襖《ふすま》がからりと開いて上の段から竹造、

竹造　こっちじゃ、こっち。美津江、はよう押入れ《とだな》へきんちゃい。

竹造は白い開襟《かいきん》シャツに開襟の国民服。雷よけに座布団《ざぶとん》を被《かぶ》っているが、美津江にも座布団を投げてやって、

竹造　なにを《なにゆー》しとるんね、はよう座布団《だぶとん》かぶって下段《した》へ隠れんさい。
美津江　（ギクリが半分、うれしさも半分）おとったん、やっぱあ居《お》ってですか。
竹造　そりゃ居るわい。おまいが居りんさいいうたら、どこじゃろといつじゃろと、わしは居るんじゃけえのう。居らんでどうするんじゃ。
美津江　じゃけんど、こげえド拍子もない《なー》話があってええんじゃろうか。こげえ思いも染めん話が……、
竹造　なにをぐどりぐどりいうとる。はようこっちへ……（閃光《せんこう》に）ほら、来よったが！

美津江　（押入れへ入り込みながら）……おとったん！

遠のいて行く稲光りと雷鳴。その合間を縫って押入れの上段と下段で、

竹造　おとったんと押入れ《とだな》と座布団《だぶとん》と、味方が三人もついとるけえ、ピカピカがこようが、ドンドロが鳴ろうが、もう大丈夫じゃ。

美津江　じゃけんど、うちゃあもう二十三になるんよ。ええ大人がドンドロさんが鳴るいうてほたえ騒いどる。情けのうてやれんわ。ほんまに腹の立つ。

竹造　（断乎《だんこ》として）おまいが悪いんじゃない《なー》。

美津江　……どうも。

竹造　おまいはこないだじゅうまで女子専門学校の陸上競技部のお転婆《てんば》で、ドンドロさんが鳴りよろうが平気で運動場を走り回っとったじゃないか。

美津江　（大きく頷《うなず》いて）部員が三人しかおらんかったけえ、短距離から長距離まで、うちが一人で受け持っとった。そいじゃけん忙しゅうて忙しゅうて、ドンドロさんなぞに構《かも》うとられんかった。

竹造　その胆《きも》の太い《ふてー》おまいが、こげえほたえ騒ぐようになったんはなひてじゃ。

美津江　……それがようわからんけえ、おとろしゅうてならんのよ。

竹造　ほいでに、いつから、そがあなったんじゃ。

美津江　三年ぐらい前から、かいね。

竹造　あのピカのときからじゃろうが。
美津江　やっぱあ……？
竹造　（頷いて）富田写真館の信《のぶ》ちんを知っとろうが？
美津江　うちらしじゅう写真を撮ってもろうとったね。
竹造　腕のええことじゃあ広島でも五本指に入る写真屋じゃ。
美津江　ほいでにおとったんと組んでいっつもあぶない《なー》ことをしとってでした。
竹造　……あぶない《なー》？
美津江　あのころ、おとったんはうちんとこ、福吉屋旅館をまるごと陸軍将校の集会所に貸しとったけえ、その伝手《つて》で物資《もの》がぎょうさんあって、
竹造　あったよのう。お米にお酒、鮭《さけ》缶に牛缶、煙草《たばこ》にキャラメル、押入れ《とだな》にはなんでもありようた。おまいはまだねんねんのときにおかやん亡《の》うくしたふびんな女の子《おなごんこ》じゃけえ、母の愛には飢えても物に飢えさせたらいけん思うて、おとったんはいのちこんかぎり……、
美津江　お米や煙草で釣って女子衆《おなごしゅ》を温泉へ連れ出して、湯に入っとるところを信ちんおじさんがこそっと写真に撮って、それを将校さんたちに見せとってでした。ほいから……、
竹造　（さえぎって）じゃけえ、その信ちんは、いまは駅前マーケットでええ加減な芋羊羹《いもようかん》を売っとってじゃ。
美津江　知っとる。
竹造　立派な技量を持っとるあの信ちんがなひて闇屋の真似《まね》をせにゃ生きて行けんのか。
美津江　裸写真を撮った罰《ばち》があたったんよ。

竹造　まじめに聞かにゃあいけん。
美津江　ごめん。
竹造　あれからこっち、マグネシュウムがピカッ、ボンいうて光りよるたんびに、あのピカの瞬間が、頭の中に、それこそよう撮れた写真を見るようにパッと浮かび上がってくる、そいがおとろしゅうてどもならんけえ、写真屋はやめた、信ちゃんはそがいいうとった。つづまり、マグネシュウムもドンドロさんもピカによう似とるけえ、信ちゃんも、おまいも、ほたえるようになったんじゃ。
美津江　……ほうじゃったか。
竹造　ほいじゃが。理由があって、ほたえとるんじゃけえ、恥ずかしい思うちゃいけんど。そいどころか、ピカを浴びた者は、ピカッいうて光るもんにはなんであれ、それがたとえホタルであってもほたえまくってええんじゃ。いんにゃ、けっかそれこそ被爆者の権利ちゅうもんよ。
美津江　そがん権利があっとってですか。
竹造　なけりゃ作るまでのことじゃ。ドンドロさんにほたえんような被爆者がおったら、そいはもぐりいうてもええぐらいじゃけえのう。
美津江　（ピシャリと）それはちいっと言いすぎとってですよ。
竹造　そりゃまあ、ごもっともじゃが……。（縁先へ這《は》い出して空模様を窺《うかが》い）やあこれは。お日《ひー》さんが出とりんさる。
美津江　（少し這い出して見て）ほんまじゃ。

竹　造　ドンドロさんはどうやら宇品の海の上へ退《の》きゃんしたげな。
美津江　やれうれし。

ほっとして立つと台所から小さな土瓶と湯呑《ゆのみ》を持ってくる。

美津江　今朝、図書館へ出る前に入れとった麦湯があるんよ。飲もうか。
竹　造　そりゃええのう。

美津江、二つの湯呑に注いで自分のを一気に飲む。竹造、湯呑を口まで持って行くが、とんと下におい
いて、

竹　造　わしゃよう飲めんのじゃけえ。
美津江　あ、そうじゃったかいね。

美津江、竹造の分もおいしそうに飲む。竹造、それを食い入るように見ていたが、

竹　造　これは大変《こと》じゃ。
美津江　どひたんな？
竹　造　饅頭《まんじゆう》じゃが。さっき図書館で、木下さんがおまいに饅頭くれんさったろうが。あれ、まさ

美津江　か潰《つぶ》れとりゃせんじゃろうの。

今しがたまで大事に抱いていた買物袋から、新聞紙で包んだものを出してそっと開く。……大判饅頭はどうやら無事。

美津江　……いけん。

竹造　（感嘆して）どっしりしとる。

美津江　駅前マーケットに出とったんじゃと。

竹造　近ごろ出色の饅頭じゃ。

美津江　木下さんも、一目見たとたんぴたり足が止まったいうとられた。金縛りにでも会《お》うたようにどがいしてもその前を通り抜けられん、ほいで一個買《こ》うたが、まだ足が重うてならんけえ、引き返してもう一個買うたら、ようやっとふだんのように歩けるようになったんじゃと。

竹造　たしかにそれだけの迫力は備わっとるで。

美津江　ほいで木下さんは図書貸出台におったうちんとこへきて、こげえいいんさったんよ。ぼくは二つもよう食えんけえ、一つは福吉さんがたべてつかあさい。（二つに割る）たべようね。

竹造　そいじゃけえ、わしゃあよう食えんのじゃ。

美津江　あ、そうじゃったか。

美津江、食べながらもう半分を紙で包む。生つばをのみながら見ていた竹造、気を取り直して、

竹　造　それをおまいにくれんさったあの木下いう青年じゃがの、今日、ここの文理科大学の先生じゃいうておいでじゃったのう。

美津江　（頷いて）この九月から物理教室の授業嘱託をなさるんじゃと。

竹　造　授業嘱託いうと……？

美津江　助手のことじゃ。

竹　造　（なんども頷きながら）牛乳瓶の底より分厚い眼鏡《めがにょー》をかけて、いっつも大けな鞄《かばん》をかかえて、ほいで落ち着いた話し振りをしとってで、こりゃごついインテリさんじゃあるまいか、そがあ睨《にら》んどったが、やっぱあのう。

美津江　ピカの年まで呉《くれ》の海軍工廠《こうしょう》で工員養成所の教官をしておられたんじゃと。海軍技術中尉じゃったんと。

竹　造　海軍さんにしちゃあ、どっか泥臭《どろくしゃー》いところもあっとってじゃがのう。

美津江　そりゃいろんな海軍さんがおるわいね。ほいで戦さが終わってからは二年間、母校の東北帝大で大学院生をやっとられて、今月、七月のあたまにまたこっちへ戻りんさったいうことじゃげな。そうじゃ、ピカのすぐあと、この広島の赤土の焼け野原を一日《いちんち》かけて歩き回ったことがあるいうとられたよ。

竹　造　おいくつぐらいかのう。（推測して）三十……？

美津江　二十六じゃと。図書貸出票にはそう書いとられたけえ。

竹造　ほいでおまいが二十三とくるけえ、こりゃよう釣り合《お》うとる。
美津江　（一瞬ニコリ、だがすぐ猛然と腹を立てる）なにいうとってですか。木下さんはただの利用者じゃけえ。
竹造　（断言する）ただの利用者が饅頭なぞようくれんぞ。
美津江　ばからしゅうて、もうやっとられん。さあ、晩の支度じゃ。おとったんはまだ居ってん？
竹造　そりゃおまい次第じゃろうがのう。
美津江　ほいじゃ、そのへんをきれいにしといてつかあさい。

美津江はエプロンつけて台所へ行き弁当箱（木製）を洗い出す。竹造もエプロンつけて叩《はた》きなどを持ち出すが、まったく怠けて、

竹造　いまの話じゃがのう、木下さんはおまいが気に入ったけえ、饅頭をくださったんじゃ。そこらへんをもうちっとわかってあげにゃあいけん。
美津江　おとったんは饅頭に意味を求めすぎます。
竹造　饅頭にも意味ぐらいあらあのう。おまいにその意味を読み取る勇気がないだけじゃ。
美津江　木下さんはお礼のつもりでくれんさったんよ。それだけのことじゃ。
竹造　そがいに言い切ってええんじゃろか。
美津江　おとったんたら！

美津江、茶の間へきて改まる。

美津江　ちょっとこっちへきて坐《すわ》ってつかあさい。……四日前、先週金曜のお昼すぎ、「原爆関係の資料がありますか。市役所へ行ったら、図書館で訊《き》いてみてくださいと言われたんですが」いうてこられた方があって、その人が木下さんじゃったんよ。ふだんのうちなら、おいとりません、ですませてしまうんじゃけど、なんかしらん、木下さんの声の調子が一途《いちず》じゃった。ほいで、こげえ説明してあげたんよ。「原爆資料の収集には占領軍の目が光っとってです。たとえ集めたとしても公表は禁止されとってです。それに一人の被爆者としては、あの八月を忘れよう忘れよう思うとります。あの八月は、お話もない《なー》、絵になるようなこともない《なー》、詩も小説もない《なー》、学問になるようなこともない《なー》、一瞬のうちに人の世のすべてがのうなっていました。そがいなわけですけえ、資料はよう集めておらんのです。それどころか資料が残っとるようなら処分してしまいたい思うぐらいです。うちも父の思い出になるようなものはなんもかも焼き捨ててしまいました」……。饅頭はそのときのお礼、それだけのことじゃ。

竹造　図書館には貸出台が二つ並んどって、どっちゃにも女の子《おなごんこ》の館員が坐っとる。

美津江　へえ、高垣さんとうちじゃが、そいがどないしたんな。

竹造　あのピカからこっち、おまいはすっかり人変わりしおって、いまじゃ無口の、愛想なしの、いっつも伏し目がちの女の子、笑ういうたらここへ帰ってきてからぐらいなもんじゃ。ひきかえ高垣さんは明るい人柄で評判じゃ。

美津江　じゃけえ、そいがどないしたいうて訊いとるんです。

竹造　なひて木下さんは、寄り付きやすい高垣さんではのうて、愛想なしのおまいに話しかけてきなさったんか。そこんとこが大事じゃ。ふつうなら高垣さんのところへ行くんが筋道いうもんじゃろうが。

美津江　そがあことは木下さんの勝手でしょう。

竹造　じゃけえ、わしゃこげえいいたいんじゃ。木下さんはえらい上にかしこいお人じゃてな。おまいはもともと気立てもよきゃ頭も冴《さ》えた明るい女の子《おなごんこ》、なんせえ女専を二番で卒業したほどの才女じゃけえのう。木下さんはおまいのその本来の姿を一目で見抜きんさって、おまいに興味をもった。これが饅頭に隠されとった意味じゃ。

美津江　いつまでも突飛《とっぴ》なことをいうとったらええです。（台所へ立つ）何日でもそこでばかばか《ばー》りいうとりんさい。うちはもう知らんけんの。

竹造　饅頭に隠されたもう一つの意味はなんじゃろか。

美津江　饅頭の話はもうやめてちょんだいの。

竹造　こいはおまいにとって大事中の大事じゃけえ、あくまで饅頭の意味を追求せにゃあいけん。

美津江　ここんとこへきてにわかに現れてきんさって、ばかばか《ばー》りいうとってですけえ、うちゃあもう、あたまァ痛《いと》うてやれんわ。

竹造　結句おまいも木下さんを好いとるんじゃ。たがいに一目惚《ぼ》れ、やんがて相思相愛の仲になるいうことよのう。見かけはごつう固そうじゃが、中味はえっと甘《あまー》い。おまいの心は饅頭とよう似とる。

美津江　（叫ぶ）そがいなことはありえん。……人を好きになるいうんを、うち、自分で自分にかたく禁じておるんじゃけえ。

竹　造　木下さんをなんとも思うておらんのじゃったら、おまいは今日その場で饅頭を突き返しとったはずじゃ。

美津江　いつも静粛に！　そいがうちの図書館の第一規則なんよ。「こないだはどうも。饅頭どうぞ」「うち困ります」「そう言わずにぜひどうぞ」「饅頭《まんじゆう》をいただくんは規則で禁じられとります」……窓口でそがいなへちゃらこちゃらした問答がでける思うとんの。館長さんも主任さんも、ほいて隣りの高垣さんも、みんな聞き耳《みみゆー》を立てとるんよ。黙って貰《もろ》うとくより外か術《すべやー》はありゃせんが。

竹　造　明日は木下さんと会うんじゃろう。昼休みに図書館近くの千年松で会おういう約束をしとったろうが。

美津江　それも断ろう思うたんじゃけえ……、

竹　造　窓口でいつまでもへったらこったら問答しとるわけにはいかんかったいうんか。

美津江　ほいじゃけえ、ウンちゅうて頷いただけのことじゃ。

竹　造　ありゃあのう……、

美津江　おとったんもよう見とってつかあさい。明日《あしたー》は木下さんに、二度とうちに声をかけんでくれんさいいうて、はっきりことわってくるけえ。

竹　造　なひて万事そがいに後ろ向きにばかり《ばー》考えよるんじゃ。木下さんを好いとるなら好いとるでええじゃないか。こっちはあっちを好いとる、あっちもこっちを好いとる。そいじゃけん、こっちとあっちが一緒になれたらしあわせ。これが木下さんのくれんさった饅頭のまことの意味なんじゃ。
美津江　うちはしあわせになってはいけんのじゃ。じゃけえもうなんもいわんでつかあさい。
竹　造　これでもおまいの恋の応援団長として出てきとるんじゃけえのう、そうみやすうは退《の》かんぞ。
美津江　……応援団長？
竹　造　ほうじゃが。よう考えてみんさい。わしがおまいんところに現れるようになったんは先週の金曜からじゃが、あの日、図書館に入ってきんさった木下さんを一目見て、珍しいことに、おまいの胸は一瞬、ときめいた。そうじゃったな。
美津江　（思い当たる）……。
竹　造　そのときのときめきからわしのこの胴体ができたんじゃ。おまいはまた、貸出台の方へ歩いてくる木下さんを見て、そっと一つためいきをもらした。そうじゃったな。
美津江　（思い当たる）……。
竹　造　そのためいきからわしの手足ができたんじゃ。さらにおまいは、あの人、うちのおる窓口へきてくれんかな、そがいにそっと願《ねご》うたろうが。
美津江　（思い当たる）……。
竹　造　そのねがいからわしの心臓ができとるんじゃ。
美津江　うちに恋をさせよう思うて、おとったんはこないだからこのへんをぶらりたらりなさったんですか。

竹造はにっこり笑う。

美津江　恋はいけない。恋はようせんのです。もう、うちをいびらんでくれんさい。

竹　造　そがいに強《こわ》うこころを押さえつけとってはいけんがのう。あじもすっぱもない人生《にゃー》になってしまいよるで。

美津江　もうおちょくらんでくれんさい。うちゃあ忙しゅうしとるんです。晩の支度が待っとってです。明日の準備も待っとってです。夏休み子どもおはなし会いうて、うちら図書館の館員が十日間、子どもたちにお話をしよるんです。比治山の松林の中の涼しい風の通り道に、毎日、三、四十人もの子どもたちが集まってきてくれとる。どの子もうちらの声や松の梢《こずえ》を渡る風の音が好きなんです。みんなたのしみにしてくれとるけえ、準備はきっちりせにゃあいけんのです。

美津江はザクザクと玉菜《キャベツ》を刻み出す。竹造、その様子を見ていたが、やがてそのへんを片づけながら玄関口の方へ後退して行く。美津江はなおも必死でザクザクザク……。ゆっくりと暗くなる。

2

音楽の中から、三十ワットの電球にかぼそく照らし出された八帖《じょう》間が静かに浮かび上がってくる。

……縁先に蚊いぶしの煙。

一日たった水曜日の午後八時すぎ。電球の下、文机《ふづくえ》の上で、白ブラウスにモンペの美津江が鉛筆でなにか書いている。

……書き終えた美津江、それを横目でちらちら見ながら、「おはなし」を始める。まだ棒読みに毛の生えた段階で、美津江はときおり訂正の筆を入れたりもする。

美津江　……むかしから、この広島は、「七つの川にまたがる美しい水の都」として知られとりましたが、それら七つの川は郊外の北の方で一本にまとまって太田川《おおたがわ》になります。そのころのおねえさんは、国文科のお友だちと、毎週のように太田川ぞいの村むらへ出かけて、土地に伝わる昔話を聞いて回るのをたのしみにしとりました。ほんまいうと、行った先で出してくれんさるカキの味噌《みそ》雑煮とか、松茸《まつたけ》入りの混ぜ御飯とか、こんにゃくの味噌べったりとか、御馳走《ごっつぉー》をいただく方がずんとたのしみじゃったけえ、熱心に歩き回っとったんでした。こいからお聞かせするんも、そのころ、あるお年寄りから教えてもろうた昔話の一つです。そんときはたしか焼き鮎《あゆ》をいただいたように思いますが。（せき払い一つ）さて、その太田川からちょんびり山ん中に入《い》ったところに、おじいさんとおばあさんが住んどったそうじゃげな。おじいさんは欲ぼけの怠けもん、げえに至らぬ男でちいとも働こうとせんけえ、おばあさんが洗濯やら柴刈《しばか》りやら焼き鮎づくりやら、なんやらかんやら一人でこなして、ようやっと暮しを立てておった。

ある日のことじゃ。鮎とりに出かけたおばあさんは、あんまりのどが渇いたけえ、川の水を一口のんだ。ほいたらどうじゃ、顔のしわがいっぺんにのうなって、もう一口のんだら、今度は腰が伸びて、もう一口のんだら、まぶしい《まばいー》ほど見事《みごとい》なええ女子《にょぼ》に若返ってしもうたんじゃ。帰ってきたおばあさんからこの話を聞いたおじいさんは、「なひてばあさんばかり《ばー》若返るんじゃ。わしもおまいに負けんほどのええ若い衆《わけーしゅ》になってみせたるぞ」、そがい叫《おら》んで家から飛び出して行きよったが、それっきり、夜になっても戻ってこん……、

台所でゴロゴロと擂鉢《すりばち》の音がする。ねじり鉢巻の竹造がエプロンを着用、ときどき団扇《うちわ》を摑《つか》んで蚊を打ち払いながら炒り子《いこ》を擂っている。

美津江　……おとったん？
竹　造　よォ、まいにち暑いことじゃ。
美津江　居《お》っとったですか。
竹　造　そりゃ居るわい。丸一日ぶりじゃのう。
美津江　そのゴロゴロ、なんとかならんですか。えっと気になって練習にもなにもならんですけえ。
竹　造　（台所にきて電灯を点《つ》ける）なにしょうるんの？
美津江　じゃこ味噌《みそ》にきまっとるがのう。見んさいや、炒り子がええ塩梅《あんばい》に擂り上がっとろうが。
竹　造　うちがじゃこ味噌つくろう思うとんのを、どうして知っとったですか？
美津江　そのへんに炒り子と味噌がおいてあったっけえ、それぐらいの見当はつく《かー》わい。
竹　造　……。

竹　造　さあ、ここへひしお味噌を入れる。

かたわらの丼《どんぶり》の味噌を擂鉢に放り込み、なおも擂る。

竹　造　ほいで細《こまこー》に《》かくちぎった赤とんがらしを加える。（美津江に）とんがらし、とんがらし。

美津江、そばの小皿から刻んだ唐辛子を摘《つ》まんで擂鉢に入れる。竹造、みごとに擂り上げて、

竹　造　福吉屋旅館名物のじゃこ味噌、一丁上がり。

美津江　（なめてみる）うん、ええとこ行っとる。

竹　造　おとったんの腕はまだ落ちとらんじゃろうが。ほいで、いまのはなしのつづきはどげえなん？　欲ぼけじいさんはどがいなったいうんじゃ？

美津江　（頷いて）おじいさんが夜になっても戻ってこんけえ、心配になったおばあさんが提灯《ちょうちん》さげて迎えに行くと、……川岸で、欲の深そうな顔をした赤ん坊がオギャーオギャー泣いとったそうじゃげな。

竹　造　そいじゃ、いまの子によう受けん。品《まー》がよすぎるけえ。

美津江　むりに受けようとせんでもええの。

竹　造　じゃけんど、ちいっとでもおもしろい方がええに決まっとるけえ。そうじゃ、こがいに変えたらええ。

美津江　(語る) おじいさんは夜になっても戻ってこん。それっきりじゃ。心配になったおばあさんが提灯さげて迎えに行くと、……川岸にはおじいさんの入れ歯が転がっとるだけじゃった。

竹　造　……。

美津江　(受けないので意外) 欲たかりじいさんじゃけえ、若返りの水を飲みすぎよったんじゃ。ほいで赤ん坊を通りこしてのうなってしもた……。

竹　造　それぐらい、うちにもわかっとる。

美津江　おまいのオチよりゃあ笑える思うがのう。

竹　造　(叫ぶ) 話をいじっちゃいけんて! 前の世代が語ってくれた話をあとの世代にそっくりそのまま忠実に伝える、これがうちら広島女専の昔話研究会のやり方なんじゃけえ。

美津江　六年前に県の視学官から大目玉をくろうた会じゃないか。いまは戦時じゃ、非常時じゃ、昔話の研究がなんの役に立つんじゃ、そんな暇があったら工場ではたらけいわれて、たしか昭和十七年の末までには解散したはずじゃが。

竹　造　じゃが、研究会の根本精神はいまもうちの身体《ごたい》に生きとってです。

美津江　……今日の昼休みも、いまと同じことをいうて木下さんと口争いしとったな。

竹　造　口争いじゃない《なー》、あれは議論です。

美津江　じゃけんど、比治山の松林は涼しいけえ昼寝に一番《ずんど》ええ、そがい思うてきとった人らが、おまいがあげよった大声に魂消《たまげ》て起き上がっとったぞ。

美津江　議論しとっただけじゃいうとんのに。

美津江、八帖に戻って原稿の暗唱につとめる。竹造はじゃこ味噌を二つの容器（蓋《ふた》つきの瀬戸物）に分けて詰めているが、

竹　造　木下さんがピカに興味を持たれた始まりは原爆瓦《かわら》じゃいうのう。

美津江　……そがあいうとられたね。

竹　造　あの年、八月の末、郷里の岩手へひとまず引き揚げることになって呉《くれ》から広島に出てこられた木下さんは、列車の時間まで焼け野原をあちこち歩き回っとられた。お昼になったけえ、大手町の、お不動さんがあったあたりに腰《こしゅー》をおろして弁当をひろげたが、そんときじゃいうのう、海軍将校用の上等なズボンを通してお尻《しり》にチクチクいう痛みがきよったのは……。

美津江　腰を下ろしたところに原爆瓦があったそうな。

竹　造　見ると、瓦にはびっしり棘《とげ》のようなもんが立っとる。そいも一本のこらず同じ方向に突き出しとる。こいは瞬間的な熱、そいも信じられんほど高い熱で一瞬のうちに表面《おもて》が溶けてできたもんにちがいない《なー》。……なんちゅう爆弾か。この爆弾のことをよう知らにゃいけん。この高熱の中でいったいなにが起こったんか、そいをもっとよう知らにゃいけん。木下さんはそがいに思うて、道みち原爆瓦を拾い拾い駅へ向こうたいう。

美津江　そがいにもいうとられたね。

竹　造　おまいはそのときの原爆瓦のうちの一つを預かってきとったはずじゃが。

美津江、本棚のてっぺんから風呂敷《ふろしき》包みを下ろす。

美津江　預かったわけじゃない、木下さんがうちにむりやり押しつけて去《い》ってしもうたんです。

竹造、受け取って卓袱台《ちゃぶだい》の上でほどく。中に紙製の平たい菓子箱。竹造、その蓋をとって凝然。菓子箱の内容は、原爆瓦（五センチ四方）、ぐにゃぐにゃの薬瓶、そしてガラスの破片が数片。

美津江　（代わりに取り出すが、たいへんな抵抗がある）被爆者の身体《からだ》から出たガラスのかけら。

竹造　……むごいことよの。

美津江　原爆瓦。

竹造　……とげとげしいことよの。

美津江　熱で曲がってもうた水薬の瓶。

竹造　……おとろしいことよの。

美津江　木下さんとこには、これとおんなじに奇体に曲がったビール瓶じゃの、ホルンのように丸うなってしもうた一升瓶じゃのが、何十本もあるいうがの。他にも、熱で表面が溶けて泡立っとる石灯籠《どーろ》、針の影が文字盤に焼きついとる大時計……。そいじゃけえ、入ってまだひと月にもならんのに木下さんは、下宿から追い出されかかっとるんじゃげな。

竹造　ほんまかいの？

美津江　（頷いて）資料抱えて帰るたんびに、下宿のおかみさんが、「そんなもん持ち込んで気味《きび》が

竹造　悪《わりー》い」いうてこぼす。「いまにきっと床が抜けよるけえ、もっと下宿料いただかにゃ、とてもやれん《なんぼにも》」いうて、ぎょうさん嫌味《いやみゅう》をたれる。原爆瓦を石油箱で一つ持ち込んだ一昨日《おとつい》の夕食《ばん》なんかえっぽどひどかったいう。お茶碗《おやわん》の御飯《まんま》の盛りが少のうなっとる、お汁《おつい》の実もへっとる。

美津江　薄情な話よのう。

竹造　ほいじゃけえ、木下さんは今日、うちにこがい訊いとってじゃった。「むりを承知でお願いします。原爆資料を図書館で保存してもらうわけにはいきませんか」

美津江　やっぱあ、むりかいのう。

竹造　（大きく頷く）マッカーサーが「うん」いうたら話は別じゃけえどね。その場でことわるのも気の毒じゃけえ、一日考えさしてくれんさい、いうといた。じゃけえ、明日も昼休みに会わにゃいけん。ほんま手のかかる利用者もおってじゃ。

美津江　ハンカチ貸しんさいや。

竹造　へえ？　……へえ。

竹造、じゃこ味噌入りの容器を美津江から受け取ったハンカチで包みながら、

竹造　じゃこ味噌、木下さんの分、ちゃんといれものに入れといたけえ、明日、持ってってあげんさい。

美津江　おとったんたら、もう……。

竹　造　男ちゅうもんはなぜか《なんで》女子《おなご》のハンカチに弱い。
美津江　おせっかいやき。異な気《い》なふうに気を同しちゃいけんいうとんのに。
竹　造　せえなら主任さんに上げてもええんじゃけえ。
美津江　主任さんのおかみさんはごっつやきもちやきじゃけん、誤解《げ》されたらかなわんけえ。
竹　造　せえならやっぱあ木下さんにあげりゃええ。

美津江、ぷんぷんしながら文机において、

美津江　こがあなことは二度《こたー》とせんでちょんだいよ。
竹　造　それより木下さんとの議論、なにがもとじゃったか思い出してみんか。
美津江　……おしまいに木下さんがこげえいうとってでした。「あなたの被爆体験を子どもたちに伝えるためにも、ぼくの原爆資料を使《つこ》うて、なんかええおはなしがつくれないものでしょうか」
竹　造　木下さんちゅう人間《にんげ》は知恵者《しゃ》じゃのう。
美津江　できん、そげえいうときました。話をいじっちゃいけんちゅうのが、うちらの根本精神ですけえ。
竹　造　またそれかいの。そりゃ自分らで集めた話じゃけえ、こだわるのもわからんことはない《なー》が……。
美津江　それでも、木下さんがうちにこの資料を押しつけんさるだけ《だき》で、ちいとも折れてくださらんけえ、できんことはできませんいうて、つい大声《かー》を上げてしもうたんです。ま、こんなところかいな……。

竹造　待ちんさい。いま、なにかひらめきよった。

美津江　あ、それ、おとったんの十八番《おはこ》、あてにならんことの代名詞。ひらめくたんびに新しい商売じゃの、女子衆《おなごしゅ》なんかに手を出《て》よう出して、おじったんの遺《のこ》した身上《しんしょう》、小さな旅館のほかはなんもかも……、

竹造　たとえ身上をふやしとっても、結句はピカで全部、灰にされとったわい。いうたら先見の明があったんじゃ。

美津江　そがあなこというたら、一所懸命、はたらいとられた方に無礼じゃけえ、ほんまに。

竹造　わかっとる。じゃがええか、おまいらの集めた話をしようとするけえ、おっどれすっどれの口喧嘩《げんか》になるんじゃ。だれもが知っとる話、そいに原爆資料を入れ込んではどうじゃ。ほいたら木下さんがよろこびんさるわい。

美津江　夏休みおはなし会は子どもたちのためのものです。

竹造　わかっとる。じゃがええか、桃太郎さんでもええ、さるかに合戦でも一寸法師でもええ、よう知られとる話の中に、おまい、原爆資料をくるみ込んでみい。

美津江　どげえに？

竹造　そいは本職のおまいが考えることよ。

美津江　だいたい占領軍の目がそこら中でぴかぴか光っとんのよ。おとったんは占領軍の権力《ちから》を知らんけえ、そげえなのんき坊主《ぼうず》いうとられるんよ。

竹造　（ひらめく）またきよった……。

美津江　うちゃあ、おはなしを覚えにゃいけんの。もう居《お》ってもらわんでもええですけえ、また来てちょんだいの。

竹造　（かえって堂々として）そいじゃが。おまいがしよるんはおはなしじゃけえ、言うそばから風がおまいのことばを四方八方へ散らばしてくれる。よい子たちのこころの中を通り抜けたおまいのことばは風にのって空へのぼり虹《にじ》になる。証拠はのこらん。比治山を吹きぬける広島の風がおまいの味方なんじゃ。

言いながら竹造はエプロンの、下に二つ、上に一つあるポケットに木下青年の原爆資料を入れる。

竹造　参考になるものやらならんものやらよう分からんが、聞いてつかあさい。（おはなしが始まる）一寸法師……、お椀《おやわん》の舟で京の都へ上ったあの一寸法師のことはみんなもよう知っとってじゃの。お姫様を救おうと赤鬼の口の中へ躍り込み、縫い針の刀でお腹《どんばらんなかー》の中をチクチク刺し回って、とうとう鬼めを降参させてしもうた。強い《つえー》のう。たしかに強い《つえー》。じゃけんど、ヒロシマの一寸法師はもっと、えっと、ごつう強いんじゃ。

美津江　……ヒロシマの一寸法師？

竹造　（大きく頷《うなず》いて）「福吉美津江エプロン劇場」のはじまり！

美津江　エプロン劇場……。

竹造　（また頷いて）エプロンのポケットをいい具合《えーがい》に使うて話をしっかり盛り上げるわけじゃ。

さて、赤鬼のお腹《どんばらん》の中へ飛び込むまではおんなじじゃが、その先は大けにちがうぞ。（おはなしに戻る）赤鬼のお腹《どんばらん》の中に飛び込んだヒロシマの一寸法師は、（エプロンの右下のポケットから原爆瓦《かわら》を出して高く掲げ）この原爆瓦を鬼めの下っ腹に押しつけて、

『やい、鬼。おんどれの耳くそだらけの耳の穴かっぽじってよう聞かんかい。わしが持っとるんはヒロシマの原爆瓦じゃ。あの日、あの朝、広島の上空五百八十メートルのところで原子爆弾ちゅうもんが爆発しよったのは知っちょろうが。爆発から一秒あとの火の玉の温度は摂氏一万二千度じゃ。やい、一万二千度ちゅうのがどげえ温度か分かっとんのか。あの太陽の表面温度が六千度じゃけえ、あのとき、ヒロシマの上空五百八十メートルのところに、太陽が、ペカーッ、ペカーッ、二つ浮いとったわけじゃ。頭のすぐ上に太陽が二つ、一秒から二秒のあいだ並んで出よったけえ、地面の上のものは人間《にんげ》も鳥も虫も魚も建物も石灯籠《どーろ》も、一瞬のうちに溶けてしもうた。根こそぎ火泡を吹いて溶けてしもうた。屋根の瓦も溶けてしもうた。しかもそこへ爆風が来よった。秒速三百五十メートル、音より速い爆風。溶けとった瓦はその爆風に吹きつけられていっせいに毛羽立って、そのあと冷えたけえ、こげえ霜柱のような棘《とげ》がギザギザギザギザと立ちよった。瓦はいまや大根《だいこ》の下ろし金、いや、生け花道具の剣山。このおっとろしいギザギザで、おんどりゃ肝臓を根こそぎ摺《す》り下ろしたるわい。ゴシゴシゴシ、ゴシゴシゴシ……』

痛《いと》うて痛うて赤鬼は、顔の色を青うしてからにそのへんを転げ回ってのた打った。

怯《おび》えている美津江。

竹造、左下のポケットから薬瓶を出して掲げ、

すぐさま、ヒロシマの一寸法師は熱で溶けてぐにゃりと曲がった薬瓶を取り出し、
『やい、鬼。こんどはこの原爆薬瓶で、おんどりゃ尻の穴に、内側から栓をしてやるわい。
ふん詰まりでくたばってしまやあええ』

竹造、上のポケットからガラスの破片を出して掲げ、

『……やい、鬼。これは人間の身体《からだ》に突き刺さっとったガラスの破片ぞ。あの爆風がヒロシマ中のありとあらゆる窓ガラスを木《こ》っ端微塵《ぱみじん》に吹ッ飛ばし、人間の身体を、（涙声になっている）針ネズミのようにしくさったんじゃ……』

美津江　（いつの間にか左の二の腕を押さえている）やめて！

竹造　『このおっとろしいガラスのナイフで、おんどりゃ大腸や小腸や盲腸を、千六本にちょちょ切っちゃるわい』……。

美津江　もうええですが！

竹造　……非道《どえりゃー》いものを落としおったもんよのう。人間《にんげ》が、おんなじ人間《にんげ》の上に、お日《ひー》さんを二つも並べくさってのう。

擂鉢などを片づけながら、

竹造　原爆資料を話の中に折り込むいうんは、それがどげな話であれ、広島の人間には《にゃー》、やっぱあ辛《つら》いことかもしれん。これはよう覚えちょかにゃなりませんのう。木下さんにおまいを気に入ってもらおう思うてやったことじゃが、悪《わりー》いことをした。わしのひらめきちゅうやつは《あー》どうもいいけん。

片づけものを持って台所の奥深くへ消えながら、

竹造　木下さんに上げるお土産、明日はじゃこ味噌だけで我慢してちょんだいや。

美津江　いろいろ気を使《つこ》うてくれんさってありがとありました。（ト見るがいない）……おとったん？　おとったん……。

ゆっくりと暗くなる。

3

音楽の中で雨が降っている。

明るくなると前場の翌日、木曜日の正午すぎ。天井から雨が漏っており、その雨粒を茶の間に五つ六つ、八帖《じょう》間に六つ七つと置いてある丼《どんぶり》や茶碗《ちゃわん》が正確に受け止めている。

茶の間の下手ぎわに、大鍋《おおなべ》と飯《めし》炊《た》き釜《がま》を足もとに置き、片手に小鍋を下げた竹造が立ち、試験場の監督官のような目つきで二つの部屋の雨漏りを見張っている。
……と、茶の間と八帖の境目に新しい雨漏りを発見。竹造、童唄《わらべうた》のようなもので囃《はや》しながら丼や茶碗の間を石蹴《いしけ》り式に巧みに縫って行ってそこへ小鍋を置き、

竹造　ゆうべの雨《あみやー》は、りはつな雨じゃ。夜中に降って、朝には止《や》んだ。

と元の位置に戻る。もっともすぐ、遠方の八帖の文机の上に新たに雨が漏っているのを見つけ、飯炊き釜を抱えて出動する。

竹造　いま降る雨は、あんぽんたんな雨じゃ。朝から降りよって、昼になっても止まん。

文机をずらして飯炊き釜を置くが、こんどは文机の新しい置場所に迷う。そこでひとまず文机を持って、

竹造　雨、雨、止まんかい、おまいのとったんごくどうもん、おまいのおかやんぶしょうもん。

元の位置まで戻ってくる。置場所を探しているうちに、文机の上の便箋《びんせん》と封筒に目が行く。文机をその場に置き、その前に坐《すわ》って封筒の宛名《あてな》を読む。

竹造　「広島市外府中町《ふちゅうちょう》　鹿籠《こごもり》二丁目……、滝沢様方、木下正様、みもとに」。みもとに……？

ばかににっこりする。つぎに便箋を読む。

竹造　（ところどころ声に出す）「前略。いつも市立図書館をご利用くださいましてありがとうございます。……お目にかからせていただいているときはいつも忙しくしており、……（頭の上に雨粒。大鍋を頭に載せて防ぎながら）これは大切なことですのでお手紙で、……お集めになっている原爆資料……、もしも私のところでよろしければ……、一人住まいですので置場所は……、多少、雨漏りはいたしますが……、このところきびしい暑さが……、おからだくれぐれも……。かしこ」

美津江が帰ってくる。玄関口で唐傘の雨を払っているのへ、

竹造　もうお帰りか《はーもどつたんか》。
美津江　……あ、おとったん。
竹造　おお、いさせてもろうとるよ。お昼になったばっかりじゃいうのに、どうしたいうんじゃ。
美津江　この雨で、おはなし会が流れてしもうた。
竹造　（頷いて）どうせなら夜中のうちに降りゃええのにのう。子どもたちがかわいそうでやれん。

美津江　……忘れ物か。

竹　造　……早引けです。

美津江　どっか悪い《わりー》んか。（愕然《がくぜん》として）まさか、吐き気がするいうんじゃあるまいな。へてから、立ちくらみ、耳鳴り、腹つかえ、下り腹。……まだ原爆病が出よるんか？

竹　造　このごろは出は《でやー》せん。

美津江　それならええが……。

竹　造　あいかわらずシクシクしとるんは（左の二の腕を軽く押さえて）ここぐらい《ぐりゃー》なもん。

美津江　それなら安心じゃ。（元気づけて）あの根性悪《こんじょわる》の外道者《げどーもん》もえんやっと退散したのかもしれんのう。

竹　造　そう思わせて安心させといて、いきなりだまし討ちにくるけえ、死ぬまで気は許せんけえど。

美津江　うーん、面倒なものを背負《しょ》うてしもうたものよのう。……あれ？

縁先に出て空模様を見る。

竹　造　やったあ。ようやらやっと雨が上がってくれよった。これ以上降ると、置くものがのうなってしまうとこじゃったんじゃ。まさかここへ《こけー》風呂《ふろ》桶《おけ》を運び込むわけにも行かんけえのう。

雨漏りが止んだあたりの丼や茶碗を五つ六つ片づけて卓袱台《ちゃぶだい》を組み立てて置き、坐る場所をつくってやる。

竹造　ほいで、いい具合《えーがい》に行ったかいのう。

美津江　いい具合……？

竹造　じゃこ味噌のことじゃが。木下さん、よろこんでくれんさったか。

美津江　ああ、じゃこ味噌ねえ……。

竹造　これはぼくの大好物でありまして、そがあいうとられはせんかったか。

美津江　まだ渡しとらんけえ……、

木下の買物袋から例のハンカチ包みを出して、卓袱台の上に置く。

美津江　ここにある。

竹造　どうしてここにあるんじゃ。

美津江　比治山へは行かなんだ。

竹造　どうして。

美津江　雨が降っとったし……、

竹造　傘《かさー》を持っとろうが。

美津江　道が緩《じゅるー》くなっとるけえ、こけるかもしれんし、

竹造　下駄には歯ちゅうもんがあるど。

美津江　なによりも……、
竹　造　なんじゃちゅうんじゃ。
美津江　木下さんと会《お》うちゃいけん思うて……。
竹　造　またそれかいの。おんなじことばっかしいいよったら、しまいにゃ人に笑われるど。
美津江　ほいで、作業室で本の修理しとった……。
竹　造　いまからでも間に合うんとちがうんか。
美津江　そのうちに、木下さんが比治山の方から図書館へ向かって歩いて来《き》んさるんが見えた。会うちゃいけん思うて、早引けさせてもろうてきた……。
竹　造　（ぶるぶる震えている）昔じゃったらここでゴツンと一発ぶしゃあげるところじゃがのう！
美津江　おとったん、これでええん。うち、人を好いたりしてはいけんのです。
竹　造　むりをしよると、あとでめげるど。
美津江　ええいうたらええんじゃ。じゃけえ、もうほっといてくれんさいや。

美津江、そのへんを片づけ始める。

竹　造　応援団長をなめちゃいけんど。
美津江　顔色《いろめ》変えてどうしたん？
竹　造　すっぺーこっぺーごまかしいうちゃいけんで。おまい、どこまでも木下さんを好いちゃおらんいい張るつもりか。

美津江　じゃけえ、それは……、
竹　造　聞くだけ野暮ちゅうもんじゃな。（文机の封筒と便箋を指して）「みもとに」。この脇付《わきづ》けにおまいの気持がはっきり出とるじゃないか。
美津江　（一瞬、動揺するが）女性ならだれでもそげえ書きよってじゃ。
竹　造　「一人住まいですので置場所はございます……」、ただの利用者にあててこげえなことが書けるか。
美津江　それ、いたずら書き。捨てよう思うとったんよ。返してちょんだいの。
竹　造　いらんもんなら、わしが捨てちゃるわい。
美津江　おとったんたら……。

竹造、封筒と便箋をズボンのポケットに収めて、

竹　造　どうして人を好いちゃいけんいうんじゃ。たしかにおまいは人がたまげてのけぞるような美人じゃない《なー》。そいの半分はわしの責任でもある。じゃけんど、よう見りゃ愛敬《あいきよう》のあるええ顔立ちをしとるけえ、そいはわしの手柄じゃ。
美津江　なにいうとるんね。
竹　造　つずまり、木下さんがそれでええいうてくれんさっとるんじゃけえ、その顔でええんじゃないか。
美津江　そういうことじゃない《なー》いうとるでしょう。

竹　造　……もしかしたら原爆病か。あいつがいつ出てくるかもしれんけえ、そいで人を好いちゃいけん思うとるんじゃな。
美津江　（頷いてから）じゃが、木下さんが、そのときは命がけで看病してあげるいうてくれちゃったです。
竹　造　なんな、ずいぶん話は進んどるんじゃないか。（ひらめいて）そうか、生まれてくるねんねんのことが心配なんじゃな。たしかに原爆病はねんねんにも引き継がれることがあるいうけえ、やれんのう。
美津江　（頷いてから）そのときは天命じゃ思うて一所懸命、育てよう……、
竹　造　そいも木下さんのお言葉かいの。
美津江　遠回しにじゃけど、そがあいうとられとってでした。
竹　造　遠回しであれ近回しであれ、そこまで話し合えるちゅうことは……、もう、わしゃ知らんが。
美津江　そいじゃけえ、いっそう木下さんと会《お》うちゃいけんのです。
竹　造　ほんじゃなにか、うまいこと行きゃあうまいこと行くほどうまいこと行かんちゅうんか。
美津江　あ、それはいえとる。
竹　造　たいがいにしとかんと、わしでもほんまに怒るで。話が一昨々日《さきおとつい》と明々後日《しあさって》とあべこべの方角を向きよって、ついでにでんぐり返りやらさかとんぼやら打っとるけえ、なにがなにやらようわからん。
美津江　（これまでにないような改まった声で）ここへ坐《すわ》ってくれんさいや。

竹　造　……はい。

竹造、思わず美津江の前に坐ってしまう。

美津江　うちよりもっとえっとしあわせになってええ人たちがぎょうさんおってでした。そいじゃけえ、その人たちを押しのけて、うちがしあわせになるいうわけには行かんのです。うちがしあわせになっては、そがあな人たちに申し訳が立たんのですけえ。

竹　造　そがあな人たちいうんは、どがあな人たちのことじゃ。

美津江　たとえば、福村昭子さんのような人……。

竹　造　福村……、ちゅうとあの？

美津江　（頷いて）県立一女から女専までずうっといっしょ。昭子さんが福村、うちが福吉、名字のあたまがおんなじ福じゃけえ、八年間通して席もいっしょ、陸上競技部もいっしょ。じゃけえ、うちらのことを二人まとめて「二福《ふたふく》」いう人もおったぐらいでした。

竹　造　二人じゃけええかったんじゃ。もう一人二人、福の字のつくんがおってみい、まとめて「お多福」、いわれとったかもしれんけえな。

美津江　（耐えて）……女専で昔話研究会をつくったんもいっしょ。昭子さんが会長で、うちが副会長でした。はなしをいじっちゃいけんちゅう根本方針も二人で話し合《お》うて決めたことじゃったですけえ。

竹　造　ほいであよに頑張っとったんか。

美津江　ほうじゃが。
竹　造　成績もしじゅう競《せ》っとったけえのう。
美津江　（首を横に振る）駆けっこならとにかく、勉強では一度も昭子さんを抜いたことがのうて、うちはいっつも二番。これはたぶん、おとったんのせいじゃ。
竹　造　……いきなりいびっちゃいけない。
美津江　なによりもきれいかったです、一女小町、女専小町いうて囃《はや》されてね。
竹　造　あの娘《こ》のおかやんの方がきれいかったんとちがうか。裁縫塾をしとってで、おまけに未亡人で、あの人の前へ出ると、なんでかしらん、よう口が利《き》けんのじゃ。
美津江　ほいで手紙を書いとったんやね、お米や鮭《さけ》缶や牛缶つきの。「この春こそはごいっしょに比治山の夜桜を見たい思うとります福吉屋の竹造より。福村静枝様まいる」……。
竹　造　どうしてそうようなこと知っとるんじゃ。
美津江　昭子さんが見せてくれたんです、「まいる、いう脇付けはすこしおかしいんとちがう」いうてね。
竹　造　……おかしいですか。
美津江　「まいる」は女性が使う脇付けじゃけえね。
竹　造　そんなもんを公開しちゃいけんがな。見かけによらず人の悪い後家さまじゃ。
美津江　うちには実のおかやんのようにやさしゅうしてくれんさったわ。
竹　造　そいじゃけえ、おまいのほんまのおかやんになってくれたらよかったいうとるんじゃ。福村から福吉へ一字変えれば《りゃー》すむことじゃけえのう。

美津江　（耐えて、改まって）昭子さんこそしあわせにならにゃいけん人じゃったんです。
竹造　じゃけえ、どうしてか訊いとるんじゃ。
美津江　うちより美しゅうて、うちより勉強ができて、うちより人望があって、ほいでうちを、ピカから救うてくれんさった。
竹造　……ピカから、おまいを？
美津江　（大きく頷いて）うちがこよに生きておれるんは、昭子さんのおかげじゃけえの。
竹造　突飛をいいよる。あんとき、うちの庭にはわしとおまいの二人しかおらんかったはずじゃ。どこに昭子さんがおったいうんかいね。
美津江　手紙でうちを救うてくれんさったんよ。
竹造　手紙で……？
美津江　あのころ昭子さんは県立二女の先生。三年、四年の生徒さんを連れて岡山水島の飛行機工場へ行っとられたんです。前の日、その昭子さんから手紙をもろうたけえ、うれしゅうてならん、徹夜で返事を書きました。ほいで、あの朝、図書館へ行く途中で投函《とうかん》しよう思うて、うち、こよに厚い手紙を持って庭を裏木戸の方へ歩いとった……。
竹造　わしはたしか縁先におった。一升瓶につめた玄米を棒で突いて白くしとったんじゃが、石灯籠《どーろ》のそばを歩いとったおまいを見て、「気《きー》をつけて行きいよ」……。
美津江　（頷いて）その声に振り返って手をふった。そんときじゃ、うちの屋根の向こうにB29と、そいからなんかキラキラ光るもんが見えよったんは。「おとったん、ビーがなんか落としよったが」

竹　造　「空襲警報が出とらんのに異な気《いげ》なことじゃ」、そがあいうてわしは庭へ下りた。
美津江　「なに落としよったんじゃろう、また謀略ビラかいね」……。見とるうちに手もとが留守
になって石灯籠の下に手紙《てがみゅー》を落としてしもうた。「いけん……」、拾おう思うてちょごんだ。
そのとき、いきなり世間《しょけん》全体が青白うなった。
竹　造　わしは正面から見てしもうた、お日《ひー》さん二つ分の火の玉をの。
美津江　……（かわいそうな）おとったん。
竹　造　真ん中はまぶしい《まばいー》ほどの白でのう、周りが黄色と赤を混ぜたような気味の悪い《きびがわりー》色の大けな
輪じゃった……。

少しの間《ま》。

竹　造　（促して）ほいで。
美津江　その火の玉の熱線からうちを、石灯籠が、庇《かぼ》うてくれとったんです。
竹　造　（感動して）あの石灯籠がのう。ふーん、値の高いだけのことはあったわい。
美津江　昭子さんから手紙をもろうとらんかったら、石灯籠の根方《ねかた》にちょごむこともなかった思い
ます。そいじゃけえ、昭子さんがうちを救うてくれたいうとったんです……。

いきなり美津江が顔を覆《おお》う。

竹造　……どうしたんじゃ？
美津江　昭子さんは、あの朝、下り一番列車で、水島から、ひょっこり帰ってきとってでした。
竹造　（ほとんど絶句）なんな……。
美津江　夜の補習のために、謄写版《とうしゃばん》道具一揃《ひとそろ》いと藁半紙《わらばんし》千枚、そよなものがひょっこり要るようになって、学校へ受け取りに来られたんです。
竹造　ほいで、どうした？　まさか……。
美津江　西観音町《にしかんおんまち》のおかあさんとこで一休みして、八時ちょっきりに学校へ出かけた。……ピカを浴びたんは、千田町《せんだまち》の赤十字社支部のあたりじゃったそうです。
竹造　（唸《うな》る）うーん。
美津江　昭子さんをおかあさんが探し当てたのが丸一日あとでした。けんど、そのときにはもう赤十字社の裏玄関の土間に並べられとった……。
竹造　なんちゅう、まあ、運のない娘《なー》じゃのう。
美津江　（頷きながらしゃくり上げ）モンペのうしろがすっぽり焼け抜けとったそうじゃ、お尻《しり》が丸う現れとったそうじゃ、少しの便が干からびてついとったそうじゃ……。

少しの間。

竹造　もうええが。人なみにしあわせを求めちゃいけんいうおまいの気持が、ちいたー《ちぃたー》とは分かったような気がするけえ。

美津江　……。

竹造　じゃがのう、こうよな考え方もあるで。昭子さんの分までしあわせにならにゃいけんいう考え方が……。

美津江　（さえぎって叫ぶ）そよなことはできん！

竹造　なひてできん？

美津江　昭子さんのおかあさんとの、……約束があるけえ。

竹造　約束……？

美津江　（頷いて）約束のようなもの……。

竹造　どうよな約束いうんじゃ？

美津江　……昭子さんのおかあさんに会《お》うたんは、ピカの三日あと、八月九日の午後遅くのことじゃった。……ピカの日に、うち、広島から宮島へ逃げて、九日の朝まで、堀内先生のうちで厄介かけとったけえ。

竹造　堀内先生？　どっかで聞いたような……。

美津江　女学校のときの生花の先生じゃ。

竹造　おお、あの年寄り先生か。

美津江　（頷く）……。

竹造　ええ先生がおられて、えかったのう。

美津江　先生にはげまされて、朝、宮島をたって、魚を焼くような臭《にお》いのたちこめる中を、昼ごろ、うちに着いた。

竹造　（いたわるように）きれいに焼けとったろう。

美津江　泣き泣きおとったんのお骨を拾いました。

竹造　……ほうじゃったな。いや、ありがとありました。

美津江　そいから西観音町の昭子さんところへ行ったんじゃが、あそこいら《あこいら》もすっぱり焼けとって、うちが訪ねたときは、おかあさんは防空壕《ごう》の中で寝ておいでじゃった。背中に非常に《じように》大きな火《いかい》ぶくれを背負っておいでで、腹ばいになってげっしゃりなさっとった……。

竹造　むごいことよの。

美津江　おかあさんはうちの顔を見てごつうによろこんで、ぶらあ起き上がると、うちを力いっぱい抱きしめて、よう来てくれたいうてくれんさった。ところが、昭子さんのことを話してくださっとるうちに、いきなりおかあさんの顔色が変わって、うちを睨《にら》みつけて（言えなくなる）……。

竹造　どうなさったんいうんじゃ。

美津江　「なひてあんたが生きとるん」

竹造　……！

美津江　「うちの子じゃのうて、あんたが生きとるんはなんでですか」

少しの間。

美津江　そのおかあさんも月末には亡《の》うなってしまわれたけど……。

竹造　つまらん気休めいうようじゃが、昭子さんのおかやんは、そんとき、ちぃーっと気が迷うて、そよなことを……、

美津江　(はげしく首を横に振って) うちが生きのこったんが不自然なんじゃ。

竹造　なにいうとるんじゃ……。

美津江　うち、生きとるんが申しわけのうてならん。

竹造　そよなこと口が裂けても口にすなや。

美津江　聞いてちょんだいの！

竹造　聞きとうないわい。

美津江　（構わずつづける）うちの友だちはあらかたおらんようになってしもうたんです。防火用水槽に直立したまま亡《の》うなった野口さん。くちべろが真っ黒にふくれ出てちょうど茄子《なすび》でもくわえているような格好で歩いとられたいう山本さん。卒業してじきに結婚した加藤さんはねんねんにお乳を含ませたまま息絶えた。加藤さんの乳房に顔を押しつけて泣いとったねんねんも、そのうちにこの世のことはなにも知らずあの世へ去《い》ってもうた。中央電話局に入った乙羽《おとわ》さんは、ピカに打たれて動けんようになってもうた後輩二人を両腕に抱いて、「私らはここを離れまいね」いうて励ましながら亡うなったそうです。あれから三年たつのにまだ帰っとらん友だちもおってです。ほいて、おとったんもおる……！

竹造　わしとおまいのことなら、もうむかしに話がついとる。よう考えてみいや。

美津江　いんねの。あんときの広島では死ぬるんが自然で、生きのこるんが不自然なことやったんじゃ。そいじゃけえ、うちが生きとるんはおかしい。

竹造　死んだ者はそうよには考えとらん。現にこのわしにしても、なんもかもちゃんと納得しとるけえ。
美津江　（さえぎって）うちゃあ生きとんのが申し訳のうてならん。じゃけんど死ぬ勇気もない《なー》です。

また、雨が降りだす。

美津江　そいじゃけえ、できるだけ静かに生きて、その機会がきたら、世間からはよう姿を消《きや》そう思うとります。おとったん、この三年は困難の三年じゃったです。なんとか生きてきたことだけでもほめてやってちょんだい。

美津江が立って、玄関口へ行こうとする。

竹造　どこへ《どけー》行くん？
美津江　本の修理をしのこしたままじゃけえ、やっぱあ図書館へ戻る。木下さんはもうおらん思う。
竹造　待ちんさい。

ズボンのポケットから封筒と便箋《びんせん》を出して、美津江に突きつける。

竹造　これは投函《とうかん》しときんさいや。

美津江　……！
竹造　速達で。
美津江　そげえ無茶な……。
竹造　こりゃァおとったんの命令じゃ。

竹造から押しつけられた封筒と便箋を手に震えている美津江。
竹造は雨漏りを見つけて、またも丼や茶碗を置いて行く。

竹造　雨、雨、止《や》まんかい、おまいのとったんごくどうもん、おまいのおかやんぶしょうもん……、

雨がはげしくなり、それにつれて暗くなって行く。

4

音楽がおわるとすぐにオート三輪のエンジンの音がおこり、それにつれて明るくなると、前場の翌日、金曜日の午後六時。
茶の間の卓袱台《ちゃぶだい》に、木下青年とオート三輪の運転手が飲んだ湯呑《ゆのみ》茶碗が載っている。
八帖《じょう》間から庭先にかけて、いましがた木下青年が持ち込んだ原爆資料でいっぱい。

新聞紙を敷きつめた八帖間に、溶解して首の曲がったビール瓶のケース、同じような五合瓶や一升瓶が五、六本、高熱で奇妙に歪《ゆが》んだ一升徳利、八時十五分を指したまま止まっている直径三十センチの丸時計、片側が焼けた花嫁人形などが置かれ、上手の壁ぎわに、茶箱や蜜柑《みかん》箱なども積み上げられている。
庭の上手《かみて》に、石灯籠《どうろう》の上部が三つ。そしてそれに混じって、沢庵《たくあん》石ぐらいの大きさの、顔面が溶解した地蔵の首。
エンジンをふかしていたオート三輪が、やがてのんびりと走り去ると、玄関口から、笑顔をのこした美津江が入ってくる。湯呑を台所へ下げ、布巾《ふきん》を持ってきて卓袱台を拭《ふ》き始めるが、ふと、地蔵の首に目が行き、たちまち笑顔が凍りつく。
……やがて、こわごわ縁先へにじり出て地蔵を見ているが、さらに裸足《はだし》のまま庭に下りて地蔵の首を自分の方へ向ける。思わず悲鳴に似た声。

美津江　……あんときの、おとったんじゃ！

それに応《こた》えるかのように、下手から火吹竹で肩を叩《たた》きながら竹造が入ってきて、

竹　造　なんか用か、九日十日《ここのかとおか》？

美津江、地蔵の首と竹造の顔を見比べていっそう硬くなるが、とっさに地蔵の首をあさっての方へ向けて、

美津江　居《お》っとられたんですか。
竹　造　（頷いて）古い洒落《しゃれ》はやっぱあ受けんのう。ほいで、木下さんは、もう一回、原爆資料を運んでくるいうとられたようじゃのう。
美津江　これでちょうど半分じゃそうです。
竹　造　（感心して）ぎょうさん集められたものじゃのう。下宿のおかみさんばかり責めるわけにはいけんので、ほんまに。

美津江は足の裏をはたいて家へ上がり、卓袱台を拭き、台所仕事などをするが、これから先しばらく、彼女はいま生まれた動揺と格闘する。

竹　造　木下さんの下宿からここまでの道のりのことじゃが、あのオート三輪の運転手はなんぼあったいうとったかいのう。
美津江　ちょっきり片道一里十町、信号が六つ、踏切が一つ、そがあいうとったけえど。
竹　造　ほいなら、あっちゃで積み込む時間を勘定に入れても、あと三、四十分もすれば、木下さんがまたここへきんさるわけじゃ。そんとき、またようおいでましたいうて挨拶《あいさつ》をすませたらすぐ、お風呂《ふろ》をおすすめせいや。
美津江　お風呂……？
竹　造　（火吹竹を示して）こよな暑い日にゃあ、お風呂が一番の御馳走《ごっつぉー》じゃけえ。
美津江　お風呂を焚《た》いといてくれさったん？

竹造　ほいじゃが。
美津江　ごっつ気の利《き》く……。
竹造　だてに二十年も男やもめをやっとりゃせんわい。ほいで、木下さんは熱い《あちー》湯がお好きか、ほいともぬるめがええんじゃろか。
美津江　そよなことまでは知らんけえ。
竹造　それはそうじゃのう。ほんなら適当に沸かしちょくが、湯上がりにはなにか冷たい《ひゃぃ》もの《もん》を差し上げにゃいけんで。
美津江　ビールを一本、買《こ》うてあります。
竹造　そりゃええ。せいでも運転手は冷たい《ひゃぃ》水でええで。こんな日には冷たい水でも御馳走じゃけえのう。
美津江　氷も五百匁《もんめ》目、買うといた。
竹造　ほいから運転手には早う去って《いんで》もらわにゃいけんで。長居されたらやれんけえ、用心せえや。
美津江　次の仕事があるそうじゃけえ。
竹造　（安心して）ほりゃえかった。ほいから新しい《にぃな》手拭《てのごい》を用意しとかにゃあいけんで。
美津江　買うてあります。
竹造　シャボンも要《い》るで。
美津江　それも買うてあります。
竹造　軽石は……。

美津江　買うてあります。
竹　造　へちまは……。
美津江　買うてあります。
竹　造　ほいから男物《おとこもん》の浴衣《ゆかた》じゃが……。
美津江　買うて……、そがあもんあるわけない《なー》。
竹　造　（頷いて）男物の浴衣まで用意しとったら、ちぃーと外聞が悪い《わりー》けえのう。おまいもよう心得とるじゃろうが、木下さんの背中を流すんはいくらなんでもまだ早いけえ、そがなことすなや。これまた外聞ちゅうもんがあるけえのう。
美津江　おとったん、薪《まき》をつがんでもええんですか。
竹　造　わかっとる。それで《ほいで》夕飯《よーはん》の御馳走はなんじゃ。
美津江　ビールにじゃこ味噌。
竹　造　そりゃええ。
美津江　小いわしのぬた。
竹　造　ええが、ええが。
美津江　醤油《しょうゆ》めし。
竹　造　（舌なめずりして）醤油めしの加薬《かやく》はなんとなんとなんじゃ。
美津江　ささがきごんぼう、千切りにんじん、ほいから油揚げ《あぶりゃーげ》とじゃこ。
竹　造　ごっつ、ええのう。
美津江　ほいで仕上げが真桑瓜《あじうり》じゃ。

竹造　（ためいきをついて）わしも招《よ》ばれとうなってきよった。

美津江　（竹造を見つめて）……おとったんが食べてくれんさったら、うちもうれしいんじゃけどねえ。

竹造　（いきなり）夏休みは取れるんかいね。

美津江　……夏休み？

竹造　さっき出かけしなに、木下さんがいうとられたろうが。「夏休みが取れるようなら岩手へ行きませんか。九月の新学期までに一度、家へ帰ろう思うとるんです。美津江さんを連れて行ったら両親が非常《じょうに》によろこびますけえ」

美津江　……夏休みは取ろう思うたら取れる思う。

竹造　ほいなら是非《ぜっぴ》行ってきんさい。

美津江　岩手はうちらの憧《あこが》れじゃった。宮澤賢治《みやざわけんじ》の故郷《ふるさと》じゃけえねえ。

竹造　その賢治くんちゅうんは何者かいね。

美津江　童話や詩をえっと書かれた人じゃ。この人の本はうちの図書館でも人気があるんよ。うちは詩が好きじゃ。

竹造　どがいな詩じゃ？

美津江　永訣《えいけつ》の朝じゃの、岩手軽便鉄道の一月じゃの、星めぐりの歌じゃの……。

竹造　ほう、星めぐりのう。

美津江　（調子高く）「あかいめだまのさそり、ひろげた鷲《わし》のつばさ、あおいめだまの小いぬ、ひかりのへびのとぐろ……」。星座の名をようけ読み込んだ歌なんよ。

竹造　星の歌なら小学校んときにつくったことがあるで。
美津江　……ほんま？
竹造　（調子高く）「今夜も夜になったけえ、三つ星、四つ星、七つ星、数えとったら眠とうて、とろりとろりとねんねした。上じゃ星さんペーカペカ、下じゃ盗人《ぬしと》がごーそごそ、森じゃ……」
美津江　……！
竹造　風呂の火加減、見にゃいけんけえ、あとは割愛じゃ。たしか二重丸もろうて、教室の壁に貼《は》り出してもろうたはずじゃ。（去りかけて）木下さんが岩手へ行こういうて誘うたんは一種の求婚じゃ。そのへん、わかっとろうな。「森じゃふくろがぼろきて奉公せい、お寺じゃ狸《たのき》がぽんぽこぽん……」

竹造は火吹竹を振り回しながら下手へ去る。

それを見届けて、美津江は庭に下り、改めて地蔵の首を見る。やがてこころが決まる。しっかりした足取りで家に上がると、押入れから大きな風呂敷を出して身の回りのものを包み始める。

そこへ下手から竹造がやってきて、

竹造　木下さんは無精ひげを生やされとったけえ、剃刀《かみそり》を用意しとかにゃいけんで。
美津江　剃刀のたぐいは家の中に置かんことにしとる。首の血管に切りつけて亡《の》うなった被爆者がいくたりもおられたけえのう。風呂桶《おけ》につけといた左手首の血管をあれですらっと切って

竹造　死にんさった方もおってです。（美津江の様子を観察していたが）……おまい、ひょっとしたら荷造りしよるんじゃないか《なー》。ほいも岩手へ夏休み旅行に出かけよういう荷物じゃなさそうじゃな。

美津江　（頷いて）堀内先生の生花教授のお手伝いをさせてもらおう思うとる。間ものう家を出れば、七時五分の宮島行きの電車には《にゃー》乗れるじゃろう。

荷物をまとめ終えた美津江は、卓袱台に走り寄って便箋《びんせん》をひろげ鉛筆を構える。

竹造　（抑えながら）木下さんが戻ってきんさるんじゃけえ、その案は考えもんでえ。だいたいが人を招んでおいて途中で放り出す《ほーくりだす》やつがあるか。ほいはごっつ失礼《ひつれー》ちゅうもんよ。

美津江　この手紙を玄関口のよう目につくところに置いて出るんじゃけえ、心配せんでもええのんです。

竹造　せっかくの御馳走はどよになるんじゃ。くさるにまかせて蠅《はえ》めらに食わせたるいうんか。

美津江　一人で上がってもらうんじゃ。木下さんに、そよに書いとくけえ。

竹造　風呂はどがあなるんじゃ。やっぱあ、勝手に風呂へ入ってちょんだい、いうて書くんか。

美津江　（頷《うなず》いて）そのあとの文章は……。（ちょっと空《くう》を睨《にら》んで考えて）お帰りの節《ん》は雨戸を閉め、玄関の鍵《かぎ》をかけて出てつかあさい、鍵はお隣りに預けてくれんさい。ほいで最後の一行は、大切な資料はこのままお預かりしときます。じゃけんど、うちのことはもうお忘れになってつかあさい、取り急ぎ……。

竹造　図書館にはもう出んのか。

美津江　……ええ。

竹造　いつものややこしい病気がまた始まりよったな。

美津江　……ちがう！

竹造　いんにゃー、病気じゃ。（縁先に上がる）わしゃのう、おまいの胸のときめきから、おまいの熱《あちー》いためいきから、おまいのかすかなねがいから現れよった存在なんじゃ。そいじゃけえ、おまいにそがあな手紙を書かせとってはいけんのじゃ。

竹造、美津江から鉛筆を取り上げる。

美津江　そいは大事な鉛筆《えんぺつ》じゃけえ、うちに戻してや。昭子さんとのお揃《そろ》いなんじゃ。ピカのときにモンペの隠しに入れとったけえ、生き延びた鉛筆なんじゃ。

竹造　おまいは病気なんじゃ。病名もちゃんとあるど。生きのこってしもうて亡《の》うなった友だちに申し訳ない《なー》、生きとるんがうしろめたい《たー》いうて、そよにほたえるのが病状で、病名を「うしろめとうて申し訳ない《なー》病」ちゅうんじゃ。（鉛筆を折って、強い調子で）気持はようわかる。じゃが、おまいは生きとる、これからも生きにゃいけん。そいじゃけん、そよな病気は、はよう治さにゃいけんで。

美津江　（思い切って）うちがまっことほんまに申し訳ない《なー》思うとるんは、おとったんにたいしてなんよ。

竹造　（虚をつかれて）なんな……？

美津江　もとより昭子さんらにも申し訳ない《なー》思うとる。じゃけんど、昭子さんらにたいしてえっとえっと申し訳ない《なー》思うことで、うちは、自分のしよったことに蓋《ふた》をかぶせとった。……うちはおとったんを見捨てて逃げよったこすったれなんじゃ。

庭へ飛び下り、力まかせに地蔵の首を起こす。

美津江　おとったんはあんとき、顔におとろしい火傷《やけど》を負うて、このお地蔵さんとおんなじにささらもさらになっとってでした。そのおとったんをうちは見捨てて逃げよった。

竹造　その話の決着ならとうの昔についとるで。

美津江　うちもそよに思うとった。そいじゃけえ、今さっきまで、あんときのことはかけらも思い出しゃあせんかった。じゃけんど、今んがた、このお地蔵さんの顔を見てはっきり思い出したんじゃ。うちはおとったんを地獄よりひどい火の海に置き去りにして逃げた娘じゃ。そよな人間にしあわせになる資格はない《なー》……。

竹造　途方《とつけもなー》もない理屈じゃのう。

美津江　覚えとってですか、おとったん。はっと正気づくと、うちらの上に家がありよったんじゃ。なんや知らんが、どえらいことが起こっとる。はよう逃げにゃいけん。そがあ思うていごいご動《いご》いとるうちに、ええ具合《えーがい》に抜け出すことができた。じゃが、おとったんの方はよう動けん。仰向《あぬけだま》けざまに倒れて、首から下は、柱じゃの梁《はり》じゃの横木じゃの、何十本もの材木に、ちゃちゃらめちゃくそに組み敷かれとった。「おとったんを助けてつかあさい」、声をかぎりに叫《おら》んだが、だれもきてくれん。

竹　造　広島中、どこでもおんなじことが起こっとったんじゃけえのう。

美津江　鋸《のこ》もない《なー》、手斧《ちょうの》もない《なー》、木槌《きづち》もない《なー》。材木を梃子《てこ》にして持ち上げよう思うたがいけん、生《なま》爪《づめ》をはがしはがし掘ったがこれもいけん……。

竹　造　ほんまによう頑張ってくれたよのう。

美津江　そのうちに煙《けぶ》たい《たー》臭《にお》いがしてきよった。気がつくと、うちらの髪の毛が眉毛《まひげ》がチリチリいうて燃えとる……。

竹　造　わしをからだで庇《かば》うて、おまいは何度となく《のー》わしに取りついた火を消《きや》してくれたよのう。……ありがとありました。じゃが、そがあことをしとっちゃ共倒れじゃ。そいじゃけえ、わしは「おまいは逃げい！」いうた。おまいは「いやじゃ」いうて動かん。しばらくは「逃げい」「いやじゃ」の押し問答よのう。

美津江　とうとうおとったんは「ちゃんぽんげで決めよう」いいだした。「わしはグーを出すけえ、かならず《ぜっぴ》おまいに勝てるぞ」いうてな。

竹　造　「いっぷく、でっぷく、ちゃんちゃんちゃぶろく、ぬっぱりきりりん、ちゃんぽんげ」（グーを出す）

美津江　（グーで応じながら）いつもの手じゃ。

竹　造　ちゃんぽんげ（グー）

美津江　（グー）見えすいた手じゃ。

竹造　ちゃんぽんげ（グー）

美津江　（グー）小さいころからいつもこうじゃ。

竹造　ちゃんぽんげ（グー）

美津江　（グー）この手でうちを勝たせてくれんさった。

竹造　ちゃんぽんげ（グー）

美津江　（グー）やさしかったおとったん……。

竹造　（怒鳴る）なひてパーを出さんのじゃ。はよう勝って、はよう逃げろいうとんのがわからんか、このひねくれもんが。親に孝行する思うてはよう逃げいや。（血を吐くように）おとったんに最後の親孝行をしてくれや。たのむで。ほいでもよう逃げんいうんなら、わしゃ今すぐ死んじゃるど。

短い沈黙。

竹造　……こいでわかったな。おまいが生きのこったんもわしが死によったんも、双方納得ずくじゃった。

美津江　じゃけんど、やっぱあ見捨てたことにかわりがない《なー》。うち、おとったんと死なにゃならんかったんじゃ。

竹造　（また怒鳴る）このあほたれが。

美津江　……！

竹造　おまいがそがあばかたれじゃったとはのう。女専まで行ってなにを勉強しとった？
美津江　じゃけんど……、
竹造　（ぴしゃり）聞いとれや。あんときおまいは泣き泣きこよにいうとったではないか《なー》。「むごいのう、ひどいのう、なひてこがあして別れにゃいけんのかいのう」……。覚えとろうな。
美津江　（かすかに頷く）……。
竹造　応《こた》えてわしがいうた。「こよな別れが末代まで二度とあっちゃいけん、あんまりむごすぎるけえのう」
美津江　（頷く）……。
竹造　わしの一等《えっとー》おしまいのことばがおまいに聞こえとったんじゃろうか。「わしの分まで生きてちょんだいよォー」
美津江　（強く頷く）……。
竹造　そいじゃけえ、おまいはわしによって生かされとる。
美津江　生かされとる？
竹造　ほいじゃが。あよなむごい別れがまこと何万もあったちゅうことを覚えてもろうために生かされとるんじゃ。おまいの勤めとる図書館もそよなことを伝えるところじゃないんか。
美津江　え……？
竹造　人間のかなしいかったこと、たのしいかったこと、それを伝えるんがおまいの仕事じゃろうが。そいがおまいに分からんようなら、もうおまいのようなあほたれのばかたれにはたよらん。ほかのだれかを代わりに出してくれいや。

美津江　ほかのだれかを？
竹　造　わしの孫じゃが、ひ孫じゃが。

短い沈黙のあと、美津江はゆっくりと台所へ行き、庖丁《ほうちょう》を握りしめる。そしてしばらく竹造を見ていたが、やがてごぼうを取ってささがきに削《そ》ぎはじめる。そのうちにふと、手を止めて、

美津江　こんどいつきてくれんさるの？
竹　造　おまい次第じゃ。
美津江　（ひさしぶりの笑顔で）しばらく会えんかもしれんね。
竹　造　……。

そのとき、遠方でオート三輪の音。

竹　造　こりゃいけん、薪《まき》をつぐんを忘れとった。

竹造、すたすたと下手奥へ去る。美津江、その背へ、

美津江　おとったん、ありがとありました。

オート三輪の音が近づいてくる気配のうちにすばやく幕が下りてくる。

主要参考資料
大江健三郎『ヒロシマ・ノート』岩波新書。広島市・長崎市原爆災害誌編集委員会編『広島・長崎の原爆災害』岩波書店。広島市立浅野図書館編集発行『広島市立浅野図書館略年表』。広島市編集発行『広島新史』。中国電気通信局『広島原爆誌』。日本原水爆被害者団体協議会『ヒロシマ・ナガサキ死と生の証言』新日本出版社。家永三郎・小田切秀雄・黒古一夫編『日本の原爆記録』、『ヒロシマナガサキ原爆写真・絵画集成』日本図書センター。峠三吉『原爆詩集』青木書店。西山洋子「原ばく」。林幸子「ヒロシマの空」。深川宗俊「冴えた眼から」。関千枝子『広島第二県女二年西組』筑摩書房。中国新聞社編集発行『写真で見る広島あのころ』。奥住喜重・工藤洋三・桂哲男訳『米軍資料原爆投下報告書』東方出版。山極晃・立花誠逸編、岡田良之助訳『資料マンハッタン計画』大月書店。平山輝男他編『現代日本語方言大辞典』明治書院。広島師範学校郷土研究室編『広島県方言の研究』芸文堂書店。広島公共職業安定所編集発行『ひろしまことば』。町博光監修、ＮＨＫ広島放送局編『今じゃけえ広島弁』第一法規出版。村岡浅大編『広島県方言辞典』南海堂。井上ひさし編著『共通語から広島方言を引く辞典』自家製。方言監修＝大原穣子。資料提供＝広島市立中央図書館。他にも多くの方がたの資料や手記のお世話になりました。ありがとありました。

作者敬白

井上《いのうえ》ひさし（一九三四〜二〇一〇）
山形県小松町（現・川西町）生まれ。一四歳で仙台の養護施設に入園。上智大学文学部独文学科から外国語学部フランス語科に転じ、浅草のストリップ劇場でコント台本を書く。在学中より放送作家となり、山元護久《もりひさ》との合作『ひょっこりひょうたん島』は人気番組に。一九六九年戯曲『日本人のへそ』を発表、同年のラジオドラマ『ブンとフン』を翌年にノヴェライズ。七〇年、「ムーミンのテーマ」で第一二回レコード大賞童謡賞、七二年、『道元の冒険』で第一七回「新劇」岸田戯曲賞、第二二回芸術選奨新人賞、『手鎖心中』で第六七回直木賞、七九年『しみじみ日本・乃木大将』『小林一茶』で第一四回紀伊國屋演劇賞、八一年『吉里吉里人』で第二回日本SF大賞、翌年第三三回読売文学賞星雲賞、九一年『シャンハイムーン』で第二七回谷崎賞、九九年第四七回菊池寛賞、二〇〇一年朝日賞、第三回織部賞、〇三年第四四回毎日芸術賞、『太鼓たたいて笛ふいて』で第六回鶴屋南北戯曲賞、〇四年文化功労者、〇九年NHK放送文化賞、第六五回恩賜賞・芸術院賞、一〇年第一七回読売演劇大賞芸術栄誉賞。近代日本を代表する劇作家であり、言語遊戯小説から歴史小説まで幅広く執筆、日本語論や批評にも健筆を揮った。

井伏鱒二　白毛《しらが》

釣りが好きだったので、本名満寿二《ますじ》を「鱒二《ますじ》」に変えてペンネームにした。釣りに関する本や川辺の情景を書いた作が多くあり、この『白毛』もその一つ。

この人が書くものにはいつも諧謔《かいぎゃく》味がある。よく知られた『山椒魚《さんしょううお》』に見るようにおかしくて、しかし同時に悲しい。この全集の第二十九巻『近現代詩歌』に収めた彼の詩や訳詩を見ればわかるだろう。

念のために説明しておけば、テグスというのは竿《さお》から伸びた道糸を釣り鉤に結ぶ部分に用いるもので、魚に見えないよう無色で、細くて、しかし強さが要求される。この当時はテグスサンという蛾《が》の繭から取る一種の絹糸が用いられた。それを白毛で代用しようという話。

ぼくの知人で井伏さんと釣りに同行した人によれば（この人は本当に達人）、井伏鱒二は釣りは下手で、当人もそれを認めていたという。

イギリス人に釣りを定義させると、「まず竿が一本ある。一方の端に糸と鉤と餌がついており、他方の端にバカが一人ついている」となる。

白毛

私の頭の髪はこのごろ白毛が増え、顱頂部《ろちょうぶ》がすこし薄くなっているが、後頭部は毛が濃い上にばりばりするほど硬いのである。毛の太さも、後頭部の毛は額上の毛よりも三割がた太いようである。横鬢《よこびん》の毛はその中間の太さである。荻窪《おぎくぼ》八丁通りの太陽堂釣具店主人の鑑定によると、私の白毛はテグス糸の四毛ぐらいの太さである。しかし太陽堂釣具店主人は、まだ私の白毛を抜いたり手にとって見たりしたのではない。ちょっと見ただけの、粗笨《そほん》な鑑定によるものである。この釣具店の常連の一人である魚《うお》キンさんという魚屋の主人は、私の白毛を抜きとり本当のテグスと比較して、白毛の太さを綿密にしらべてくれた。キンさんは虫眼鏡まで出して来てしらべた。それによると、私の後頭部の白毛はテグス四毛半の太さで、横鬢の白毛は四毛の太さである。額上の白毛は正確に三毛の太さである。これはオールバックに伸ばしてあるために、釣りの素人の目には本当の三毛のテグスと見分けがつきかねる。

最近、私は屈託している場合が多いのである。仕事にとりかからなければいけないと思いながら、それでも机に頬杖《ほおづえ》をついて所在ないような風をしていることが多い。そんな場合に、私はよく自分の額上の毛を抜きとって、無意識のうちにつなぎ合わせていることがある。べつに鏡など見ないでも指さきで捜して抜く。しかし黒い髪を抜くことがある。五本抜いて黒いのが四本あることもある。六本抜いて白毛が四本あることもある。二本抜いて二本とも黒いときもある。その比率は不定である。どちらかといえば、その比率に白毛のすくないことを願っているようだが、白毛を抜こうと思いながら黒いのが抜けるのを願うのは妙なものである。

そこで黒いのが抜けたときには、私は廊下に吹きとばし、更《さ》らに団扇《うちわ》の風を送って外に消しとばすのである。白毛が抜けるとそれを四本か五本、ライターの下敷きにして、一本ずつ太さに順序をつけた上でつなぎ合わす。このつなぎかたは釣糸の結びかたによってつなぐわけであるが、私は釣糸の結びかたはまだ在りふれたものしか知らないのである。髪毛やテグスやナイロンのような伸縮性があって表面なめらかなものは、普通の糸の結びかたでは解けやすい。うっかりすると折れたり抜けたりすることがある。一般にテグスなどの結びかたにはいろいろ種類があるに違いないが、私は先輩の釣師に教わった在りふれた方法でやっている。一ばん簡単なものは漁師結びである。これは白毛の一端を輪に巻いて、それに他の一本の白毛を通して一重結びにする。そして通した白毛の一端を輪に巻いて、右と同様に一重結びにして、左右を引張《ひっぱ》れば二つの輪が一点に寄って固く結ばれる。余分のところは小鋏《こばさみ》で切りすてる。この結びかたのほかに、二重テグス結びという結びかたですることもある。これは別名を人造テグス結びともいい、用心ぶかい結びかたである。三毛の太さの白毛の場合には、この結びかたは扱いに骨が折れ、三本も四本もつないでいる間には厭気《いやけ》がさして来ることがある。そのほかに藤結びといって、ヤマメ釣りのとき私の好んでする結びかたを採用することもある。山奥の人達が藤蔓《ふじづる》を結ぶときにこの方法でやっている。私がこの方法で自分の白毛をつないでいる場合には、渓流の釣りの場面を心に思い描いているときが多いのである。しかし渓流の釣りを思いながら、私はよく不快な記憶に腹立たしくなって来ることがある。何ともいえない不快な記憶である。私の心づくしは散々に踏みにじられたといっても云《い》いすぎではない。それでありながら、誰に訴えても一笑に附されるかもしれない出来事である。

去年の六月下旬か七月上旬であった。もう間もなく私は東京に転入する予定にしていたので、隣村の四川という谿谷《けいこく》のある祠《ほこら》を見に行った。よほど以前、もう三十年も前にその祠の前を通ったとき、そこの常夜灯に油で黒くよごれた油皿と小さな酒徳利があった。そのときには何の興味も持たなかったが、後になってから時たまその陶器を思い出すことがあった。あれは備前《びぜん》かもしれぬと友人に話したこともある。しかし私はそれを見に行こうと思ったことは一度もなかった。疎開中にもたびたび四川へ釣りに出かけたが、その祠に行ってみようと思ったこともない。いよいよ疎開を切りあげることにきまってから、ふと思いついて行って見ることにした。もう二度と四川に行くこともないだろうと思ったからである。

その祠は稲荷様《いなりさま》か薬師様をまつったものだろう。杉の森のなかにほとんど朽ちかけた祠が建っていて、その横に樅《もみ》の木と並んで御影石《みかげいし》の常夜灯がある。三十年前に見たときと違って祠は大変に小さく見え、別の祠ではないだろうかと自分の目を疑いたいほどであった。常夜灯には油皿も徳利もない。ただ一枚の真黒によごれた素焼きの皿があるだけで、皿のなかには玉虫の羽根がこびりついていた。しかし不快な事件というのはこれではない。

その常夜灯を見た帰りに、私は四川の土橋の近くで二人の青年に呼びとめられた。二人とも私の見知らぬ青年であった。一人は半袖シャツをきて軍服ズボンの古手をはき、白い登山帽をかぶってリュクサックを背負っていた。他の一人は、水色の垂らしワイシャツをきて白ズボンをはき、やはり白い登山帽をかぶって魚籃《びく》と釣竿《つりざお》の袋を持っていた。人相は二人とも悪くは見えないが、半袖シャツの青年の茶色の眼鏡が気になった。しかしこの茶色の眼鏡の男は、かなり調子よく私に話しかけた。

「六十丁一里には驚きますなあ。一里歩けばよいというから、汽車を降りて歩いて来たんです。もう、へとへとです。弁当たべようにも、お茶を飲むところもないじゃないですか。このへんに、どこか井戸がありますか。」

垂らしワイシャツの青年は、べつの不平を私に訴えた。

「ここの川の岸には、どこもかしこも梅の木や柿の木を植えてるから、竿が振れないですね。さっきから、竿の振れそうなところを捜しているんですが、どこまで行っても木がいっぱい生えていますからね、釣り場がなくて困ってるところです。あれは大水のとき、岸を強くするために木を植えたんですね。」

この谷川の両岸には石垣のはなに、梅の木、柿の木、無花果《いちじく》、枇杷《びわ》の木など、いろいろ取りまぜて果樹が植えてある。しかし護岸の目的で谷川の岸に果樹を植えるということは、今までに私はきいたことがない。

私はこの谷川の釣りには慣れている。土橋の下の淵《ふち》にはいつも大物がいることを知っている。魚切りの下の淵で釣るときには、浮木も鉛もつけない細いテグスで、静かに釣りあげて行く必要があることも知っている。この二箇所は私の取っておきのあなであるが、もう私はこの川に来るあてもなかったので、よそから来た釣師なら私のあなを教えてやってもいいような気持に傾いて行った。彼等もこの谷川へ滅多に来ることはないだろう。それで私は、まず彼等を清水井戸のある場所へ案内して、ついでに私も持参の弁当を彼等といっしょに食べることにした。

清水井戸は崖下の一日じゅう陽《ひ》のささないところにある。茶色の眼鏡の青年はリュクサックから折詰《おりづめ》を取り出したが、食事にとりかかる前にジャックナイフで藪《やぶ》だたみから矢竹を一本きって来て、二人分の箸をつくった。そしてリュクサックのなかからウィスキーの角瓶と、ニュームのコップを二つ取り出して、垂らしワイシャツの青年と酒もりをはじめた。酒の肴《さかな》は折詰の押鮨《おしずし》である。私は清水井戸に向って腹這《はらば》いになり、その水面に口をつけて咽《のど》をうるおした後、竹の皮に包んで来た握りめしを食べた。

そこの清水井戸のほとりは風が吹きぬけて涼しかった。二人の青年はウィスキーを飲みながら、私が釣場の様子について詳細に話すのをきいていた。青年は私にウィスキーを飲まそうとはしなかったが、そんなことは問題でないほど私は自分のおしゃべりに満足を覚えていた。私はいちいち場所を指差して説明した。——正面に見える大きな梅の木のところに土橋がある。その橋の下手の流れは自分の取っておきのあなである。この流れは、浅っぱ、かけあがり、深んどの、流れの理想型の三態をそなえている。魚はたいてい、かけあがりにいて、浅っぱから餌の流れて来るのを待っているが、流れが速いので瀬わきに片寄っている。もし釣りそこねたり足音をたてたりすると、魚は深んどに逃げてしまう。だから静かに浅っぱから餌を流すべきである。そして当りがなくても糸の伸びきるだけ川しもに流して行き、最後に軽く合せる気持で竿をあげる。この場合、たいてい無駄はないと思ってさしつかえない。しかしこの釣場には、川岸の梅の木の枝が低く垂れていて、うっかりすると竿さきが梅の枝に触ったり、釣りあげた魚が道糸で梅の梢《こずえ》に吊《つ》るされたりするおそれがある。だから竿尻に支点を置く心持で、竿を横にして魚の引く方向と反対に竿を撓《たわ》めて行く必要がある。この場合、魚の引く力を考慮に入れながら、竿さきが梅の枝に触れないように気をつけるべきである。——私は幾らか得意になって説明につとめていた。そして先月の細濁りの日には、そこの釣場で十ぴき以上も大物を釣りあげたと云った。

垂らしワイシャツの青年はウィスキーを飲んでも口数をきかなかったが、もう真赤な顔になって酔いを発しているようであった。半袖シャツの青年は青い顔をして、私の話すのをきいていた。私は彼等の食事が終るまで釣場案内のおしゃべりをつづけ、食事が終ると現場へ案内した。

私は二人を土橋のたもとまで連れて行った。二人は仕掛けにとりかかろうとしたが、大事なテグスを忘れて来たと垂らしワイシャツの青年が云いだした。

「あのとき、仕掛けをいじってから、積荷《つみに》の上に置き忘れて来たんだ。神辺《かんなべ》駅で乗換えを待ったとき、プラットフォームに忘れたんだ。乗換えを一時間も待たされたからね、こんなことになったんだよ。」

「俺は知らんよ。俺はブリッヂの降り口で、井原町のトミ子さんと立ち話をしておったからな」と半袖シャツの青年は、明らかに気を悪くした風で突き放すように云った。「とにかく、俺は知らんよ。いまさらそんなこと云うても、俺は知らんよ。俺は、トミ子さんを君に紹介して、それからブリッヂの降り口までトミ子さんを送って行って、君のことを彼女に噂《うわさ》してやっていたんだ。彼女が君に、興味を持っておるようだったからな。」

「そんなことは、僕は知らないよ。しかし、あの女に、あんまりながく君が話しているもんだからね。僕は退屈まぎれに、仕掛けをしていたんだ。」

「それなら、テグスがなければ釣りは出来んだろう?」

「道糸だけはある」と垂らしワイシャツの青年は、魚籃のなかをしらべながら云った。「道糸も噛《か》みつぶしもある。浮木も、餌もある。鉤《かぎ》もある。仕掛けのすんだ鉤と、テグスの束だけ置き忘れて来たんだ。」

垂らしワイシャツの青年は、ズボンのポケットを改めて捜したが、セロファンの袋に入れた南京《なんきん》豆《まめ》が出て来ただけであった。半袖シャツの青年は苦りきった顔をして、川ばたの平たい石の上に坐《すわ》りこんでしまった。そして膝の上に抱きとったリュクサックに頬杖をついた。彼は対岸の梅の木のてっぺんを睨《にら》んだ。何とかしてくれと居直った恰好《かっこう》に見えた。

「道糸では、テグス代用にならないだろうね。」垂らしワイシャツは案外おどおどして、まだポケットのなかを捜しながら云った。「僕は、瀬の荒い谷川だからと思って、道糸の太いのを持って来たからね。テグス代用には駄目だろうなあ。せっかく君がテグスを買って来たのに、とんでもないことした。でも、テグスは、後で買って君に返すよ。」

「なに云うのだ、後で返すとは、なんのことだ。もう一ぺん云うてみろ。」

半袖シャツの青年は、垂らしワイシャツの青年を振りむきながら茶色の眼鏡をはずした。いわゆる気障《きざ》な真似とは、こんな仕草を云うのだろう。しかし彼は立ちあがらなかった。第一、その場所は川岸の石垣の上の細道で、なぐりあいなど出来るところではない。足を踏みはずすと川のなかへ落ちる。垂らしワイシャツの赤い顔は青くなって、この青年はいかにも恭順の意をあらわしたように、何も云わないで川の水に目を向けていた。

私は何か自分が発言する立場に置かれていると思ったが、へたに口をきいてはいけないと警戒した。それで差障《さしさわ》りない話題を持ち出す気で、垂らしワイシャツの青年にこんな話をした。——私は自分のうちに三毛のテグスと八毛のテグスを合計二十本あまり持っているが、残念ながら諸君に提供するわけには行きかねる。私のうちは山の向う側にある。無論、この村にはテグスなど売る店はない。たいていこの村の子供たちは木綿糸で釣っている。しかし自分は子供のときから釣糸には吟味するたちで、小学校へあがったころには白い馬の尻尾をテグスの代りに使っていた。それは白い馬を連れている馬子の知らない間に、馬に近づいて盗みとったのである。その手段は、簡単ではあるが危険である。見つかると馬子に叱りとばされるおそれがある上に、馬に蹴られるという大きな危険がともなっている。それで馬子が居酒屋で一ぱい飲んでいる隙に乗じ、馬の斜め背後に近づいて砂粒を一つ二つ馬の臀部《でんぶ》に投げてみる。馬は蠅《はえ》か虻《あぶ》がとまったと思って尻尾を振って見せるので、その瞬間に尻尾のさきを摑《つか》み、一本すばやく抜きとるのである。そのとき心得なくてはいけないことは、一度に三本も四本も抜きとらないように手加減することで、これは人間の髪の毛を抜く気持で絶対にその手加減が必要である……。

大体において私はそういう意味の話をした。垂らしワイシャツの青年は、つまらなそうな顔をしていたが、半袖シャツの方は私が話し終ると茶色の眼鏡をかけてこう云った。

「こいつ、べらべらしゃべる男だよ。うるさいやつだ。——おい、おッさん、よくべらべらしゃべるな。」

この言葉は、私の厚意あるおしゃべりに対して不穏当であると私は思った。しかし咄嗟《とっさ》に受け答えすることが出来なくて、ただ私はまごつきながら登山帽をぬいで額の汗を拭いた。相手の茶色の眼鏡をかけた顔は憎悪に充ちた表情に変っていた。

「おい、おッさん。白い馬の毛の代りに、おッさんの白毛を抜いてくれ。いまさっき、おッさん云ったろう。人間の髪の毛を抜く気持で、絶対に、そうした手加減をすればよいと云ったろう。」

私は反射的にすばやく登山帽をかぶった。しかし半袖シャツの青年は立ちあがって、私が「止《よ》せ、あぶない、落ちる」と云うにもかかわらず、私のからだを抱きすくめた。もがけば川に落ちるおそれがあったので、相手の腕を振りほどこうと努力をすることも出来なかった。相手が足を踏みはずしても、ともどもに落ちることになる。

「おい、冗談は止せ。みっともないことは止せ」と私は相手の反省をうながした。「おい、暴力行為は止してもらいたい。渓流の釣師なら、本当に渓流の釣師のような振舞《ふるま》いをしろ。」

「だから、おッさんの白毛をよこせ。おとなしくよこせ。」

「追剝《おいはぎ》だね。おい、大きな声で人を呼ぶぞ。」

相手は手易《たやす》く私のからだの向きを変え、後ろから両腕で私を固く抱きしめた。しかし大声で救援を求めることを私は遠慮した。この谷間には私の懇意にしている左膳さんという人の家もある。その分家の左膳医院のお医者も私はよく知っているし、私のうちのものはこのお医者に何回となく診察を願っている。左膳さんのうちの白壁の倉がすぐ向うの山の根の石垣の上に見え、その左手に左膳医院の離れが見えている。いかにも平和らしい山村風景に見え、そのために自分がますますなさけない者のように思われた。私は大声で助けを願いたい半面に、この窮状を誰も見てくれないように心に願っていた。いい年をして摑みあいをしたと思われては心外である。しかし沈黙したままで追剝の自由にされる法もないのである。

「おい、人を呼ぶぞ。」私は低い声をしぼり出した。「その暴力行為の形式は、羽がいじめの手というのだろう。それは悪漢が弱者をいたぶる典型的な暴力形式だ。これ以上の侮辱はないぞ。」

「じたばたするな」と追剝は私を痛くしめつけて、私の目の前に立っていた垂らしワイシャツの青年に云った。「おい、コロちゃん、このおッさんの白毛を抜いてやれ。テグスの四毛ぐらいの太さだろう。ちょうど都合がよい。こいつ、俺のことを追剝だとぬかしたよ。遠慮なく抜いてやれ。」

垂らしワイシャツのコロちゃんは、はじめから気乗りのしない顔つきをしていたが、

「ほんとに、抜くのかね。」

無精たらしくそう云って、彼は無造作に私の登山帽を取りのぞくと、片手で私の後頭部を抱き込んだ。そして私の額ぎわの毛を一本抜きとって、ポケットに入れようとしてから口にくわえた。彼の顔は私のすぐ目の前にあった。その顔つきが何の感興もなさそうに見え、かえって私は憎らしく思った。彼の顔は酒くさかった。後ろから抱きついている追剝も酒くさかった。彼等の行状は、しかし酔っぱらいの酔興とはいえないのである。それ以上のいかがわしいものであった。

コロちゃんは私の髪の毛を三本も抜き、まだその上に抜こうとして、

「何本、抜くのかね？」

と云った。

「いいかげんにしろ。」

と私は答えた。

「三十本ぐらい、入用だろう」と後ろの追剝が云った。「こいつの髪の毛は、油気がないからな。きれるかもしれんから、余分にとっておけ。」

もはやコロちゃんも追剝といっていいようであった。私が睨みつけているにもかかわらず、彼はびくともしないで私の髪の毛を一本ずつ抜いて行った。こいつも冷酷強欲な男にちがいない。彼は黒い髪毛を誤って抜くような無駄はしなかったが、私の計算によると確かに三十五本も抜いたのである……。

この事件は、いつ思い出しても不快である。もしもこの事件がなかったら、私は去年の夏、もうすこし谷川の釣りをして東京転入を延ばしたかもわからない。谷川を見るのもいやだという気持と、谷川の音をきくのもいやだという気持で、私は大体の予定よりも一箇《か》月早く東京に出た。私の疎開生活は、はじめ甲府市外に一箇年あまり、広島の郷里に二年五箇月、都合三年五箇月あまりに及んだ。その間に私的なことで一ばん不愉快であったのは、自分の白毛を抜かれたこの出来事である。

半袖シャツの追剝は、私を解放してくれるときこんな憎まれ口を云った。

「おッさん、これに懲りたら、白毛ぞめでもすることだな。とかく、身だしなみということは大切だよ。」

一方、追剝の家来の垂らしワイシャツは、そのとき追剝に向かってこんな相槌《あいづち》を打った。

「身だしなみのいい人は、頭の白毛だけでなく、鼻の白毛も抜くそうだね。たいてい細君に抜かせるそうだよ。」

すると半袖シャツの方が、またもや私に憎まれ口をきいた。

「おッさん、きいたか。おッさんも、かつては女房に白毛を抜かせたろう。しかし、もうそんなの止すことだな、染めた方がよいぞ。」

私は土橋を渡って帰るとき、川の向う側の往還に出て、遠くから川岸の両人を観察した。それは私の白毛がテグス代用になるかどうかを観察するためでもなく、また、そこから石を投げたら川まで届くかどうかを測定するためでもなかった。両人に向かって、どんな痛烈な言葉を浴びせてやろうかと腹案をねるためであった。しかし私は大声で喚《わめ》くのも無駄なことに気がついた。

思い出すたびに腹が立つ。人に白毛が多くなったと云われても、その都度ひやりとする慣わしになった。口惜しくてならないが、私はこの話を今年の六月まで誰にも云わなかった。六月一日の鮎《あゆ》の解禁の日に、伊豆の伊東から河津浜までバスで行く途中、隣りの座席にいた相当年配の人に私は初めてこの出来事を話した。その人は戦前のころの釣師の風俗で、黒い脚絆《きゃはん》をつけ草鞋《わらじ》ばきで網袋と囮箱《おとりばこ》と袋に入れた竿を持っていた。私よりも十ぐらい年長と思われたが、頭の髪が真黒であった。それが染めているのでもなさそうに見えたので、私は気づかいなしに、自分の白毛を抜かれた話をすることが出来た。

その人は私の話をきき終ると、

「実は、私もすっかり白毛です。最近になってから、染めることにしました。終戦前に、会社を止していたのですが、最近また、勤めるようになったものですからね。」

そう云ったきり、その人は話を打ちきってしまった。白毛のことには話を触れたくないもののように思われた。

バスが断崖の上の道を通りすぎて、道の左右が原野のようなところを通るとき、ふと隣りの老釣師は私に話しかけた。

「このへんには、ずいぶんニワトコの木がありますね。花はみんな満開、咲き乱れているといった風情ですね。あそこの、あの花は何でしょう?」

その人が指差したのは、ところどころ原野の雑木のなかに栽培されているアブラギリの花であった。

「きれいな花ですね。清楚《せいそ》といった風趣だ。あれを、庭に植えたらどんなものでしょう。やあ、とてもきれいだ。」

老釣師は感歎の声をあげ、そうして花に何の関係もない先刻の話を持ち出した。

「さっきのお話ですがね。貴方《あなた》の白毛が、テグス三毛の太さとしても、果して、四寸以上の鮠《はや》が釣れたでしょうか。二人の追剝はきっと釣り落しましたね。せめてそう思うのが、貴方としては腹癒《はらい》せですね。」

「僕はその谷川で、一昨年の八月ごろ、三毛のナイロンで八寸の鮠を釣りあげました。」私は自分の頭の毛を爪さぐりながら云った。「ナイロンと白毛の伸縮性を、比較してみる必要がありますが、白毛でも四寸の鮠なら上《あが》るかもしれませんですね。」

私はうまく白毛を一本抜きとることが出来た。私の話し相手はポケットから取り出した老眼鏡をかけ、私の白毛を私の指さきから受取ると、それを指さきでしごきながら云った。

「貴方の髪の毛は、強いですね。このくらいなら、四寸の鮠は上りますね。それに追剝の話は、お話によると昨年の六月下旬といいますから、魚の引く力が絶頂とはいえないでしょう。しかし、髪の毛の伸縮性は、食べものと大いに関係がありますね。」

「僕は東京に転入してからも、田舎にいたときでも、美食なんかしないんです。酒は東京に来てからの方が、よく飲むようになりました。」

「それから、節制するしないということにも、大いに関係がありますね。これは重大な関係があるようです。」

私の話し相手は、私の返事を待たないで云った。

「いや、一般的な現象について、私は云っているわけです。つまり、禁欲するしないによって、同じ人の髪の毛でも、弾力性にかなり開きがあるようです。」

相手は私が狼狽《ろうばい》していると思ったものと見え、

「私は決して、貴方の節制と白毛の関係について、云っているんじゃありません。たとえば、こんな話があります。」

そう云って相手は、メダカ釣りの話をした。この老釣師は、若いとき最初は鮒《ふな》釣りからはじめ、四十歳ごろから一時メダカ釣りに転じ、次に鮎釣りに移って今日に及んでいるそうである。メダカ釣りが小もの釣りの骨頂であることは云うまでもない。当人の表現によると「何でもいいから、何かのその骨頂に没入する面白さ」を求め、この人はメダカ釣りをした。しかし、メダカを釣るような小さな鉤やテグスは売っていないので、鉤は自分でつくった。時計修繕用の眼鏡をはめ、ごく小さな鑢《やすり》で釣鉤の小さな切《き》り屑《くず》を微細な鉤に加工する。その鉤のさきが斬れるかどうかは、舌の先《さ》きに触れてみればわかるのである。しかしテグスを蜘蛛《くも》の糸よりも細く手工でしごき削ることは難しいので、よその娘さんたちの額ぎわの生毛《うぶげ》をもらってテグスの代りにした。三人の娘さんから生毛をもらって来たが、いよいよメダカを釣る場合に、生毛は同じような細さでも二人の娘さんの生毛はみんな断《き》れてしまった。一人の娘さんの生毛だけが断れなかったそうである。

私の話し相手はそんな話をして、声を落してこう云った。

「これは私の内偵の結果ですがね。断れなかった生毛をくれた娘さんは、まだ男を知らなかったのです。しかも栄養は、ほかの二人の娘さんの方が、はるかに上等でした。」

私はこの老釣師から、もすこし話をききたかったが駄目であった。稲取という港町でバスを乗換える順序になっていたからである。満員のために乗換えが混雑して、私は車内の一ばん前の席に行き、私の話し相手はどこに腰をかけているのかわからなくなった。私は河津浜で下車したが、相手は降りて来なかった。私はこの人から、生毛を微細な鉤に結びつける方法を教わりたかった。最も簡単な徳利結びでは、細くて糸輪のひねりかたが思うように行かないので、きっと解けてしまうにちがいない。そうかといって、内掛け結びや外掛け結びはとても出来そうにも思われない。私は子供のとき徳利結び以外には結びかたを知らなかったが、白い馬の尾で釣っていると、いつの間にか鉤が抜け落ちていることがあった。テグス三毛の太さの私の白毛でも、外掛け結びで鉤を結ぶのはかなり厄介《やっかい》である。

最近、私は白毛を抜いて結ぶ手癖を止そうと心がけている。しかし机につくたびごとに、つい手の指を頭の毛に触って髪の毛を引き抜くのである。ほとんど無意識のうちにそれをやっている。無益無害の手癖であるとはいえ、この手癖を私に植えつけた青年が思い浮かんで来るのでいまいましい。もはや冗談ではない。私はこの手癖を絶対に矯正したいと考えている。

井伏鱒二《いぶせますじ》（一八九八～一九九三）
広島県加茂村《かもそん》（現・福山市）生まれ。早稲田大学文学部仏蘭西文学専修、日本美術学校別格科を中退。一九二三年、短篇小説「幽閉」を発表。編集者を経て文筆専業となり、三〇年に作品集『夜ふけと梅の花』（「幽閉」を書き直した「山椒魚」を含む）でモダニズム作家として出発、太宰治との交流が始まる。三八年「ジョン万次郎漂流記」他で第六回直木賞、五〇年「本日休診」他で第一回読売文学賞、五六年『漂民宇三郎《ひょうみんうさぶろう》』他で第一二回芸術院賞、六〇年芸術院会員、六六年文化勲章、被爆者の日記をもとにした『黒い雨』で第一九回野間文芸賞、七二年『早稲田の森』で第二三回読売文学賞（随筆・紀行賞）、八五年早稲田大学芸術功労者賞。他に突き放したリアリズムと飄逸《ひょういつ》な笑いが同居する『駅前旅館』『集金旅行』『珍品堂《ちんぴんどう》主人』などの風俗小説、『厄除け詩集』など。旅行や釣りにかんする随筆も広く親しまれた。翻訳にロフティング「ドリトル先生」連作がある。于武陵《うぶりょう》の詩行を〈「サヨナラ」ダケガ人生ダ〉と訳したことでも知られる。

吉行淳之介

鳥獣虫魚

吉行淳之介《よしゆきじゅんのすけ》は人間のセクシュアリティーを書いた。人間をもっぱら性的側面からとらえて書いたと言ってもいい。

それを失っている時、人間は石膏色《せっこういろ》になっている。それを得てはじめて、人間だけでなく周囲の風物も色彩を取り戻す。身体を売る女たちは鳥獣《ちょうじゅう》虫魚《ちゅうぎょ》のように発情して発色する。終わればもとの無彩色。

色の比喩は続くから、主人公が会う木場《きば》よう子という女が似顔絵描きであるのは自然なことだ。絵具を持っているのだからその絵には色があるだろうし、黄色を嫌うほど色を意識しているのだから、彼女は色を備えた人間であるはず。

彼が初期に世に出した作品が「原色の街」というタイトルだったことを思い出そう。

吉行さんはとても魅力がある人だった。そのことは誰もが言う。ぼくはパーティーの場で何回か会い、対談を一度して、その帰りの車に同乗しただけだったけれど、みながこの人に惹《ひ》かれるのがよくわかった。

もう少し機会があれば、その時にこの短篇を読んでいれば、ぼくは言っただろう、「結核で手術をした人の肺が鳴る話、トーマス・マンの『魔の山』にもありましたねえ」と。そこから話は広がっただろう。

身体という話題は人を繋《つな》ぐ。そこまで含めての人のセクシュアリティーなのか。

鳥獣虫魚

その頃、街の風物は、私にとってすべて石膏色《せっこういろ》であった。地面にへばりついて動きまわっている自動車の類は、石膏色の堅い殻に甲《よろ》われた虫だった。

そういう機械類ばかりでなく、路上ですれちがう人間たち、街角で出会いがしらに向い合う人間たちも、みな私の眼の中でさまざまの変形と褪色《たいしょく》をおこし、みるみる石膏色の見馴れないモノになってしまった。

それらは、あるときは頸《くび》がながく伸びてゆき、あるときは唇が大きく突出し、あるときは両腕が幅ひろくふくれあがり、一瞬の間に見覚えのない形に定着してしまう。それらは、それぞれ、なにかの鳥や獣や虫や魚の形に似てはいるのだが、はっきり見定めのつかぬ、私とのつながりを、記憶の中からさえも摑《つか》み出しえないものなのだ。

毎朝、そういう街を通りぬけて、私は一つの部屋の中に歩み入る。

部屋には、見覚えのある人間たち、私の同僚の、色彩をもった人間たちが、机の前に坐ってタバコを喫《す》っていたり、机と机のあいだを動きまわったりしていた。

しかし、うっかりすると、その人間たちもたちまちのうちに、私から遠く離れ去って、手がかりのない場所で、石膏色の見馴《みな》れない形にうずくまってしまいそうだった。

いや、あるいは彼らは依然として人間の形のまま、部屋のあちこちの空間を占めており、私自身の方がなにかわけのわからぬものに変形しているのかもしれなかった。そこのところが、私には、よく捉えることができないのだ。その事情は、私が街ですれちがう人間たちに関しても、同様のことである。

私の席のちかくに、ひとりの女事務員が坐《すわ》っている。

その女はいわゆる美人ということになっており、部屋の男たちは一様に、熱っぽいあるいは意味ありげな眼を彼女に向けている。そういう視線のなかで、彼女は背筋をしゃんとのばし、誇りたかく坐っている。

彼女の軀《からだ》は、いい匂いをあたりに撒《ま》きちらしている。彼女は、すこし香水を強くつけすぎるようだ。

しかし、椅子の上の彼女は私にとって、いつも、椅子の上にうずくまる石膏色のかたまりである。そして、そのことは、私を他の場合のように当惑させはしない。

私が立上って、部屋を出入りするときは、彼女のすぐ背後をすり抜けることになる。彼女の強い匂いが、私の鼻腔《びくう》に流れこんでくる。そのはげしい揮発性の匂いのなかに、彼女の軀のにおいが、動物のにおいが、いくぶん混りこんでいる。それが、彼女にたいしての、私の手がかりになっている。

私は、彼女の軀を知っている。会社の部屋の中で、私は石膏色のかたまりを見る眼つきでしか、彼女を眺めないので、誰もそのことに気づかない。また、私のそういう眼つきのために、逆に、驕《きよう》慢《まん》な彼女が、私に近づいてきた、といえるのだ。


煤煙《ばいえん》にくもった空を背景にして、風景はすべて直線でできあがっていた。たった一つの例外は、巨大な円筒形をしたガスタンクであった。

都会のはずれの工場地帯の裏側に、私の部屋があった。アセチレンガスに似た腐臭がうすく漂っているどぶを渡って、彼女は時折、私の部屋に歩み入ってきた。

私が彼女の軀をおし倒した瞬間から、私の眼の中で、彼女は人間の形に変化しはじめる。いや、そうではないのだろう。にわかに色濃くただよいはじめる彼女の獣のにおいと、私の獣のにおいとがまじり合い、それが彼女と私とのあいだの架け橋となるのだろう。

そこのところが、私にははっきり分らない。しかし、いずれにせよ、その瞬間から、彼女は石膏色のかたまりではなくなり、なまなましい色彩を帯びて、私の理解できる、手がかりのある存在となるのだ。

私たちは、安物の悪酒を、盃《さかずき》に注ぐ。それは、鼠《ねずみ》の吐いた血のような色をして、舌をすっぱく刺す。

彼女は、陸に引上げられた鱶《ふか》のように、その軀を波立たせる。

こういう形ではじめて、風物が色彩を帯び、彼女とのあいだに繋《つな》がりが見出されるということは、私を当惑させはしない。そのことは、むしろ私にとって、救いであった。

しかし、彼女のことについて、これ以上言葉を費す必要を、私はみとめない。なぜならば、彼女という特定の個性をもった人間が私を救うのではなく、彼女のなかの女が、鱶のように泳うってい るその軀が私を救うのだから。私は、彼女一人に捉われていたのではないのだから。

したがって、私は、女たちが軀を売っている地帯にも、時折歩み入った。女たちの部屋で、彼女たちはたちまちの間に、なまなましく色づき、においを発し、鳥のようなもの獣のようなもの虫のようなもの魚のようなものに、変身した。そして、それらは、私にとって見覚えのある、十分に手がかりのつくものだった。私はそれぞれの場合、彼女たちの同類の雄となって、相手を腕いっぱいに抱いて、ころがりまわるのだ。それは、充実した時間といえた。

それにまた、彼女たちの部屋の中で、彼女たちが石膏色のかたまりから、いかなるものに変化するかを待つ短い時間には鋭い緊張感があった。

しかし、そういう時間のあと、街に歩み出た私の前には、ふたたび石膏色の風物のひろがりがあった。そして、私のなかにはぽっかり大きな暗い穴があいていた。その穴は、どうしても塞がらなかった。

私が従事している仕事は、私のなかの暗い穴を埋める役に立たなかっただろうか。

その日も、会社の入口にトラックが横づけになった。荒縄で縛りあげられた書物の大きなかたまりが、幾つも幾つもトラックの上からおろされて、入口のコンクリート床の上に投げこまれた。

書物のかたまりは、鈍い音をたててコンクリートにぶつかり、形を崩してうなだれた。それらの書物たちは、街のあちこちの書店に身をよこたえて、その店の中に歩み込んでくる人間たちの心に爪痕をつけようと待ち構えていたのだが、失敗した。そして、失敗した書物たちの数が、あまりにも多すぎた。もしも、一人の人間がその書物にめぐり会って、その心に爪をたてられたとしたら、一生忘れられぬほどの痕がつく筈《はず》なのに、と、その書物をつくることに一役かっている私は考え、そういうめぐり会いを願っていたのだが、それはむなしかった。

失敗した書物たちは、一箇所に集められ、荒縄で縛り上げられ、送り返されてきた。それは、堆《うずたか》く、私の眼の前に積み上げられていった。

部屋のドアが開いて、あから顔の青年がでてきた。この男は二十歳をいくつも出ていないというのに、下腹に中年男のように脂肪がついていた。

「また、こんなに戻ってきやがった。このやくざな本め」

と、彼は片足をあげて、書物のかたまりを蹴とばした。

「痛い、痛いじゃないか」

と、私は軽い調子で言ってみた。しかし、それがかえって、彼を刺戟《しげき》した。

「おや、感じているの。困るじゃないですか、もっと売れる本を作ってくれなくちゃ。いくら立派だとか良心的だとかいう本だって、人が買わなきゃ、まっ白い紙でつくった本と同じことだよ。おれたちが一しょけんめい金を集めようとおもっても、さっぱり集りゃしない」

「しかし」

「うちの社は潰《つぶ》れかかっているのですよ。あんたたちは、自分で作った本が売れないのだから、まだあきらめがつくだろうけど、おれたちはまきぞえをくうわけだからな」

と、その営業部員は言った。

「しかし」

「しかしじゃないよ。だいたい、この本の表紙を黄いろにしたのが失敗だ」

と、彼はもう一度、コンクリート床の上の本のかたまりを足蹴にした。

私の軀が、鋭く痛んだ。

「どうして、黄いろがいけないのだ」

「黄いろは、すぐ日に焼けて、色が褪《あ》せてしまうからね」

私は、書店のある街角の風景を思い浮べた。その風景の中に、小さなレモン色の点が見えている。そして、そのレモン色が褪せるまえに、街は石膏のひろがりに変化してしまう。その街を行き来する、そしてその本の前を素通りする、見覚えのない石膏色のかたまりたち。

会社は、潰れかかったままの形で、いつまでも続いていた。

そのようなある日、ふしぎなことが起った。そのようなことの起る予感は、私のうちにすこしも動いていなかった。

会社からの帰り道、街角で、不意に私は出遇《であ》ったのである。人間の形をして、人間の顔をした一人の女に出遇ったのだ。

直角の街角を曲った瞬間、私はその女に出遇った。

私たちは、正面からぶつかり合いそうになり、間近に向い合って、立止った。

私は、ひどくびっくりした表情になった。ぶつかり合いそうになったためではない。その女が、人間の顔をしていたからだ。子供の頃、街角を曲って不意におばけに向い合ったら、きっと私はそういう表情になったことだろう。

「ごめんなさい」

と、彼女は、私の表情をみて、そういった。そして、もう一度、私の顔を眺めると、

「そんなに、いつまでも、びっくりしていなくても、いいじゃないの」

そう言って、彼女は腕を上げて、自分の耳朶《みみたぶ》をかるく二本の指でつまんで引張った。どうして、そういう仕種《しぐさ》をしたのか、私には分らない。

彼女には、あざやかな色彩があった。耳朶をひっぱった掌にも、なまなましい色のよごれがついていた。その掌には、赤と緑いろの大きな汚染《しみ》がついていたのだ。

「君は、だれ」

彼女は無言のまましばらく私を眺め、くるりとうしろを向いて歩き出した。

私は、黙って、彼女のあとから歩いて行った。彼女にはべつに足を速めて逃れ去ろうとする気配はなかった。もし、彼女がそのようにして雑踏の中にまぎれ込もうとしたとしても、私は彼女を見失いはしなかっただろう。いや、見失いようがなかっただろう。なにしろ、石膏色のかたまりの中では、私の眼に映る彼女の姿は一目瞭然であったからだ。

私は彼女のあとを歩いて行った。彼女のあとをつけて、どうしようという気持は、私には全くなかった。いまにも、彼女の色が褪せ形が変って、街のひろがりの中にまぎれ込んでしまいはしないだろうか。そのことをたしかめるために、私は彼女のあとを歩いて行った、といえないこともない。

しかし、それよりももっと自然に、影が人間のうしろにどこまでもくっついてゆくように、私は彼女のうしろから歩いて行った。

運河に架けられた橋を、二つ渡った。その日、運河の水は、玉虫色に私の眼にうつった。ついに、彼女は立止って、うしろに向き直った。そして、私の近づくのを待った。ふたたび、私たちは向い合って立った。

「どこまで、ついてくるの。でも、へんだわ。つけられているのが、べつに厭《いや》じゃないわ」

「つけているつもりじゃないんだが」

「あら、弁解。行く先が同じ方角だとでもいいたいの」

「いや、行く先は、反対の方角なんだ」

「じゃ、なんのつもりなの」

「べつにどういうつもりもないんだが。まあ、腰かけてお茶でも飲まないか」

「お茶ですって。でも、わたしお金をもっていない。これから稼ぐところなんだもの」

「これから稼ぐ……」

私は彼女を眺めた。黒い古ぼけたオーヴァーを着た小さい軀だった。

「勘ちがいしちゃいけないわ」

「お茶の金ならもっている」

私たちは、傍の喫茶店にはいった。

店内の光のなかで、私はもう一度、彼女の顔をみた。彼女は相変らず、人間の顔をしていた。なつかしい、昔は私の周囲の誰もが持っていた人間の顔。

しかし、なぜ、いま彼女は私の眼の中で人間の顔をしているのだろう。それは、なにを意味しているのだろう。

「君は、これからなにをして稼ぐの」

といってから、私ははじめて、彼女の身のまわりに眼を向けた。よごれた木の箱、それは絵具箱らしかった。それと、大きなスケッチブック。

「デザインでもするのか。ああそうか、ウインドウの飾りつけをするのだろう」

「似顔を描くの」

「似顔だって。どうやって、似顔を描く。相手の顔をみて、描くのか」

「あたりまえじゃないの。顔をみて描くのにきまっているわ」

私はおどろいた顔になった。私は、彼女が私の同類と勝手にきめこんでいたので、彼女が似顔を描くときいて、狼狽《ろうばい》した。

私は不安になって、訊《たず》ねてみた。

「そうすると、僕は鳥か魚のように見えるのだろうか」

「どちらかというと、鳥ね」

「鳥が洋服をきているようにみえるわけか」

「それほどでもないわ」

「そうすると、人間にはみえるわけだな」

「へんな人ね。あたりまえじゃないの。人間が人間にみえるのは」

私は黙った。彼女は威勢よく、喋《しゃべ》る。眼をかがやかして、あたりの空気をいっぱい肺の中に吸いこんで、喋った。

「面白いわよ。人間の顔を、毎日たくさん眺めるのは。それは、厭なこともあるけど、そんなことは、大したことはないわ」

「そのスケッチブック、みせてくれないか」

「これは、真白。描いたときは、売るときだもの」

彼女は私を眺めて、言った。

「あんたって、青い犬みたい。地べたにたたきつけられて、ぺっしゃんこになっている」

「こんどは、犬か」

「あなたがしなくちゃいけないことは、まずその猫背を直すことね」

私は、彼女がしだいに遠ざかってゆくのを感じた。私は眼をつむって、そして開いた。しかし、彼女はやはり、人間の形をしたまま私の前の椅子に腰かけていた。

「君にくっついて、一しょに行きたいな」

「だめ。男と一しょに歩いていたんじゃ、似顔を描かしてくれる客が少なくなるわ」

私は、彼女がどういう似顔を描くのか、見てたしかめてみたかった。私は、彼女のスケッチブックが、鳥や獣や虫や魚に似た絵でいっぱいになることを期待した。しかし、そういうことは、起る筈がないことだ。彼女の商売が成立っているからには。

いや、そのことよりも、私は彼女にくっついていたかった。彼女のことは分らないにしても、彼女は人間の顔をして、私の前にいた。それが私にとっての、手がかりとなっていた。そうである以上、私は彼女を見失いたくなかった。

「くっついて歩くのは、だめか」

「だめ」

「それでは、明日もう一度、ここで会ってくれないか」

彼女は、しばらく私の顔を眺めた。似顔でも描こうとするように、じっと眺めた。彼女の眼の中で、私の顔がどういう形に映っているのか、私には判断しかねた。やがて、彼女はみじかく言った。

「いいわ」


このようにして、私は彼女と会うようになったのだが、彼女のことについては、相変らず私はそのあいまいな輪郭しか描くことができなかった。

私に分っていることといえば、私とすごす時間を彼女が厭がっていない様子である、ということ。そして、依然として、私の眼の中で、彼女は人間の形のままでいること、であった。

ほとんど毎日、私は彼女と並んで、日没前の街を歩いた。

「夕日が、まっか」

と、彼女は歌うように、言う。

「街の埃《ほこり》が、みんなキラキラ光っている。そのなかで、たくさんの人間たちのたくさんの顔が、みんなあかく染まっている」

そして彼女は、うんと背筋を伸ばし、爪さき立って、路上でくるりと一回転すると、笑顔をみせる。

そんなとき、私は、

『太陽は、かがやくふりをして、
われわれを、寒がらせる』

と、どこかで読んだ詩句を思い浮べて、うんと猫背になる。しかし、それにもかかわらず、私は彼女の笑顔を見て、まぎれもない人間の笑顔をみて、充足した心持になってゆくのだ。

その充足した心持のまま、私は街角で、彼女と掌を握りあわせて、別れる。そして、彼女は、仕事をするために街のなかにもぐりこみ、一方私は、工場地帯の裏側にある部屋に戻り、獣の巣のように敷きっぱなしになっている寝床のなかにもぐりこむ。

ある日、

「どこまでも、君にくっついて行きたい。君の部屋の中まで、くっついて行きたい」

と、私が言うと、いままで見たことのない翳《かげ》が、彼女の顔に射した。それは、怯《おび》えの翳に似ていた。あわてて、私は言い足した。

「べつに、どうしようというわけじゃないんだ。ただ、いつまでも一しょにいたいだけなんだ」

それまでの彼女とのつき合いかたで、私は充足していた。だから、いつわりのない言葉のつもりで、そう言ったのだ。しかし、せきこんで彼女は答えた。

「だめ」

「なぜ」

「あなたの知らない人に会うかもしれない。知らない男に」

「その男と、君は一しょに棲《す》んでいるわけだな」

「そんなことはない」

「ときどき、その男が訪ねてくるのか」

「あなたがくると、訪ねてきそうなの」

「わからない。説明してくれないか」

「厭」

相変らず、彼女のことは私には分らない。いや、もう一つだけ分っていることがある。彼女の名前は、木場《きば》よう子ということだ。それは、彼女が私に教えてくれた名前である。


事件が起った。

事件といっても、新聞の社会面をにぎわすような事柄ではない。私の心のなかのささやかな出来事である。

ある日、私の部屋に、会社のあの女性が訪れてきた。いつものように、私は彼女を抱きよせ、色濃くただよいはじめた彼女の獣のにおいを手がかりにして、彼女のなかにもぐりこもうとした。そして、彼女の上に見覚えのある、私を安堵《あんど》させる顔を見出そうとした。

しかし、いつまでたってもその顔は現れてこない。いつまでも、彼女は私にとって、よそよそしい石膏色のかたまりだった。またあるときは、彼女は耐えがたい獣のにおいを撒きちらしているぐにゃぐにゃしたかたまりであった。私は焦った。そのとき、私はよう子の顔が私の体内にいっぱいに膨れあがり、それが、私の相手の女との通路を塞いでしまっていることに、気付いた。

私は女たちが軀を売っている街へ出かけて、試みてみた。しかし、事情は同じだった。

私は、女の軀に臆病になった。よう子の軀で試みてみれば、事情は違ってくるかもしれぬ、と私は考えた。しかし、そう考えると、私ははげしい不安に捉えられた。私は、彼女と並んで街を歩くだけで充足しているのだから、なおさら彼女の軀に触れることがおそろしかった。

鞭《むち》をふれれば、触れられるものは石と化す。そういうお伽噺《とぎばなし》のような作用を、私の手が、私の軀が、よう子に及ぼしたなら、いや、私の心の中のよう子に及ぼしたなら、私はとりかえしのつかぬことをしてしまったことになる。

私は、よう子の軀に臆病になった。しかし、そのことは、いつも彼女の軀を意識することでもあった。

その私の気持は、よう子の皮膚にちくちく刺さってゆくとみえて、路上でふと私が立止って彼女の方に軀の向きを変えたりすると、反射的に彼女は軀をかたくし、その顔に怯えの色が掠《かす》めるのだ。生命がかがやきながら燃えているような彼女が、どうしてそのことをおそれるのか、私には不可解だった。それに、いつも背筋をしゃんと伸ばし、夕日に照りはえるたくさんの人間の顔を愛している彼女が、私のような猫背の姿勢をこのむ男と一しょにいて、退屈しないのか。そのことも、ときに私を不思議な心持にさせた。

その日、私たちは高台に立っていた。太陽がジグザグの地平のむこうに姿を消して、闇が迫ってきた。眼下の街では、黄いろい光があちこちにかがやきはじめた。

「さよなら。これから街に下りて行って、働かなくちゃ」

「坂の下まで、一しょに行く」

坂の途中で、不意に彼女は立止った。私の方に向きなおって、なにか言いたそうに口を開いたが、そのまま噤《つぐ》んだ。あらあらしく私の腕をとり、道の端に引きよせた。

そこには、暗い路地が口を開いていた。

私は決心した。彼女の小さい軀をかかえるようにして、その路地に歩みこんだ。

彼女の顔を両手にはさんで、そのなつかしい人間の顔を、薄闇の中でしばらく眺めた。不安をおしのけて、彼女の唇を唇で覆おうとすると、彼女は首を左右に揺りうごかして、私の唇を避けようとした。

地面に敷いてある砂利が、私の靴の裏に喰《く》いこんでいるのを、私はするどく意識した。

ようやく、私が彼女の唇を捉えると、彼女はじっと動かなくなり、唇がかすかに開いた。

その姿勢がしばらくつづいたとき、不意に、ガチッ、と堅い重たい音がひびきわたり、私の心に鋭くささった。気がつくと、それは、木の絵具箱が彼女の手から離れて、地面にぶつかった音だった。

彼女の軀を囲んでいた私の腕を離すと、彼女はのめるように路地の奥へ二、三歩はしり、両手で顔をおおってうずくまった。

ううっ、と呻《うめ》くような声が、彼女の十本の指のあいだから洩れた。その声は、なまなましい、彼女の軀の奥底からしぼり出されたような声だった。

私は身をかがめて、彼女の絵具箱を拾い上げた。蓋が開いて、絵具のチューブが二つ三つ、砂利道のうえにこぼれ出ていた。私は、絵具箱をぶらさげて、彼女に歩みよった。

彼女は依然として、両手で顔をおおったまま、うずくまっていた。

私は、はげしい不安に捉えられていた。彼女がその両手を離し顔を上げる瞬間を、私はおそれていた。

彼女の人間の顔は、彼女が両方の掌を離したときには消え去って、私の前にある彼女の顔は、見覚えのない、記憶の中からも探し出すことのできぬ、不可解なかたまりになってはしまいか、ということを私はおそれたのであった。

彼女は立上り、私を見上げた。その顔は、いつものなつかしい彼女の顔であった。私はもう一度、彼女を抱きよせて接吻《せっぷん》した。もう一度、彼女は呻き声をあげた。

それは、苦痛とよろこびの混り合った、人間の声であった。

それから後の日々、彼女と歩く街のあちこちで、街路樹の陰で、長いコンクリート塀のそばで、運河に架けられた橋のたもとで、私たちはしばしば唇を重ね合せた。

しかし、それ以上の行為となると、私たちは立止ってしまう。

私は半ば冗談のような口調で、ときどき言ってみる。

「君のあとにくっついて、君の部屋に行ってしまおうか」

その冗談のような口調は、なまなましい誘いの言葉をやわらげようとするためばかりではない。私自身の不安な気持をも、やわらげようとするためだ。

私の眼の中には、いまではつながりのなくなってしまった女たちが浮び上っている。私の軀の下で、依然として石膏色のかたまりのまま動かない女や、耐えがたい獣のにおいを撒きちらしているぐにゃぐにゃしたかたまりとなった女たちの様子が、眼の中に映るのだ。

私は、冗談のような口調で言う。

「君の部屋に行ってしまおうか」

すると、彼女の筋肉が、一せいに緊張してしまう。

「やめて、あなたの知らない男に会うかもしれないから」

「どんな男だ」

「いやな男。つまんない男よ」

「追い出してしまえばいい」

「うまく、追い出せないの」

「それでは……」

「厭。もうそのことは訊ねないで」

彼女は口を噤《つぐ》み、顔を俯《ふ》せて、ぎごちなく筋肉をこわばらせてしまう。


その日は、雨が降っていた。

私たちは、その日も、雨に濡れて光っている街を歩きまわっていた。

運河の黒い水の上に落ちてゆく、白い雨脚がみえた。黒い蝙蝠傘《こうもりがさ》の下で、私たちは唇を合せたまま、時間が経っていった。不意に、彼女がかすれた声で言った。

「わたしを抱いて」

肺の奥から、空気と一しょに出てきたような声だった。

「いますぐ、抱いて。ここで、抱いて」

私はためらった。次の瞬間、私は腕を彼女の片方の腕にからませ、その小さな軀を引立てるようにして歩き出した。狭い道に折れ曲った。欲情よりも、不安の方がはげしかった。足がもつれた。

しかし、私の眼はホテルの軒灯を探していた。

また、道を折れ曲った。さらにもう一度、折れ曲った。

そのとき、間近の曲り角から、一台の車が姿を現わした。二つのヘッドライトが、大きな黄いろい目玉のように、雨の幕のむこうで拡がった。そして、黄いろい光を私たちに投げかけた。反射的に、私は黒い蝙蝠傘を前にかたむけて、その光を遮ろうとした。

私は心が動揺していたので、その車から身をしりぞけそこなった。傘を前へかたむけた拍子に、軀まで一歩前へ踏み出してしまったのだ。

黄いろい光が、大きく眼のまえにひろがって、黒いかたまりがのしかかってきた。堅い車体が私の脇腹を小突いて、半回転した軀をかすめて通り過ぎた。次の瞬間、私の傍にいた彼女の小さい軀が宙に飛ぶ姿が、黒い影絵のように私の視界の端をかすめた。

音に尻尾のある、砕ける厭な音がひびいた。つづいて、鋭いブレーキの音。

地面に落ちた彼女の軀を、私はかかえ起そうとした。彼女は立上って、私の胸のところへ顔を押しあてた。砕ける厭な音が、私の耳の底にへばりついていた。

「骨は、だいじょうぶか。どこも、こわれていないか」

彼女は、私に獅噛《しが》みつく両腕に力をこめ、こまかく軀を左右に揺すぶった。

「だいじょうぶらしいわ」

そのとき、停った車から、人影が降りてくるのがみえた。どういうわけか、その男は黒いエナメルの雨合羽を着ていた。そのぴかぴか光る両袖から出ている二つの掌の十本の指は、巨大にふくれ上って、私の眼に映った。その男の顔のある場所には、黄いろく光る途方もなく大きな目の玉だけがあった。その男は、雨の中を近よってきた。その男の目玉はしだいに拡がって、黄色い二つのヘッドライトの大きさになった。

「どうしました。だいじょうぶですか」

その男は身をかがめて、彼女の顔をのぞきこもうとした。私は、彼女のなつかしい人間の顔をそのような奇怪なものの前に曝《さら》すのに、耐えられなかった。私は一層深く彼女の軀をかかえこみ、その顔を埋めさせて、その男に言った。

「君、だいじょうぶだ。だいじょうぶだから」

「そうですか。それでは」

その男は安堵《あんど》したように、そそくさと車に戻り、たちまち車体は消え失せた。

濡《ぬ》れたアスファルト路上には、彼女の赤い傘が、車輪に轢《ひ》かれた無慚《むざん》な姿で、平べったくなって残っていた。

その小さな出来事は、私をにわかに駈《か》けだしたいような、崖から飛び降りてもいいような心持にさせていた。顔を上げると、すぐ近くに、ホテルの軒灯が雨の中で陰気に光っていた。

私は、彼女の顔を両手で挟んで、その軒灯の方に向けた。そして、私たちは、軀をもつれ合せて、その方に歩みよった。

石灰色の建物の横に、細長い口が開いていていた。その細くて長い通路の行き止りに、このホテルの玄関があるのだ。私たちは、短冊型にひらいたその口の前に立止った。細くて長い通路には、黄いろい電燈の光が一ぱいに満ちあふれていた。

「厭」

彼女は両手で顔をおおって、その口から身をしりぞけた。

「黄いろい光が、こわい。黄いろがこわいの」

私たちはしばらく黙って歩いた。

「からだが痛い」

「だいじょうぶか」

「だいじょうぶ。からだはどこも毀《こわ》れていないらしいわ」

「お茶を飲んで、別れるか」

「厭」

「仕事をしに、行けるのか」

「厭」

「どうする」

「どこかに、連れて行って」

「君の部屋に行くか」

「駄目」

「僕の部屋に、くるか」

彼女はうなずいた。そのとき、かえって私の方に、ためらう気持が起った。もしも、そのちょっと前に、黄いろいヘッドライトをかがやかした黄いろいかたまりが、私たちに襲いかかってこなかったならば、多分、私もそして彼女も、決心がつき兼ねたことだろう。

心の動揺を、黄いろい二つの大きな目玉の光がいっそう揺り動かし、私たちは一種の錯乱の状態になっていた、といえる。私たちは速力に巻きこまれることを欲していた。タクシーを拾い、私の部屋のある裏町に走らせた。

　私の部屋のある建物の前にあるどぶを渡るとき、私ははじめて、そのうすく漂っている腐臭をうとましく感じた。いままでは、そのアセチレンガスに似た腐臭は、私を刺戟し、私の欲情を扶《たす》けていたのである。

　私の部屋の中で、私はよう子の衣服を脱がしていった。彼女のなめらかな腿《もも》を、私の両方の掌で慈しむようにくるみこみ、ゆっくりと靴下を脱がせてゆく。そのとき、ふと、私は彼女の脚の皮を剝がしているような心持に襲われる。そして、彼女がなまなましいかたまりに変化してしまうのではあるまいかというおそれが、私の心を掠《かす》めて過ぎる。

　私の手が、彼女の下着にかかったとき、彼女は軀をすくめて頑《かたく》なに拒んだ。

「やめて。わたしの裸、すてきじゃ無いの。そのままにしておいて」

　彼女が胸の前で交叉《こうさ》させている両腕を、その軀から剝がし、私はその下着を剝ぎ取ろうとした。彼女はあらがった。そして、すこしずつ彼女の皮膚があらわれはじめたとき、私ははげしい悔いにおそわれて、おもわずその手を止めた。

　彼女の軀が、私の眼の前で変形しはじめたのを知ったからだ。

　私が手を止め、怯えた眼になると、彼女ははげしく私の眼を見返した。そして、自分の手で、その下着を脱ぎ捨てた。

　彼女の軀が歪《ゆが》んで私の眼に映った。おもわず私は眼をつむった。私は、覚悟して眼を開いた。見馴れぬ石膏色のかたまりが、私の前にうずくまっていることを、覚悟した。しかし、同じ歪んだ軀が私の眼に映った。

そのとき、私は知った。彼女の軀が、私の眼の中で変形を起しはじめたのではなく、その軀自体が歪んでいるのだ、ということを知った。

彼女の軀を眺める私の眼が、おそらく執拗《しつよう》にすぎたのだろう。彼女はひるんだ表情になって、

「胸をわるくしたことがあるの。それで、こちら側の背中の骨を、幾本か取ってしまったの」

「そうか、そのために、歪んでみえるのか」

「厭になったの」

「いや、安心した」

「安心、どうして安心したの」

私は黙って、彼女の背中の大きな傷痕に唇をあてた。


翌朝、定刻よりすこし遅れて、私が会社に着くと、部屋の中にはただならぬ気配がみなぎっていた。

平素はどんよりと淀《よど》んでいる、この倒産直前の会社の空気が、その日はいきいきと揺れ動いていた。人々の目はかがやき、筋肉は衣服の下でぴくぴくと動いているようだった。

「どうした、銀行の融資でもきまったのか」

と、言った瞬間、私は思いちがいをしているのに気付いた。部屋の中にみなぎっている一種の活気の底には、不安の色が濃くただよっているのに気付いた。

「ばかなことを、言っちゃ困る。そんな、おめでたいことじゃない。山上君が死んだんだ」

「死んだ、山上君が死ぬわけがないじゃないか」

同僚の山上という青年の、活力にあふれてギラギラ光る眼と皮膚を思い浮べて、私はおもわず反問した。

「殺されたんだ」

「殺されたのか」

「郊外の、建てかけの空家の中で、けさ絞殺死体になって発見されたそうだ。いま、ここに刑事が来る」

私は山上とときどき酒を飲むことがあった。酒に酔うと、彼は一層、活力に満ちあふれてくる。皮膚は一層ギラギラと光り、眼は血走って底の方から光を放ってくる。私は、彼のそういう顔を眺めて、薄気味わるい心持になったものだ。

見えない手が、彼の首を締めあげて、彼の顔が充血してゆくように思えたものだ。そうだ。あの顔には、死相があった。あの顔はデスマスクに似ていた。いや、それは、いま、彼が絞殺死体となったということを聞いたために起った連想だったのかもしれない。

人間の軀に生命がみなぎり、それがしだいに強く大きく極限に近づいてゆくと、その人間には死相に似た表情があらわれてくる。私の脳裏に、不意に、私のちかくの席に坐っている女の顔が浮び上った。私の軀の下で、その顔がなまなましく変化してゆく様子が、浮び上った。

同僚が死んだという日、私はなんという記憶にとり憑《つ》かれてしまったことだろう。私はあたりを見廻した。部屋にみなぎっている奇妙な活気。私のちかくの席には、あの女の姿は見えない。彼女は、私よりもっと遅刻しているのか。

きのうの夜、私の部屋で、よう子の顔には死相に似た表情は現れなかった。私の軀の下で、彼女の軀はゆるがず、その顔はいつまでも、あのなつかしい人間の顔のままだった。いや、なつかしい、とは言っておられない。私だけ、つよく獣のにおいを放ちはじめ、しだいによう子は私から遠ざかってゆき、私はいまにも、彼女とは無縁のぐにゃぐにゃしたかたまりになりかかった。あわてて、私は彼女の軀から離れたのだ。

「刑事さんが、ちょっと、みなさんに訊ねたいことがあるそうです」

部屋の戸が開いて、そういう声が聞えてきた。

「山上君という人と、きのう最後に別れた人は誰ですか」

刑事のだみ声がきこえる。

「それは、僕です」

同僚の一人の声がきこえる。

「僕と△△君とが、駅のちかくの喫茶店で別れたのです」

彼の言葉の中に、不意に私の名前が出てきた。そういえば、たしかに私は山上と、喫茶店で別れた。山上は、私たちを、酒場に誘ったが、私はよう子との約束があって断った。同僚も、他に所用があるとかいって、断った。私は、一人で雨の中を去って行った山上のうしろ姿を、はっきりと思い出した。

「喫茶店で、なにを食べましたか」

刑事の質問。そうだ、そのとき、私たちは苺《いちご》ミルクを食べた。ふだんには、そういうものを食べることは、めったに起らないことだった。乳白色のミルクに浮んでいる苺の色が、眼に浮んだ。なぜ、あんなものを食べる気持になったのだろう。まして、酒徒の山上は、そういうものは口にしない筈だった。私たちは、苺ミルクを食べた。そして、山上の誘いを断った。一人になった山上は、苺ミルクを食べたことを、ひどくいまいましく思ったことだろう。そして、平素よりもはやい速度で、酒をがぶがぶあおったかもしれぬ。そして、悪酔したのかもしれぬ。

「何を食べましたか」

「苺ミルクです」

と答える同僚の声が聞えた。私は、いまいましい心持になっていた。私は訊ねてみた。

「喫茶店で食べたものを知ることが、何かの役に立つのですか」

刑事は、じろりと私を眺めた。しかし、返事をしてくれた。

「胃の中の食物の消化の具合で、殺された時刻の推定がつくのだ」

あの生命力にぎらぎら輝いていた山上は死んでしまった。私は、彼の頑丈な胃の腑《はらわた》を眼に浮べた。苺の赤い膚《はだ》の表面にたくさんあるくぼみ。そのくぼみのなかに身をひそめている小さな茶色の粒。そのけし粒ほどのたくさんの茶色の粒が、もはや消化能力のなくなった山上の胃の腑の中に、いっぱいに詰った酒の中に、浮んでいる姿を、私はむなしく思い浮べた。

そのとき、部屋の戸が開いた。

「遅刻しちゃったわ」

私のちかくの席の女が、姿を現わした。彼女はゆっくり床の上を歩きながら、

「どうしたの。なにか、あったの」

「山上君が、殺されたんだ」

誰かが、答えた。彼女の軀が、ぐらりと揺れた。撲《なぐ》られたようだった。立止ったまま、動かなく

なった。やがて、その軀は床の上にゆっくり崩れ落ちた。

その軀は、そのとき、私の眼の中で石膏色のかたまりには映っていなかった。嗚咽《おえつ》の声がきこえた。軀の奥底から、しぼり出されてくるような声だった。肩が、背中が、はげしく波立った。

私は、おどろいて、彼女の様子を眺めていた。彼女が山上と、私の知らない関係をもっていたことばかりでなく、それよりもはるかに沢山、彼女が山上の死のためにそのような姿態を示していることに、おどろいていた。もしも、私が死んでも、彼女はそのような態度をみせることはない。そのようなことが起りうることは、彼女と私との関係には無縁のものであった。

うずくまって、嗚咽をつづけている彼女の肩を、刑事の掌がかるくおさえた。

「ちょっと、おたずねしたいことがあります」

彼女は顔をあげた。涙に濡れているその顔は、たしかに、人間の顔として私の眼に映った。しかし、そのような彼女が、なぜ時折、私の部屋に訪れてきたのだろうか。

その疑いが、かえって私と彼女とのつながりを保った。相変らず、私の眼の中で、彼女は人間の顔をしていた。いまでは、私にとって女というものは、ただ抱きよせることによってその繋がりを生じてくるものではなくなっていた。

私は、不安な動揺した心持で、彼女の顔を眺めていた。不安と動揺は、しだいにはげしくなってきた。そのとき、私は気付いた。私が見詰めているのは、彼女の顔ではなかった。彼女の顔のうしろから、よう子の顔が浮び上って、それがしだいに大きく、私の前に立塞がっているのだった。

「君の部屋へついてゆく」

「駄目。知らない男に会うかもしれない」

よう子との、そんな会話が、私の耳の底でひびいた。私は首を振って、その声を追いはらおうとした。その声は、薄らぎながらも、幾度もくりかえされた。不意に、男のだみ声が、その声に重なった。

「もう一つ、おたずねしたいことがあります」

刑事の声だ。

部屋の中で、ささやきかわす、別の声もきこえた。

「単純な殺人、という見こみだそうだ。つまり、知らない人間に、行きあたりばったりに殺されてしまったんだね」

「君の部屋へ、ついてゆく」

よう子と会ったとき、私は彼女の眼をのぞきこんで、そう言った。彼女は、黙って私を見返すと、うなずいた。

アパートの中にある彼女の小さな部屋には、男の気配はなかった。見知らぬ男が出入りしている痕跡を探そうとして、執拗《しつよう》に私は部屋の中を見まわした。

「なにをじろじろ見ているの」

「知らない男がいないかとおもってね」

「もう、いいのよ」

「今日は、案外かんたんに、僕がこの部屋にくるのを許したんだな」

「だから、もういいのよ。もう、わたしを抱いてしまったのだから」

「…………」

「わたしの言ったのは、以前の男のこと。以前、ちょっとの間、一しょに暮した男があったの」

よう子を抱いていて、その男に私は会っただろうか。よう子の過去に男があったとしても、私はこだわる気持をもっていないつもりだった。それなのに、よう子のこだわり方は、異常ともいってよい。彼女のそのことについての言い現わし方は、過去の男が、現在もまだ彼女の心身にまつわりついていることを示している。

よう子の軀の上に、私は過去の男のどのような痕跡をみとめたであろうか。私は、彼女の揺るがない軀を思い浮べた。彼女の軀の表情から、彼女に加えられた男の手を捉える手がかりは、全くなかった。むしろ、その軀がすこしも揺るがない、というところに、手がかりを見つけなくてはならぬようだった。

私は、彼女の衣服を剝ぎとり、背中の大きな傷痕を指先でまさぐりながら、

「そうか、その男が、君に大きな傷をつけたんだな」

「傷……」

「この傷のことじゃないさ。そして、その傷が、今でも治らないんだな」

彼女はしばらく黙っていた。

「そうね。好きじゃなかった。仕方なくなって、一しょに暮した。わたし、傷をつけられていたのね」

そうなのだ。そのために、この軀がすこしも揺るがないのだ。私だけを、一人だけ獣のにおいのするぐにゃぐにゃしたものに変身させかけてしまうのだ。私は、彼女の肩を摑んで、その軀を揺す

ぶってみた。その胴をねじってみたり、肩を前後左右にこねまわしてみたりした。

私が、彼女の左肩をぐっとうしろへ引張ったとき、その貝殻骨の下に、思いがけないほど大きな暗いくぼみができたのに気付いた。私は彼女をそのままの姿勢にさせて、心臓の裏側のところの、暗いくぼみを見つめた。

「そうすると、骨がないので、落ちくぼんでしまうの」

そして、彼女はわざと陽気な声を出して、

「そこに、物が置けるのよ。マッチ箱でも、置いてごらんなさい。さあ、はやく置いてごらんなさい」

畳の上に、彼女の耳飾りの片方が、ころがっていた。ガラスの耳飾りが、電気の光をうけて、きらめいていた。その耳飾りをつまみ上げた。彼女の心臓の裏側の暗い小洞窟で、かすかな光が白く浮び上った。

私は、彼女と私とのつながりについての手がかりを、手に入れた気持になっていた。いま、彼女の人間の似顔のためのスケッチブックを開いてみれば、そこには、鳥のような獣のような虫のような魚のような形が充満しているのではないか、と私はふと思った。

彼女の小さな軀を、私は荒々しく引きよせて、

「君の傷を、僕が治したい」

そして、一層あらあらしく、彼女の軀を揺さぶった。彼女は、私の腕の中で、身をもんだ。

そのとき、不意に、鈍いこもったような音がひびいた。蛇腹《じゃばら》に穴のあいたアコーデオンを、勢よく引伸ばしたような奇妙な音だった。

彼女は私の胸に顔をかくして、呟《つぶや》いた。

「わたしの肺が鳴るの。骨がないから、きゅうに軀を動かすと、あんな音がするの」

私は、いとしい気持で一ぱいになった。私はもう一度、彼女の大きな傷痕に、慈しむように唇をあてた。その傷痕のもっと奥深いところに潜んでいる、彼女のもう一つの傷にも届くように、私は唇をおしつけた。

しかし、その日も、やはり彼女の軀は、私の下で少しも揺るがなかった。私は、彼女の軀が私の下でのたうちまわり、その軀を私の心がやさしく包みこみ、そしてその軀からあの肺の鳴る音がひびきわたることを夢想した。その鈍いこもったような、そして幾分滑稽《こっけい》な音は、勝利のラッパの音のように、瀏喨《りゅうりょう》とひびきわたるのだ。しかし、そのことは起らなかった。私たちの旅は、いま、はじまったばかりのところなのだ。

吉行淳之介《よしゆきじゅんのすけ》（一九二四〜一九九四）
岡山生まれ。父エイスケは新興芸術派の小説家、母あぐりは美容師。東京で育ち、静岡高校（現・静岡大学）文科丙類を経て東京帝国大学に入学。学費未納で英文科除籍処分となり、雑誌編集を続けながら同人誌に短篇小説を発表。五二年娼婦を題材とした「原色の街」で注目され、結核療養中の五四年「驟雨《しゅうう》」で第三一回芥川賞を受賞、「第三の新人」のひとりと目された。六五年『不意の出来事』で第一二回新潮社文学賞、六七年『星と月は天の穴』で第一七回芸術選奨、七〇年『暗室』で第六回谷崎賞、七五年『鞄の中身』で第二七回読売文学賞。自身の戦争体験や性的なモチーフをとりあげた私小説が多く、その強い女性嫌悪が生前から指摘された。七八年の第三一回野間文芸賞受賞作『夕暮まで』は中年男と若い女の特異な肉体関係という題材が話題となる。七九年第三五回芸術院賞、八一年芸術院会員、八六年『人工水晶体』で第二回講談社エッセイ賞。軽妙なエッセイや雑誌企画の座談・対談でも人気があった。他に『娼婦の部屋』『砂の上の植物群』など。『鼠小僧次郎吉』『赤と紫』といった娯楽小説も多い。妹に詩人・小説家の吉行理恵、女優の吉行和子がいる。

小林秀雄

偶像崇拝

小林秀雄は断言する。

高野山《こうやさん》にある国指定の重要文化財「赤不動《あかふどう》」について、「つまらぬ絵である」と言い切る。

断言は主観によるものであって、客観的に論証できるものならば断言の必要はない。ある絵が描かれる動機は社会にではなく画家の内面にあるのだから、分析などせずまっすぐ画家に迫るのがいい。「立派な画家は思う通りの事を遂行した」のだから。

これは科学的な方法の否定である。科学は立証を重ね、論理を貫く。反論することも可能で、そのやりとりは弁証法と呼ばれる。だが、断言に対しては受け入れるか拒むか、二つに一つだ。

しかし、詩と科学はすっかり断絶しているのだろうか。

こういうことは実例を挙げればいいのであって、民俗学者折口信夫《おりくちしのぶ》と詩人釈迢空《しやくちようくう》は一つの人格に収まっていた。彼は詩人として『死者の書』（この全集の第十四巻）を書き、民俗学者として「山越し阿弥陀《あみだ》像の画因」という論文を書いた。これを小林は、「民族心理の言わば精神分析学的な映像」と呼んでいる。

ここで話は本巻に収めた三島由紀夫の『孔雀《くじやく》』に飛ぶのだが、三島はなぜああまで折口信夫と民俗学と精神分析を嫌ったのだろう。美という主観的なものを論じながら、小林と三島の間にはずいぶんな隔たりがあるようだ。

偶像崇拝

俗に「赤不動《あかふどう》」と言われている名高い画が高野山《こうやさん》にある。予《かね》て評判は聞いていたが、容易に見せては貰《もら》えぬ重宝で、鑑賞の機会がなかったが、この夏、高野山に行き、その機を得た。見てがっかりした。つまらぬ絵である。無論、これは私個人の好き嫌いの問題であるから、つまらぬ絵が国宝であっても少しも構わぬ事だし、又、単なる審美的判断だけでは、国宝の価値を決めるに足るまい。それは先《ま》ずそういう事だとしても、やはりその時、「赤不動」と並び称せられている「来迎図《らいごうず》」を、久し振りで見たのだが、どうも余り違い過ぎる。私の印象の中で、どうしてもこの二つの絵は並んでくれない。そういう気持ちの始末には困ったのである。智証大師《ちしょうだいし》感得などという事は、勿論《もちろん》伝説だとしても、この二つの絵は、私の心に、同じ時代の心を決して語り掛けては来ない事を、はっきり感じた。最近、「赤不動」を足利《あしかが》期の製作だとする大胆な新説を主張する美術史家があるそうだが、尤《もつと》もな事だと思った。どういう外的証拠によって論をなすのか知らないが、先ず、その学者に、動かし難い内的直覚がなかったなら、話は始《はじま》らなかったろう、と勝手に推察した。

毎日雨が降っていた。同行の阿部真之助氏から、政治界や新聞界の辛辣《しんらつ》な楽屋話をきき、笑い過ぎて気が滅入《めい》って来ると、又しても、陳列館に出かけて「来迎図」を見て、長い時間を過ごした。絵というものは不思議なものだ。以前よく見た筈《はず》なのに、まるで新しい絵を見る様だ。そういう経験はよくしていたが、こんなに驚いた事はない。この前見たのは数年前である。私が変ったとは思われぬ。同じ私が同じ絵を同じ無心で見ているだけだ。私は、妙な気持ちに誘い込まれる様であった。予想してみたり想像してみたりしていた事が、何にもならなかった事は、現に新しく絵が見えている通りだ。してみると、絵を記憶するという様な事は、ただそんな風な気がするだけで、全く不可能な事ではあるまいか。絵は、偶然に、眼前に現れて、又、全く消え去って了《しま》うというのが本当だろう。絵には、何かしら私の日常意識に対して不連続なものがあり、それが、絵を見ている間だけ、私に作用するらしい。私の何に対して作用するのか。目下のところそんな心理学はない。が、絵の好きな人は、絵の作用に応じて、私達のなかに、血行とか消化とかに似た様な、黙しているが確実な或《あ》る精神の機能が働くのを知っている。

私は、高野山に参詣《さんけい》したわけではない。夏期大学の用事で出向いたのである。夏期大学などで来る連中は、建物がどうの絵がどうのと喋《しゃべ》っている有識無慙《ゆうしきむざん》の徒ばかりであると、高野山の坊様は嘆いているそうだ。ここに来る前、或る雑誌の日本美術に関する座談会ででも、矢代《やしろ》氏や亀井氏との間で、宗教的礼拝の対象であったものを、審美的な立場からあげつらう事はどうかという話が出た。考えて行くと何処《どこ》まで拡《ひろが》るかわからぬ様な問題であるが、その糸口だけは、はっきりしているのだ。

それは、私達の間では、もはや過去の信仰は死んでいるのであり、これはどう仕様もない、どうごま化し様もない、そういう事だ。それからもう一つは次の様な事実だ。私達が現に見ている絵は、過去の宗教の単なる形骸ではない。総じて過去というものに到《いた》る単なる道しるべではない。絵は絵である限り、決してそういう風には現れない。それは洵《まこと》にはっきりした現在の私達の一種の知覚である。「来迎図」は、キリスト教で言えば「受胎告知図《じゅたいこくちず》」と言った気味合いのものだが、私達は、もう「来迎」も「告知」も信じていない。併《しか》し、そういう絵が現に美しいと感ずる限り、美しい形に何等《なんら》かの意味を感じ取っている限り、私達は、何かが来迎し、何かに告知されている事を信じているのである。これは神秘説ではない、自分の審美的経験を分析してみれば、美の知覚や認識には、必ず何か礼拝めいた性質が見付かるだろう。礼拝的態度は審美的経験に必須な心理的条件だと認めざるを得ないだろう。過去の宗教心の名残りという様な考えは、何にも説明しない。宗教心は人間の心に、盲腸の様にぶら下っているわけのものではないからだ。

　仏教美術は、仏教のドグマに制約されているとは言え、美術としての自《おのずか》らの動機なり表現なりの自由を、それが為に弾圧されて了うという様な事は考えられぬ事である。若《も》し、そういう危機に見舞われれば、美術は、宗教を離れて勝手のよい形式を自ら選ぶに至るであろう。「来迎図」の画因は、「観無量寿経《かんむりょうじゅきょう》」のドグマを超えている、この事を明言した最初の人は折口信夫《おりくちしのぶ》氏である。折口氏の仕事で、直接に対象となっているのは、高野山の「来迎図」ではなく、所謂《いわゆる》「山越《やまご》し弥陀《みだ》」の形式の「来迎図」である。尤も高野のものにしても「山越し」には違いなく、弥陀は、山頂を越えて谷合か麓かに下りて来ている。それは兎《と》も角《かく》、折口氏が「来迎図」の画因と言っている言葉に、ここでは注意したいのだが、それは、画家の製作の動機の事であり、その喜びであり、今もなお画面から発すると感じられる或る力の事なのであって、ある様式の芸術が生産されるについての、あれこれの環境の性質という様な、歴史家の求めている外的原因ではない。歴史家には、ある絵の様式とは、ある時代の社会的制約の結果と見えるが、画家には、社会的制約とは、その製作の動機という内的原因のうちに取入れられた、自由に戦うべき敵或《あるい》は自由に利用すべき味方の事であり、いずれにせよ、立派な画家は思う通りの事を遂行した。この画家の自由が、折口氏の求めようとした画因なのである。そういう意味での画因は、外的証拠の拾集や分析によって理解し得ない。それを語って呉《く》れるものは、当の絵より他にはないのだから。従って折口氏の様な仕事は、先ず絵に関する深い審美的経験による直覚があり、それに豊かな歴史的教養が絡んで、これを塩梅《あんばい》するという風な姿をとる。つまり、詩人によって見抜かれたものは、当然詩人の表現を必要とするという事になる。従って、折口氏の「来迎図」の画因という微妙な観念を摑《つか》むのには、氏の中将姫《ちゅうじょうひめ》を題材とした「死者の書」という物語、或はその解説の為に書かれた小論、解説と言っても、詩人の表現に満ちているのだが、「山越し阿弥陀《あみだ》像の画因」(「八雲《やくも》」第三輯《しゅう》)を読むより他はないのであるが、強《し》いて掻摘《かいつま》んで言えば、それは民族心理の言わば精神分析学的な映像になる。

仏教の日想観《にっそうかん》の思想が到来する遥か昔から、日を拝む信仰は、日本人の間で深く行われていた。宮廷には日祀部《ひまつりべ》の聖職があったし、一般にも、春と秋との真中頃、「日祀り」をする風習があった。娘盛り、女盛りの人達が、朝は日を迎えて東へ、夕は日を送って西へと、幾村里かけて、野や山を巡拝して歩く「山ごもり」「野遊び」の行事が行われていた。これが、幾百年の間の幾万人の日本の韋提希夫人《いだいけぶにん》であった。浄土の日想観という新しい衣は、彼女達にもよく似合ったが、彼女達の肉体を覆い切る事は出来なかったのである。日想観が、「弱法師《よろぼし》」に見られる様な、日想観往生として固定する様になっても、女達は、日かげを追って、太古さながらの野山を馳《か》けていた。藤原南家《なんけ》の郎女《いらつめ》が、彼岸中日の夕、二上山《ふたかみやま》の日没に、仏の幻を見たのは、渡来した新知識に酔ったその精神なのだが、さまよい出たのは、昔乍《なが》らの日祀りの女の身体であった。女心の裡《うち》に男心の伝説が生きていないわけがない。「当麻《たえま》」の化尼《けに》めいた語部《かたりべ》の姥《うば》の話は、生れぬ先きから知っていた事の様に思われる。招いているのは二上山にいる大津皇子《おおつのみこ》の霊である。或は、天若日子《あめわかひこ》の霊かも知れぬ。恵《え》心僧都《しんそうず》は、当麻《たいま》の地はずれで生れ、学成って、比叡横川《ひえいよかわ》の大智識となった。「往生要集《おうじようようしゆう》」の名は唐まで聞えた。彼が新知識の山頂で、阿弥陀の来迎を感得した時、それは、彼の幼い日に毎日眺めた二上山の落日に溶け込んだのである。折口氏は、そういう素直な感動をそのまま動機として取上げ、大胆に「山越し阿弥陀」を描いた処に、彼の巨大性があったとする。自ら釈迢空《しやくちようくう》と名告《なの》るこの優れた詩人は言う、「今日も尚《なお》、高田の町から西に向って、当麻の村へ行くとすれば、日没の頃を選ぶがよい。日は両峰の間に俄《にわ》かに沈むが如《ごと》くして、又更に浮きあがって来るのを見るであろう」。

嘗《かつ》て、古代の土器類を夢中になって集めていた頃、私を屢々《しばしば》見舞って、土器の曲線の如く心から離れ難かった想いは、文字という至便な表現手段を知らずに、いかに長い間人間は人間であったか、優美や繊細の無言の表現を続けて来たか、という事であった。文字の時代なぞ、それからみれば、ほんの未《ま》だ始《はじま》ったばかりだと言えよう。ただ文字の発明が、この期間を大分長いものと思わせている。文字の発明以前でも、この無言の表現は、語られる言葉の下位に立つ事を甘《あまん》じて来たに相違ない。土器を作るものは、実用的目的に間違いなく従い、土や火の自然の性質にもっと間違いなく随順し、余計な心使いをしなかった御蔭《おかげ》で、人間の性質のうちにある言うに言われぬ或る恒常的なものだけを表現して了うという事になった様である。不安な移ろい易《やす》いものは、冒険や発明や失敗や過誤を好む言語表現に、一番適するのではあるまいか。人間の智慧《ちえ》の言葉による最初の組織化は、何処の国でも、宗教の名の下に行われたが、美術はやはりおとなしくこれに従った。宗教の教義や儀式や制度が、社会的に、実際の力を持っている限り、美術は、これに対し、敢《あ》えて異を唱えなかった。だが、美術という黙した従順な智慧は、自らの眼に恃《たの》むところがあったと言える。美術の眼は批判しない。が、それは、言わば、教義や儀式や制度の尤もらしさを監視していたと言えるのではなかろうか。社会的な支配力を持つと自負しているそういうものは、決して個々の人の心を本当には支配し得ない。各人は持って生れた宗教心或は憧憬《どうけい》心の色合いを、そういうものに映してみるだけである。画家の眼は、それを本能的に見ている。従って、彼は己《おの》れ個人の体験から出発するより他はない。例えば恵心はそうした。個人主義という様なものがなかった時代でも、個性は常に個性だったのである。個性的な表現様式が、忽《たちま》ち模倣を呼ぶ限り、つまりある時代の一般的な絵画形式の一単位として社会がこれを容認する限り、それは社会的な価値を持つが、幾百年を隔てて尚《なお》、「山越しの阿弥陀」に、人を感動させるに足りる普遍的な価値を認める為には、不思議な事だが、例えば折口氏という個性を要する。この事は、実に注意されていない。美術史家は、美術品の歴史的な解釈に忙しく、美術品の直接な鑑賞から、逆に歴史の方を照明するという努力を払わない。それは子供らしい事だ、しかし本当は一番難かしい事だ。個性的な表現は、個性的な見方にめぐり合い、これと応和しなければ、その普遍的な意味合いを明かしはしない。

審美的経験には、何か礼拝的な性質があると言ったが、美術好きは皆偶像崇拝家だと言って差支《さしつか》えない。凡《すべ》ての原始宗教は、偶像崇拝で始ったが、凡ての大宗教は、これを否定する智慧から出発した様である。キリスト教は勿論、仏教も亦《また》そうである。ところが両方とも、美術家の手になる夥《おびただ》しい偶像の群れを引連《ひきつ》れて発展したとは面白い事である。キリスト教は偶像と戦ったが、仏教はそういう戦いを知らなかった。これは恐らく両宗教の根本信条の相違から来ているのである。両者ともに、最高の真理は、到底物的な造形によっては表現出来ないものと信じた点で同様であるが、ヘブライの宗教から発したキリスト教の神は、何を置いても先ず人格神であるところから、これを偶像に仕上げる様な冒瀆《ぼうとく》は許すべからざる事になるのだが、ヴェーダの哲学から発した仏教の仏は、人格は勿論、何も彼《か》もそのなかに解消しなければならぬ、宇宙の絶対的秩序なのである。人格さえ侮蔑するのだから、偶像なぞ勿論問題ではない。絶対的な侮蔑は、戦いさえ生まぬ。そこから偶像なぞあってもなくても構わぬという寛大な態度が生れてきたのだと思う。偶像崇拝が異瑞という強い意味合いを持つ事が、私達東洋人には容易に呑《の》み込《こ》めないのも、そういう処から来ているであろう。いずれにせよ、戦っても戦わなくても、両宗教ともに偶像の群れを引連れざるを得なかったという事は、教化布教の為の単なる手段として、そういう事が必要であったというばかりでは説明がつき兼ねる様だ。やはり背後にはギリシアがある。大偶像崇拝家たるギリシア人の問題がある。ギリシアの宗教の智慧は、その神話が語る如く、偶像との驚くべき調和のうちに発達した。この智慧が合理化され、偶像と離別して哲学体系を完成した時には、偶像による表現は既に完璧の域に達し、偶像によらなければ表現出来ない別種の自律的な智慧を語っていたのである。仏教は、これを素直に受《う》け納《い》れ、異る思想や環境のなかで、それが自然な緩慢な変化を辿《たど》るにまかせた。キリスト教は、これと戦ってはみたが、勝てなかった。ビザンチンの偶像は神学より長生きするだろう。宗教改革によって、偶像と決定的に離別する血路を開いたが、その時一方ではルネッサンスの美術家達は、キリスト教の仮面の下に、ギリシア人に則《のっと》って新しい偶像崇拝教を起していた。

偶像崇拝とか偶像破壊とかいう言葉のキリスト教的な意味に、あまりこだわるのはよくないだろう。それは真理の表現に関する物的造形の価値を信ずるか信じないかという問題なのである。言葉を扱う詩人は物的造形をしていないかの様に見えるが、それは外観に過ぎない。リズムという全く物的なものの形成は勿論の事だが、一つ一つの言葉にしても、海と言えば、あの冷《つめた》い塩からい海の事だし、悲しみと言えば、あの切ないやり切れぬ悲しみの事だし、という風で、直ちに事物が喚起される様にしか言葉は取り上げられない。という事も、感知する物は何かと問わず、感知するがままに物を容認する詩人の偶像崇拝的態度から来る。そういう風に考えて来ると、近代思想を宰領すると自負した近代の哲学の行ったところは、観念論であると唯物論であるとを問わず（そんな区別は殆《ほとん》ど意味がない）真を語る為に、自己の体系から、比喩《ひゆ》も暗喩も、要するに言葉の偶像崇拝的使用法を一切追放しようとした試みだと言えよう。併し、言葉というものの性質上、そういう試みの成功は疑わしく、寧《むし》ろ止《や》むなく失敗した個処に、何かしら人間的な意味が現れるという始末となった。言葉は、その破り難く堅固な物性と観念性との合体によって、人間の生存に直結しているから。近代の偶像破壊の思想戦に於て、決定的に勝利を得たのは、語った真理を実証し得た科学だけである。これは疑いのない事である。私は屢々思う事がある、もし科学だけがあって、科学的思想などという滑稽なものが一切消《き》え失《う》せたら、どんなにさばさばして愉快であろうか、と。合理的世界観という、科学という学問が必要とする前提を、人生観に盗用なぞしなければいいわけだ。科学を容認し、その確実な成果を利用している限り、理性はその分を守って健全であろう。これに順じて感情は、真面目に偶像崇拝を行って恥じる処はないだろう。そんな事を空想する。芸術家は、皆根本のところでは偶像崇拝家なのである。ただ偶像破壊的自己批判を最も烈《はげ》しく行ったのが文学という芸術形式であり、散文は詩という肉親を殺して華々しい勝利を得た。この勝利が、実は疑わしく曖昧なものでなければ幸いである。偶像破壊が、あまりうまく行き過ぎた事について、作家等が内心の不安を隠しおおせれば幸いである。

高野山から還《かえ》って間もなく、上野で二科会を見た。ずい分久し振りである。画壇の事情に疎い私は、何しろわが国最大の洋画家団体の展覧会だからと言った処から判断するのだが、洋画壇の趨勢《すうせい》には、嘗て見られなかった大変化が現れている様である。大体予想はしていたものの、出品作の殆ど全部が、これほどまでに最新式の画風を競っているとは知らなかった。百花撩乱《ひゃっかりょうらん》と言いたいが、喧々囂々《けんけんごうごう》として、見る者を恐喝するが如き有様《ありさま》であった。

その流派の区別は審《つまびら》かにしないが、私は、最新式の画も好きである。好きな絵は、最新式の画風である事を忘れさせる傾向がある事をいつも感じている。高野山の「来迎図」も、見様によっては、最新の絵と見えぬ事はあるまい。ピカソは土人の芸術に最新のものを見た。人間は経験を二度繰返せないだけだ。そして絵は経験の表現ではない。印象派の理論というものは、はっきりしている。光学の成果を利用するについての画家の実際の心得だからだ。併し、後期印象派以後の絵画理論となると、セザンヌやゴッホの手紙に現れた苦しい舌足らずの叫びを合理化しようとする試みであると大体見当を付け、敬遠して読まない事にしている。サバルテスというピカソの秘書が書いた「親友ピカソ」という本がある。先日、訳者の益田義信《ますだよしのぶ》君から贈られて読んで、大変面白かった。いつか「ライフ」誌上に、何か特殊な発火装置めいたもので、空中に絵を描いているピカソの実に鮮明な写真が出ていたが、毛の生えていない大猿の様な男が、パンツ一枚で、虚空を睨《にら》んでいたが、その異様な眼玉には驚いた。こんな眼つきをした男は、泥棒、人殺し、何を為出《しで》かすかわからぬが、議論だけはしまい、と感じたが、益田君の訳書を読んでみると、やはりそんな風な人に思えた。一見理智の産物である様な彼の絵が、いかに理智から遠い眼玉の産物であるかという事が、彼と起居を共にした人の手でよく描かれている。ピカソには、狂的な蒐集癖《しゆうしゆうへき》があるそうだ。それも注意を惹《ひ》いた品物なら手当り次第何《な》んでも集めて来る、という蒐集であるから、彼の部屋は、あらゆるがくたの山で整理も何も出来たものではないそうである。部屋ばかりではない。ポケットの中も、紙屑《かみくず》、釘《くぎ》、鍵、ボール紙、小石、魚の骨、貝殻、ライター、勘定書と際限なく溜《たま》って来るから、ポケットは、やがて重くなり、ふくれ上り、破れて了う。或る日、サバルテスが、君みたいな革新家が、物をとって置くという気持ちがわからぬと言うと、ピカソは答えた、「そりゃ全然違う事だ。僕が浪費しないというところが肝腎なのだ。持っているからこんなに有るので、貯めているのじゃない。有難い事に手に這入《はい》った。何故《なぜ》棄《す》てねばならぬか」。

ピカソの答えは理窟が通っていないが、彼の眼玉が答えているのだと思えば、よく解るのである。戦争の疎開先で、或る競売のがらくた類の中に坐り込んで了って動かない。「どの位こいつ等が僕の気に入ったか、君なんかには想像もつくまい。若し、持って行けと言って呉れれば、みんな持って帰る。さもなければ、ここに居据《いすわ》ってやる。家具だとかなんだとか、こいつ等みんなと馴染《なじ》みになって、どんな人間が使っていたか、それが判るまでは動かない」。こういう男が、立体派の理論など発明するわけがない。彼は、何を置いても先ず、あらゆる物に取囲まれた眼玉らしい。あらゆる物という事が肝腎だと彼の眼玉は言うかも知れない。頭脳は、勝手な取捨選択をやる、用もない価値の高下を附ける。みんな言葉の世界の出来事だ、眼には、それぞれ愛すべきあらゆる物があるだけだ、何一つ棄てる理由がない。名画とは何か。「ロスチャイルドは、新聞売子より尊敬されているではないか」。美醜も言葉だ。ルネッサンスが鼻の寸法を発明すれば、真実な物の形は地獄に堕《お》ちて了う。それほど人間は騙《だま》され易い。美という言葉は意味がない。醜があるとはっきり示されても、それは醜とは何か別の物だ、等々。要するにこの本は、そういう恐ろしい様に純粋な視覚をもった或る人間の生活ぶりを、まざまざと感じさせたという点で面白かったのである。

こういう男が現在何処《どこ》かに居るという事は（彼は国境も歴史も言葉の戯《たわむ》れに過ぎないと信じている）私達に無縁な事ではあるまい。ピカソ芸術の流行に、どんな馬鹿な事情が絡まるにせよ、視覚の言葉への、いや「理解せよ、でなければ君は馬鹿だ」と口々に喚《わめ》いている現代の人々への断乎たる挑戦である事は決定的な事であり、私達がピカソと異質の眼を持っているのではない限り、これに動かされざるを得ないというのが根本なのである。この夏、読売新聞社主催の現代美術展で、ピカソのコップを描いた小さな絵を見ていて、容易に動けなかった。文句なく欲しくて堪《たま》らなかった。私は、この時ほどピカソ風の絵と、ピカソの絵との区別をはっきり感じた事はなかった。それは肉眼を通じたヴィジョンの有る無し、それだけだ、と感じた。ピカソのコップは、セザンヌのコップと全く同じコップである。絵を見る楽しみとは、違ったヴィジョンを通じて、同じ物へ導かれるその楽しみではあるまいか。画家は、物理学者の様に物体の等価を認めている。最近の物理学者が、物の外形を破壊して得る物の夢の様な内部構造も、物の不滅の外形にまつわる画家のヴィジョンの一様式に過ぎないのではないか。

現代では、教養ある人が、自分には絵は解らぬと平気で言っている。誰もこれを怪しむ者がない。つまり教養とは、絵なぞ解らなくてもいいものになって了っているのである。或は、自分には近頃の絵は、さっぱり解らぬなどと言う。では雪舟《せっしゅう》なら解るとでも言うのか知らん。それはもう現代の絵の方が解り易いに決っているのである。過去を考える想像力が要らないだけでも大助かりの筈である。ただ現代の画家は、一般的様式を見失っているから、めいめいが勝手気儘《きまま》な様式を発明しているという点を、篤と考慮に入れて置けばよい。実際のところは、絵が解るとか解らないとかいう言葉が、現代の心理学的表現なのである。見る者も絵が解ったり解らなかったりしているばかりではなく、画家も解ったり解らなかったりする様な絵を努めて描いている。言わばお互に、絵はただ見るものだという事の忘れ合いをしている様なものだ。絵を見るとは一種の練習である。練習するかしないかが問題だ。私も現代人であるから敢えて言うが、絵を見るとは、解っても解らなくても一向平気な一種の退屈に堪える練習である。練習して勝負に勝つのでもなければ、快楽を得るのでもない。理解する事とは全く別種な認識を得る練習だ。現代日本という文化国家は、文化を談じ乍《なが》ら、こういう寡黙な認識を全く侮蔑している。そしてそれに気附いていない。二科展の諸君は、この文化的侮蔑によって、実は上野の一角に追い詰められているのだが、それに気附いているであろうか。肉眼と物体とを失ったヴィジョンは、絵ではない、文化談である。私は最新式の会場から、アッパッパアに下駄《げた》ばきの婆《ばあ》さん給仕の徘徊《はいかい》する食堂に下りて来て、疲れて、牛乳を一杯註文《ちゅうもん》すると、何か辛《つら》い気持ちになった。「日想観」は相変らず西方から渡来しているのである。私はぼんやりして来た。婆さんは間違えて、苺《いちご》の氷水を私の前に置いて行った。私はいつの間にやら氷水が飲めない習慣がついているので、ただ眺めていると、青山斎場に曲る角で、生れて始めて苺の氷水を飲んだ時の驚嘆が思い出され、子供の様に弱くなるのを感じた。

小林秀雄《こばやしひでお》（一九〇二〜一九八三）

東京生まれ。東京帝国大学仏文科時代に大岡昇平、中原中也と交友。卒業後の一九二九年「様々なる意匠」が「改造」懸賞評論二席入選、その後文芸時評で近代日本を代表する批評家になる。ランボー、ヴァレリー、アランを翻訳。明治大学文芸科講師となり、川端康成らと「文學界」を創刊、三五年の「私《わたくし》小説論」で西洋小説の〈社会化した「私」〉の存在を主張。同時代西洋文化の理解力で突出し、日本の批評シーンを一変させたが、論理より飛躍と断定に傾く論述で悪影響も及ぼす。明大教授時代には四二年「無常という事」、四三年「実朝《さねとも》」で古典や伝統に焦点を当てる。戦後は教職を辞し、保守論壇でも活躍。四八〜六一年、創元社取締役。五一年『小林秀雄全集』で第七回芸術院賞、五三年『ゴッホの手紙』で第四回読売文学賞（文芸評論賞）、五八年『近代絵画』で第一一回野間文芸賞、五九年芸術院会員、六三年文化功労者、六七年文化勲章、七八年『本居宣長』で第一〇回日本文学大賞。他に『ドストエフスキイの生活』「モオツァルト」『感想』『考えるヒント』。従弟に英文学者・西村孝次、義弟に漫画家・田河水泡《たがわすいほう》がいる。

久保田万太郎

三《さん》の酉《とり》

東京の下町の人で、小説と戯曲と俳句をもっぱらとした。

この三つは深いところで繋《つな》がっている。彼の小説はこの作に見るように会話のテンポがいい。粋で迷いのない人々が生きるさまを会話主体にト書きなしで描く。その気っ風のよさ。

句席を十数回は共にしたという弟子筋の中村哮夫《たかお》は「花鳥諷詠《かちょうふうえい》を旨としない万太郎の作風では、当然、己《おの》が人生の断面が俳句となってこぼれ落ちる」と言う。(『久保田万太郎――その戯曲・俳句・小説』)。

彼の句でもっとも広く知られるのは――

湯豆腐《ゆどうふ》やいのちのはてのうすあかり

で、これは晩年に共に暮らした伴侶を失っての作とされる(第二十九巻『近現代詩歌』に小澤實《おざわみのる》の読解がある)。これも人生の断面なのだろうか。

そして、その伴侶のモデルがこの「三の酉」の人だとか(異説もある)。

こんなにきびきびした女性、江戸から東京という都会の歴史なくしては生まれなかった。

三の酉

一

——おい、この間、三の酉へ行ったろう？……
ズケリといって、ぼくは、おさわの顔をみたのである。
——ええ、行ったわ。……どうして？……
と、おさわは、大きな目を、くるッとさせた。
——しかも、白昼、イケしゃァしゃァと、男といっしょに、よ……
と、ぼくは、カセをかけた。
——あら、よく知ってるわね。

と、そのくるッとさせた目を、正直にそのまま、

——おかしいわ。

と、改めて、ぼくのほうにうつした。

——ちッともおかしかァない。……おかしいのはそッちだ……

——みたの、あなた、どッかで？　……

——そうだろうナ、多分……

——わるいことはできないッて、ほんとね。……けど、どこで……どこをあるいてるのをみられたろう？

——それよりも、いったい、何《な》ンなんだ、あれ？　……

——あれッて？

——あの男さ。

——ああ、あれ？

——顔よりも大きなマスクをかけて、さ。……そんなに、人めがはばかられるなら、何も、昼日《ひるひ》中《なか》、あの人ごみの中を、いい間《ま》のふりに、女を連れてあるかなくったっていいじゃァないか？

——そうだわよ。……そう思ったわよ、あたしだって……

——それだったら、なぜ止させなかったんだ？　……ウスみッともない……

——だって、それほどの人じゃァないんですもの。

——それほどの人じゃァない？

——そうよ。

——それほどの人じゃァないのに、君は。……そんな男と、ああして？　……

——ええ、そうよ。……一人じゃァ寂しいから、ヒョイと出来ごころで誘ったら、すぐに附いて

来たのよ、あの人……

と、おさわは、ケロリとしたもので

——あたし、戦争がすんだあとでも、まだ、ずッと、上州《じょうしゅう》の田舎に疎開したまんまでいたこと、

いつか、話したでしょう？　……その間でも、あたし、お酉さまだけは、毎年、欠《か》かさなかったのよ。

——ということは、毎年、わざわざ、そのために、上州の田舎から東京へでて来たってわけか？

——ええ、そう……

——何《な》んだって、また、そんなに信心なんだ、お酉さまが？　……

——信心じゃァないのよ、好きなのよ。

——好き？　……

——そうなのよ。……好きなのよ、お酉さまが、ただ……

——だって、好きッてのは……

——おかしいでしょう？　……そうよ、おかしいわ、わけをいわなければ……

と、自分で、自分をうなずいてみせ

——あたしね。……じつは、これでも、吉原《よしわら》の生《うま》れなのよ。

——吉原の？

——知らなかったでしょう？

——初耳だ。

——だって、あたし、だれにも、めったに、いわないんですもの、それを……

——どうして、さ?

——それをいうの、かなしいんですもの……

といって、そッと目を伏せるようにしたかと思うと
——ウ、フ、フフフ……

と、急に、おさわは、いかにもおかしそうに、声をだしてわらった。

——ねえ、顔より大きなマスク。……うまいこというわね、あなたッて人。……ほんとにそうだったわ、顔より大きかったわ、あのマスク……

二

——何を、つまらない……

ぼくは、わざと、苦い顔をして
——自分で自分のはなしの腰を折る奴《やっ》もないじゃァないか?

——顔より大きなマスク。……そうなんですもの、その通りなんですもの。……でも、あたしには、うまく、そうはッきりいえなかった……

と、おさわは、もう一度、わらい直さなければ承知しなかった。

——せッかく、しんみりしたはなしになりかけたとき、どうして急に、そんなつまらないことをいいだしたんだ?

と、ぼくは、すなわち、その顔をあわれんだのである。

――不思議な女だなァ、君ッておんなは……

と、おさわは
――そうでしょう、不思議でしょう？　……自分でも、ほんとにそう思うの、ときどき……

と、すぐそれにこたえて
――だって、いま泣いたかと思ったカラスが、すぐもうわらってるんですものね。……どうかと思うわ……

――自分でいってれば、世話ァない……

――ねえ、でも、どうしてでしょう？　……いまだって、あたし、それをいうの、かなしいんですもの、といった途端、何《な》んだかほんとにかなしくなって、それだけで、もう、泪《なみだ》がでて来そうになったの。……と、そのとき、ヒョイと、あなたのいったマスクのことがおもいだせたの。……そうしたら、さァ、急にこんどは、おかしくなって、おかしくなって。……つまり、そういう後生楽にできてるのかしら、あたしッて？　……

――けだし、浮気ものといわれる所以《ゆえん》のものも、つまりは……

――いやよ、それは。……それはないわ、浮気ものは……

――でも、赤坂のおさわさんといえば、ああ、あの……

――浮気もの……というんでしょう、外土地《ほかとち》の、あたしの逢《あ》ったことのない人まで……

――という話だね。

――どうして、そう、でたらめなんでしょう、世間の人ッて。……一人が何《な》んかいうと、知りもしないくせに、それからそれ。……いったい、あたしがいつ、どこで、何をしたというの？　……

――まァ、いいよ、それァ……

――よかァないわよ。

――じゃァ、それは、いずれゆッくり研究することにして、それより、いまの、吉原生れのはなしのさきを、もッとつづけよう。……大丈夫だ、これだけ揉《も》めば、もう、かなしくなりゃァしないから……

――だめよ、急にそういったって。……こう揉まれてしまっちゃァ、こんがらかった糸の、どこが……

――わかった、分った。じゃァ、ぼくが、アナウンサーの役どころになって、こッちからいろいろ聞く。君がそれにこたえる……それならいいだろう？　……

――うまいこと聞いてよ……

――うまいこと、参りましたら、御喝采《ごかっさい》。……ということを知ってるか？

――李彩《りさい》じゃァありませんか。

――感心！　……といいたいが、あの支那手品の高座を知っていちゃァ、年が知れるナ？

――知れたっていいわよ。……どうせ、もう、来年は四十六。……いよいよ五十の坂のかげが、目のまえにチラチラしかけて来たんだから……

――何《な》んだ、そんなになるのか、もう？　……

――何《な》んだ、まだそんなものかとおっしゃったほうがいいわ。

――止《よ》そうよ、もう、漫才は。……色気がなさすぎる……

――どうして、こう、テレ性なんだろう、あたしってものは？

――デ、吉原デ生レテ？

と、ぼくは、いそいで、おさわの口をふさいだ。……〝どうして、君ってものは、そう、自分を引ッ掻きまわさなくっちゃァ気がすまないんだ？〟という代りに……

――ハイ、吉原デ生レテ、吉原デ育チマシタ。

と、しかし、おさわは、飜然《ほんぜん》、すぐにぼくの誘いの波にのった。

――家《ウチ》ガ仲ノ町デ、引手茶屋《ヒキテヂャヤ》ヲシテイマシタカラ……

――ソレガ、ドウシテ、後ニ、赤坂ダノ、葭町《ヨシチョウ》ダノノ住人ニナリマシタカ？

――震災デ、家ヲ焼カレ、両親《フタオヤ》ヲナクシテ、一人ボッチニナリ、ワルイ親類ニダマサレテ、芸妓《ゲイシャ》ニウラレ……

とまでいいかけて、急に

――馬鹿らしい。……よしましょうよ、もう、対談ごッこも……

おさわは、わらえもしない、といったような顔をした。

――しかし、震災で、家を焼かれたのはいいとして……

と、ぼくはいった。

――両親をなくしたというのは、やっぱり？　……

――震災でよ。……廓《くるわ》の中の花園池に入って死んだのよ。酷《ひど》かったのよ、それァ、そこで死んだ人の数だけだって。……家中みんな、いっしょに逃げたんだけど、途中ではぐれて、偶然、ほかの方角へ逃げたんで助かったのよ、あたし……

――と、お父つぁんやおっ母さんばかりで、家中、ほかのものもみんな？ ……

――そうでもないのよ。……なかに一人、年ちゃんという、あたしと仲のよかった抱えのお酌さんがいてね。……この人も、花園池に入らなかったばかりに助かったわ。

――そのとき、いくつだった？

――あたし？ ……あたし、十四。……女学校の一年。……お下げで、それァ、可愛かったわよ。

――女学校へ行ったのか、お茶屋のむすめが？ ……

――行ったわよ。……どうして？ ……

――だって、釣合わないじゃァないか、吉原に女学校は？ ……

――知らないのよ、あなたは。……ああいうとこの家庭ほど、ヘンにうるさいものなのよ、子供の教育のことなんかにかけて。……ことに、うちの父と来たら、大《たい》ていの堅気よりもきびしくって、あたしがその年ちゃんと仲よくするのさえ、いい顔しなかった位。……一つには、引手茶屋なんて稼業《しょうばい》は自分一代のもので、いつまでやってるものでもなければ、また、いつまでやって行けるものでもないと思ってたらしいのね。……ということは、吉原なんてものは、いつかはなくなる。

……それには、娘を、うんと仕込んで、いいところへかたづけて……

――つまり、インテリだったんだナ、いまでいえば……

――そうなのよ。……だって、一度か二度、浅草の区会議員になったことさえあるんですもの。

――すしやのむすめでなくって、区会議員の娘か？

――その娘がどうでしょう、十五の春から四十台の今日が日まで、三十年、ずッと芸妓をして来てしまったんですものね。……あきれるわ。こうと知ったら、あのとき、花園池で、親たちといっしょに死ぬんだったわ。……そのほうがよかったわ……

——必ずしも、そうもいえないだろう？　……生きていてよかったと思ったことだってあったろう？

——それァね、長い三十年のあいだですもの、二度や三度あったわ。……でも、いまになってみれば、夢よ、みんな。……水に映った月みたようなものよ……

——そういったら、しかし、だれだってそうだ。……人間の一生なんてものは、はじめッから、そういう風にしくんであるんだ……

——ところが、世間には、そうでない人もいるから口惜《くや》しいのよ。……いまいった年ちゃんッて人ね？

——うん。

——この人なんか、しみじみ、生きててよかった人よ。……あのとき、死なななかったばかりに……助かったからこそ、いまのような幸せな月日に逢えたんだわ……

——附合《つきあ》ってるのか、いまでも、その人と？

——あたし、この人の疎開してたところへ、この人をたよって疎開したのよ。……遠くにいるもんで、逢うのはタマだけれど、手紙のやりとりは、始終、してるわ。

——どこにいるんだ、いまは？

——鎌倉。

——何をしてるんだ？

——結婚して、ちゃんとやってんのよ。……あなた、知らない、柴、白雨ッて絵を描く人？

……

――柴、白雨？　……知ってるよ、名前は。……むかしは、岸田劉生《きしだりゅうせい》なんかの仲間の洋画家だったが、いまは日本画ばかり描いている……

――その人の奥さんなのよ、年ちゃん、いま……

三

……逢うのはタマだけれど、といった口の下で、すぐにこういうのはおかしいが、といいわけしいしい、おさわは、そのあとで、じつは、四五日まえ、鎌倉に年ちゃんを訪ね、引きとめられるまま、一ト晩、泊ってさえ来たというはなしをした。……いかにその年ちゃん夫婦の仲がいいかということを、事細かに、そして、その家庭の空気の、いかに、しずかに、和やかに落ちついているかということを、事細かに、いちいち例をあげて褒め上げた。……そのなかで、とくにぼくの心に止ったことは、夕方、年ちゃんと、年ちゃんの旦那の白雨さんと三人で、食事の仕度のできる間、海のみえるところまで、ぶらぶら、あるきにでたことについてだった。……年ちゃんの家は、材木座で、細い砂みちづたいに行くと、海まで一丁となかった。

――あッといって、あたしおもわず立留《たちどま》ったのよ……

と、おさわは、やや大仰に、胸を反らしてみせたのである。

――どうして？

と、勿論《もちろん》、ぼくはわらった。

――だって、あなた、その海の波のいろ。……青いなんてものじゃァないの。……紺なの。……びッくりするような、何《な》んともいえない、凄《すご》い紺いろなの……

――じゃァ、もう、そのとき、日が落ちていたんだろう。

――でも、まだ、空はあかるかったわ。……それだけに、よけい……一層、それが際立ってみえたのかも知れないのね。……途端に、あたし、おもいだしたの。

――何を？

――熊谷《くまがい》の芝居の、〝組打《くみうち》〟んとこのあの海の道具を……

――違うよ、やっぱり、二長町仕込は、いうことが……

大正期の、菊五郎《きくごろう》、吉右衛門《きちえもん》という二人の若い役者。……その人気によって盛り上げられたいわゆる市村座時代は、また、東京の、新橋、赤坂、葭町、柳橋といった、それぞれの花柳界にとっても黄金時代だった。……おさわの、たまたまいったその〝組打〟の海の一ト言は、ぼくに、ゆくりなく、ありし日の、自動車のまだめずらしかったころの東京の人情をおもいださせたのである。

で、そのあと、三人が家へ帰ると、茶の間には、もう、あかあかと眩《まぶ》しいほどのあかりがついて、大きなチャブ台の上に、のり切れないほどの、たくさんの料理の皿が並んでいたばかりか、長火鉢の、たッぴつにつがれた火のうえにかかった鍋の中には、みるから食慾をそそるおでんが、ふつふつと煮えていた。

そして、それらの、さかなやからとどいた鯛《たい》の刺身だけを除いて、あとは、みんな、台所のばァやの手ごしらえばかりと聞いて、おさわの、どんなに驚いたことか……

――さ、何《な》んにもないけれど……

と、白雨さんは、自分で銅壺《どうこ》からチロリをだして、〃まァ、一つ……〃とついでくれといった。

——このおでんだけは、いささかわが家の自慢でね……

——ほんとよ。……ほんとにそうなのよ。

と、年ちゃんも、その尾について
——何がいい？……とって上げるわ……

——じゃァ、すじと、お豆腐を……

——大根は、どう？……よく煮えてるわ……

——だんだんにいただくわ。

なるほど、自慢だというだけのことはあった。……一ト口、口に入れて、すぐにわかった。

——結構ねえ。……ただじゃァないわ、このお味……

おさわは、世辞でも、けいはくでもなくいった。それほど、ほんとに、おさわは、平常《ふだん》は嫌いで喰《た》べたことのない、その野菜の煮込に感心した。

——外《ほか》のものにも、好きに、さァ、箸をつけて……

と、白雨さんは、チロリをとり上げては、おさわの猪口《ちよこ》をいっぱいにした。

——だめですわ。……そうはいただけませんわ。

——まァいいさ……今夜は、もう、あとは寐《ね》るばかりなんだから……

——遠慮しちゃァ、だめよ、おさわさん……

と、年ちゃんも口を添えた。

――遠慮なんかしないわ。

と、おさわはまけずに応えた。

三人だけの、水入らずの宴会は、かくて九時すぎるまでつづいた。

白雨さんは、酔えば酔うほど、機嫌がよくなった。

それを、また、ときどきはたしなめつつ、しかも、決して、無理から切上げさせようとはしない年ちゃんの顔のあかるさ……

――これだ、これなんだ、これでなくっちゃァいけないんだ……

と思ったら、おさわは、急に胸がいっぱいになった。……何が、これだ、これなんだ、これでなくっちゃァいけないんだ、か、自分にもよく分らなかったが……

あくる朝、寝坊のおさわが、何《な》んと、八時まえに目をさました。しかし、そのときには、もう、年ちゃんは、エプロンをかけて、台所を出たり入ったりしていた。白雨さんは、庭にでて、犬にからかっていた。

風の加減か、昨日はきこえなかった波の音がしていた。

――お早うございます。

と、おさわは、いささかキマリわるく、縁側に膝を突いた。

――お早う……

と、白雨さんは、元気のいい声で
――いい天気ですよ。……きょうの三の酉は大あたりだ……

と、問わずがたりにいったので……

四

——何《な》んだ、それで分ったのか、その日、三の酉だってことが……

と、ぼくは、わざと、からかい面《づら》にいった。

——あら、そうじゃァないわ。

おさわは、まがおで
——いけない、早く帰らなくっちゃァ。……うかうかしてたら、また、帰りそこなう。……そう思っただけよ。……だって、どこにも、いっぱい、日があたって、それァのどかだったんですもの……

——で？　……

——で。……でも、やっぱり、何《な》んのかの、お昼すぎになってしまったわ。

——マスクの先生とは、どこで、それから逢ったんだ？

——電車のなかで……

——というと、その帰りの？　……

——ええ、そう、横須賀線の……

——勿論、まえから知ってるお客なのだろうが？　……

——ええ、もう、知ってることは二三年まえから。……けど、どッかの会社の重役さんというだけで、じつは、名前もよく知らないの。……外の人が、シイさん、シイさんといってるから、いっしょになって、シイさん、シイさんといってるだけ……

——そんなバカなことが……

——あるから不思議よ。……うた沢をうたうんで、時おり、そのお相手を仰せつかるだけ。……声はいいのよ。……ちょっと、素人《しろと》ばなれがしてるのよ……

——先方《さき》でみつけたのか、君のほうから声をかけたのか?

——両方。……両方、同時に。……あたしが〃まァ〃と思わずいったとき、先方も〃やァ〃といったのよ。……一つには、大へん空《す》いた電車で、どこもかしこもガランとしてたもんで、それですぐ分ったのよ、あたしにしても、先方にしても……聞いたら、逗子《ずし》から乗っていたのよ、先方は……

——で、空いていたから、一応、仁義として、側へ行ってすわった。……〃いいお天気ですわねえ〃と、まず、君のほうからいった……

——御名答……

——女のほうから口をきられて、だまってる男はない。……すくなくも、〃そうだね〃とか、〃ほんとにね〃とか、返事をしたにちがいない。……ことに相手が、うた沢の如《ごと》きをたしなむタマだったら、たちまち、それからそれ口がほぐれて、雪のあしたの煙草の火、寒いにせめてお茶一ぷく、それが高じて酒《ささ》一つ……

——何、それ?

——〃琴責《ことぜめ》〃の阿古屋《あこや》がいうじゃァないか?

——ものしりね、あなた……

——はぐらかしたって駄目だよ。……そうにちがいないんだから……

——そうよ、その通りよ。……話をしているうちに、だんだんその人に好意がもてて来たのよ。……何《な》んだか、それッきりでわかれちゃァわるいような気がして、〝お酉さまへ行ってみません？〟と、いってみたの。……そうしたら〝うん、行ってもいい〟……

——だもの。……浮気ものといわれても仕方がない……

——浮気なんてものじゃァないわよ、出来ごころよ、ほんの……

——浮気ャ、その日の出来ごころ、と、むかしッから相場はきまっている……

——あら、でも、それァ……

——でも、ああして、肩を並べて、しかも男のほうがマスクをかけてあるいてるんじゃァ、どうしたって、ただじゃァないよ、あの二人は。……おなしことでも、あれ、女のほうがマスクをかけていたら、どうだろう？　……そのわりに、いやらしくないかも知れないナ？

——どうして？

——どうしてッてわけもないが、感じの上で。……すくなくも、あるいは、ちゃんとした夫婦として、人がかれこれ思わないかも知れないナ。

——そうかしら？

——で、どうした、あれから？　……どこへ行った？

——金田《かねだ》へ行って、トリを喰べたわよ。

——それから？

——右とひだりにわかれたわよ、それで……

――よく、承知したナ、男が？

――承知するもしないもないわ。……金田の勘定、あたしが払ったんですもの。

――相手が重役だっていうのに？

――重役だッて、なんだッて、こッちからさそったんじゃァありませんか。

――よく、しかし、だまって払わしたナ？

――それァ、当節の、名刺の肩書だけの重役ですもの、そんなことは平気よ。逆に、女に、立引《たてひ》かした位におもったでしょう。……いいえね、ほんというと、もう少しどうにかなった男だと思ったのよ、はじめ、電車の中では。……そうしたら、下りたら、早速、マスクでしょう？……それで、一度にガッカリしたら、金田へ行けば行ったで、金田ッてうちが、どんなうちだかってことも知らない唐変木《とうへんぼく》なんですもの。……うた沢だけ、それも稽古しただけのことをうたわしてさえ置けば、それでいいタマだということがハッキリ分ったの。……それァ、あなたのまえだけど、金田にいたあいだの辛かった、つらかったこと、トリの味なんか、まるッきりわからなかったわ。……昨夜《ゆうべ》のおでんはうまかったナ……と思ったら、もういけません。……しみじみ、かなしくなったわ、あたし、心の住処《すみか》のないことが……

五

――さて、と……

と、ぼくは、三本目の銚子《ちょうし》のややかッたるくなったとき

——何《な》んか喰《く》おうじゃァないか。……しゃべったら腹が空《へ》った……

と、おさわにいった。

——何を上《あが》ります？

と、おさわは、火鉢のうえにふせた目をあげた。

——何《な》んでもいい。

——じゃァ、何か、お鍋のもの……

——いいだろう、それも。……おとといの晩はおでん、昨夜はトリ。……それだったら、今夜も、ことのついでに……

——チリにしましょう、チリに……

と、すぐに決めて、おさわは立った。

——いいじゃァないか、自分で立たなくっても……

——ついでに、ちょっと、電話……

——どこへ？

——家へよ。

おさわは、襖《ふすま》をあけ、しずかに出て行った。……そのうしろつきに、二十年まえ、三十年まえの芸妓の、裾をひいたすがたが感じられた。

突然、はげしい風が、庭の木々をゆすってすぎた。

——心の住処……

ぼくは、おさわの、いまいったことを、口の中でいってみた。

――何《な》んだって、しかし、かの女《じよ》……

と思って、ぼくは、なんということなし、口に運びかけた猪口を、下に置いた。

――外は、いい月よ……

と、やがて、新規の銚子をかかえて、おさわは帰って来た。

――よく天気のつづくことよ。

――ほんとに。……けど、三の酉がすぎると、すッかり、もう、冬のけしきだからうれしいわ。

――好きか、君は、冬が？　……

――大好き……

と、おさわは、熱い燗《かん》の、その新規の銚子をついでくれた。

――ねえ。

と、ぼくは、ついでもらいつついった。

――来年は、一つ、いっしょに行こうか。

――どこへ？

――酉のまちへさ。

――ええ、行きましょう。

――松葉屋ででも時間をつないで、景気よく、宵酉《よいどり》と行こう。

――それは、嫌……

――どうして？

――あたしはね、三の酉の昼間行くんでなくっちゃァ嫌……

——そんなことといって、来年、三の酉がなかったら？　……

——だったら、二の酉でいいわ。……どッちにしても、はつ酉はいやなの、にぎやかすぎて……

——昼間でなくっちゃァいけないという理由は？

——昼間、あの人込みの中をあるいてると、死んだ父だの母だのが、どこからか、ヒョックリ、
ででも来るような気がしてなつかしいの。

——そうか、じゃァ、昼間にしよう。

——その代り、マスクをかけるわ。

——だれが？

——あたしが。

——何《な》んのために？

——あなたのためによ。

と、おさわは、ニッコリ、きれいな歯をみせてわらって、

——一日だけ、あなたの奥さんになって上げるのよ。

——あなたの奥さんに？　……

——あなた、いま、いったじゃァありませんか、女のほうでマスクをかけてると、ちゃんとした
夫婦として、人がかれこれいわない……

——ああ、それか……

——その代り、帰りの金田の勘定は、りッぱにあなたが払うのよ……

六

……おさわは、しかし、その年の酉の市の来るのをまたずに死んだ。……二三年まえのはなしである。

たかぐとあはれは三の酉の月

というぼくの句に、おさわへのぼくの思慕のかげがさしているという人があっても、ぼくは、決して、それを否まないだろう……

久保田万太郎《くぼたまんたろう》（一八八九〜一九六三）
東京生まれ。暮雨、傘雨と号した。慶應義塾大学予科文学科在学中に岡本松浜《おかもとしょうひん》、松根東洋城に俳句を師事。本科に進学した一九一一年、「三田文学」の永井荷風のもとに小説「朝顔」、戯曲「遊戯」を持ちこみ掲載され、戯曲「Prologue」が「太陽」誌の懸賞脚本に当選する。一七〜一八年の「末枯《うらがれ》」「続末枯」をはじめとする作品で下町の生活を活写しつづけた。慶應義塾大学嘱託講師、東京中央放送局（現NHK）文芸課長、同理事、築地座顧問、文学座幹事、日本演劇社社長、句誌「春燈《しゅんとう》」主宰、國学院大・共立女子大講師、俳優座劇場会長を務め、新派や文学座で演出家として活躍、TVドラマの脚本も手がける。四二年第四回菊池寛賞、四七年芸術院会員、五一年第二回NHK放送文化賞、五七年文化勲章、同年『三の酉』で第八回読売文学賞。他に句集『道芝』、戯曲「大寺学校」、小説『春泥』『火事息子』など。代表句〈竹馬やいろはにほへとちりぢりに〉〈時計屋の時計春の夜どれがほんと〉。

安部公房

誘惑者

本質において演劇人だったのではないか。

戯曲を書いただけでなく、小説においてもその技法はしばしば演劇の原理に基づいていた。大胆な設定があり（これが舞台装置）、そこに無個性の登場人物が現れる。彼らは台詞《せりふ》と動作を通じて自分が何者であるかを次第に明らかにするが、しかし作者の筆は彼らの内面に入ることはない。つまり彼らが本音を言っているかどうかはわからない。発言の真実性は担保されていない。

従って、そこからは抒情《じょじょう》も排除される。本音でない抒情というのはないから。

設定は幽閉や逃亡や自由に関わるものが多い。名作『砂の女』にしても『箱男』にしても、またこの「誘惑者」にしても、主人公は捕らわれている。あるいは追われている。「誘惑者」は最初の駅の部分だけならばそのまま芝居になる。後半も舞台化はむずかしくないだろう。映画ならばもっと簡単。

つまり、安部公房はおそろしく新しかったのだ。ポストモダンを先取りする非情の作家。

誘惑者

本線の終列車が出ていったあと、待合室の二つのベンチは、支線の始発をまつ二人の女に占領されていた。おくれて、寸づまりの開襟シャツを着た、眉のこい坊主刈りのひょろりとした大男が入ってきた。男は待合室を見まわしながら、改札口を閉じようとしている駅員を振向いて、だるそうな詫《わ》びるような調子でたずねた。

「まだ、五時間あるね……寝てもいいかね、ここで……？」

駅員は、重い引戸をレールにのせる仕事の手をやすめようともせず、黙ってうなずいた。ベンチの女たちは、一人は年よりでいま一人はそれよりもいくぶん若かったが、申しあわせたようにめいめいの竹籠を端のほうにおしやり、ながく斜めによりかかって、睡《ねむ》ったふりをしてみせた。二人ともよごれた紺のまえだれに、どこかの旅館の屋号をそめた手拭で頭をまいた、買出し女で、胸もとから赤い定期入れをのぞかせている若いほうは、切符売場のまえのまっ黒になった垢《あか》だらけのベンチを、年よりのほうはそれでもまだところどころ剝げおちたペンキのあとが残っている、売店わきのキャラメルの広告入りのやつをそれぞれいっぱいになってふさいでしまっている。

男は二人を見くらべながら、壁ぞいに、待合室のなかをのろのろとまわりはじめた。三度目に、年とったほうのまえに足をとめ、もみ手しながら哀願するように言った。

「そこ、すまんが、あ、あけてくれんかね……」

女は身じろぎもせず、薄目をあけて、無表情に男を見返した。ふと男がベンチからはみだした女の足のあたりに目をすえ、のぞくようにしてその上にかがみこむ。あわてて足をひっこめると、男は音をたてて唾をはいた。よごれて乾いた痰壺《たんつぼ》がおいてあった。

「あけて、くれんかね……」

「先にすわった者の勝だよ。」と女がしぶしぶ言い返す。

「あっちに……」と若いほうのベンチを、つぶれた短い指でさしながら、「いっしょに、す、すわればいいよ……な……」

「夏じゅう、私ら二人して、ここを使っていたんだからね。」

「そうよ、そのことなら、誰だって知ってるさ。」と若い女も睡ったふりをやめ、せわしげに口をはさんだ。「あとから来て、そんなことを言う権利なんてありはしないよ。」

「でもな、つ、つかれているんだ、おれ……横になって、ねむりたい……」

「誰だってつかれているよ。」と年上のほうが腹立たしげに手拭を顔のうえにひきおろした。

男はまた唾をはいた。若い女が舌打ちして姿勢をかえ、竹籠が鳴った。しばらくのあいだ、男はじっとうなだれて待っている。駅の事務室のあかりが消え、風がではじめ、窓ガラスを遠慮がちにゆすぶった。寒そうに肩をすくめる。たしかに開襟シャツではいささか季節はずれだろう。はげしく両手をもみ合わせ、不精ひげをなであげると、思いきって女の顔の手拭をめくりあげた。まぶしそうに眉間のしわをもりたてるのに、なだめるようにひろげた手をふりながら、「たのむ、ど、どいてくれ……おれはな、だいじな仕事をもっているんだよ……つかれているんだ、とても……な、あっちに、いってくれ……」

女はなにか言いかけたが、急におびえたような表情になった。ふり動かしている男の手に、そのずんぐりした指先に、えたいのしれぬ狂暴なものを感じ、それが自分の喉もとめがけて近づいてくるように思われたのだ。

「行ってくれ!」気のせいか声の調子にも変化があった。同時に男の右手がズボンのポケットにすべりこんだ。

「まだ言ってるのかい。」いまいましげに若い女が声をかけたが、それが場ちがいに聞えたほど、年上のほうは気《け》おされてしまっていた。ずりおちるように、膝をつき、籠にすがって立上った。

男は女のあとに、すいよせられるように腰をおろし、籠を腹のうえにささえてよちよち遠ざかっていく後ろ姿を見ながら、首をさしのべ、痰壺に唾をはきこんだ。

若い女は迷惑そうに、しかし不審げに上体をおこす。そのけわしい視線は、男に対してだけでなく、あきらかに老女の妥協にたいしてもむけられていた。老女は言いわけをするように振向いてみて、手をすりあわせている男の暗い無気力な表情に、裏切られたような割り切れないものを感じた。いったいたい何をあんなにびくついたりしたのだろう。「性わるだよ、ありゃ……」と呟《つぶや》きながら、相手の籠のうえに自分の籠をつみかさね、二ついっしょに相手のほうにおしやって、それをへだてて並んで掛けた。「馬鹿馬鹿しいじゃないか。」と若い女が自分の籠に手をつっこみ、茹卵《ゆでたまご》をとりだして皮をむきはじめ、老女はむっつりとタバコに火をつけた。

男は長身をもてあましたように背をこごめ、ひろげた膝のあいだで、やたらに両手をすりあわせ、女たちの仕種《しぐさ》をくいいるように見つめつづける。女たちは、目をふせたまま顔をあげることができなかった。やがて、背中あわせに、荷物によりかかって睡る姿勢をとった。男は開襟シャツの襟元をつめ、ながい溜息をつき、二つ折れになって、膝に重ねた両腕のうえに額をのせた。そのまま、しばらくは、ひっそりとしてしまう。ふきはじめた風も、いつかやんでしまっている。売店の裏あたりで、鼠《ねずみ》が古新聞でもかきむしっているらしい物音と、十分おきに男が唾をはく音だけが、ひときわ静けさをきわだたせるようだった。

かなりたったころ、その静けさのなかから、一つの足音が、まえの広場をよこぎり、駅にむかって近づいてきた。足音はゆっくりだったが、一歩一歩、広場のじゃりにくいこみ、ねばりつくような慎重さがこめられている。巡査の見まわりならもっと事務的な乾いた歩きかたをするだろうし、旅館をさがしあぐねて戻ってきた乗換え客にしては、少々時間がたちすぎていた。またむろん、始発に乗りに来たにしては早すぎる。もし待合室の三人が、まだ睡りこんでしまっていなかったらかならず不審におもい、きき耳をたてたにちがいなかった。

足音は、ためらいがちに、ガラス戸の外でしばらく立止り、それから思いきったように引き開けると、振向きながらすべりこんで、念入りにまた閉めきった。同時に三人が目をさました。新入の男は、気がかりらしく、あたりには目もくれずに女たちのわきを横切り、改札口のまえに立って時る。

刻表を見上げた。粗末な鼠色の夏服のポケットを大きくふくらませた、事務員風の小男である。よごれた大きなハンカチをわしづかみにして、首すじをふきながら、しきりと小刻みにうなずいてい

開襟シャツの男は、その後ろ姿に、目をしばたたいた。全身の筋肉が、神経の命令を待ちうけて、さっとひきしまる。夏服が、右の踵《かかと》を軸にして、くるりとこちらに向きなおると、大男はかすかにうめき声をあげて体をおこした。しかし、小男がしめした動揺のほうがさらにひどかった。うろたえ気味に、戸口のほうへ目をはしらせ、自分と相手と戸口の距離をすばやくはかってみたが、とても逃げだせないとわかると、身をふせぐように肘をつっぱり後ずさって、ゆがめた唇に皮肉な笑いをうかべながら、かん高い声でわめいた。　いくぶん芝居がかってさえみえた。

　「うまく見っけたもんだな。張りこんでいたんですか。ここに来るだろうなんて、よく気がつきましたね。」

大男はあいまいに肩をすくめ、シャツのあいだから左手指をさしいれて胸のあたりを掻《か》きむしり、右手でズボンのポケットをおさえて、戸口のほうをさぐるように横目でみた。女たちは息をのみ、背すじをこわばらせている。

小男がつづけた。

「大丈夫ですよ。逃げやしません。あんたが強いことはよく知っていますからね。降参しました。」

「おれは……」

「そうですとも、もう逃げやしませんたら……まさかあんたに追いつかれるとは思っていませんでしたからねえ……まんまと罠《わな》にかかったようなもんだ。参りましたよ。そこに、いっしょに掛けさ

せてもらえますか?」

「よるな!」と大男がうめいて、こぶしをつきだした。

小男は目をふせて弱々しく笑った。

「あんたのポケットには、ナイフが入っていますね。私は臆病者ですよ。」

大男はなにか言おうとして、口ごもり、下唇をだらりとさせて、溜息をついた。疑惑と混乱がむきだしになっていた。

小男が体の力をぬいて足をふみかえた。

「あんたにこれ以上の迷惑をかけるつもりはありません。頭脳の勝負で負けたんだ。いさぎよく頭を下げますよ。」それからふと女たちに気づいて、こわばった声で笑いだし、「ねえ、小母《おば》さんたち、私はこの人に捕っちゃったんだよ。いや、実にどうも、なさけないことになってしまった。」

「おれは……」と言いかけ、大男は、あふれそうになった唾をあわてて飲み込んだ。

すぐに小男がさえぎって、

「いいですね、そこに、掛けさせてもらって……手をあげろというのなら、あげますよ。身体検査でもなんでもしてください。あんただって知っているでしょう、私が知能上の敗北にはいさぎよい人間だってことはね……利口な人間には、負けても気持のいいもんです……」そう言いながら、表面はさりげなく、しかし相手の変化には注意深く気をくばり、近づいて行ってベンチの端に浅く腰をおろした。

「タバコは、いかがです?」

大男はむっとして、いきなり腕をつきだしたが、一瞬宙にためらい、そのままあきらめたように下におろして、タバコをつかんだ。

「おれは、だまされんぞ……」

「そうですとも。だまされるわけがない……腕ずくじゃかなわないくらい、百も承知ですからね。そんな馬鹿なことをするもんですか……それにしても、あんたの頭は、まるで投げ網ですね……、私の計画を、ここまでちゃんと見抜いてしまったんだからねえ。どうして、見抜かれてしまったのやら、もう一度、とくと反省してみる必要がありますな……チッ、今朝からどうも、奥歯が痛んでね……」

「お、おれもそうだ。」

「へえ？……奇妙な一致ですね……じつに奇妙だ……」

「しかし、おれは、あんたが……たぶん……あんたが……」

「ええ、私はこれでもう、すっかりまいてしまえたものと、安心しきっていましたよ……」

「しかし、なぜだ！」

「なぜって……」

小男は黒っぽい舌の先を、唇の端にかるくすべらせ、喉の奥でおかしそうに笑った。すると相手は、組合わせた指が白くなるほどかたくにぎりしめ、いきなり大声でわめきだしたのだ。

「な、なぜだ。言ってみろ。い、言ってみろ！……きさま、ここに、なにしに来たんだ！……い、言ってみろ！」

小男は身をふせぐように首をすくめ、繰返して小さくうなずいた。

「言います、言います、なにもそうむきにならなくたって……ねえ、時間はたっぷりあるし、私はじっくり考えてみたいと思うんだ。ひとつこのさい、じっくり考えてみましょうよ。とにかくあんたは、もう首尾よく私をとっつかまえてしまったんだし……ということは、当然、私の行動についてあんたは底の底まで見抜いていたということになる。それをわざわざ私の口から言わせたいということは、つまり、筋道をはっきり検証なさりたいというわけでしょうな。大賛成ですよ。私も知りたいですね、なぜあんたが、私の行先をこうまで正確に見抜いてしまったのか……私はね、人生というのは知恵の勝負だと思うんです。勝っても負けても、愉快なもんですな。人間というものはどうせ、知恵以上の行動はできないんだから、知恵で負ければ、あっさり頭を下げなければいかん。そうでしょう、小母さんがた……」と疑わしげに二人をうかがっていた女たちのほうを急に向きなおって、「勝負ごとに言いがかりはひきょうだね。負けると分っている勝負は、はじめからしないがいい。勝負の鍵は、どこまで相手の手のうちを読むかということなんだ。手のうちを知らないと、不意をつかれるよ。たとえばだね、この私たちと、小母さんたちとが勝負するとする。互いに、相手のふところをねらっているんだな。ルールはいらない、おどしても、だましても、殺してもいいんだ。そうなると、勝目は絶対にこちらにあるね。こっちが男で、腕力が強いからだけじゃない、あんたがたの荷物や服装で、こちらにはあんたたちの職業や生活や考え方がほとんど分ってしまっているからなんだ。反対に、あんたたちは私らのことをなにも知っておらん。絶対にこっちが有利だね。たとえばこんな具合にやる。……」

効果をうかがうように、ちょっと口をつぐんで唇をしめらせた。女たちは不安気に体をこわばらせ、大男はぼさぼさした濃い眉の下で、一心になにごとか考えこんでいる。

「……仮に、私が、とつぜんここを逃げだしたとする。むろんこの先生にすぐとっつかまってしまうね。ところがだ、うまい具合に急所をねらって、成功するんだな。うめき声をあげて倒れたところを、首をしめ、ついに息の根をとめてしまった。さて、その死体を裏の便所にひきずりこみ、戻ってきてぶるぶるふるえている小母さんがたに、こんなふうに言う。おい、おめえら、見ちゃったな。すまねえけど、そのまま生かしておくわけにはいかねえ。気の毒だけど、仏さんと一緒に、便所でお通夜してもらうことにするぜ。息があっちゃ、くさくてかなわねえだろうから、かがねえでもすむように、息の根をとめといてやらあ……しかし、あんまり気がすすまねえようだな。なんなら、口をつつしむって約束に、なにかあずかりものをしておいてやってもいいんだぜ。――というふうで、私は小母さんがたのふところを、合意のうえですっかりちょうだいしてしまうことになる。どこか林の中にでもつれだして、さるぐつわをかませ、樹にしばりつけてもいい。さて、あんたが発見され、その注進で当局はあわてて便所をしらべたが、死体なんぞどこにもない。それもそのはず、私とこの先生の格闘は、はじめから仕組んだ芝居だったんだな。追手と犯人なんてのはまっかな嘘で、気の合った相棒だったのさ。結局、小母さんたちの申し立てには不審の点あり、あずかった金をつかいこんだうえでの、狂言強盗だったんだろう、とんでもないやつらだということでチョンになる。どうです、まずこんな筋書だがね。まず勝目はないんだから、勝負してみるまでもないだろう。さあ、あきらめて、もうなにも言わずに、このまま、あり金ぜんぶだしてしまいなさい……という具合に、さらにその上をいく方法もある。まさに無手勝流だね……」

小男は下唇を噛み、声をださずに、しかしいかにもおかしそうに笑った。新しいタバコに火をつけ、深く吸いこみながら言葉をつづけ、

「でも、そんなに恐しい顔をしなくってもいいんだよ。この先生は、やはり追手で、私はつかまっ

ちゃったんだ。逃げだしたりしたら、殺されるのはこっちさ。それも本当にね……それに失礼だけど、小母さんたちが、それほど手間をかけるほどの金をもっているとも思えないしね……」

若いほうの女が、鼻をならして、なにか言いかけた。大男がうめき声をあげ、混乱しきった声でさえぎった。

「よせ、言ってみろ、きさま、誰なんだ！」

「誰？……私が、誰かって？」

「そうさ、きさまさ。」

「ははあ……分った！……分りましたよ。それがあんたの勝負のこつだったんですね。いや、大したもんだ。追手のあんたは、逃げる私になりきろうとした。私の身になってしまえば、私をさがだすのは、思いのままだ。むろんこいつは、定石ですがね。ところがあんたは、それに徹しすぎて、私そのものになりすぎて、自分を忘れ、その結果私が誰か分らないほどまでになった。よく大鏡にうつった自分自身を見て、誰だか分らないことがある、あれですな。まったく、あんたは、探偵の天才かもしれん。」

大男は顔をしかめ、親指の腹でこめかみのうえをぐいぐいおしつけた。

「そういえば、」と小男が声をおとして、「私はさっきから、あんたが、この陽気になんでまた開襟シャツなんかを着込んでいるのか、不思議に思っていたんだが、やっと分りましたよ。私が逃げだしたときと、同じ服装をしてみたわけですな。そうか、歯もそうなんだ！　私を追いつめようとして、あんたは歯の痛みまで、私と同じになってしまった。いや、おそれいりましたよ……私も、そこまで徹していりゃなあ……あんたが、そこまで私になりきっているんだとすりゃ、きっと逃亡者みたいな気持がしているんじゃないですか。ハハ……ついでに、私をほっぽりだして、逃げだしてしまってくれると有難いんだがな……なあに、冗談です。私はあきらめていますよ……しかし、それにしても、これで幕とは、ちょっと情ないな。一体どこに誤算があったんでしょうな。私はねえ、あんたのような人を相手にするには、ありきたりの計画的逃亡じゃ駄目だというくらい、はじめから分っていましたよ。あんたはきっと、とことんまで私になってしまうだろう。だからこちらは、その裏をかいてやらなきゃいかん。筋道のとおった計画なんて、どこか一ヵ所がくずれれば、あとはずるずる芋づる式に駄目になってしまうものだから、いっそ、完全な無計画、でたらめで対抗してやろうと思いましてね。しかし人間のでたらめなんてたかがしれたもんだ、本人はせいぜいでたらめをやっているつもりでも、見る人が見りゃ、ちゃんとそれなりの筋道が見とおせるんですな。たとえば、気狂いのやることだって……」

大男がおしつぶされたような声をあげて、唾をはいた。小男は腰をうかせ、本能的に逃げだす構えをとった。しかし、大男は笑いだしていたのである。ゆっくり体を前後にふりながら、低い声で、歯をくいしばるようにして笑いつづけた。小男はにやりとした。

「じっさい私は、気狂いのやるように、でたらめなコースをとったつもりだったんですがね……だから、この駅で支線に乗りかえて、どこに行くつもりだったか、自分でもまだはっきりしていないくらいだったんだ。にもかかわらず、あんたは見抜いてしまいましたね、なぜだろう……いや、言わないで、私に考えさせてください。そうまで間抜けになるのは、口惜《くや》しいですよ……つまり、私の行動には、どこか説明しうる動機があったのだ。なにが私をここに呼びよせたのか？　いま私を呼んでいるもの……なにか、暗い、おそろしいもの……残酷な、血みどろな感じのものだな……そこでぱちっと、私をしめつけている輪が切れる、なにかそういった感じのものですね……そう、これはたしかに、人間の死と関係があるな……死といえば、金か女だ……金ならもっと計画的だろうから、こいつはどうやら女らしい……ふん、女か……まてよ、ほかの男といっしょに逃げた女……女と乗換え駅……ちくしょう、こいつはどうもいやな暗合だな……すると、あんたは、それで……」

大男は水をすくうように合わせた両手のくぼみに、じっと目をすえたまま、身じろぎもしない。小男は深くうなずきながら、ちらと女たちのほうへ視線をはしらせた。

「たしかに、そうだ……この世の出来事や存在がぜんぶ、苦痛の信号だとしたら、そいつがやってくるのを待つよりも、こちらが出掛けていって、殺してしまうのがいい……女はいつも、乗換え駅で逃げだすものときまっている……自分の安全のためには、乗換え駅で女を殺すにかぎるんだ……そりゃ、一種の、道路工事のようなものだからな……」

大男はかすかにうなって、首を左右にふった。女たちは寝たふりをしようと、目をとじ、ベンチの背に頭をもたせかけたりしていたが、いかにも居心地わるそうに身じろぎしはじめる。

「昔、乗換え駅であの女を殺したときも、道路はとても平らになったからな……」

「そうだ……」と大男が呟いて、膝をさすった。

「あんたはそれをおぼえていた。無計画に、気のむくままになろうとすればするほど、私が乗換え駅にひきつけられるだろうと、ねらいをつけたんですな。いや、そっくり私の気持になりきってみたら、自然にここにひきつけられたといったほうがいいかもしれない。」

「そ、そうだな……」

「しかし、口惜しいですな。他人のほうが自分のことをよく知っていたなんて……」

「そうだ、おれは……」

「ところで、どうでしょう。この場はいさぎよく負けをみとめますが、そのうえでもう一度、あらためて勝負をしてみる考えはありませんか？……いえ、やりなおしなんて、ずるいことは申しませんよ。頭だけの勝負です。始発を待って、あんたについて戻ります。ただ、その際ですな、向うにつくまでのあいだに、なんとかあんたの目をかすめてみせる。あんたが気づいて、見たぞ、と一言いってくだされればすぐやめます。なぐったり、しばったりなどの手数は絶対におかけしません。私はその点、ごくいさぎよいたちなんでね。一応プライドをもっていますからな。ただ、ぜんぜんあんたに気づかれずに、ふっとどこかに消えてしまうとか、ちょうどおあつらえむきにこの乗換え駅に居合わせてくれた、そこの女たちを殺してみるとかね……というのも、ただひたすら、あんたに対する尊敬からなんですな。一言、見たぞと言ってくださりゃ、すぐやめます。まあ不可能でしょうが、こういう賭《か》け事《ごと》はどうにもたのしいもんでね……頭の中の、さぐりあいだね……もう昔のことだが、こんな話を聞いたことがありますよ。碁に熱中した男がいてね、熱中も熱中も、ほとんど中毒しちゃったんですな。いくらやめようと思ってもやめられない。夜ふけ、ふとんのうえで、泣きながら一人で碁をうちつづけていたっていうんですな。私なんかも、どうも、そのくちで……」

「そうだな……」大男はとうとつに、瓶の口をふいたような音をたてて笑った。

「そうでしょう。」と小男もくすくす笑いだしながら、「じゃあ、いいですね。この賭は成立ですね。いま三時……本線上り始発は四時四十分です……それまでに、ぜんぜんあんたに気づかれずに、あの小母さんたちを殺すか、さもなきゃ帰りつくまでにどこかにまた逃げだしてしまう……たっぷり時間はありますね……どうです、いまのうちにちょっと寝ておきますか？　いまならそこの小母さんたちにたのんでおけばいいですよ。殺されるのはいやだろうから、寝ずの番をしてくれることうけあいです。私があやしい行動をしそうになったら、すぐ大声をはりあげて起こしてくれますよ。そこで目をさまして、見たぞ、と一言いえばそれでいいんです……ね、そうだろう、小母さんたち……」

女たちは、薄目をあけて小男を見たが、うなずきもしない。若い女は着物の袖で、そっと額の汗をぬぐった。小男が下唇をつきだしてずるそうに笑うと、大男も不精ひげをさすりながら、ほら穴のような口をあけて目をほそめた。

「寝ても、いいかな……」

「いいですとも……」

大男は暗示にかけられたように、ベンチの背に肘をかけ、そのうえに頭をのせて目をとじた。一分後には、もう、砂のうえを重い材木をひきずるような音をたてていびきをかきはじめている。小男はちらと女たちに笑顔でうなずくと、そのままくるりと背をむけ、同じように腕のなかに顔をふせてねむりこんでしまった。女たちは、二人の規則正しい寝息を聞きながらも、どちらの寝息も信じることができず、不安そうな視線をかわしては、溜息をつき、結局朝まで二人の男から目をはなすことが出来ずにしまった。

やがて、事務所の明りがつき、話し声がしはじめる。女たちはほっとして、顔を見合わせた。救いをもとめに行くべきかどうか、目と目で相談しあったが、なぜか実行はためらわれるのだった。かえって自分たちのほうが、笑い者になりそうだ。要するにぜんぶが馬鹿馬鹿しい冗談にすぎなかったのかもしれないのである。いまいましいったらありはしない。年上のほうは唾をはき、若いほうは鼻をならして、せいいっぱいに顔をしかめた。

間もなく、女たちと顔見知りの買出しの老人が、同じような竹籠をかついで、やってきた。老人のあいさつにこたえて、女たちはベンチの男たちを指さし、頭のうえで輪をかいてみせる。「なんだね？」と耳の遠い老人が大声で問いかえすと、小男が目をさまして、立上るなり思いっきりのびをした。同時に大男も叫び声をあげ、身構えようとして、ベンチが倒れそうになるほど両足をつっぱった。小男が笑いだし、

「私もすっかり眠りこんでしまいましてね……大丈夫ですよ……まあ、小母さんたちも無事でよかったね……」

女たちは腹立たしげにそっぽをむいた。小男はまたベンチにもどり、微笑をつづけながら、霧をかぶったように虚ろなままの相手の耳にささやきかけた。

「でも、本当の賭はこれからですよ。おたがい、はっきり目をさましているときのほうが、公明正大ですからね。あいにく、女は殺しそこなったが、うまく逃げおおせてみせますからね。しっかり見張っておいてくださいよ……窓口が開いたら、切符を買いかえなきゃいかんな。その分は、私がおごりますよ。」

大男はじっと小男の耳のうしろあたりを見つめていた。黒い小さな瞳孔が、ますます小さく、疑わしげにちぢこまっている。唾をはいて、鼻をすすった。二人はさそいあわせて、一緒に小便にたった。戻ってくると、始発を待つ人々がすでに五人にふえ、女たちの話を聞いたのだろう、いっせいにこちらをふり向いてみた。しかし、改札がはじまるまでは、何事もおこらなかった。

列車が入った。二人は無事にのりこんだ。座席は一人分しか空いていなかった。小男が笑いを含んだ声でたずねた。

「どちらが坐《すわ》りましょうか。あたりまえなら、当然、追手のあんたが坐るべきでしょうね。しかし、逃げるには立っているほうがいい。見張るにも立っているほうがいい。やはり、この際は、私のほうが掛けるべきでしょうな。」

大男はさぐるように相手を見て、あいまいに顎をひく。うなずいて小男が腰をおろした。

「しっかり、見張っておいてくださいよ。」

列車はのろのろと八つの駅を通過し、二人はそのあいだに瓶づめのミルク・コーヒーを一本ずつと、ジャムパンを食べ、しかし目的の駅につくまでは、なにごともおこらなかった。

駅を出ると、じっとのぞきこんではなれない相手の目をさけながら、あきらめたように小男が言った。

「どうも、チャンスはありませんな。あんたはぜんぜん私から目をはなそうとしないんだからな。まったく、おそろしいくらい強靭《きょうじん》な神経だよ。しかし、まだ油断はできませんね。乗物は何にしますか。電車ですか、バスですか、タクシーですか。タクシーが一番安全かな。でも人眼が多いほうがかえっていいかもしれませんね。降りてからのことも考えれば、バスが一番かもしれませんね。」

「バスだ……。」と大男が不安気にしめつけられるような声でこたえた。

小男が先にたって、乗りこんだ。一と停留所ごとにこみあってくる。おされながら、小男が振向いてたのしげに言った。

「注意してくださいよ。」

大男は、痛みだした奥歯を吸い、顔をしかめて、荒々しく息をはずませた。しかし、そのままなにごともなく、目的の停留所についた。

ひっそりした郊外だった。小川をへだてて、その向うに枯れはじめた野菜畠《やさいばたけ》、その中を一本、白い砂利道が横切っていて、つきあたりに赤土がむきだした小さな丘、丘のかげに何列かの青い屋根瓦が光っていた。

「あと、歩いて、五分ですね……どうやら私が負けたようだ。でも、まだ油断はできませんよ。溝もあれば、太い松の根っこもある……勝負の面白さは、最後の一瞬ですからねえ。」

大男は答えるかわりに、喉に手をあてて、苦しげにうめいた。急に目のふちがどすぐろく、落くぼんでしまっている。

「なんです?」

「だまされんぞ……」とくいしばった歯のあいだから、唾液といっしょに、おしだすように呟《つぶや》いた。

互いに警戒しながら、肘がふれあうほどによりそって歩き、しかし門につくまで、やはりなにごともおこらなかった。

ならんで門をくぐりながら、小男がささやいた。

「とうとうつれ戻されてしまったかな。どうやら、かぶとを脱いだほうがよさそうですね。」

大男は笑うとも吠えるともつかぬ声をたてて、力いっぱい自分のあばらを叩きつけた。——と同時に、塀のかげから四、五人の屈強な白衣の男たちがとびだしてきている。男たちの手さばきは素早くあざやかだった。襲われた大男が叫んだ。

「ま、まちがえるな、そっちだ!」

しかしそのわめき声も、たちまち狭窄衣《きょうさくい》にかたくしめあげられてしまった。体の自由を失い、狂暴なまなざしで振向いたその相手に、小男はいくどもうなずいてみせるのだった。

「そう、すべて自由意志だと思い込ませることが、なんと言っても一番の安全弁ですからね。」

安部《あべ》公房《こうぼう》（一九二四～一九九三）

東京生まれ。誕生の約一〇日後に母ヨリミの小説『スフィンクスは笑う』が刊行される。奉天《ほうてん》（現・瀋陽《しんよう》）で育ち、成城高等学校（現・成城大学）から東京帝国大学医学部に入学。帰省中に終戦を迎え、一九四七年引き上げ体験を叙情的な『無名詩集』に昇華。四八年大学卒業、小説『終りし道の標《しる》べに』を刊行。五一年幻想的な掌篇「赤い繭」で第二回戦後文学賞、ナンセンス小説「壁――S・カルマ氏の犯罪」で第二五回芥川賞、五八年『幽霊はここにいる』で第五回岸田演劇賞、『砂の女』で六三年第一四回読売文学賞および六八年最優秀外国文学賞（フランス）、六七年戯曲『友達』で第三回谷崎賞、七二年戯曲『未必の故意』で第二二回芸術選奨文部大臣賞。七三年演劇集団安部公房スタジオ結成、七五年戯曲『緑色のストッキング』で第二六回読売文学賞（戯曲賞）、八六年簡易着脱型タイヤチェーン「チェニジー」で国際発明家エキスポ銅賞。ＳＦ「水中都市」『第四間氷期』『密会』『方舟《はこぶね》さくら丸』、ブラックユーモア的な『飢餓同盟』『カンガルー・ノート』、ミステリの枠組を借りた『石の眼』『燃えつきた地図』、歴史を再検討する『榎本武揚《えのもとたけあき》』、ホームレスを題材としたメタフィクション『箱男』で非リアリズム的手法を展開。

室生《むろお》犀星《さいせい》

鮠《はや》の子

室生犀星と堀辰雄《たつお》はとても親しかった（堀の作品はこの全集の第十七巻に収めた）。新婚早々の頃、堀夫人は夫の友人について、「あの方はお顔が犀に似ているから犀星というお名前になさったのでしょうか？」と問うて叱《しか》られたという（堀多恵子《たえこ》さんから直に伺った話）。犀星は堀夫妻の仲人だった。

無論、犀星の名は故郷金沢を流れる犀川《さいがわ》に由来する。

詩を書いて（例えばこの全集の第二十九巻に収めた「昨日いらつしつて下さい」）、私小説を書いて、市井の人々を書いて、『蜜のあわれ』などファンタスティックなものも書いて、文業まことに盛んであった。

この『鮠の子』は若い魚の冒険を描いているようで、しかしそれが巧妙な擬人法を通じて人間の若い女のセクシュアリティーに重なる見事な作品である。『蜜のあわれ』の愛人めいた若い女は「娼婦《しょうふ》であるが心理学者でもある金魚」だ。

若い頃から「魚眠洞《ぎょみんどう》」という号を用いていた。魚が好きだったのだ。

鮠の子

さかなには、どんなさかなにも、浮きぶくろというものがあった。いまのビニールのような白っぽいふくろで、中には空気が袋一杯につまっていて、さかなは、それがあるので、思うままに浮き沈みできるという仕掛けになっている。潰すとぱちんと音がして歯痒《はがゆ》くやぶれた。古い空気はさかなの腹の中で黄いろくなり、すぐ眼には判《わか》らずに上昇していった。小さい奴《やつ》は小さい浮きぶくろを持ち、大きい奴は小指くらいの浮きぶくろを抱いていたが、さかなには智恵や解剖した自分のすがたを見たことがないので、浮きぶくろがあることは、まるで知らなかった。だから浮いたり沈んだりする原因なぞ考えてみたこともない。

魚は、食べたり食べ物を見つけたり、自分の好きな処《ところ》に泳ぎすましたりする外《ほか》に、小さい奴は大きい奴に吞《の》まれないように、尾や鰭《ひれ》をかじられない用心のために憩《やす》んだりしている暇もないくらいであった。うとうとしているとくじらのような大きい奴が通っていったりして、突然なことなので、腹にしまりがなくなり糞を垂れるほど驚くのだ。長い紐《ひも》のような糞は心も暢《の》びやかな時に垂れるが、でかい奴と出会った時にはぴりぴりした小刻みの走り糞が、悲鳴と同時に水中に放射されていた。右泳ぎ左泳ぎ横縦《よこたて》の泳ぎに、水の深いところ浅いところに気をつかい、うっかり泳いではいられなかった。ここは石川県石川郡示野《しめの》の村端《むらはず》れ、さまざまな支流が合流して落合い水戸口《みなとぐち》にはまだ間はあるが、犀川《さいかわ》もここではすでに大川の流体を形づくり、古くから禁漁区域となっていた。ゆるやかな厚手の川はば一杯の水深は、もはや急ぐ必要のない迫らざる緩やかさで、日本海にぞろりとはまり込んでいた。

この禁漁区域の両岸は南加賀と北加賀の平野の末端が、海沿いの砂丘でしきいられ、日本海の白い歯がしらを見せて野の末が終っていた。だからこの両岸は川柳や蠟《ろう》の採れる灌木《かんぼく》の深い茂りの根元が洞窟になり、川波は地下を深く食い込んで暗黒の沼穴をつくっていた。海からのぼるさかなと上流からのさかなとがこの区域で一度は落ちあい、この禁漁区だけにとどまる鯉《こい》とか鮠とか鯰《なまず》とか鮒《ふな》とか、または海からのぼる鮭《さけ》とか鱒《ます》を加えると身うごきも出来ないくらいの雑沓《ざっとう》と、大魚群のみやこのまちまちをつくり上げていた。驚くべきことはここにいる緋鯉《ひごい》や真鯉は五年から十年くらい住みついている奴が沢山いて、緋鯉なぞは火のような焼けただれた顔をして、まひるの水面を気味悪くげたげた笑いながら水の中に放け火《つけび》して歩いていた。なまずとか、うなぎのように疑いぶかいぬらりくらりとしている奴は、昼間は滅多に出ないで泥穴の暗《やみ》を愛してこもっていた。それぞれの魚族はそれぞれに屯《たむろ》したり群をつくって、種類の混雑をおたがいに警《いまし》め合い、鮎《あゆ》がうぐいの間にまじって戯れることはなかった。鮎はここまでのぼって来ても滞《と》まる時間はみじかかったから、さっと集まると次々に禁漁区をうしろにして上流へのぼった。ここにとどまるものは、ここで移り変りのはげしい町をつくって、ゆるい水深のあいだに馴《な》れて遊泳しながら、上流へも海にもくだらなかった。かれらはここを永遠の住居としていたのである。

鮠ばかりのいる櫨《はじ》の木と野茨《のいばら》の土手下の魚洞《うろ》には、白爺《しろじい》といわれる七年子の鮠が終日あぐらをかいて、水中の動静をいつも丹念にうかがっていた。勿論《もちろん》、若い一二年子の鮠がここに泥鰌桶《どじょうおけ》のように群れていることは、その騒々しい小学校の運動場の喧囂《けんごう》にひとしい光景でも判る。ただ、それは食うことと美しい奴を見つけることで、一日が何時もとっぷりとくれてゆくに過ぎない、古い乱杭《らんぐい》に片肘《かたひじ》をついた若い鮠一《はやいち》のとなりには、泥穴に腰をおろした鮠吉《はやきち》という素ばらしいでかい頭をした奴と、おなじ恰好《かっこう》であごを突き出している鮠太《はやた》の長い顔を見ただけで、さかなの中にも腕ぷしの強い不良な奴のいることが判るくらいだ。かれらは上流の堰《せき》の方を目利きの好い眼つきで何時も眺めていた。食う物はこの堰から流れてくるし、美しい奴も堰からすべり落ちて上流からくだっていた。実際、水の中では些《ほ》んの僅《わず》かな時間に、どこから越して来たのか判らない美魚達が、毎日一ぴきかニひきはきっとうろうろして、水の浅処《あさど》にひらひらとやさしい臀《しり》をうごかし、からだには未《ま》だあぶらの乗らない幼い反りを見せていた。もちろん、友だちなぞあろう筈《はず》がない、たとえば三びきの不良共のすがたを見ただけで怖毛《おぞけ》ついて、瀬の勢いにふかく紛れて逃げようとしたが、その瀬にもよからぬ鮠のむらがりがいて蒼白《あおじろ》い顔をつらね、この見なれぬ若い一ぴきの鮠の美しい臀に眼をつけた。

鮠一は勢いきって泳ぎ出て美魚に近づいたが、すぐ若い鮠の子を見つけると、その腹のあたりに自分の顔をすりよせ、柔らかい腹に口をつけてわずかな水さびのぬらぬらを舐《な》めあじわった。誰も口をつけたことのない肌のぬらぬらは、わずかではあったが、ちから強い粘りがあった。鮠一はこの美魚が逃げて泳いでゆく後ろには後ろから、前には前からせまっていった。恐怖にあおざめた顔はほそれを見せたからだと同じ、おどおどしたあたらしい感じのもので、鮠一は美魚がくたびれて折々じっと動かないのを見て、くたびれたすがたにあるどうにでもしてくれという、投げやりがそろそろ現われているのを感じた。だが、それでいてやはり少しずつ逃げ、いまは逃げるにも尾鰭のはたらきがなくなった横なぎに、光った腹をみせてきたことが艶《なま》めかしい。

「おまえ、どこから来たんだ。」

「あたい、上流からひとりで来た。」

「ちょっとおれと一緒に来てくれ、すぐそこなんだ。」

「何しに行くのよ、あんなうろなんか暗くていやよ。」

「何でもいいから来な。ここじゃあたらしく来た子は、おれが手をおろさなくてもさ、誰かが摑《つか》まえることになっているんだ。女にしてやるというわけさ。手間は取らないからちょっと来たまえ。」

「いやよ、女なんかにしてもらわなくてもいいのよ、あたい、もとのところに戻るわ。」

「どうして戻る。」

「あそこのせぎを登ってゆけば、戻れるわよ。」

「おれ達でさえ登れない速いせぎなんだ。さあ、おれといっしょに来な。ここでは逃げようとしたって逃げられはしない、あそこを見たまえ、鮠吉と鮠太とが眼をひからしている。」

「いやな仲間が何びきもいるのね。」

「あいつら、順番を待っているんだ。」

「何の順番なの。」

「知れているじゃないか。おれがおまえと離れたら、あいつらがおまえを取っ摑まえるんだ。ここでは美しい子はそんなふうに、みんなでやることになっているんだ。」

「あたい、逃げ出すからいい、いやなこった、あんな泥んこな顔をしている奴、見ただけでぞっとするわ。」

「おっとどこへゆくんだ、よせ、かえってずらかったりなんかするとひどい目に遭《あ》うぜ、温和《おとな》しくしていりゃすぐ済むことじゃないか、ついて来るんだ。あいつらが厭《いや》だったらいくらでも後で逃げられるじゃないか。」

「あんたでさえ逃げられないのに、二ひきいては逃げられっこないじゃないの、うそ吐きね。あたいを巧《うま》く逃すことも出来ないくせに、あたいを騙《だま》そうとしたってだめよ。」

「さあ、ぐずつかないで来るんだ。あいつらが見張るためにそろそろ動き出したじゃないか、鮠吉にしろ鮠太にしろすぐ相手を殺すくらいのことは平気でやるやつらだ。ここでは毎日誰かが殺され誰かが縊《し》められているんだ。殺したあとはずんずん流れていって、鯰や鰻《うなぎ》がぱくぱく夜中に出て来て食ってしまう。おまえの繊《ほそ》い骨なんか一本も残さずにぽりぽりかじるんだ。鯰は鉄でもハガネでも何でも咬《か》みこなすのだ。ハリガネを呑んでからだが曲らなくなった年寄りの鰻が、いつまでも、夜更けにぶらついているのをいまにおまえも見る機会があるだろう、それでも、鰻は結構のびのびと生きている。ここじゃあたらしく足をとめた若い子は、ひと晩のうちにからだが一寸も伸びるんだ。」

「どうして伸びるのよ。」

「みんなで上に乗っかるから、やさしいからだの子らはずんずん、伸ばされてしまうんだ。」

「あたいは、滅多に伸ばされはしないわよ。」

「おまえの鱗《うろこ》だって皆で舐めたらぺらぺらに剝がれる、あいつらは泥の中で育ってここで死ぬまでいるやつなんだ。ぐずついていると彼奴《あいつ》らはおれがおまえに逃げ場を教えてでもいるように見られるのが厭なんだ。ここでは情実も哀憐《あいれん》もない世界だ、女なら女のままで受け取り、後にはなさけとか贔屓《ひいき》とかいうせせこましい気を持たないことになっているんだ。この魚洞は暗いが温かくて古い粗朶《そだ》がゴミを城のようにかぶっている所だ、もっと寄りな、その腹をおれの方に向けてじっとしているのだ。おまえは何にも知らない振りをして眼をつぶって居《お》ればいい、眼を開けると声が立てたくなるから、つぶって居れ。」

「あんたはまるで鯰みたいね、そんなにあたいを酷《ひど》い目にあわせていて、平気でいられるのがあたいには判らない、あたいに好かれようという気をちっとも持っていないわね。あたいは男はみんなやっぱり女に好かれようという気を持っているとばかり考えていた。それなのに何よ、あたいを捩《ね》じふせて、雑魚のように粗末に扱っているじゃないの。」

「ねちねちしたり可愛がったりしていたら、そのひまに何も出来なくなるのだ、することはしてしまってから可愛がっても遅くはない、だが、することをしてしまったらどんな美魚でも、もうこちとらは用はない。」

「非情酷薄の心ね。」

「あたらしい美魚は夕方にはまた、別のところに現われて来るものだ。昨日引越して来たばかりの往来を物めずらしそうに眺めているような一人の少女が、どこかの門のあたりに佇《た》っているのも、春晩《おそ》くの、むしろ夏めいた日によく見られる門前風景なんだが、そいつにあやかりたかったら、おまえならおまえに食っついているわけにゆかなくなる。すべすべしたものはおまえの十倍もすべっこいだろうし、羞《はじ》らいはカキクケコもまだ読めない程、濃く耳のそばまで寄って来るだろう。」

「こんなのが男の本音なのね、好き勝手なことをして置いて後はカキクケコだってさ、あたいはまるでそれを知らなかった。あとあとの面倒も見てくれるし、遠い上流までつれて行ってくれることだと思っていたのに、今度はいきなり卵はひとりで生めというの。」

「卵はひとりで生むのさ、卵はふたりで生めないものだ。」

「生み放しというのね。あんたはあひるみたいに生み放しなのね。」

「むかしむかしから、さかなはふたりづれで卵を産んだ鯇は未だ見たことがない、だからさ、いっそう大きな気になってそこらのやくざ共を片っ端から引っかけ、そいつらの卵もいっしょくたに生みつけてやるのだ、誰の子だかも判らないということは算《かぞ》えてみるだけでも、こんがらかった面白い事情になる。ひとりに決めて産むなんて何て退屈で面白くないことだろう、どこのどいつの子だかも判らないところに、あやふやの尋ねようもない混沌《こんとん》と紛糾があるのだ、それにどんなばかな鯇でも自分の子どもを尋ねまわる奴は、一ぴきもここにはいないのだ。そんな閑暇《ひま》があったらあたらしい女を見つけるのが、りこうな鯇族のしきたりなのだ。」

「あんたはだんだん鰯《いわし》みたいな品のない顔つきをして来たわね。あごも、口もとも、がたがた外れそうにくたびれちゃって、乱次《だらし》のない顔になったわね。眼の好い鯇族もあたいにふざけているあいだに、まるであごが外れ、眼に生気がなくなって来るのね、そんな顔をしていったら、どんな、へなちょこの鯇でもうしろを見せて寄りつかないわよ。何よ、ひょろひょろしてさ、鯇吉も鯇太もがつがつ嗤《わら》っているじゃないの。口で立派なことを言ったってあたいひとりを扱うのに、からだの色も変っているじゃないの。しまいにお臀から黄いろくくさりはじめて、尾っぽも、帚《ほうき》のように裂けてばさばさになるわよ。」

「おまえだって女の強いしゅうねんをからだに潜ませているから、かかったらいくらおれだって参るのさ。おればかりでなく皆が皆で、後ではがっくりと、口が開いたままで抛《ほう》り出《だ》される。しまいには迅《はや》い瀬を抜くことも出来なくなるし、からだの精気はたったおまえにかかっただけで、一《いち》どきに、ふん奪《だ》くられるのだ。恐ろしいのはおれや鮠吉や鮠太ではなくて、可愛いいおまえの反り身のお臀のせいなのだ。だが、気をつけな、おまえだって卵をひり出したらきりきり舞いをして、大川の流れの果てもなく下ってゆかなければならなくなるのだ。どれだけ叫んで呼んで見ても、誰もたすけてはくれないのだ、たすける奴がいないのだ、どいつもこいつも、黄いろい尻尾では立つ波を泳ぎ切ることさえ出来ない、あばあばして流れるより外はない……。」

「だからあたいは、声一杯《いっぱい》に皆に呶《ど》鳴《な》りつけてやる。ざまあ見やがれといってやるわ。」

「おれも呶鳴り返してやる。鮠子《はやこ》め、三日でばばあになりやがったと、三日で腹にあった朱《あか》い線が剝げちゃったとね。」

「あごの外れたおすの鮠、尾も鰭も役に立たない赤鰯。」

「それも間もないおまえの行末だ。どっちに廻《まわ》っても同じだ。」

鮠子はうすぐらい魚洞から大川すじの真中に、それでも泳ぎ切って出た時、眼の前に勢いきって片腹に水面の光を受け、片腹に水の蒼みをはらんで、行手に鋭い宙返りをして見せ、さらに鮠子の周囲をひと廻りして立ち泳ぎで身構えた、細身の眼のぎちぎちした若い鮠、うろこは一枚も損じられていない脂と若さとで、てらてらとした奴、鮠吉だ、ぐるっと鮠子の前でななめに突っ切ると水面まで出て行って、さらに真直ぐに下りてくると鮠子の腹に頭をすり寄せたが、鮠子はふしぎな沈着さで少しも驚かなかった。身をかがませ、それでも未だ幾らかある羞らいを保つことが出来た。

鮠吉は雲のような声音で言った。

「かくごはよいか。」

鮠子はからだを伸ばしながら笑った。

「いまに、くたくたにして上げるから。」

「もうそんなに大きい口を利くようになったのか、まだ、こむすめのくせにな。」

鮠子は答えずにまいあがった。

風のない冷たい水中に出た鮠子には、一遍に生気を取り戻して鮠吉を左右に避けながら、余裕のある抜手《ぬきて》を切り、鮠吉の酷く疲れ込むのを待っていた。先刻、あんなに鮠一から受けた慄《ふる》えは、鮠子にはもうあと方もなかった。ただ、相手をじらせるためにそれでも呼吸を切らして泳いだ。

鮠吉はぴたっと彼女の腹に吸いつき、どんなにしても離れずにからだを擦り寄せて来た。

鮠吉はこれも薄ぐらい雑木の古根の漬《つか》った泥穴に、鮠子を引き込んだ。鮠子はどうすることも出来ずその穴の入口にたたずんだが、鮠吉は彼女にひと言もいわずに前から約束がしてあったように、彼女を引き寄せた。あたりは少しばかりの泥のにごりが、曇りぞらのように真水にだんだん幅のある、ひろがりを見せて来た。鮠子はここでも同じ事が繰り返され、そのためにふいに冷笑《わら》いがうかんだ。変ったことのない同じ事をどうして男共が、言い合したように知っているかということが、気になったくらいだ。男共はどこでそれを学んだのかと、それだけが手のとどかない謎のようにおもえた。

「何故《なぜ》、嗤うのだ。」

「これが可笑しくなかったら、何が可笑しいというの。こんな時にこそ優しい眼つきで瞬《まばた》いてみせるものよ。」

「そんな暇なんかないのだ。」

「急いでどうなるの、いくら急いだってここでは大ぴらに何でも出来るじゃないの。」

「急がずにおちつこうとしても、誰かが急がしてくる奴がいるのだ。秘密の狼狽《ろうばい》という奴か、それとも、この事が既に先へ先へと急ぐために行われるのが本来なのか。」

「もう、あんたのしんが疲れて来ているのね。青い息を吐いている。それを見ていると宜い気味のような気がしてくるわ。たすからない事がたすからないままで終ることが、あたいの酷い目にあった償いみたいに、あんたの顔に現われて来ている。」

鮠吉の顔色には損をしたような、鮠一とおなじ眼の輪をあおぐろくするものが垂れこみ、それをぱちくりやりながら、急に視力にかかる別の膜のようなものを除《の》けようと焦った。

「おまえは大した奴だ。ちっとも、衰えも疲れも見せていないじゃないか。こんなのは、はじめてだ。」

「あなたはどうなの。」

「おれはふらふらだ。黄いろく水が澱《よど》んで見える。」

「ふふ……」

「見かけによらない女だ。どこもここも、ふにゃふにゃして柔らかそうだ。も一度、行こう。」

鮠吉はめまいを感じてはいたものの、自制が失われていた。鮠子は逃げた。逃げ場がなくなり七年子の白爺のうしろに隠れた。隠れ終《おお》せたと思ったら後ろ手で白爺が鮠子の腹をつかんだ。鮠子はそのままにいて、「ね、たすけて」と白爺の耳のへりでささやいた。「そのかわりにおれの言うことを聞くかどうか。」と念を押した。こんな年をしていてまだわたしをどうにかしようとする、と、鮠子は大きい肌ぬぎの白爺の背中に見入った。背中は永年の白あざに苔《こけ》まで生え、さかなも、年古く生きていると川底とおなじ色になると思った。この白爺は滅多にふだんは川の中には出て行かずに、終日あぐらをとかなかったのを見ると、年寄ってもう泳ぐことが巧く運ばないのではないか、尾も鰭も、古い棕櫚《しゅろ》のばさばさの葉のように、よれて破れていた。何でもこの白爺を騙《だま》して置けば騙しただけの得がある気になった。白爺は返事を急がした。「どうだ、返事をしなさい。」鮠子は言った。「たすけて下されば仰言《おっしゃ》るとおりになります。」とやさしく答えた。

白爺は突然口から嬉《うれ》しそうに泥を吐いた。こうしてじっとしていると知らぬ間に、ゴミや埃を吸うようになるのだろう、それも心に緊張があると、がっとして吐いてしまうらしい。白爺はいった。

「やつらのように頑固なあつかいはしない、そっと、そっとしてやる。」

その時、鮠吉がふたりの前を迅い水の輪のように過ぎ、白爺と鮠子の頭の上の旋回をやめなかった。

「白爺、邪魔をする気か。眼ン玉に飛びつくぞ。鮠子、そこから出ろ。」

鮠子はいった。

「あんたみたいに、しつこくちゃ、誰も相手にしないわよ、白爺があたいをたすけてくれるんだ。」

鮠吉はななめに白爺の眼ン玉に飛び込もうとしたが、白爺はやっとからだを動かしたかに見え、見えたかと思うと、空も裂けるような大口をあいて、顔にぶつかる鮠吉をがくんと一息に呑み込んでしまった。それはほとんど一瞬のあいだの早いわざであった。鮠子でさえも鮠吉が呑まれたことに疑いを持つくらい、あたりは森《しん》としずまり返って鮠吉の生きたすがたはなかった。鮠子はぶるぶる慄えた。白痣《しろあざ》の肌脱ぎになった白爺が今度は怖くなったのである。

白爺は鮠子を抱きこんだ。

うんとも、すんともいわずにひとりの小女の髪はみだれ、脚は折りまげられたまま抛り出された。そのからだに大きな手のあとがのこったが、間もなく不思議に白爺のあぐらが俄然崩れていった。白爺は喘ぎながら言った。おれはしてはならぬことをしたので、いま崩れかかっているのだ、鮠子よ、おまえの嗤う時がいまやって来たから、思うまま嗤うがよい、と、その巨体はあお向きに倒れて、哀願の含められた声で、唸りながら呶鳴《どな》った。

先刻の鮠一は川を下りながらこの白爺のすがたを眺め、そのまま立ち直ることも出来ずに、嘲笑《わら》いをうかべて下流にながされていった。

鮠子は別段心にかなしみも何も感じないで、川の真中に出て待った。死ぬことはそれだけで仕様がない、あたいはまだ生きねばならぬように皆がそう仕向けている。どれだけ生きられるか判らぬが、さすがに、柔らかいからだは疼《うず》き出して、泳ぐことでは今までの滑らかさが起きてこなかった。水は重く、緩い流れの圧力は背中を下へ下へと押しつけていった。

突然、ずっと先刻から眼を光らせていた最後の順番だった鮠太が、燃えるような尾を逆立てて鮠子の前方に立ち泳いで来た。それは今まで凝乎《じっ》としていたいら立ちが、一どきに発色して鱗はほとんど延金《のべがね》のように硬直していた。鮠子はそれを見ると前からの揉《も》まれるような躰《からだ》の痛みを今更に手強く感じて、思わず呟《つぶや》いた。

「ああ、四度めの男。」

旋回は目まぐるしく次第にその輪をちぢめながら行われ、媚《こび》と威嚇《いかく》の二つが交互に鮠子の視線を打ちのめして行った。ようやく呼吸は窒《つ》められそうになり、逃げる先々に鮠太の脅かしが度を加えて来た。右すれば右の前方へ、下流に向えば潜って下流に鮠太は現われた。

鮠子は泳ぎを留めてみたが、もはや、からだから感覚というものが抜け落ちていた。鮠太はその隙にぴたりと寄りそい、鱗ののめのめを舐め廻したが、鮠子にはあたらしい分泌物の補いがなくなり、鱗はただの脂のない貝殻のように乾いていた。しかし鮠太にはその衰えがういういしく魅力をさそい、かえってあぶらのない鱗のいとしさが見られるし、つかれたからだに、妙に先にさかった鮠一、鮠吉、白爺の声とも臭気ともつかないものが、鮠太の哀憐と残酷の情をくわえて来た。ことさらに白爺のからだの崩れたひびきのような物が、まだ四辺にけむりのように立《た》ち罩《こ》めていたのだ。

鮠太は縞状《しまじょう》の夕日のさしこんだ、あかるい魚洞に鮠子を惹き入れ、鮠子は彼のうしろから尾《つ》いていった。誰も外の者のいない魚洞には、黄いろい夕日が底までほんのひとしきりさっと射《さ》していたが、鮠太が彼女のからだの上に廻った時に、夕日は消え失《う》せた。

「きょうはあたいの悪日だ。息をつく間もなかった。」

鮠子は身じまいをととのえると、誰にいうともなく嘆いた。

「悪日はおまえの生きている間続いて、一日も休む間がないのだ。」

からだをひん伸ばしながら無慈悲な口振りで、鮠太が喋《しゃべ》り返した。そして魚洞から後ろも見ずに、ひょろついて出て行った。間もなく鮠太にもくされた死期が近づいて行くのだろう、起きる水の輪にも勢いがなかった。

鮠子はたっぷりした大きい水面に出て、はっと気がつくと自分とは五十倍もある老いた緋鯉が、ふうわりと泳いでいた。十年も生きていたかも知れない婆あ緋鯉が、からだの、おできを痒がりながらいたのだ。このさかなは何も他のさかなと交渉を持たずに、ほとんど生きているのか、いないのか判らない有様《ありさま》でこの禁漁区にぽかりと浮いているだけであった。何を食っているのか、沈んで何時寝るのかも判らない緋鯉であった。

鮠子はその巨大な腹の下をくぐり抜けたが、火の鱗をつけた緋鯉の周囲は、燃えはじめた焚火《たきび》のように明るかった。老いたさかながしみじみとつぶやいた。

「おまえも当然受けるものを受けた。もうおまえのからだの仕事は終った。可哀想だが皆がそうなんだから、やむをえない、これからどうする気なんだ。」

「卵を生みに堰をのぼらなければならないのよ。ここにはもういられないもの。」

「ここにいたら、おまえは死ぬまで追っ駈けられるんだ。おまえの死ぬことなんて問題ではない。あれを見ろ、あいつらも皆交《さか》るためにああやって、揉《も》み合っている。昨日も一昨日も死魚になって下っていった仲間の数は算え切れないくらいだ。髪はむしられ、腿《もも》には傷を受け、身動きもならないまでやられているのだ。その挙句《あげく》、誰も見返る奴もいないでひとりで死ぬのだ、死がいはただの藁《わら》か葦《あし》のように海ぎわまで搬《はこ》ばれてゆく、おまえも、ぐずついていると同じ目に遭うんだ。」

鮠子は尾と鰭を緋鯉の腹にこすりつけて研ぎながら、ご免ね、と何度も言って次第に生色を取り戻して言った。

「あたいはすぐここを立って行く、あの大堰を飛び越え、冷たい上流にのぼってゆくわよ、もう、ここは今夜じゅうに立つ。」

「あの大堰をどうして越えるつもりだ。あそこをのぼることは眼の皮も剝《む》けてしまうくらいだ。」

「見ていてよ、あたいが瀬波の上をどんなに巧く、這《は》うようにして上ってゆくかを見て。」

「そんなに卵が生みたいか。」

「生まなかったら生きられないじゃないの。生むためにお腹に入っている卵をこの儘《まま》にしておくわけに行かない。」

「そのために奴らはみんな死んでいる。奴らは死ぬためにおまえにその卵を預けたのだ。」

「刻々に大きくなってゆくわね。」

「因果な奴だ、そこらで、撥《はじ》き飛《と》ばしてしまえ、大きなお腹だ、あははは……。」

鮠子は堰の表面に出て行った。

瀧線状の流出量は、もはや柔らかいただの水ではなかった。それ自身、こまかい飛沫《しぶき》は硬質の砂利のように、彼女の全身に敲《たた》きつけられた。まとまった瀧になった部分は石のような重量を背中に感じさせ、鮠子のよろける左右から圧して来た。

下流では、若い鮠達が手を叩《たた》いて嗤った。気狂女め、そこがのぼれたら、犬がときどき人間になってみたいと考えるよりも、もっと、途方もない話だ。誰の卵だかも判らないものを背負いこんで、ご叮嚀《ていねい》に上流に上って産もうなんて甘い事を考えていやがる、喉に指を突っ込んで逆に腹の子をみんな吐き出してしまえ、と、若い鮠達ははやし立てた。

鮠子はふいに振り返ると、顔じゅうをふくらがして叫んだ。

「お腹にゃお前達のような阿呆面《あほうづら》が百尾も二百尾も詰っているんだ、そいつらが皆でたすけてと叫んでいるんだ、来年のいま頃になって見るがよい、新米の阿呆面がそこらにお前達のようにずらりと列《なら》んで、お前達と同じ吼《ほ》え方で一疋《いっぴき》の母親をやつけることで、日も夜もないのだ。そん時に今日あたいの言分をおもい出して、せめてその阿呆面を少時でも神妙に片づけて見るがいい。」

鮠達はちょっとの間黙ったが、阿呆面というのはてめえのことだ、堰で打たれて死《く》たばってしまえと吸鳴り返した。

ちょうど、この時分にこの河べりに遠足に来ていた少年達は、石垣のへりにならんで足をぶらぶらさせ、明笛を吹く男、泥でお面をこねている少年、塩河豚《ふぐ》の干物を分け合ってかじる男、そっと煙草《たばこ》を順ぐりに喫煙している少年達がいた。だが禁漁区であるために誰もさかなを釣る少年はいなかった。かれらは夥《おびただ》しい魚介をうらやましく眺めた。そして偶然にこの大堰のずっと端の方に、やっと、幾すじかの流れがちょろついている乏しい流域があって、そこは、もはや瀧の水量が狭まっていた。少年達の一人がそこに偶然に一ぴきのさかならしい姿が、ちょろつく堰の流水に何度も泳いで登ろうとし、何度も急激な斜面からすべり落ちるのを見出した。一人がそれに注意すると少年達は顔をならべて、ちいさいさかなの根気のよい登り方を眺めた。誰も皆その鮠の子を捕まえようという企てを考えてみたが、誰もみなここが禁漁区であることを守らなければならなかった。

鮠子は、下流に先刻の緋鯉が立ち泳ぎしながら呟くのを聴いた。成程、おまえはりこうな鮠だ、そこの、ちょろちょろが登れたら訳なく上の流れに出ることが出来る。おちついてしっかりとふちの方から登ってゆけ、いくら辷《すべ》っても負けるなと言い、緋鯉は大きいうちわのような尾っぽで、水面をたたいて見せた。

鮎子は間もなくほとんど一気に堰の小流れを登ることが出来た。堰をしきった一段と低い水面の禁漁区一帯は、みずうみのように平穏で、巨大な緋鯉のすがたもここからはただの一ぴきのさかなのように、小さくしか見えなかった。鮎子は迅い本流に泳ぎ出たが、流れはつめたく清々した芯を持っていて、鮎子のからだに慓いついて来た。鮎子は腹部と背中にある赤い走線《そうせん》を小石に擦り寄せて光らせ、瀬すじのととのった中に跳り出ると、もう鮎一や鮎吉のことなぞは念頭になかった。懸命に生みつけること、ぱちぱちした卵らをたいせつに生みつけてやること、卵らを水の面の明りで見ることだけが鮎子の願いになって来た……。

室生犀星《むろおさいせい》（一八八九〜一九六二）

金沢生まれ。別号に魚眠洞《ぎょみんどう》。長町高等小学校を中退後、裁判所で給仕をしながら句作・詩作を開始。《みくに新聞》《石川新聞》記者を経て東京地方裁判所の筆耕となる。与謝野鉄幹・晶子の「スバル」、北原白秋の「朱欒《ザンボア》」に詩を発表。〈ふるさとは遠きにありて思ふもの〉（「小景異情」）の一節は格言のように人口に膾炙している。萩原朔太郎らとともに詩誌「卓上噴水」「感情」を創刊、一九一八年『愛の詩集』を刊行する。翌年、生い立ちの不幸を題材とする自伝的三部作「幼年時代」「性に眼覚める頃」「或る少女の死まで」で小説家としても評価された。第一回文芸懇話会賞を受けた「あにいもうと」などの「市井鬼もの」、「舌を嚙み切った女」などの「王朝もの」と呼ばれる作風を開拓し、四一年第三回菊池寛賞。五五年に随筆『女ひと』が広く迎えられ、五八年、娘と自分のことを描いた長篇小説『杏《あんず》っ子《こ》』で第九回読売文学賞、五九年『かげろうの日記遺文』で第一二回野間文芸賞を受賞。他に対話体の幻想小説『蜜のあわれ』など。

川端康成

片腕

こういうものを読むと川端康成がなぜ新感覚派と呼ばれたかよくわかる。話を進めてゆくのは思想ではなく、感情でもなく、感覚なのだ。いや、いっそ官能と呼んでしまってもいい。

この『片腕』にあるのは最も純粋な形のフェティシズムである。

その意味で川端康成は危ない。いつでも彼は正面から男に応対する全人格的な女ではなく、いわば半身の女を描く。いつでもというのが言い過ぎならば、最初期の『伊豆《いず》の踊子《おどりこ》』において、また晩年になっての『眠れる美女』やこの『片腕』において、そういう女を目の前にした男を描いた。

『伊豆の踊子』は身体は大人でも心は子供のままで、だから主人公の旧制高校生は彼女との仲が恋にはならないと知って安堵《あんど》する。『眠れる美女』は手を触れてはならない存在。『片腕』はもちろん片腕でしかなく、その持ち主は「娘が純潔を失うと間もなくその円みの愛らしさも鈍ってしまう」とか、「人にさわられたことのない娘の乳房」とかあるとおり処女である。官能の憧れの対象であるのに、その先に踏み込むと意味を失うという矛盾の存在。

『眠れる美女』を読んだガブリエル・ガルシア＝マルケスはこのテーマに嫉妬して、『わが悲しき娼婦《しょうふ》たちの思い出』を書いた。ぼくはこちらの方が好きだ。

片腕

「片腕を一晩お貸ししてもいいわ。」と娘は言った。そして右腕を肩からはずすと、それを左手に持って私の膝においた。

「ありがとう。」と私は膝を見た。娘の右腕のあたたかさが膝に伝わった。

「あ、指輪をはめておきますわ。あたしの腕ですというしるしにね。」と娘は笑顔で左手を私の胸の前にあげた。「おねがい……。」

左片腕になった娘は指輪を抜き取ることがむずかしい。

「婚約指輪じゃないの?」と私は言った。

「そうじゃないの。母の形見なの。」

小粒のダイヤをいくつかならべた白金の指輪であった。

「あたしの婚約指輪と見られるでしょうけれど、それでもいいと思って、はめているんです。」と娘は言った。「いったんこうして指につけると、はずすのは、母と離れてしまうようでさびしいんです。」

私は娘の指から指輪を抜き取った。そして私の膝の上にある娘の腕を立てると、紅差し指にその指輪をはめながら、「この指でいいね？」

「ええ。」と娘はうなずいた。「そうだわ。肘《ひじ》や指の関節がまがらないと、突っ張ったままでは、せっかくお持ちいただいても、義手みたいで味気ないでしょう。動くようにしておきますわ。」そう言うと、私の手から自分の右腕を取って、肘に軽く脣《くちびる》をつけた。指のふしぶしにも軽く脣をあてた。

「これで動きますわ。」

「ありがとう。」私は娘の片腕を受け取った。「この腕、ものも言うかしら？　話をしてくれるかしら？」

「腕は腕だけのことしか出来ないでしょう。もし腕がものを言うようになったら、返していただいた後で、あたしがこわいじゃありませんの。でも、おためしになってみて……。やさしくしてやっていただけば、お話を聞くぐらいのことはできるかもしれませんわ。」

「やさしくするよ。」

「行っておいで。」と娘は心を移すように、私が持った娘の右腕に左手の指を触れた。「一晩だけれど、このお方のものになるのよ。」

そして私を見る娘の目は涙が浮ぶのをこらえているようであった。

「お持ち帰りになったら、あたしの右腕を、あなたの右腕と、つけ替えてごらんになるようなことを……。」と娘は言った。「なさってみてもいいわ。」

「ああ、ありがとう。」

私は娘の右腕を雨外套《がいとう》のなかにかくして、もやの垂れこめた夜の町を歩いた。電車やタクシイに乗れば、あやしまれそうに思えた。娘のからだを離された腕がもし泣いたり、声を出したりしたら、騒ぎである。

私は娘の腕のつけ根の円みを、右手で握って、左の胸にあてがっていた。その上を雨外套でかくしているわけだが、ときどき、左手で雨外套をさわって娘の腕をたしかめてみないではいられなかった。それは娘の腕をたしかめるのではなくて、私のよろこびをたしかめるしぐさであっただろう。

娘は私の好きなところから自分の腕をはずしてくれていた。腕のつけ根であるか、肩のはしであるか、そこにぷっくりと円みがある。西洋の美しい細身の娘にある円みで、日本の娘には稀《ま》れである。それがこの娘にはあった。ほのぼのとういういしい光りの球形のように、清純で優雅な円みである。娘が純潔を失うと間もなくその円みの愛らしさも鈍ってしまう。たるんでしまう。美しい娘の人生にとっても、短いあいだの美しい円みである。それがこの娘にはあった。肩のこの可憐《かれん》な円みから娘のからだの可憐なすべてが感じられる。胸の円みもそう大きくなく、手のひらにはいって、はにかみながら吸いつくような固さ、やわらかさだろう。娘の肩の円みを見ていると、私には娘の歩く脚も見えた。細身の小鳥の軽やかな足のように、蝶《ちょう》が花から花へ移るように、娘は足を運ぶだろう。そのようにこまかな旋律は接吻《せっぷん》する舌のさきにもあるだろう。

袖なしの女服になる季節で、娘の肩は出たばかりであった。あらわに空気と触れることにまだなれていない肌の色であった。春のあいだにかくれながらうるおって、夏に荒れる前のつぼみのつやであった。私はその日の朝、花屋で泰山木《たいさんぼく》のつぼみを買ってガラスびんに入れておいたが、娘の肩の円みはその泰山木の白く大きいつぼみのようであった。娘の服は袖がないというよりなお首の方にくり取ってあった。腕のつけ根の肩はほどよく出ていた。服は黒っぽいほど濃い青の絹で、やわらかい照りがあった。このような円みの肩にある娘は背にふくらみがある。撫《な》で肩のその円みが背のふくらみとゆるやかな波を描いている。やや斜めのうしろから見ると、肩の円みから細く長めな首をたどる肌が掻《か》きあげた襟髪《えりがみ》でくっきり切れて、黒い髪が肩の円みに光る影を映しているようであった。

こんな風に私がきれいと思うのを娘は感じていたらしく、肩の円みをつけたところから右腕をはずして、私に貸してくれたのだった。

雨外套のなかでだいじに握っている娘の腕は、私の手よりも冷たかった。心おどりに上気している私は手も熱いのだろうが、その火照《ほて》りが娘の腕に移らぬことを私はねがった。娘の腕は娘の静かな体温のままであってほしかった。また手のなかのものの少しの冷たさは、そのもののいとしさを私に伝えた。人にさわられたことのない娘の乳房のようであった。

雨もよいの夜のもやは濃くなって、帽子のない私の頭の髪がしめって来た。表戸をとざした薬屋の奥からラジオが聞えて、ただ今、旅客機が三機もやのために着陸出来なくて、飛行場の上を三十分も旋回しているとの放送だった。こういう夜は湿気で時計が狂うからと、ラジオはつづいて各家庭の注意をうながしていた。またこんな夜に時計のぜんまいをぎりぎりいっぱいに巻くと湿気で切れやすいと、ラジオは言っていた。私は旋回している飛行機の燈《ひ》が見えるかと空を見あげたが見えなかった。空はありはしない。たれこめた湿気が耳にまではいって、たくさんのみみずが遠くに這《は》うようなしめった音がしそうだ。ラジオはなおなにかの警告を聴取者に与えるかしらと、私は薬屋の前に立っていると、動物園のライオンや虎や豹《ひょう》などの猛獣が湿気を憤って吠《ほ》える、それを聞かせるとのことで、動物のうなり声が地鳴りのようにひびいて来た。ラジオはそのあとで、こういう夜は、妊婦や厭世《えんせい》家などは、早く寝床へはいって静かに休んでいて下さいと言った。またこういう夜は、婦人は香水をじかに肌につけると匂いがしみこんで取れなくなりますと言った。

猛獣のうなり声が聞えた時に、私は薬屋の前から歩き出していたが、香水についての注意まで、ラジオは私を追って来た。猛獣たちが憤るうなりは私をおびやかしたので、娘の腕にもおそれが伝わりはしないかと、私は薬屋のラジオの声を離れたのであった。娘は妊婦でも厭世家でもないけれども、私に片腕を貸してくれて片腕になった今夜は、やはりラジオの注意のように、寝床で静かに横たわっているのがいいだろうと、私には思われた。片腕の母体である娘が安らかに眠っていてくれることをのぞんだ。

通りを横切るのに、私は左手で雨外套の上から娘の腕をおさえた。車の警笛が鳴った。脇腹に動くものがあって私は身をよじった。娘の腕が警笛におびえてか指を握りしめたのだった。

「心配ないよ。」と私は言った。「車は遠いよ。見通しがきかないので鳴らしているだけだよ。」

私はだいじなものをかかえているので、道のあとさきをよく見渡してから横切っていたのである。その警笛も私のために鳴らされたとは思わなかったほどだが、車の来る方をながめると人影はなかった。その車は見えなくて、ヘッド・ライトだけが見えた。その光りはぼやけてひろがって薄むらさきであった。めずらしいヘッド・ライトの色だから、私は道を渡ったところに立って、車の通るのをながめた。朱色の服の若い女が運転していた。女は私の方を向いて頭をさげたようである。とっさに私は娘が右腕を取り返しに来たのかと、背を向けて逃げ出しそうになったが、左の片腕だけで運転出来るはずはない。しかし車の女は私が娘の片腕をかかえていると見やぶったのではなかろうか。娘の腕と同性の女の勘である。私の部屋へ帰るまで女には出会わぬように気をつけなければなるまい。女の車はうしろのライトも薄むらさきであった。やはり車体は見えなくて、灰色のもやのなかを、薄むらさきの光りがぼうっと浮いて遠ざかった。

「あの女はなんのあてもなく車を走らせて、ただ車を走らせるために走らせずにはいられなくて、走らせているうちに、姿が消えてなくなってしまうのじゃないかしら……。」と私はつぶやいた。「あの車、女のうしろの席にはなにが坐《すわ》っていたのだろう。」

なにも坐っていなかったようだ。なにも坐っていないのを不気味に感じるのは、私が娘の片腕をかかえていたりするからだろうか。あの女の車にもしめっぽい夜のもやは乗せていた。そして女のなにかが車の光りのさすもやを薄むらさきにしていた。女のからだが紫色の光りを放つことなどあるまいとすると、なにだったのだろうか。こういう夜にひとりで車を走らせている若い女が虚《むな》しいものに思えたりするのも、私のかくし持った娘の腕のせいだろうか。女は車のなかから娘の片腕に会釈したのだったろうか。こういう夜には、女性の安全を見まわって歩く天使か妖精があるのかもしれない。あの若い女は車に乗っていたのではなくて、紫の光りに乗っていたのかもしれない。虚しいどころではない。私の秘密を見すかして行った。

しかしそれからは一人の人間にも行き会わないで、私はアパアトメントの入口に帰りついた。扉のなかのけはいをうかがって立ちどまった。頭の上に蛍火《ほたるび》が飛んで消えた。蛍の火にしては大き過ぎ強過ぎると気がつくと、私はとっさに四五歩後ずさりしていた。また蛍のような火が二つ三つ飛び流れた。その火は濃いもやに吸いこまれるよりも早く消えてしまう。人魂《ひとだま》か鬼火のようになにものかが私の先きまわりをして、帰りを待ちかまえているのか。しかしそれが小さい蛾《が》の群れであるとすぐにわかった。蛾のつばさが入口の電燈の光りを受けて蛍火のように光るのだった。蛍火よりは大きいけれども、蛍火と見まがうほどに蛾としては小さかった。

私は自動のエレベエタアも避けて、狭い階段をひっそり三階へあがった。左利きでない私は、右手を雨外套のなかに入れたまま左手で扉の鍵をあけるのは慣れていない。気がせくとなお手先きがふるえて、それが犯罪のおののきに似て来ないか。部屋のなかになにかがいそうに思える。私のいつも孤独の部屋であるが、孤独ということは、なにかがいることではないのか。娘の片腕と帰った今夜は、ついぞなく私は孤独ではないが、そうすると、部屋にこもっている私の孤独が私をおびやかすのだった。

「先きにはいっておくれよ。」私はやっと扉が開くと言って、娘の片腕を雨外套のなかから出した。「よく来てくれたね。これが僕の部屋だ。明りをつける。」

「なにかこわがっていらっしゃるの?」と娘の腕は言ったようだった。「だれかいるの?」

「ええっ? なにかいそうに思えるの?」

「匂いがするわ。」

「匂いね? 僕の匂いだろう。暗がりに僕の大きい影が薄ぼんやり立っていやしないか。よく見てくれよ。僕の影が僕の帰りを待っていたのかもしれない。」

「あまい匂いですのよ。」

「ああ、泰山木の花の匂いだよ。」と私は明るく言った。私の不潔で陰湿な孤独の匂いでなくてよかった。泰山木のつぼみを生けておいたのは、可憐な客を迎えるのに幸いだった。私は闇に少し目がなれた。真暗だったところで、どこになにがあるかは、毎晩のなじみでわかっている。

「あたしに明りをつけさせて下さい。」娘の腕が思いがけないことを言った。「はじめてうかがったお部屋ですもの。」

「どうぞ。それはありがたい。僕以外のものがこの部屋の明りをつけてくれるのは、まったくはじめてだ。」

私は娘の片腕を持って、手先きが扉の横のスイッチにとどくようにした。天井の下と、テエブルの上と、ベッドの枕もとと、台所と、洗面所のなかと、五つの電燈がいち時についた。私の部屋の電燈はこれほど明るかったのかと、私の目は新しく感じた。

ガラスびんの泰山木が大きい花をいっぱいに開いていた。今朝はつぼみであった。開いて間もないはずなのに、テエブルの上にしべを落ち散らばらせていた。それが私はふしぎで、白い花よりもこぼれたしべをながめた。しべを一つ二つつまんでながめていると、テエブルの上においた娘の腕が指を尺取虫のように伸び縮みさせて動いて来て、しべを拾い集めた。私は娘の手のなかのしべを受け取ると、屑籠《くずかご》へ捨てに立って行った。

「きついお花の匂いが肌にしみるわ。助けて……。」と娘の腕が私を呼んだ。

「ああ。ここへ来る道で窮屈な目にあわせて、くたびれただろう。しばらく静かにやすみなさい。」とベッドの上に娘の腕を横たえて、私もそばに腰をかけた。そして娘の腕をやわらかくなでた。

「きれいで、うれしいわ。」娘の腕がきれいと言ったのは、ベッド・カバアのことだろう。水色の地に三色の花模様があった。孤独の男には派手過ぎるだろう。「このなかで今晩おとまりするのね。

おとなしくしていますわ。」

「そう?」

「おそばに寄りそって、おそばになんにもいないようにしてますわ。」

そして娘の手がそっと私の手を握った。娘の指の爪はきれいにみがいて薄い石竹《せきちく》色に染めてあるのを私は見た。指さきより長く爪はのばしてあった。

私の短くて幅広くて、そして厚ごわい爪に寄り添うと、娘の爪は人間の爪でないかのように、ふしぎな形の美しさである。女はこんな指の先きでも、人間であることを超克しようとしているのか。あるいは、女であることを追究しようとしているのか。うち側のあやに光る貝殻、つやのただよう花びらなどと、月並みな形容が浮んだものの、たしかに娘の爪に色と形の似た貝殻や花びらは、今私には浮んで来なくて、娘の手の指の爪は娘の手の指の爪でしかなかった。脆《もろ》く小さい貝殻や薄く小さい花びらよりも、この爪の方が透き通るように見える。そしてなによりも、悲劇の露と思える。娘は日ごと夜ごと、女の悲劇の美をみがくことに丹精をこめて来た。それが私の孤独にしみる。私の孤独が娘の爪にしたたって、悲劇の露とするのかもしれない。

私は娘の手に握られていない方の手の、人差し指に娘の小指をのせて、その細長い爪を親指の腹でさすりながら見入っていた。いつとなく私の人差し指は娘の爪の庇《ひさし》にかくれた、小指のさきにふれた。ぴくっと娘の指が縮まった。肘もまがった。

「あっ、くすぐったいの?」と私は娘の片腕に言った。「くすぐったいんだね。」

うかつなことをつい口に出したものである。爪を長くのばした女の指さきはくすぐったいものと、私は知っている、つまり私はこの娘のほかの女をかなりよく知っていると、娘の片腕に知らせてしまったわけである。

私にこの片腕を一晩貸してくれた娘にくらべて、ただ年上と言うより、もはや男に慣れたと言う方がよさそうな女から、このような爪にかくれた指さきはくすぐったいのを、私は前に聞かされたことがあったのだ。長い爪のさきでものにさわるのが習わしになっていて、指さきではさわらないので、なにかが触れるとくすぐったいと、その女は言った。

「ふうん。」私は思わぬ発見におどろくと、女はつづけて、

「食べものごしらえでも、食べるものでも、なにかちょっと指さきにさわると、あっ、不潔っと、肩までふるえが来ちゃうの。そうなのよ、ほんとうに……。」

不潔とは、食べものが不潔になるというのか、爪さきが不潔になるというのか。おそらく、指さきになにがさわっても、女は不潔感にわななくのであろう。女の純潔の悲劇の露が、長い爪の陰にまもられて、指さきにひとしずく残っている。

女の手の指さきをさわりたくなった、誘惑は自然であったけれども、私はそれだけはしなかった。私自身の孤独がそれを拒んだ。からだのどこかにさわられてもくすぐったいところは、もうほとんどなくなっているような女であった。

片腕を貸してくれた娘には、さわられてくすぐったいところが、からだじゅうにあまたあるだろう。そういう娘の手の指さきをくすぐっても、私は罪悪とは思わなくて、愛玩《あいがん》と思えるかもしれない。しかし娘は私にいたずらをさせるために、片腕を貸してくれたのではあるまい。私が喜劇にしてはいけない。

「窓があいている。」と私は気がついた。ガラス戸はしまっているが、カアテンがあいている。

「なにかがのぞくの？」と娘の片腕が言った。

「のぞくとしたら、人間だね。」

「人間がのぞいても、あたしのことは見えないわ。のぞき見するものがあるとしたら、あなたの御自分でしょう。」

「自分……？　自分てなんだ。自分はどこにあるの？」

「自分は遠くにあるの。」と娘の片腕はなぐさめの歌のように、「遠くの自分をもとめて、人間は歩いてゆくのよ。」

「行き着けるの？」

「自分は遠くにあるのよ。」娘の腕はくりかえした。

ふと私には、この片腕とその母体の娘とは無限の遠さにあるかのように感じられた。この片腕は遠い母体のところまで、はたして帰り着けるのだろうか。私はこの片腕を遠い娘のところまで、はたして返しに行き着けるのだろうか。娘の片腕が私を信じて安らかなように、母体の娘も私を信じてもう安らかに眠っているだろうか。右腕のなくなったための違和、また凶夢はないか。娘は右腕に別れる時、目に涙が浮ぶのをこらえていたようではなかったか。片腕は今私の部屋に来ているが、娘はまだ来たことがない。

窓ガラスは湿気に濡れ曇っていて、蟾蜍《ひきがえる》の腹皮を張ったようだ。霧雨を空中に静止させたようなもやで、窓のそとの夜は距離を失い、無限の距離につつまれていた。家の屋根も見えないし、車の警笛も聞えない。

「窓をしめる。」と私はカアテンを引こうとすると、カアテンもしめっていた。窓ガラスに私の顔がうつっていた。私のいつもの顔より若いかに見えた。しかし私はカアテンを引く手をとどめなかった。私の顔は消えた。

ある時、あるホテルで見た、九階の客室の窓がふと私の心に浮んだ。裾《すそ》のひらいた赤い服の幼い女の子が二人、窓にあがって遊んでいた。同じ服の同じような子だから、ふた子かもしれなかった。西洋人の子どもだった。二人の幼い子は窓ガラスを握りこぶしでたたいたり、窓ガラスに肩を打ちつけたり、相手を押し合ったりしていた。母親は窓に背を向けて、編みものをしていた。窓の大きい一枚ガラスがもしわれるかはずれかしたら、幼い子は九階から落ちて死ぬ。あぶないと見たのは私で、二人の子もその母親もまったく無心であった。しっかりした窓ガラスに危険はないのだった。

カアテンを引き終って振り向くと、ベッドの上から娘の片腕が、

「きれいなの。」と言った。カアテンがベッド・カバアと同じ花模様の布だからだろう。

「そう? 日にあたって色がさめた。もうくたびれているんだよ。」私はベッドに腰かけて、娘の片腕を膝にのせた。「きれいなのは、これだな。こんなきれいなものはないね。」

そして、私は右手で娘のたなごころと握り合わせ、左手で娘の腕のつけ根を持って、ゆっくりとその腕の肘をまげてみたり、のばしてみたりした。くりかえした。

「いたずらっ子ねえ。」と娘の片腕はやさしくほほえむように言った。「こんなことなさって、おもしろいの?」

「いたずらなもんか。おもしろいどころじゃない。」ほんとうに娘の腕には、ほほえみが浮んで、そのほほえみは光りのように腕の肌をゆらめき流れた。娘の頬《ほお》のみずみずしいほほえみとそっくりであった。

私は見て知っている。娘はテエブルに両肘を突いて、両手の指を浅く重ねた上に、あごをのせ、また片頬をおいたことがあった。若い娘としては品のよくない姿のはずだが、突くとか重ねるとか置くとかいう言葉はふさわしくない、軽やかな愛らしさである。腕のつけ根の円みから、手の指、あご、頬、耳、細長い首、そして髪までが一つになって、楽曲のきれいなハアモニイである。娘はナイフやフォウクを上手に使いながら、それを握った指のうちの人差し指と小指とを、折り曲げたまま、ときどき無心にほんの少し上にあげる。食べものを小さい脣に入れ、嚙《か》んで、呑《の》みこむ、この動きも人間がものを食っている感じではなくて、手と顔と咽《のど》とが愛らしい音楽をかなでていた。娘のほほえみは腕の肌にも照り流れるのだった。

娘の片腕がほほえむと見えたのは、その肘を私がまげたりのばしたりするにつれて、娘の細く張りしまった腕の筋肉が微妙な波に息づくので、微妙な光りとかげとが腕の白くなめらかな肌を移り流れるからだ。さっき、私の指が娘の長い爪のかげの指さきにふれて、ぴくっと娘の腕が肘を折り縮めた時、その腕に光りがきらめき走って、私の目を射たものだった。それで私は娘の肘をまげてみているので、決していたずらではなかった。肘をまげ動かすのを、私はやめて、のばしたままじっと膝においてながめても、娘の腕にはういういしい光りとかげとがあった。

「おもしろいいたずらと言うなら、僕の右腕とつけかえてみてもいいって、ゆるしを受けて来たの、知ってる？」と私は言った。

「知ってますわ。」と娘の右腕は答えた。

「それだっていたずらじゃないんだ。僕は、なんかこわいね。」

「そう？」

「そんなことしてもいいの?」

「いいわ。」

「………。」私は娘の腕の声を、はてなと耳に入れて、「いいわ、って、もう一度……。」

「いいわ。いいわ。」

私は思い出した。私に身をまかせようと覚悟をきめた、ある娘の声に似ているのだ。片腕を貸してくれた娘ほどには、その娘は美しくなかった。そして異常であったかもしれない。

「いいわ。」とその娘は目をあけたまま私を見つめた。私は娘の上目ぶたをさすって、閉じさせようとした。娘はふるえ声で言った。

「(イエスは涙をお流しになりました。《ああ、なんと、彼女を愛しておいでになったことか。》とユダヤ人たちは言いました。)」

「………。」

「彼女」は「彼」の誤りである。死んだラザロのことである。女である娘は「彼」を「彼女」とまちがえておぼえていたのか、あるいは知っていて、わざと「彼女」と言い変えたのか。

私は娘のこの場にあるまじい、唐突で奇怪な言葉に、あっけにとられた。娘のつぶった目ぶたから涙が流れ出るかと、私は息をつめて見た。

娘は目をあいて胸を起こした。その胸を私の腕が突き落した。

「いたいっ。」と娘は頭のうしろに手をやった。「いたいわ。」

白いまくらに血が小さくついていた。私は娘の髪をかきわけてさぐった。血のしずくがふくらみ出ているのに、私は口をつけた。

「いいのよ。血はすぐ出るのよ、ちょっとしたことで。」娘は毛ピンをみな抜いた。毛ピンが頭に刺さったのであった。

娘は肩が痙攣《けいれん》しそうにしてこらえた。

私は女の身をまかせる気もちがわかっているようながら、納得しかねるものがある。身をまかせるのをどんなことと、女は思っているのだろうか。自分からそれを望み、あるいは自分から進んで身をまかせるのは、なぜなのだろうか。女のからだはすべてそういう風にできていると、私は知ってからも信じかねた。この年になっても、私はふしぎでならない。そしてまた、女のからだと身をまかせようとは、ひとりひとりちがうと思えばちがうし、似ていると思えば似ているし、みなおなじと思えばおなじである。これも大きいふしぎではないか。私のこんなふしぎがりようは、年よりもよほど幼い憧憬《どうけい》かもしれないし、年よりも老《ふ》けた失望かもしれない。心のびっこではないだろうか。

その娘のような苦痛が、身をまかせるすべての女にいつもあるものではなかった。その娘にしてもあの時きりであった。銀のひもは切れ、金の皿はくだけた。

「いいわ。」と娘の片腕の言ったのが、私にその娘を思い出させたのだけれども、片腕のその声とその娘の声とは、はたして似ているのだろうか。おなじ言葉を言ったので、似ているように聞えたのではなかったか。おなじ言葉を言ったにしても、それだけが母体を離れて来た片腕は、その娘とちがって自由なのではないか。またこれこそ身をまかせたというもので、片腕は自制も責任も悔恨もなくて、なんでも出来るのではないか。しかし、「いいわ。」と言う通りに、娘の右腕を私の右腕とつけかえたりしたら、母体の娘は異様な苦痛におそわれそうにも、私には思えた。

私は膝においた娘の片腕をながめつづけていた。肘の内側にほのかな光りのかげがあった。それは吸えそうであった。私は娘の腕をほんの少しまげて、その光りのかげをためると、それを持ちあげて、脣をあてて吸った。

「くすぐったいわ。いたずらねえ。」と娘の腕は言って、脣をのがれるように、私の首に抱きついた。

「いいものを飲んでいたのに……。」と私は言った。

「なにをお飲みになったの?」

「……。」

「なにをお飲みになったの?」

「光りの匂いかな、肌の。」

そとのもやはなお濃くなっているらしく、花びんの泰山木の葉までしめらせて来るようであった。ラジオはどんな警告を出しているだろう。私はベッドから立って、テエブルの上の小型ラジオの方に歩きかけたがやめた。娘の片腕に首を抱かれてラジオを聞くのはよけいだ。しかし、ラジオはこんなことを言っているように思われた。たちの悪い湿気で木の枝が濡れ、小鳥のつばさや足も濡れ、小鳥たちはすべり落ちていて飛べないから、公園などを通る車は小鳥をひかぬように気をつけてほしい。もしなまあたたかい風が出ると、もやの色が変るかもしれない。色の変ったもやは有害で、それが桃色になったり紫色になったりすれば、外出はひかえて、戸じまりをしっかりしなければならない。

「もやの色が変る? 桃色か紫色に?」と私はつぶやいて、窓のカアテンをつまむと、そとをのぞいた。もやがむなしい重みで押しかかって来るようであった。夜の暗さとはちがう薄暗さが動いているようなのは、風が出たのであろうか。もやの厚みは無限の距離がありそうだが、その向うにはなにかすさまじいものが渦巻いていそうだった。

さっき、娘の右腕を借りて帰る道で、朱色の服の女の車が、前にもうしろにも、薄むらさきの光りをもやのなかに浮べて通ったのを、私は思い出した。紫色であった。もやのなかからぼうっと大きく薄むらさきの目玉が迫って来そうで、私はあわててカアテンをはなした。

「寝ようか。僕らも寝ようか。」

この世に起きている人はひとりもないようなけはいだった。こんな夜に起きているのはおそろしいことのようだ。

私は首から娘の腕をはずしてテエブルにおくと、新しい寝間着に着かえた。寝間着はゆかたであった。娘の片腕は私が着かえるのを見ていた。私は見られているはにかみを感じた。この自分の部屋で寝間着に着かえるところを女に見られたことはなかった。

娘の片腕をかかえて、私はベッドにはいった。娘の腕の方を向いて、胸寄りにその指を軽く握った。娘の腕はじっとしていた。

小雨のような音がまばらに聞えた。もやが雨に変ったのではなく、もやがしずくになって落ちるのか、かすかな音であった。

娘の片腕は毛布のなかで、また指が私の手のひらのなかで、あたたまって来るのが私にわかったが、私の体温にはまだとどかなくて、それが私にはいかにも静かな感じであった。

「眠ったの？」

「いいえ。」と娘の腕は答えた。

「動かないから、眠っているのかと思った。」

私はゆかたをひらいて、娘の腕を胸につけた。あたたかさのちがいが胸にしみた。むし暑いようで底冷たいような夜に、娘の腕の肌ざわりはこころよかった。

部屋の電燈はみなついたままだった。ベッドにはいる時消すのを忘れた。

「そうだ。明りが……。」と起きあがると、私の胸から娘の片腕が落ちた。

「あ。」私は腕を拾い持って、「明りを消してくれる?」

そして扉へ歩きながら、「暗くして眠るの? 明りをつけたまま眠るの?」

「……………。」

娘の片腕は答えなかった。腕は知らぬはずはないのに、なぜ答えないのか。私は娘の夜の癖を知らない。明りをつけたままで眠っているその娘、また暗がりのなかで眠っているその娘を、私は思い浮べた。右腕のなくなった今夜は、明るいままにして眠っていそうである。私も明りをなくするのがふと惜しまれた。もっと娘の片腕をながめていたい。先きに眠った娘の腕を、私が起きていてみたい。しかし娘の腕は扉の横のスイッチを切る形に指をのばしていた。

闇のなかを私はベッドにもどって横たわった。娘の片腕を胸の横に添い寝させた。腕の眠るのを待つように、じっとだまっていた。娘の腕はそれがもの足りないのか、闇がこわいのか、手のひらを私の胸の脇にあてていたが、やがて五本の指を歩かせて私の胸の上にのぼって来た。おのずと肘がまがって私の胸に抱きすがる恰好《かっこう》になった。

娘のその片腕は可愛《かわい》い脈を打っていた。娘の手首は私の心臓の上にあって、脈は私の鼓動とひびき合った。娘の腕の脈の方が少しゆっくりだったが、やがて私の心臓の鼓動とまったく一致して来た。私は自分の鼓動しか感じなくなった。どちらが早くなったのか、どちらがおそくなったのかわからない。

手首の脈搏《みゃくはく》と心臓の鼓動とのこの一致は、今が娘の右腕と私の右腕とをつけかえてみる、そのために与えられた短い時なのかもしれぬ。いや、ただ娘の腕が寝入ったというしるしであろうか。失心する狂喜に酔わされるよりも、そのひとのそばで安心して眠れるのが女はしあわせだと、女が言うのを私は聞いたことがあるけれども、この娘の片腕のように安らかに私に添い寝した女はなかった。

娘の脈打つ手首がのっているので、私は自分の心臓の鼓動を意識する。それが一つ打って次ぎのを打つ、そのあいだに、なにかが遠い距離を素早く行ってはもどって来るかと私には感じられた。そんな風に鼓動を聞きつづけるにつれて、その距離はいよいよ遠くなりまさるようだ。そしてどこまで遠く行っても、無限の遠くに行っても、その行くさきにはなんにもなかった。なにかにとどいてもどって来るのではない。次ぎに打つ鼓動がはっと呼びかえすのだ。こわいはずだがこわさはなかった。しかし私は枕もとのスイッチをさぐった。

けれども、明りをつける前に、毛布をそっとまくってみた。娘の片腕は知らないで眠っていた。はだけた私の胸をほの白くやさしい微光が巻いていた。私の胸からぽうっと浮び出た光りのようであった。私の胸からそれは小さい日があたたかくのぼる前の光りのようであった。

私は明りをつけた。娘の腕を胸からはなすと、私は両方の手をその腕のつけ根と指にかけて、真直ぐにのばした。五燭の弱い光りが、娘の片腕のその円みと光りのかげとの波をやわらかくした。

つけ根の円み、そこから細まって二の腕のふくらみ、また細まって肘のきれいな円み、肘の内がわのほのかなくぼみ、そして手首へ細まってゆく円いふくらみ、手の裏と表から指、私は娘の片腕を静かに廻しながら、それらにゆらめく光りとかげの移りをながめつづけていた。

「これはもうもらっておこう。」とつぶやいたのも気がつかなかった。

そして、うっとりとしているあいだのことで、自分の右腕を肩からはずして娘の右腕を肩につけかえたのも、私はわからなかった。

「ああっ。」という小さい叫びは、娘の腕の声だったか私の声だったか、とつぜん私の肩に痙攣が伝わって、私は右腕のつけかわっているのを知った。

娘の片腕は——今は私の腕なのだが、ふるえて空をつかんだ。私はその腕を曲げて口に近づけながら、

「痛いの？　苦しいの？」

「いいえ。そうじゃない。そうじゃないの。」とその腕が切れ切れに早く言ったとたんに、戦慄の稲妻が私をつらぬいた。私はその腕の指を口にくわえていた。

「…………。」よろこびを私はなんと言ったか、娘の指が舌にさわるだけで、言葉にはならなかった。

「いいわ。」と娘の腕は答えた。ふるえは勿論《もちろん》とまっていた。

「そう言われて来たんですもの。でも……。」

私は不意に気がついた。私の口は娘の指を感じられるが、娘の右腕の指、つまり私の右腕の指は私の脣や歯を感じられない。私はあわてて右腕を振ってみたが、腕を振った感じはない。肩のはし、

腕のつけ根に、遮断があり、拒絶がある。

「血が通わない。」と私は口走った。「血が通うのか、通わないのか。」

恐怖が私をおそった。私はベッドに坐っていた。かたわらに私の片腕が落ちている。それが目にはいった。自分をはなれた自分の腕はみにくい腕だ。それよりもその腕の脈はとまっていないか。娘の片腕はあたたかく脈を打っていたが、私の右腕は冷えこわばってゆきそうに見えた。私は肩についた娘の右腕で自分の右腕を握った。握ることは出来たが、握った感覚はなかった。

「脈はある?」と私は娘の右腕に聞いた。「冷たくなってない?」

「少うし……。あたしよりほんの少うしね。」と娘の片腕は答えた。「あたしが熱くなったからよ。」

娘の片腕が「あたし」という一人称を使った。私の肩につけられて、私の右腕となった今、はじめて自分のことを「あたし」と言ったようなひびきを、私の耳は受けた。

「脈も消えてないね?」と私はまた聞いた。

「いやあね。お信じになれないのかしら……?」

「なにを信じるの?」

「御自分の腕をあたしと、つけかえなさったじゃありませんの?」

「だけど血が通うの?」

「(女よ、誰をさがしているのか。)というの、ごぞんじ?」

「知ってるよ。(女よ、なぜ泣いているのか。誰をさがしているのか。)」

「あたしは夜なかに夢を見て目がさめると、この言葉をよくささやいているの。」

今「あたし」と言ったのは、もちろん、私の右肩についた愛らしい腕の母体のことにちがいない。

聖書のこの言葉は、永遠の場で言われた、永遠の声のように、私は思えて来た。

「夢にうなされてないかしら、寝苦しくて……。」と私は片腕の母体のことを言った。「そとは悪魔の群れがさまようためのような、もやだ。しかし悪魔だって、からだがしっけて、咳《せき》をしそうだ。」

「悪魔の咳なんか聞えませんように……。」と娘の右腕は私の右腕を握ったまま、私の右の耳をふさいだ。

娘の右腕は、じつは今私の右腕なのだが、それを動かしたのは、私ではなくて、娘の腕のこころのようであった。いや、そう言えるほどの分離はない。

「脈、脈の音……。」

私の耳は私自身の右腕の脈を聞いた。娘の腕は私の右腕を握ったまま耳へ来たので、私の手首が耳に押しつけられたわけだった。私の右腕には体温もあった。娘の腕が言った通りに、私の耳や娘の指よりは少うし冷たい。

「魔よけしてあげる……。」といたずらっぽく、娘の小指の小さく長い爪が私の耳のなかをかすかに掻《か》いた。私は首を振って避けた。左手、これはほんとうの私の手で、私の右の手首、じつは娘の右の手首をつかまえた。そして顔をのけぞらせた私に、娘の小指が目についた。

娘の手は四本の指で、私の肩からはずした右腕を握っていた。小指だけは遊ばせているとでもいうか、手の甲の方にそらせて、その爪の先きを軽く私の右腕に触れていた。しなやかな若い娘の指だけができる、固い手の男の私には信じられぬ形の、そらせようだった。小指のつけ根から、直角に手のひらの方へ曲げている。そして次ぎの指関節も直角に曲げ、その次ぎの指関節もまた直角に折り曲げている。そうして小指はおのずと四角を描いている。四角の一辺は紅差し指である。

この四角い窓を、私の目はのぞく位置にあった。窓というにはあまりに小さくて、透き見穴か眼鏡というのだろうが、なぜか私には窓と感じられた。すみれの花が外をながめるような窓だ。ほのかな光りがあるほどに白い小指の窓わく、あるいは眼鏡の小指のふち、それを私はなお目に近づけた。片方の目をつぶった。

「のぞきからくり……?」と娘の腕は言った。「なにかお見えになります?」

「薄暗い自分の古部屋だね、五燭の電燈の……。」と私は言い終らぬうち、ほとんど叫ぶように、

「いや、ちがう。見える。」

「なにが見えるの。」

「もう見えない。」

「なにがお見えになったの?」

「色だね。薄むらさきの光りだね、ぼうっとした……。その薄むらさきのなかに、赤や金の粟粒《あわつぶ》のように小さい輪が、くるくるたくさん飛んでいた。」

「おつかれなのよ。」

娘の片腕は私の右腕をベッドに置くと、私の目ぶたを指の腹でやわらかくさすってくれた。

「赤や金のこまかい輪は、大きな歯車になって、廻《まわ》るのもあったかしら……。その歯車のなかに、なにかが動くか、なにかが現われたり消えたりして、見えたかしら……。」

歯車も歯車のなかのものも、見えたのか見えたようだったのかわからぬ、記憶にはとどまらぬ、たまゆらの幻だった。その幻がなんであったか、私は思い出せないので、

「なにの幻を見せてくれたかったの?」

「いいえ。あたしは幻を消しに来ているのよ。」

「過ぎた日の幻をね、あこがれやかなしみの……。」

娘の指と手のひらの動きは、私の目ぶたの上で止まった。

「髪は、ほどくと、肩や腕に垂れるくらい、長くしているの？」私は思いもかけぬ問いが口に出た。

「はい。とどきます。」と娘の片腕は答えた。「お風呂で髪を洗うとき、お湯をつかいますけれど、あたしの癖でしょうか、おしまいに、水でね、髪の毛が冷たくなるまで、ようくすすぐんです。その冷たい髪が肩や腕に、それからお乳の上にもさわるの、いい気持なの。」

もちろん、片腕の母体の乳房である。それを人に触れさせたことのないだろう娘は、冷たく濡れた洗い髪が乳房にさわる感じなど、よう言わないだろう。娘のからだを離れて来た片腕は、母体の娘のつつしみ、あるいははにかみからも離れているのか。

私は娘の右腕、今は私の右腕になっている、その腕のつけ根の可憐な円みを、自分の左の手のひらにそっとつつんだ。娘の胸のやはりまだ大きくない円みが、私の手のひらのなかにあるかのように思えて来た。肩の円みが胸の円みのやわらかさになって来る。

そして娘の手は私の目の上に軽くあった。その手のひらと指とは私の目ぶたにやさしく吸いついて、目ぶたの裏にしみとおった。目ぶたの裏があたたかくしめるようである。そのあたたかいしめりは目の球のなかにもしみひろがる。

「血が通っている。」と私は静かに言った。「血が通っている。」

自分の右腕と娘の右腕とをつけかえたのに気がついた時のような、おどろきの叫びはなかった。私の肩にも娘の腕にも、痙攣や戦慄などはさらになかった。いつのまに、私の血は娘の腕に通い、娘の腕の血が私のからだに通ったのか。腕のつけ根にあった、遮断と拒絶とはいつなくなったのだろうか。清純な女の血が私のなかに流れこむのは、現に今、この通りだけれど、私のような男の汚濁の血が娘の腕にはいっては、この片腕が娘の肩にもどる時、なにかがおこらないか。もとのように娘の肩にはつかなかったら、どうすればいいだろう。

「そんな裏切りはない。」と私はつぶやいた。

「いいのよ。」と娘の腕はささやいた。

しかし、私の肩と娘の腕とには、血がかよって行ってかよって来るとか、血が流れ合っているとかいう、ことごとしい感じはなかった。右肩をつつんだ私の左の手のひらが、また私の右肩である娘の肩の円みが、自然にそれを知ったのであった。いつともなく、私も娘の腕もそれを知っていた。そうしてそれは、うっとりととろけるような眠りにひきこむものであった。

私は眠った。

たちこめたもやが淡い紫に色づいて、ゆるやかに流れる大きい波に、私はただよっていた。その広い波のなかで、私のからだが浮んだところだけには、薄みどりのさざ波がひらめいていた。私の陰湿な孤独の部屋は消えていた。私は娘の右腕の上に、自分の左手を軽くおいているようであった。娘の指は泰山木の花のしべをつまんでいるようであった。見えないけれども匂った。しべは屑籠《くずかご》へ捨てたはずなのに、いつどうして拾ったのか。一日の花の白い花びらはまだ散らないのに、なぜしべが先きに落ちたのか。朱色の服の若い女の車が、私を中心に遠い円をえがいて、なめらかにすべっていた。私と娘の片腕との眠りの安全を見まもっているようであった。

こんな風では、眠りは浅いのだろうけれども、こんなにあたたかくあまい眠りはついぞ私にはなかった。いつもは寝つきの悪さにベッドで悶々《もんもん》とする私が、こんなに幼い子の寝つきをめぐまれたことはなかった。

娘のきゃしゃな細長い爪が私の左の手のひらを可愛く掻いているような、そのかすかな触感のうちに、私の眠りは深くなった。私はいなくなった。

「ああっ。」私は自分の叫びで飛び起きた。ベッドからころがり落ちるようにおりて、三足四足よろめいた。

ふと目がさめると、不気味なものが横腹にさわっていたのだ。私の右腕だ。

私はよろめく足を踏みこたえて、ベッドに落ちている私の右腕を見た。呼吸がとまり、血が逆流し、全身が戦慄した。私の右腕が目についたのは瞬間だった。次ぎの瞬間には、娘の腕を肩からもぎ取り、私の右腕とつけかえていた。魔の発作の殺人のようだった。

私はベッドの前に膝をつき、ベッドに胸を落して、今つけたばかりの自分の右腕で、狂わしい心臓の上をなでさすっていた。動悸《どうき》がしずまってゆくにつれて、自分のなかよりも深いところからかなしみが噴きあがって来た。

「娘の腕は……?」私は顔をあげた。

娘の片腕はベッドの裾《すそ》に投げ捨てられていた。はねのけた毛布のみだれのなかに、手のひらを上向けて投げ捨てられていた。のばした指先きも動いていない。薄暗い明りにほの白い。

「ああ。」

私はあわてて娘の片腕を拾うと、胸にかたく抱きしめた。生命の冷えてゆく、いたいけな愛児を抱きしめるように、娘の片腕を抱きしめた。娘の指を脣にくわえた。のばした娘の爪の裏と指先きとのあいだから、女の露が出るなら……。

川端康成《かわばたやすなり》（一八九九～一九七二）
大阪生まれ。幼少年期に両親・姉・祖父母と死別し、孤児となる。茨木中学校（現・茨木高校）時代から作品を発表。東京帝国大学英文科在学中の一九二一年、短篇小説「招魂祭一景」で注目される。国文科に転科し卒業、横光利一らとともに「文芸時代」を創刊し、「掌《たなごころ》の小説」と称する掌篇や自伝的短篇「伊豆の踊子」を発表、新感覚派と呼ばれた。モダンな実験作から恋愛小説、少年少女小説などを幅広く発表し、題材も自身の失恋、浅草風俗、心霊現象、日本の伝統美、屍体愛好など多彩。完結感のない短篇をつなぎ合わせていく手法を得意とし、たとえば三七年いったん完結して第三回文芸懇話会賞を受けた『雪国』の最終的な完結はその一一年後。他に『山の音』『千羽鶴』『古都』など。四四年第六回菊池寛賞、五二年第八回芸術院賞（翌年会員）、五四年『山の音』で第七回野間文芸賞、五八年第六回菊池寛賞、五九年フランクフルト市ゲーテメダル、六〇年仏芸術文化勲章オフィシエ、六一年文化勲章、六二年『眠れる美女』で第一六回毎日出版文化賞、六八年ノーベル文学賞。文芸時評や新人小説家の発掘にも尽力した。七二年にガス自殺。

三島由紀夫

孔雀《くじやく》

三島由紀夫の文学のキーワードは美である。すべてがこの尺度によって計られ、だから政治と文化を美によって繋《つな》ぐことも可能になる。

そして美というのは表層のものであり、奥に分け入って分析などすれば雲散霧消することを彼は知っていた。だから「奥底にあるものをつかみ出す」思考法を嫌った。マルクスを嫌い、フロイトを嫌い、なぜか民俗学を嫌った。

> 目に見えるままのものは信じないがよい。そこで視覚を本質とする古典主義は人気を失った。しかるに、形の表面を介してしか魅惑されないというわれわれの官能的傾向は頑固に生きのびており、それが依然として「美」を決定するから厄介なのだ。
>
> 『古典文学読本』

何より目の敵にしたのが折口《おりくち》信夫《しのぶ》で、短篇『三《み》熊野詣《くまのもうで》』の中では折口を戯画化してさんざんに描いている。

この『孔雀』という作品で彼は美が表層的で浅薄であることをむしろ開き直って宣言している。三島自身が孔雀だったのではないか。彼の文体は飾りが多くて華麗だが、しかし孔雀は飛べない。それを承知の自己伝説化＝自己戯画化。

孔雀

1

ある晩、いきなり訪ねて来た男が刑事であったのには、富岡もおどろいた。

十月二日の未明に、近くのM遊園地で、二十七羽の印度孔雀《インドくじやく》が殺され、その記事が夕刊に出て、富岡が一種の感動を受けているうちに、明《あく》る晩刑事が来たのであった。

富岡は横浜南埠頭《ふとう》の倉庫会社に勤めていた。毎日通ってはいるけれど、どうでもいいような勤めであった。富岡はこのあたりの地主の息子で、M遊園地へも土地を売っており、その金で新車に買い換え、会社へは毎朝横浜バイ・パスを通って通勤していた。

九月二十六日の快晴の土曜には一人娘の手を引いて、M遊園地へ出かけ、十月一日の木曜には一人でそこを再訪している。そして二十六日には、むずかる子供をなだめながら、放し飼いの孔雀のそばに一時間近くもおり、一日には一人で二時間あまりも孔雀を眺めている。M遊園地へは、徒歩で十五分ほどの距離である。

土地を売った関係で、遊園地の役員には顔見知りの男もいる。富岡の姿を見て、警察へ告げた者があったことは十分考えられる。

富岡は晩婚であった。四十歳で結婚し、そのあくる年に生れた娘は四つになった。大柄な妻は、オペラ歌手になろうとしていたのが、三十を越してから断念して、間に口を利く人があって、富岡と結婚したのである。

このあたりの名家であり、大きな門構えの富岡家へ入って来た刑事は、礼儀に叶《かな》ったやり方をした。しかし自分が、どの程度までかはしらないが、孔雀殺しの容疑をかけられていることに富岡はすぐに気づいた。

2

刑事は富岡家の大きな古い応接間にとおされて、その装飾がふつうの常識とはどことなくちがっているのを感じた。

炉棚《ろだな》の上の孔雀の置物はわけても目立った。写実的な鋳金《ちゅうきん》の細工で、見事な彩色が施されている。壁には孔雀の群れあそんでいる図柄の織物が掛けてある。一方、飾棚には、繊細なガラス細工の孔雀がある。ほかにもいろいろ奇異なものが飾られているが、孔雀を象《かたど》ったのはこの三つきりである。

しかしそれだけでも、主人が孔雀に特別の愛着を持っていることは歴然とわかる。黴《かび》くさい陰気な、広すぎる応接間である。椅子にかけた白麻のカバーは、湿気を含んで、雨に濡《ぬ》れた白樺《しらかば》の木肌のような具合に肌にさわる。

あまり永く待たされるので、刑事は立って、部屋のなかの飾り物をひとつひとつ点検した。支那《しな》製の黒檀《こくたん》の透かし彫の屏風《びょうぶ》だの、南洋ものの漁具だの、そうかと思うと、政治家の書の額なんぞがかかっている。すべてが雑然として統一がなく、壁にはほとんど余白がない。

むかしの客船の赤道通過の証明書が額になっていて、それに人魚や海神が躍《おど》っていたり、月夜のように青いデルフトの和蘭《オランダ》風車図の陶額があったりする。その間の一つの写真の額が刑事の目にとまった。

それは十六七歳の少年の写真で、スウェータアをゆるやかに着て、このあたりの林らしい雑木林を背景に立っている。ちょっと類のないほどの美少年である。眉がなよやかに流麗な線を描き、瞳は深く、おそろしく色白で、唇がやや薄くて酷薄に見えるほかは、顔のすべてにうつろいやすい少年の憂いと誇りが、冬のはじめの薄氷《うすらひ》のように張りつめた美貌である。しかしその顔には何かしら不吉なものがあり、こわれやすいほどに繊細であればあるほど、何とはなしに玻璃《はり》質の残忍さが漂っている。

刑事はそういうものをあれこれと見て、ここの家の主人が常人ではないという予断を持った。

彼が椅子にかえったときに、ドアがあいて富岡夫婦があらわれた。

富岡は長身で痩《や》せ形であるが、細君はオペラ歌手になろうとしただけあって、肥り肉《じし》で、むかしは輪郭の鮮明な、花やかな顔立ちであったろうに、その輪郭が崩れ、しかも小鼻や唇の角《かど》に強いくっきりとした線が残っているので、鬱陶《うっとう》しい、威圧的な感じを与える。

「御主人だけに折入ってお話したいことがあるのですが……」

と、立ち去ろうとしない細君に困って、刑事が言いかけると、

「何故《なぜ》私がいちゃいけないいんです」と、声量のある、怒気を含んだ、抽象的なほど美しい声が叫んだ。「どうせ孔雀のお話なんでしょ」

「いや、これは最初から一本とられました」

と刑事は職業的に笑って、頭へ手をやった。

富岡は苛立《いらだ》った様子も見せず、静かにしている。カシミヤの薄茶のカーディガンを引っかけて、椅子に深く身を沈めた姿に、落着きとゆとりが見える。むしろ学者肌に見えるその感じに、刑事は予断を裏切られたが、四十五歳ぐらいのその顔が、ひどい荒廃をあらわしているのにも気づいた。

髪は白髪まじりで、皮膚は衰えて弾力がない。整った顔立ちなのに、その整い方にお誂《あつら》え向きの感じが出すぎ、永いこと放置されて埃《ほこり》をかぶった箱庭みたいな趣がある。埃《ほこり》だらけの池、傾いた赤い橋、小さな石燈籠《いしどうろう》、家の中まですっかり埃の積った陶器の田舎家《いなかや》……、富岡の目鼻立ちにはそういう整い方がある。人生にこれと云って積極的に働きかけたことのない男、ただ世間に対する思惑から職業を持っているにすぎない、結構な身分の男、それはもちろん刑事が好意を持つことのできる男ではない。しかし富岡にはその代りに、刑事の窺《うかが》うことのできない特殊な高い教養を積んだ形跡がある。それが刑事を怖《おそ》れさせる。が、一面から云うと、富岡の顔を四十半ばでこんなにも荒廃させたものは、他ならぬその教養であるかもしれない。

「奥さんに先手を打たれたから、申上げますが、実はその孔雀のお話で伺ったんです。富岡さんは

特に孔雀がお好きと聴いたものですから」

「遠廻《とおまわ》しに仰言《おつしや》るのは却《かえ》って気持が悪いわ。つまり富岡が孔雀を殺したらしいって仰言るんでしょう」

「何もそんな」

と刑事はあわてて手を振った。

「だって変じゃありませんか。孔雀が殺されたからって、孔雀好きの人を探して廻ったら、どうなるって言うんです。あなたは猫が好きな人はみんな猫を殺し、子供が好きな人はみんな子供を殺すってお考えなんですか」

刑事はそこまで細君から言われると、黙って怒ったふりをした。

「まあ、そう先廻りをするもんじゃない」と富岡ははじめて口を切った。「来られた理由はわかっている。私が事件の前の日に、一人で永いこと孔雀を眺めていたのを見咎《みとが》めて、警察に告げた人がいるんだろう。ねえ、そうですね」

「お察しのとおりです」

と刑事は富岡に対しては故《こと》ら素直に出た。

「でも富岡にそんな度胸はありませんわ。第一、この人が孔雀を殺すわけはないじゃありませんか。この人はただただ孔雀が好きなだけなんですから」

「まあまあ」

と細君を制する富岡の手つきには、焚火《たきび》にあたる手のような、のどかな動きしかなかった。

卓の上ではさっき刑事のために出された茶が冷え、鶯《うぐいす》いろの水面をこまかく縫い取ったように塵《ちり》が浮んでいた。永く掃除をしたことのないこの部屋では、いつもしずかに塵が零《ふ》りつづけているらしかった。

刑事はそれから三十分ほどの雑談のあいだ、どうして富岡がそんなに孔雀が好きか、という十分納得のゆく理由を、探り出そうとしたが無駄であった。

「私はどういうものか孔雀が好きでして……」

と富岡は物静かに言った。その目には刑事が期待したような過度の熱意もなく、その手には慄《ふる》えもなく、彼はやすやすと、誰にきかれても恥かしくない食物の好悪《こうお》を語るように言った。

刑事が考える偏執はそこにはなかった。警戒心からではなく、あきらかに自然に、富岡はそう繰り返して答えた。自分で他に言葉を知らぬようであり、偏執的な人間が、どんなに乏しい語彙《ごい》であっても、あらゆる言葉を狩り出して、一つの好みを熱情的に語ってみせる、あの「やむにやまれぬもの」が、富岡の態度には欠けていた。刑事はおしまいに匙《さじ》を投げた。

細君はというと、はじめはあんなに高圧的であったのに、訊問《じんもん》が良人《おっと》に移ってからは、不快そうに顔をそむけて押し黙り、しかも座を立とうとはしなかった。彼女は地味なスーツを着て、諸事身なりにかまわない風に見えた。オペラ歌手を志した女にはとても見えない。

ただ彼女は一途《いちず》に不快げで、おしまいには刑事も、それが自分のせいだとばかり思えなくなった。一刻も早く孔雀の話題を片附けてしまいたいという焦躁《しょうそう》が見え、そんな捗《はかど》らぬ男二人の問答を、ときどき軽蔑の目で高所からちらと見やった。

帰りがけに刑事は椅子から立つと、あたりを見廻して、つとこう言った。

「珍しいものをお蒐《あつ》めですね」

「先代が集めたがらくたばかりです」

と富岡は気がなさそうに答えた。用件以外の会話はみんな、底意のある御愛想としかとられない刑事という職業を、刑事はちょっと淋《さび》しく感じた。彼は多少自分の趣味家的関心を認めてもらいたかったのである。

刑事はそのまま話の継穂《つぎほ》なく壁を眺めている。背中には立っている富岡夫婦の一向やさしさのない目が感じられる。出てゆけがしのその視線を、刑事はいたるところで背中に感じているので、熱い鏝《こて》が近づいて来るように、すぐわかるのだ。急に秋の夜のしみわたる静けさが、ひろい黴くさい応接間のまわりにひろがっている思いが濃くなる。窓のそとには栗林があって、玄関へ来るあいだの石畳の道にも、いくつも腐れた栗が落ちていた。……刑事は目の前の壁の雑多な額絵に目を遊ばせながら、実は遠く殺された孔雀の声を幻覚に聴いた。

もちろん刑事が現場へ着いたときには、孔雀はことごとく燦爛《さんらん》たる骸《むくろ》になっていた。彼は自分の耳でその声を聴いたわけではない。しかしこの濃密な夜のむこうには、今も殺された孔雀どもの狂躁の叫びが、丁度黒地に織り込まれた金糸銀糸のように、細く、執拗《しつよう》につづいているように思われる。

刑事はさっきの気のない返事に傷つけられて、ふと意地悪な気持になって、すぐわきの美少年の写真を指さして、振り向いた。

「これはどなたです」

富岡の死んだような目は、このときはじめて、一瞬、波間から跳《は》ね上った魚鱗《ぎょりん》のような煌《きらめ》きを放った。

「私です」

「え？」

「私ですよ。十七歳のときの写真です。うちの庭で父が撮ってくれたのです」

細君の顔には、刑事が呆気《あっけ》にとられた心地の裡《うち》でたちまち期待していたのとそっくり同じな、軽蔑の微笑が泛《うか》んだ。

「今の富岡からは想像もできませんでしょう。はじめて刑事さんと私と意見が合ったわ。私が結婚したとき、もう富岡にはこんな写真のほんのかすかな面影も残っていませんでした。何しろ私たちが結婚したのは、わずか五年前ですものね」

刑事はしっかり礼儀を守ろうと心に決めてきていたから、笑いもせず、愕《おどろ》きも隠したけれども、そう思ってつらつら見ると、正《まさ》にそれは富岡の少年時代の顔にちがいなかった。ただ、職業柄あれほど人相に詳しい自分が、今までこの写真と富岡との相似に気づかなかったのはいかにもふしぎである。

なるほど、言われてみれば、富岡の眉の形はその美少年の眉の形と同じである。澄んだ美しい目は似ても似つかず、目の下には皺《しわ》が幾重にもふくらんでいるけれど、その目の切れ具合は同じである。鼻の形も同じなら、酷薄な感じを与える薄い唇も同じである。

しかし、今の富岡には怖《おそろ》しいほど嘗《かつ》ての美が欠けている！　美が欠けているというだけのことが、そうまで刑事の職業的判断を狂わせたのはふしぎなことだが、その欠け方が徹底的で、尋常でないのだ。今の富岡はむかしの富岡の拙劣きわまる戯画のようで、強い単純な線で特徴を誇張することなく、あんまり忠実に細部をなぞりすぎ、しかもそれを弱い崩れやすい、確信のない線で仕上げたので、こうも相似を失った印象を与えるのであろう。

それが一旦《いったん》、「私です」と言われると、たちまち緒《いとぐち》がほどけて、すべての相似が焙《あぶ》り出しのように浮き上ってくる。今は刑事も、それが富岡の少年時代の顔であることを疑わなくなった。

——富岡家を辞して、署まで自転車で帰るあいだ、彼の脳裡《のうり》からは現実の疲れ果てた富岡の顔が消えて、次第にあの絶世の美少年の面影ばかりがひろがるのにおどろかされた。月の出ていない晩であるが、幻のその面輪《おもわ》が月のように刑事の眼前にちらついた。

ここから署までは、未舗装《みほそう》の、粗い砂利道を行かねばならない。かたわらには竹藪《たけやぶ》がつづき、人家の灯は藪の底に黄ばんでいるだけで、反対側には刈田や畑がつづいている。この道を自転車で行くのは容易ではないので、刑事はとうとう下りて、藪に身をすりつけながら自転車を引きずって歩いた。

こんな道が、M遊園地から横浜バイ・パスまでの抜け道になっているのである。突然、背後から光芒《こうぼう》が迫って来て刑事の影を乱暴に前へ繰り出し、M遊園地がえりの車の一台が砂利を蹴立《けた》てて抜け道を来るのが知られた。

刑事はさらに藪に身をすり寄せて車をやりすごしたが、運転台の男によりかかった女の白いスカートの閃《ひらめ》きだけが目にのこった。かなり古い型のその大型車は、夜目にも埃だらけの車体を弾《はず》ませ、砂利の凹凸《おうとつ》に車輪をはね返されながら、大ぶりに揺れてすぎた。

刑事は又もとの静けさの中で自転車を止め、いろいろと考えてみるために一服しようとして、見返った。そして彼は背後の空に、黒い林のかげの縁《へり》をぼかしているM遊園地の、火事のような紅い燈火の反映を見た。そのなかにきわめてゆっくりと、赤や黄や緑の光球が移ってゆくのは、最も高い空中観覧車の頂きの灯だと思われた。

3

……刑事がかえったあと、富岡は細君にたのんで、しばらく一人にしておいてもらった。去りがけに、そう言われた細君は、高い美しい声でいつもながらの言葉を残した。

「何を考えることがあるの。まさかあなたがやったんじゃないでしょうね」

「何を言うんだ。ちゃんとアリバイがあるじゃないかね」

「私が眠っているあいだはわかりはしないわ」

富岡は細君が去ったあと、一人きりになって、椅子に深く身を沈めて、煙草を吹かした。細君が身辺から去ると、丁度、風に鳴る風車売《かざぐるまうり》の荷車が遠ざかったような感じがする。

夜も深まると火がほしい季節になったと富岡は思った。夏のあいだも据えっぱなしになっている瓦斯《ガス》ストーヴの塵《ちり》を払わなければなるまい。彼は子供のころ、この同じ部屋で、同じ古びた湿った天津絨毯《てんしんじゅうたん》が、季節の最初の火の温《ぬく》みにつれて立てるなつかしい匂いを思い出した。

孔雀の死は、今夜の刑事の来訪で、格段に身近なものになった。死の前日の彼らを、あんなに心ゆくまで眺めたのも、何かの因縁であったろうが、彼らの死によって受けた衝撃は、さっきまでは昼となく夜となくつづく、ひっきりなしの酩酊《めいてい》のようなものになって、富岡の裡に澱《よど》んでいたのに、刑事が来てから、その感情ははっきりと目をさまし、立上って、現実と関わりのあるものになった。夢のような死が、残虐で絢爛《けんらん》とした死になった。そして刑事という職業の与えるふしぎな暗示力のおかげで、あの男の目、声、すべてにある仮構の現実をエッチングのようににじみ出させる腐蝕《ふしょく》力《りょく》のおかげで、富岡自ら、孔雀の死に並々ならぬ関係を持っているような感じがしだした。それはともすると、細君がいみじくも暗示したとおり、彼が夢のなかで犯した犯罪だったのかもしれない。

そう考えなければ、あの犯罪にひそむあまりにも無意味な、美的なほど無意味な、人の理解を拒む要素がはっきりして来ない。豪奢《ごうしゃ》という言葉を、人が孔雀を飼うことに向けるならば、それは孔雀を殺すことにももっと適切に向けられるのを富岡は考え、そんな不合理の原因は、すべて孔雀という存在そのものに発することにも気づいていた。千頭の牛を飼い、千頭の馬を飼い、あるいは千羽のカナリヤを飼うことは、豪奢と言えるかもしれないが、その殺戮《さつりく》は少しも豪奢ではない。

すべては孔雀のせいなのだった！　あれは実に無意味な豪奢を具《そな》えた鳥で、その羽根のきらめく緑が、熱帯の陽《ひ》に映える森の輝きに対する保護色だなどという生物学的説明は、何ものをも説き明しはしない。孔雀という鳥の創造は自然の虚栄心であって、こんなに無用にきらびやかなものは、自然にとって本来必要であった筈《はず》はない。創造の倦怠《けんたい》のはてに、目的もあり効用もある生物の種々さまざまな発明のはてに、孔雀はおそらく、一個のもっとも無益な観念が形をとってあらわれたものにちがいない。そのような豪奢は、多分創造の最後の日、空いっぱいの多彩な夕映えの中で創り出され、虚無に耐え、来るべき闇に耐えるために、闇の無意味をあらかじめ色彩と光輝に飜訳《ほんやく》して鏤《ちりば》めておいたものなのだ。だから孔雀の輝く羽根の紋様の一つ一つは、夜の濃い闇を構成する諸要素と厳密に照合している筈だ。

生存し、飼われることにもまして、殺されることが豪奢だということ、そういう孔雀の本質を開顕した事件が、もともと孔雀好きな富岡を、永い酩酊に沈ませたとしてもふしぎではない。それはどういう存在形態だろう、と富岡は、退屈な倉庫会社づとめの昼休みにも、多くの船をうかべた港の沖の、孔雀の首の羽根のような緑と紺のきらめく一線を望みながら、考えたものだ。

『それは一体どういう存在形態だろう。生きることにもまして、殺されることが豪奢であり、そのように生と死に一貫した論理を持つふしぎな生物とは？　昼の光輝と、夜の光輝とが同一であるような鳥とは？』

富岡はさまざまに考えたが、そうして得た結論は、孔雀は殺されることによってしか完成されぬということだった。その豪奢はその殺戮の一点にむかって、弓のように引きしぼられて、孔雀の生涯を支えている。そこで孔雀殺しは、人間の企てるあらゆる犯罪のうち、もっとも自然の意図を扶《たす》けるものになるだろう。それは引き裂くことではなくて、むしろ美と滅びとを肉感的に結び合わせることになるだろう。そう思うとき、富岡はすでに、自分が夢の中で犯したかもしれぬ犯罪を是認していた。

……その思いは、今、黴くさい応接間に更けかかる夜のなかで、一そうの現実感を以て明滅している。

富岡は孔雀の殺される瞬間を見なかったことが、一生の痛恨事だという考えを、強めずにはいられない。十月一日の午後、一人でM遊園地を再訪して、心ゆくまで眺めたのは、生きた孔雀にすぎなかった。その放し飼いの穏和な印度孔雀の群を、あらゆる角度から眺めつくした記憶は、今また、まざまざと心によみがえる。

孔雀の尾羽には上尾筒《おづつ》がかぶさっていて、それが扇のようにひらくのを見るには、雄が雌にその誇りにみちた美を見せつける必要の起る、春の朝が一等いい。むかし富岡はわざわざそれを見に、春になると朝から動物園を訪れたものだ。

放し飼いに適した印度孔雀は、残念なことに、あの驕慢《きようまん》な、兇暴《きようぼう》な真《ま》孔雀に比べて、絢爛たることに於て、格段に劣っている。遠くから見れば、それはＭ遊園地の中庭のいちめんの芝生の緑に、ともすると紛れ入る輝く緑の鳥群にすぎなかった。

しかし、近くで詳《つぶ》さに眺めれば、その色調の微妙さは、あのように光彩陸離たる真孔雀にも勝っている点がある。

孔雀はベンチに腰かけている彼のほうへも、突然、何かを期待するように、急ぎ足でやってきた。大きな丸い胸から、いかにも落着かない、思慮のない長い首が伸びて、それが、干からびた鳥の顔につづいている。孔雀が何度もうなずきながら近づいてきて、急に首を上げるときに、富岡はそれを仔細《しさい》に眺めることができた。

孔雀の顔だけは、それほどのゆたかな色の装いに比して、鳥らしくやつれていた。灰色の嘴《くちばし》と、固い皺《しわ》にかこまれた目と、その目の下の一部分の白い羽根と、そして肢《あし》とが、彼のすっかり涸化《こか》した、木乃伊《みいら》のような不死の肉体を想像させた。しかしそれは見かけだけの不死で、彼の華美な衣裳《いしよう》の中にこそ生命がこもり、衣裳を殺せば彼は死ぬのだった。

頭部の冠毛《かんもう》は日をうけて青く光り、微風にもそよぐその小さな幾多の扇は、不均斉に競い立っていた。首のまわりの濃紺の光沢は、光の加減で緑にも見えたが、首の根元へ移るにしたがって、本当の緑になり、やがて萌黄《もえぎ》になった。その移り具合は、色彩のもっともまばゆい詐術であって、濃紺が薄まって緑になるときに、どこから緑がはじまるか知ることはできなかった。深い羽毛は、色と光輝とのこの微妙な変化を奥深く隠し、或る光の下では、すべてを海のような紺碧《こんぺき》に見せかけることさえできた。影がすぎると、萌黄の一部はあざやかな黄になった。又、孔雀が羽づくろいをして、羽毛をふくらませると、濃密に重なっていた羽毛の一本一本が浮き上り、かがやく緑の首のかげに、焦茶いろの下羽を窺《うかが》わせたりした。

背には渋い茶いろの斑紋《はんもん》があり、その茶は腹のわきにも鮮明に繰り返されたが、ゆたかな胸もとの緑のかがやきは、たえず孔雀のまわりに眩暈《めまい》のするような緑光の波紋を及ぼしていた。

孔雀は首を狡猾《こうかつ》なほど巧みに折り曲げて、たびたびその嘴で、胸もとを掻《か》いたり、背中を掻いたりした。するとなだらかな首の緑は散光を放ち、羽毛は一つ一つ、いちめんに刺った小さな矢羽根のようにそそり立った。

上尾筒には灰と茶の貝殻のような紋様が重なっており、それはあたかも、多くの貝を引きずった長い海藻を束ねたかに見えた。しなやかでこんもりとした体軀《たいく》。すべてが尾へ向って流れる羽毛の、一分の隙《すき》もない秩序。……それらが孔雀に、緑光を放ってふくらむ川を断ち切ったような形を与えていたが、いうまでもなく、その川は、エメラルドの河床を流れる瀬が日を浴びた姿であって、煌《きらめ》く川面《かわも》は日光の激しい圧迫と河床の緑柱石《りよくちゆうせき》の烈《はげ》しい矜持《きようじ》との間に立ち、その燦《さん》たる緑の表面自体が、はかりしれぬ財宝の反映であり、又、反映にすぎなかった。かずかずの孔雀はかくて、その孔雀の流れの底に、宝石の河床を秘めていたが、孔雀自身はというと、かくも稀有《けう》な、かくもまばゆい絶対の緑の、一羽一羽がきらびやかな反映であり、いわば又、幻なのであった。

殺されるときに、孔雀はその源泉の宝石と一致するだろう。瀬川は河床と結ばれるだろう。……

富岡は目を閉じて、その殺戮《さつりく》の場面を思い描き、それがどんなにきらびやかな戦慄《せんりつ》に充ちていたかを考えた。

『きっとそのとき孔雀たちが上げた悲鳴は』と彼は唇の端に、歌のように呟《つぶや》いた。『暁の空を縦横に切り裂く蒼《あお》ざめた刃《やいば》のようだったろう。散乱する緑の羽毛。ああ、そのときをどんなに待ちこがれ、その解放の時をどんなに夢みて、あれらの青緑光を放つ羽根毛はおとなしく孔雀の身に貼りついていたことか。今度はその小さな羽毛の一枚一枚が、微小な無数の孔雀のように、M遊園地の丘に上る暁の最初の一閃《せん》に照らされて、その緑の煌きを思うさま飛び翔《た》たせたのだ。ああ、それから貴い血が、孔雀の羽根に欠けていた鮮《あざや》かな朱のいろが、どんなに華麗にほとばしって、その身悶《みもだ》えする鳥身に、美しい斑《ふ》をえがくかが見られたことだろう。そこで孔雀はもう一つの役を、狩の獲物の雉《きじ》どもの役を演じたのだ。朝猟《あさがり》の獲物としての鳥類の本質的な姿、かれらの本当の式典風の姿を示したのだ。もう孔雀には、落着きのないそわそわした態度も、威厳を損じるちょこまかした動きも封じられる。優美な、堂々とした、血にまみれた獲物になり、その首の藍《あい》と緑と萌黄は、今こそ不動のうちに、殺された騎士の鎧《よろい》になり、緘毛《おどしげ》になったのだ。荒れたすさまじい朝空のひろがりの下に、横たわるその獲物。孔雀でありながら、鳥の運命の絶頂に達すること。その悩ましい首筋がもっともふさわしい弓なりに静止すること。一旦飛び去った無数の小孔雀、あの羽根毛どもが、ふたたび宿りにかえるために、緑の雪のように亡骸《なきがら》に霏々《ひひ》と降るさま。しずかに土にしみる血。……そのときこそ、孔雀は孔雀の本質と結びつき、川と川床は一つものになり、孔雀は宝石と一つになるだろう。ああ、それを見なかったのは俺《おれ》の一生の痛恨事だ。もし俺が殺していたのだったら。思う存分、その奇蹟《きせき》の時を見尽すことができたろうに。その犯人が嫉《ねた》ましい。犯人をつきとめてやりたい。せめてその、世界でもっとも豪奢な犯罪を犯した奴《やつ》の顔を見てやりたい』

富岡は思わず熱して、拳を握りしめて、みひらいた目であたりを見まわした。父ののこした古ぼけた赤道通過の証明書があちらの壁に見える。彼の肩にのしかかっている土地や家庭や勤めや世間や、さまざまのものの重みが、子供のときのランドセルの重みのように感じられる。駈《か》け出すと、ランドセルの中ではセルロイドの筆箱が鳴った。しかし今、彼が駈け出しても、背中で鳴るものは一つもない。

鳴っているのはピアノの音である。二階の妻の居間から、その音が遠くひびいている。娘の眠りをさますのを怖れて、富岡が何度か禁《と》めたのに、いっかなきかない妻は、不機嫌な夜にかぎって、こんな風にピアノを叩《たた》きながら、衰えた自分の咽喉《のど》を試すのである。その遠吠《とおぼ》えがピアノにまじって悲しげにきこえる。あの高すぎる美しい声が四方へ放たれ、夜ふけの藪のざわめきの間を、どんなに光る背を見せて走るのだろうか。

父の証明書の額のつづきに、ついに富岡は、白らどうしても直視する勇気のないあの写真を見る。憂わしげな、絶世の美少年のあの肖像を。

『俺の美は、何というひっそりとした速度で、何という不気味なのろさで、俺の指の間から辷《すべ》り落ちてしまったことだろう。俺は一体何の罪を犯してこうなったのか。自分も知らない罪というものがあるだろうか。たとえば、さめると同時に忘れられる、夢のなかの罪のほかには』

4

十月二十日の夕方、刑事はM遊園地のかえりに、自転車を駆って、富岡家を再訪した。このあいだの詫《わ》びを言おうと思ったのである。

遊園地がふたたび孔雀を買い揃《そろ》えて披露《ひろう》したのが十五日のことであるが、十八日の朝、孔雀どもは又襲われた。

今度は現場もよく保存されたが、犬の足跡がかなり多く発見された。十五日前後に怪電話があり、俺は孔雀を殺した者だが、五十万円持って来ないと、もう一度やるぞ、という脅迫の声を伝えていた。

新たに買い揃えた二十五羽の孔雀のうち、二羽をのこして二十三羽が、暁闇《ぎょうあん》の一時間ほどのうちに、唯《ただ》一人の目撃者もなしに殺されたのである。

刑事が門のところから自転車を引いて、夕闇の甃《いしだたみ》を辿《たど》りかけると、横合から声をかけられて振向いた。見ると富岡が箒《ほうき》を手にして立っている。道の一方が栗林、一方が楓《かえで》や雑木の林になっている。その楓林の下かげから現われたのだ。

刑事は用意してきた愛想を示して、

「いや、先夜は失礼しました」

と挨拶した。

「いや、今会社からかえったところでしてね。あんまり落葉がひどいので、夕食前の腹ごなしに、こうして働いているところです。……だが、又やられましたね」

と富岡は尋常に眉をひそめて言った。刑事はもうその表情を窺《うかが》う必要がなかったので、むしろ富岡が率直に、残忍な喜びをあらわしてそれを言ってくれたほうがよかった。しかし夕闇の中にほのめく彼の白い歯はなかった。

「それでお詫びかたがた御報告に上ったんです。この間はお騒がせして全くすみませんでした。今日実は、事件の結論がはっきり出ました。あしたの新聞に載ると思います」

「犯人がつかまったのですか」

と富岡は箒を握ったまま一歩を進めてきた。刑事はふと、地を埋めている楓の紅い落葉が、闇に

犯されて凝固した紫黒色の堆積《たいせき》をふくらませ、あたりにすがれた朽葉の匂いを漂わせているのを嗅《か》

いだ。それは何か水薬の罎《びん》の冷えを思わせるような匂いである。

「いいえ」

と刑事は、折角息込《いきご》んで訪ねて来た心に、俄《にわ》かにたじろぎを覚えながら、言うだけのことを口早

に言った。

「ありゃ、結論をいうと、野犬の仕業《しわざ》だとわかったんです。きのう上野動物園のえらい獣医の先生

が呼ばれて、検視の結果、傷は明らかに犬の牙《きば》で、表面が無傷で死んだ鳥は、みんな内出血だと判

定が出ました。獣医さんの説明によると、孔雀は特に臆病《おくびよう》な鳥で、外敵に襲われそうになっただけ

で、すくんで飛び上って、金網に頭をぶつけたりするそうですから、外敵に羽根を一寸嚙《か》まれるだ

けでも、忽《たちま》ち肺臓破裂出血を起すんだそうです。

野犬は又、飼犬とちがって、最初は一匹で襲撃してきても、回を重ねるにつれて仲間をふやし、

習性として、まず必ず土を掘るのですが、孔雀小屋の金網の下を掘って、侵入した形跡があります。

まあ、いろんな点で、獣医さんの説明があまり見事なので、野犬説に決りました。もっともまだ囮《おとり》

捜査はやるつもりですが……」

「そんなことは決してありません」と富岡は押しかぶせるように言い出した。これほど彼が言葉に

熱をこめ、取り縋《すが》る喋《しゃべ》り方をするのを刑事ははじめてきいた。闇の中で富岡の熱い息が、頰《ほお》にかか

るように刑事は感じた。

「そんなことは決してありません。人間がやったに決っています。人間でなくて、どうしてこんなことを思いつくというんです。犬なら犬でもいい。しかしそれは人間が犬を使ってやったことに決っている。そうじゃありませんか。人間が巧《うま》く犬を使ったんですよ」

「そういう説もありました。ありましたが、何分証拠が……」

「証拠がどうしたというんです」と富岡の言葉はいよいよ熱を帯びた。「野犬説なんて全く莫迦《ばか》げている。人間ですよ。私はそう信じます。……さっきあなたは、囮捜査を続行するとか言われましたね」

「ええ、それは……」

「するのですか。しないのですか」

「それは当分つづけるつもりですが……」

「今夜も？」

「そうです。今夜も」

富岡は一寸黙って考えていた。やがてその、やるせないような声音が、おずおずと、ひどく熱い願いを隠して、こう言うのを刑事はきいた。

「今夜ぜひ私をお供させて下さい」

5

刑事の上司がこの民間篤志家の協力を許したので、富岡は夜半、遊園地が閉《しま》って後片附がすんでから、刑事と二人で、遊園地へ入ることができた。細君は蔑み笑いながら、サンドウィッチの包みを良人に持たせてやり、刑事は汚れをいとわないジャンパーとズボンの姿に、拳銃を仕込み、双眼鏡を携えていた。

二人は深夜の無人の遊園地の広場を横切った。

噴水は絶え、イルミネーションはみな消され、空中観覧車の灯も消えていた。多くの円屋根や三角屋根が星空の下に黒く蟠《わだかま》っていた。刑事は宇宙旅行館の裏手へまわって、孔雀小舎《ごや》への、まだ鋪装半ばの径《みち》を辿った。

そこは孔雀の閨《ねや》であって、昼間放し飼いにされていた彼らは、日が落ちると共に、六つの枡《ます》に仕切られた小舎に、四五羽ずつ入れられていたのであった。今は残った二羽が、囮として、一つの小舎に棲《す》んでいるだけである。

小舎のうしろには豆汽車の線路が通っており、そこだけ小高くなった向うに、犬の破った金網がつづいていた。金網の内側には植込みが連なり、その葉末を透かして、M遊園地を取りかこむ山林がはるかに見えた。

このあたりは丘陵の起伏がのびやかで、正面はあたかも伐採をおわったあとの裸の円丘が、うしろの林や竹藪から浮び出ていた。どこにも人家の灯はなかった。

富岡と刑事は孔雀小舎のかげに身をひそませたが、夜の冷気は次第に募り、小舎の中からは羽づくろいの音もきこえなかった。昼間の緑光も失って、二羽の孔雀は奥の止り木に、くろぐろと身を倚《よ》せ合って止っていた。

富岡はこの虚《むな》しい小舎を充たす闇のなかに、なお死んだ孔雀どもの光彩が、ありありと残っているのを感じた。それはただの闇ではなかった。闇に落ちている形見の一枚の羽根毛ですら、緑、藍、萌黄などの絢爛《けんらん》とした色彩を保っているのなら、この闇自体が、なお隅々《すみずみ》までも、それらの色彩の記憶にひしめき、いわば闇の微粒子の一粒一粒に、孔雀の輝きを宿している筈だった。

二人は待ちつづけ、刑事は睡気《ねむけ》を催し、富岡だけは怠りのない目を放った。富岡はだんだんうつろになる心を、さまざまの孔雀の幻で充たして鼓舞しながら、自分の傍らで辛《かろ》うじて目をひらいている刑事のうずくまった姿を、蔑むように時折眺めた。

彼は待った。夜光時計を見て、夜半を夙《と》うにすぎたのを知った。ひろい遊園地には音が全く絶え、目の前には豆汽車の線路が星あかりに光っていた。

空には雲がところどころにあいまいに凝《こご》っていたが、風はなく、山の端《は》がおぼめいてきて、赤らんだ満月が昇った。月はのぼるにつれて赤みを失い、光を強め、孔雀小舎の影はあざやかに延びた。犬の遠吠えがきこえ、これに応える遠吠えがあって、間もなく止《や》んだ。

刑事は突然、富岡に肩をゆすぶられて、身を起した。富岡の目はかがやいていた。

「ごらん。私の言ったとおりだ」

刑事は言われたとおり、裸の円丘のほうへ目をやった。

円丘は月に照らされて、無数の切株の影を宿して、さっきとは全く眺めを変えていた。その月下の切株の影は整然とした斑《ふ》のようで、平たい紙に印された図形のようにも見えた。

そこを近づいてくる人影がある。人影の前に影がのびて、そのまばらな四つ五つの影が乱れて躍っているのは、たしかに犬だとわかる。人影が斜めになったとき、犬どもの力に抗《あらが》ったその人が、強く弓なりに身を反らせているのがわかった。

刑事は双眼鏡をとりあげて、目にあてた。その細身の体の男は、黒い服を着て、犬の鎖を両手に引いていた。ふと月に照らされた白い顔を見て、刑事は声をあげた。

それはまぎれもなく、富岡家の壁に見た美少年の顔である。……

三島由紀夫《みしまゆきお》（一九二五～一九七〇）
東京生まれ。東京帝国大学法学部法律学科在学中の一九四四年日本浪漫派の影響下に短篇集『花ざかりの森』を刊行。敗戦に〈神の死〉を感得。卒業後大蔵省事務官を経て四九年自伝的な『仮面の告白』で人気作家に。五五年『潮騒』で第一回新潮社文学賞、五六年『白蟻の巣』で第二回岸田演劇賞、五七年『金閣寺』また六二年戯曲『十日の菊』で第八回・第一三回読売文学賞。六五年『絹と明察』で第六回毎日芸術賞、六六年戯曲『サド侯爵夫人』で芸術祭賞。『夏子の冒険』『美徳のよろめき』『美しい星』でラブコメ・メロドラマ・SFに挑戦、『禁色』『鏡子の家』では同性愛や世相に取材。他に戯曲『近代能楽集』『鹿鳴館』、批評『葉隠入門』『小説とは何か』、紀行『アポロの杯』、エッセイ『不道徳教育講座』。ボディビル・武道による肉体改造、東京オリンピック取材特派員、写真集モデル、自らの監督・主演での自作映画化、自衛隊体験入隊など多彩に活動。『豊饒《ほうじょう》の海』四部作最終回を入稿した七〇年一一月二五日、陸上自衛隊市ケ谷駐屯地内東部方面総監部総監室に私兵組織「楯の会」会員と籠城、バルコニーから檄文を撒き、自衛隊の決起を促す演説をした直後に割腹自決。この日を「憂国忌」と呼ぶ。

上野英信

地の底の笑い話（抄）

上野英信《えいしん》は筑豊《ちくほう》に暮らしたルポルタージュ文学の作家である。ノンフィクションはジャーナリズムの延長上にあるが、ルポルタージュ文学はもう一歩だけ文学に近づく（上野とも行き来のあった石牟礼道子《いしむれ》となるとまるまる全部が文学である）。

満州建国大学に進んだのだから、ある種のエリートだったのだろうが、これについて本人は何も語っていない。従軍の後に終戦で帰国、京都大学にしばらく籍を置いたが、やがて筑豊の炭坑夫になった。この履歴は『近現代作家集　Ⅰ』に収めた髙村薫の『晴子情歌』の晴子の父、野口康夫に似ている。

上野のいちばんの仕事としてぼくは『眉屋私記《まゆやしき》』を挙げたい。沖縄の本部《もとぶ》半島でずっと暮らしてきた山入端《やまのは》という一族（屋号《やーな》が「眉屋」）が移民として南米に渡っての苦労の顚末《てんまつ》を現地に取材して書いたもので、鎖国的な日本人像を打ち壊す傑作である。

この『八木山越えの話』は上野が自分でも働いた筑豊の過去を哀切の思いを込めて書いた小品。『地の底の笑い話』（岩波新書）中の一章。

中に出てくる山本作兵衛《やまもとさくべえ》は炭坑の生活を描いた素人画家として知られる。

地の底の笑い話（抄）

八木山越《やきやま》えの話　――ヤマの嫁盗み

1　ある老婆の抗議

一つの集団にとって重要なことがらを名づけようとするばあい、なんとかしてまぎらわしい概念的な用語をさけ、できるだけ共有の具体的な名詞や動詞によって、動かしがたく確実に定着させ、しかも目にみえ体にこたえるようにいきいきと感覚的に表現しようというのは、昔ながらのすぐれた人間の知恵であり本能であった。婚姻というような、単に当事者にとってばかりでなく、ともに生活し労働する仲間たちにとっても、きわめて密接な利害関係をもつ行為のばあいには、なおさらそうである。

ただ残念ながら、そのように一つの土地に根をおろし、その土地の人間の生活とともに生きることばの運命として、枯死し消滅するのもおおむねはやい。歴史的な背景が色あせるにつれて、ことばの生命も急速にしぼんでしまう。これからのべようとする「八木山越え」も、やはりそんな運命をもったことばの一つである。その昔、福岡県の筑豊《ちくほう》や粕屋《かすや》の炭鉱で働いたひとびとにとっては、本人がその「八木山越え」の経験者であるといなとをとわず、きわめて身近なことばだったといわれるが、いまではもうよほどの老人でないかぎり、そんなことばがあったということさえ知らない。ましてその背景にあったもの、そこにこめられている坑夫の苦悶《くもん》と歓喜について、思いをはせてみることもない。こういう私自身も、はずかしいことだが、やはりそうであったのである。

私がはじめてこのことばをきいたのは、昭和二十四年、福岡県遠賀《おんが》郡の高松炭鉱で掘進夫《くつしんふ》として働いている当時のことであった。忘れもしない、高いボタ山のすぐふもとの独身寮でいっしょに生活していた一人の青年が、やはりおなじヤマの労働者の娘と服毒心中をとげた。男のほうはまだ二十歳になったばかりの善良で働き者の好青年であった。女のほうも十七か十八の、これまた気だてのやさしい娘であった。私たち若い寮生仲間はいささかの嫉妬をおぼえながらも、一日もはやく彼らが結婚して納屋がもらえるようにと待望していた。だが、どうしたわけか、娘の親は二人の仲を許そうとしなかったらしい。思いもかけないこの心中事件は、おなじ寮の仲間たちの心に強い衝撃をあたえた。しかしやがてすぐにおさまって消えた。生きてそいとげることのできなかった友への哀憐《あいれん》の情は痛切であったが、事件そのものはごくありふれた封建的な恋愛悲劇であり、真に民主主義が確立されないかぎり、いつの時代にもめずらしくないことだというふうに私たちは割りきって疑わず、むしろ問題はわれわれ独身寮生に対する差別意識であり、このたびの悲劇の原因もじつはそこにあるのだ、と私たちは口に泡をとばして論じあった。とぼしい特配物資の配分までが、寮生は世帯持ちの二分の一というような差別の時代であった。戦前の古い納屋制度はとっくに滅びているはずだが、寮生に対する半人前意識は依然として根ぶかく、私たちはことごとに大納屋坑夫の悲哀をなめさせられていたのである。

私がふらりと親しいヤスばあさんの家へ遊びにゆき、茶のみばなしのついでにこの事件を話したのは、それからまもなくのある休日の午後であった。

「ほんとね？　ほんなこつ、心中しなったとね？」。ばあさんはびっくりぎょうてんして叫んだ。「ほれおうた男と女が、心中するなんち、どうして、そげな、そげなむげねえこつが……」。ふかい皺《しわ》のきざまれた顔は、みるみる恐ろしいほどこわばってしまった。そのただならぬけはいに、今度は私のほうがびっくりして息をのんだ。

八つの年から五十年ちかいあいだ、文字どおり裸一貫の女坑夫として生きぬいてきたヤスばあさんは、眼のまえで人が斬《き》り殺されても、それこそ眉毛一本動かすまいと思われるほど、松岩のように肝っ玉の坐《すわ》った女であった。じっさい、戦前のどんな血なまぐさい大乱闘のなかにあっても、平然として顔色ひとつ変えず、もののみごとに争いをおさめていたという彼女である。そんなヤスばあさんがこれほどびっくりしようとは、まったく想像もできないことであった。しかもその原因たるや、ほれあった若い男女が親の反対にやぶれて、みずからのいのちを絶ったというだけの、炭鉱のかたすみのほんのちいさな事件にすぎない。なぜこんなにヤスばあさんが驚かなければならないのか、まだ若くて無知な私にはとうてい理解もできなかった。しかし生涯を地の底でたたかいぬいてきたこの老婆にとって、それはけっして彼女と無関係の一心中事件どころではなかったのである。それは敗戦後の炭鉱のいかなる巨大な変動にもまして、ある歴史の決定的な終末を彼女に宣告する大事件であり、彼女のたましいのもっとも奥ふかく不動の聖地として生きていた地底の世界そのものが、一挙に崩れおちてゆく瞬間であったのである。

「変ってしもうたとやねえ、炭鉱も！　なんもかんも、いっさいが、変ってしもうたとやねえ……」

　ばあさんは腹の底からしぼりだすような声でこう嘆じた。そして、ぐっと私をにらみすえ、なにか必死に抗議するような口調でしゃべりはじめた。

「よそのこつは知らん。ばってん、とにかく、あたや、みたこつもなか。きいたこつもなか。反対はあるくさ。いまんごつ、やおうはなか。ばってん、どげな反対のあろうと、屁のカッパたい。ぽーんと八木山越えばやる。それでいっぺんに勝負はきまる。文句はなか」

　男女の心中など、いつの世にもめずらしくないことくらいにしか考えていない私の心をみぬき、ほれあった男女の愛をまもりぬくこともできない戦後のなまくら坑夫を、斬って棄てるような、鋭い語気であった。私はもう顔をあげることもできなかった。そしてこれが、「八木山越え」ということばを私が耳にした最初の機会であったと同時に、私の眼を地底の熱い重たい血の流れとしての笑い話にみひらかせる、最初の契機でもあった。しかもなお当時の私は、それを「駈《か》けおち」のことだと思いこんでいた。

私だけではない。私以上に単純に、八木山越えとは要するに夫婦になること、結婚することだというふうに考えている者もある。それというのも、「おまえたちもそろそろ結婚だな」というところを、「そろそろ八木山越えだな」と好んでもちいることが多かったからである。しかしこれは一種の転用であり拡大解釈であって、本来はあくまで「嫁盗み」をさしていうことばである。

2 生活の分岐点としての峠道

八木山は筑豊炭田のほぼ中央部にひろがる嘉穂《かほ》郡と、粕屋炭田のある粕屋郡とを東西にへだてる山塊であり、その山腹をうねるつづら折りの峠道は、この二つの炭田地帯をむすぶ、もっとも主要な交通路である。九州各地の炭田を放浪した者なら、だれもが一度や二度はこの峠をのぼりくだりした思い出をもっている。一攫《いっかく》千金の野望にもえるヤマ師、炭鉱にみきりをつけて地上の新天地にあこがれる少年坑夫、暴力で放逐された坑夫、最後の生き場をもとめて炭鉱をめざす失業者、いのちからがらケツワリをした坑夫、売られてゆく少女、それぞれがこの峠のいただきにたどりついてほっと息をつき、ふかい感慨にふけったことであろう。どれほどの絶望、歓喜、怒りや呪い、憧憬《しょうけい》、悲哀やあきらめ、野心などが、したたりおちる汗や涙や血や鼻水といっしょに、この峠にしみこんでいることだろう。

この峠道のあちこちにたっている八十八個所の地蔵堂は、すきばらをかかえた渡り坑夫たちにとって、まったく地獄にほとけであったという。かならず返しにまいりますと誓って、供えられてあった食物と賽銭《さいせん》をいただいたが、いまだに返しにいっていないと苦笑しながらも、五十年、六十年後の今日なお、そのときのうれしさをしみじみとかみしめる老坑夫は多い。ガスの爆発や燃焼による犠牲者たちが、焼けただれた体を竹かごに横たえ、二日市の温泉へと仲間にかつがれて越えてゆくのも、やはりこの八木山峠であった。山本作兵衛《やまもとさくべえ》翁の記録によれば、道中で日がくれるようなばあい、とくに狐《きつね》の心配が大きかったようである。狐は天然痘の皮にもましてガス焼け患者のただれた皮膚を好み、これをくらえば寿命が千年はのびるというところから、執拗《しつよう》にガス焼け患者をつけねらうからだという。現在のようにたんたんたる舗装路ではない。昼なお暗くおいしげった山奥の小路であっただけに、護送の仲間はもちろん、かごのなかの重傷者は、さぞかしこころぼそかったことであろう。

まことに峠は人間とその歴史の足跡そのものであるが、筑豊と粕屋の炭田のひとびとにとって、殊《こと》に八木山峠との関係はつよく密接である。だが、いったいどういうわけで「嫁盗み」が八木山越えと呼びならわされるようになったのか、私は不勉強にして知らない。単に八木山を越えての「嫁盗み」が多かったということではあるまい。「親が許して添わせぬならば、遠賀くだりはふたりづれ」という唄のごとく、遠賀くだりもやはり「嫁盗み」を象徴する語であったし、さらに遠くは、そのいずれも、ケツワリをはじめとして広く自由にもちいられたものであることはたしかである。それがいつのまにか「八木山越え」すなわち「嫁盗み」と限定されることとなったのは、やはり八木山峠と炭鉱労働者とのふかい結びつきと無縁ではあるまい。そのけわしい山路をふみわけての歩みが、いかにも若い新しい人生の門出にふさわしく思われたからでもあろう。それゆえにまた、広く結婚を象徴することばとして、「嫁盗み」の手続きをふまない結婚や、「嫁盗み」というような形式が消滅した後までも、好んで転用されることになったのであろう。

ともあれ、八木山越えにあたっては、かねて親しい仲間たちはもとより、つね日ごろは血も涙もない役人までが、ひそかに餞《はなむけ》をおくったりなどして、心からその成功をいのるのがならわしのヤマも少なくなかったといわれる。

3 「嫁盗み」婚の歴史的背景

九州地方は比較的おそくまで「嫁盗み」の風習が残存した地域の一つであるが、炭鉱もやはりその例外ではなかったのである。とくに明治時代に青春を迎えたひとびとのなかには、八木山越えによる――つまり盗み盗まれて結ばれた夫婦がまれでない。うっかり恋愛結婚などということばを使おうものなら、即座に「いいや、そげなもんじゃなか。あたしゃ、盗まれたと！」こうはっきりとみずから区別を要求することが、それも殊に女性の側に多いのは興味ぶかい。これは農村とはまったく対照的である。筑豊地帯の農村では一般に「嫁かたげ」と呼んでいるが、現在ではむしろこれを恥としてひたかくしにしようとする傾向がつよい。むろんこれは、単に労働者と農民の気質の相違ということだけではない。一方には積極的に主張すべき理由があり、一方にはもはやきわめて消極的な受けとめかたしかできない理由があったからである。

それにしてもこうした「嫁盗み」の婚姻形式が、周辺の農村部においては本来の意味と機能を失って、急速に衰滅もしくは頽廃《たいはい》してゆくなかにあって、なぜひとり地下労働者の世界にのみ異常な繁栄をしたのか。これはやはり炭鉱社会のかなり特殊な成立と無関係ではありえない。さまざまな土地から、さまざまな歴史や伝統、知恵や因襲、差別や不信の尾をひきずって不断に流れこみ、また不断に流れさってゆく、この無限の奈落。その混沌たる光と闇の渦まきのまっただなかで、それだけが誰をも侵さず侵されない、もっとも確実で安全な方法であったのである。ただそれだけが、男女のめぐりあいというもっとも偶然的なものを、もっとも必然的なものとするための、不可欠の運動であり、神聖なる儀式でもあったのである。「あたしゃ、盗まれたと！」と昂然《こうぜん》としてみずから主張し、恋愛結婚などということばを断固としてよせつけようとしないのも、盗み盗まれた関係を無上の誇りとするからである。地底の若い生命の熱い美しい愛が決意にみちた冒険と協力によってかちとられた、勝利の歌がここにある。恋愛と結婚にまつわる炭鉱の古い笑い話のほとんどが、「嫁盗み」「八木山越え」を主題とし主軸として展開されているのも、けだし当然すぎるほど当然であろう。

盗まれるといえばひどく被害者じみてきこえるけれど、心底から自分が好きでつれ添う気があるなら、あすとはいわず、たったいま盗んでくれと、むしろ女性のほうから要求することさえ多かったという。後で紹介する笑い話にも、そんな例がでてくるはずだ。どんな話をきいてみても、けっして当人だけの恣意《しい》の行動ではなく、かならず幾人かの仲間たちの積極的な協力があり、その奔走によって実を結んでいる。八木山越えの仲であることを、生涯ながく優越と自負の感覚をもって語るのも、一つにはこのためである。なお、おもしろいことに八木山越えにあたっては、しばしば、顔もひろく発言力もつよい納屋頭《なやがしら》などの指導と支援がみとめられる。「いやな人繰り、邪慳《じやけん》な勘場《かんば》、情け知らずの納屋頭」とうたわれ、鬼か蛇のように恐れきらわれた納屋頭も、「嫁盗み」に関するかぎり、かなり積極的な働きをつとめているのである、もっとも、納屋頭の納得なしには身動き一つできかねる時代であったという点は考慮にいれなければならないが。

思いつくままに私は炭鉱の「嫁盗み」の特長の幾つかをあげてきた。だが、誤解のないようにことわっておくが、これはけっして炭鉱の「嫁盗み」にかぎってみられる特長ではなく、もともと正しい姿での「嫁盗み」婚に共通する特長なのである。柳田国男《やなぎたくにお》は『嫁盗み』論のなかで次のようにのべている。

「是をたゞ昔の世の雌伏《しふく》心理、もしくは強い力に対する弱者の渇仰《かつごう》と解するのは誤りで、別に幾つかのやゝ複雑な近代感覚が、窃《ひそ》かにこの陰には働いて居たらしい。簡単な言葉で之を説明すれば、要するにこの婚姻は安全だといふ予測である。村の娘たちも数多くある中に、特に自分を目ざしてそれまでの計画をしてくれたのかといふことが、男の心ざしの深さを知る好い機会であつた。そんなにしなくとも歌とかため息とか、又は時折のやさしい助勢とか、平和な求婚様式は色々あつたらうが、それは多くは内証ごとであり、従つて虚偽がまじりやすかつた。いはゆる嫁盗みに至つては悪びれない宣言であり、又小さくない努力であつて、おまけに冒険ですらもあつたのである。如何《いか》なる場合にも、この事業は一人では決行することが出来ない。少なくとも三人五人、稀《まれ》には十名以上もの朋輩《ほうばい》の援《たす》けを乞はぬと、目的を達し得ないことの判つて居るものさへあつた」

そうだとすれば、筑豊や粕屋の暗い地底に芽ばえた「八木山越え」も、古い村々の野に花ひらいた「嫁盗み」も、なんら質的な変化はないということになる。しいて特長をあげるとすれば、むしろきわめて特殊な例外的な状況下において、きわめて古典的な農民的な「嫁盗み」婚がおこなわれたということが、じつは炭鉱のそれの特長であるということになってしまう。だが、はたしてそうなのか。要するに古き村の遺習の偶然の復活にすぎないのか。それが一番重要な問題である。

4　一つのキリハにおける愛と労働の共有

このことを考えるまえに笑い話を二つ。どちらも私が本人から直接にきいた話である。まずはじめは、吉田善蔵さんとたねさんが佐賀県の相知《おうち》炭鉱で働いていたときの話。明治四十四年のことである。

——善蔵さんは坑内でちょくちょくたねさんと顔をあわせるうちに、どっちからともなく声をかけるようになった。善蔵さんは十七歳で、もうりっぱな先山《さきやま》であった。たねさんは十五で、まだ彼女の両親のキリハでスラを曳《ひ》いていた。なかなかの働き者で気性もしっかりしており、体が大柄なので、十七にも十八にもみえた。善蔵さんはそろそろ嫁女のほしいときだったから、ぜひたねさんと夫婦になって一つのキリハで働きたいと思った。そこでたねさんの親に頼んでみたが、まだどちらも若すぎるといって、なかなか許してくれない。やらんとはいわんが、もう二、三年たってからという。だが、そのあいだにほかの男にとられたらと思うと、善蔵さんは気が気でない。思案にあまって、彼は大納屋の頭領に相談した。頭領はこころよくひき受けてくれた。その翌日、善蔵さんは活動写真をみにゆこうとだましてたねさんをつれだし、その足で福岡の早良《さわら》炭鉱へむかった。そして頭領がたずねてゆけと教えてくれた人のところに身を寄せた。その人もなかなか勢力のある頭領で、みるからにこわい感じだった。しかし根はやさしい男であった。「まあよか、すぐに迎えにござろう。それまでケガをせんごつ、ぼつぼつ働け」といい、なにくれと親切に面倒をみてくれた。だが、三日たっても四日たっても、相知からは誰も迎えにこなかった。体だけは大きいが、なんといってもまだ十五になったばかりのたねさんは、夜になるとしくしく泣いて心ぼそがった。あすはかならず迎えがくるけん、といって慰めながらも、善蔵さん自身も泣きたい気持であった。ほんとに迎えにきてくれるのか、不安でならなかった。仕事からあがると、まだかまだかと往還のほうばかり眺めて暮した。それらしい人影がみえるたび、胸をときめかした。しかし六日たっても七日たっても、やっぱり誰もあらわれなかった。やっと九日目の夕方になって、善蔵さんの父親が迎えにきた。父親はきちんと精算をすませ、二人をつれて相知炭鉱へもどった。そして頭領の仲立ちで夫婦になり、納屋とキリハをもたせてもらった。

もう一つ。これは松山一太郎さんとやえさんが福岡県粕屋郡の亀山炭鉱で働いていたときの話であるが、文字どおりじっさいに八木山を越えての「嫁盗み」である。大正三年、一太郎さんが十九歳、やえさんが十八の年のことである。

――やえさんは十五になるまで佐賀県の杵島《きしま》炭鉱で暮した。八つと九つの二年間、ちかくの炭鉱町の諸式屋《しょしきや》へ子守り奉公にやらされたが、これはてんでやえさんの性にあわなかった。そこでむりやり母親にせがんで、十の年の正月から坑内にさがることにした。「そんときのうれしかったこつ！　後もふりむかんと一目散に坑内へとばしこんだ」という。それから三年間は両親のキリハで、兄や姉といっしょにスラを曳いた。が、その翌年からは親兄弟とは別に、一人前の後山《あとやま》として他人の先山についた。十五の年、やえさんの一家は杵島《きしま》炭鉱をケツワリして、福岡県の亀山炭鉱へ移った。ここでやえさんは、生まれてはじめて朝鮮人の先山についた。日本人とちがって、けっして後山の娘にいたずらをすることがないので安心だったが、ことばがよく通じないのには難儀した。そのうちひょっとした縁から、おなじ炭鉱で働く一太郎さんと知りあった。夫婦になる約束までしたが、なかなか親がうんといってくれない。途方にくれた一太郎さんにハッパをかけたのは、やえさんだった。

「あんた、男らしゅうもなか。なんばくよくよしよるね。ほんとにうちと夫婦になる気のあるなら、今夜いっしょに八木山越えばしておくれ。後のことは心配せんでよか。ちゃんと段取りはつけてあるけん」

こうやえさんにせきたてられて、一太郎さんも決心した。二人は時刻を示しあわせてこっそり家をぬけだし、夜道を八木山峠へと向かった。目的地は、峠を越えて向うの嘉穂郡の二瀬《ふたせ》炭鉱である。かなりの道のりだ。やえさんはまるで隣村の親類をたずねてゆくような調子で、足どりも軽やかにどんどん歩いてゆくが、一太郎さんはさすがに気が気ではない。もしも誰かに勘づかれ、追跡されてつれもどされたら、せっかくの冒険も水の泡になってしまう。一太郎さんはやえさんの後から少しおくれて歩きながら、たえず背後の闇路をふりかえっては、追跡者があらわれはしないかと警戒した。ところが、これはまたなんとしたことだろう。山のふもとの篠栗《ささぐり》駅のそばまできたとき、ふいに物陰から二人の男がとびだしてきた。追いついて防ぐまもなかった。一太郎さんがあっと思ったときには、やえさんの小柄な体は、怪しい男たちに左右から囲まれてしまっており、そのまま抱きかかえるようにして彼らは去ってゆく。なにか話声がしたようでもあるが、一太郎さんにはききとれなかった。心臓の音ばかりが早鐘《はやがね》のようにひびいた。だが、どうすることもできない。なにしろ相手は夜目にも屈強そのものの感じの大男二人である。しかもこちらは素手だ。うかつに手向かえば、かえって敵の思うつぼにはまるだけである。一太郎さんはそう考えて、相手の姿を見失わない程度の距離をおきながら、跡をつけた。どうしたら勝てるか、どうしたら女を奪い返せるか、必死に考えようとするが、なんの知恵も浮かんでこなかった。とにかく無念さに頭が狂いそうであった。まさか嫁盗みの道中で嫁を盗まれようとは、思いもかけないことであった。

そのうちに誰か、すれちがう者があるかもしれない。そのときは加勢を頼もう。しかし思うばかりで、誰ひとりとして通りあわす者はなかった。人家もたえて、山はいよいよ深くなるばかりであった。いつなんどき、怪漢どものほうから襲いかかってくるかもしれない。せめて木の枝一本でもと、一太郎さんはあせった。が、そんなものはなかなかみつからなかった。両側の木の枝を折れば、敵はその音をききのがすはずがない。一太郎さんがやっと道端におちていた一本の枯木の枝を手にいれたときは、もう八木山峠を半分あまり登ったころであった。それを手に握りしめたとき、彼はツルバシを握りしめたように心づよく思った。しかし苦心さんたんして手にしたその武器も、けっきょく、役にはたたなかった。しっかりとそれを握りしめたまま、いつのまにか八木山を登って下って、二瀬の炭鉱についてしまったからである。

そこではじめて一太郎さんは、二人組の怪漢の正体を知った。恐ろしい掠奪者《りやくだつ》どころではなかった。いのちがけで花嫁の安全を守ろうとする護衛者であったのだ。じつはまえもってやえさんのほうから、今夜のことは連絡してあったのである。それゆえ二瀬炭鉱の納屋のほうでは、万一途中でやえさんが奪い返されることがあっては申訳がたたないというわけで、選《え》りぬきの若者二人に命じ、わざわざ山の向うの篠栗駅まで出迎えによこしたのだ。きいてみれば、花聟《はなむこ》のほうも万事承知のうえで、嫁は二人の護衛にまかせ、もっぱら後の見張りをひき受けてくれているものとばかり思っていたという。それにしても、なんと人騒がせな出迎えであろう。せめて一言挨拶してくれておれば、こんなに肝をつぶす必要もなかったのに、と一太郎さんはうらめしかった。しかし、こんなにまでつくしてくれたのかと思えば、ありがたさがいっぱいで、うらみごとはいえなかった。

一太郎さんとやえさんは二瀬炭鉱で一日働いただけで、すぐに一太郎さんの父親が迎えにやってきた。ふたたび八木山峠を越して亀山炭鉱へもどる道すがら、つい二日前の夜のことが一歩一歩に思いだされて、彼はおかしさがとまらなかった。それだけに一層、死ぬまで忘れられない八木山越えとなった。

並べればきりはないが、その必要はあるまい。どんなに実を結びがたい恋愛も、いわゆる八木山越えを峠として、急転直下、例外なしにめでたしめでたしの大団円となってしまう。それまでいかに強硬に反対していた頑固おやじたちも、相思の二人がひとたびあいたずさえて八木山越えを敢行するやいなや、たなごころを返すがごとくあっさりと彼らの希望を承認し、縁組の成立を祝福している。あっけないといえば、まったくこれほどあっけない話はない。しかし、じつはこのあっけなさすぎて気の抜けるようなハッピーエンドこそ、「嫁盗み」をテーマとする炭鉱の笑い話の生命なのである。したがってこの笑い話に関するかぎり、結末の悲劇を期待する者はいない。語り手も聴き手も、もっぱら無邪気に道中のおさない冒険や失敗に手をたたいて興じ、あるいはまた、きょうは来るか、あすは来るかと、首を長くして晴れの迎えをまちわびて一喜一憂する、若い恋人たちのいじらしくも滑稽な姿を思いえがきつつ、罪のない笑いを楽しむだけであったのである。

その点からいうなら、ここに引用した話など、まるで骨と皮ばかりの粗筋《あらすじ》にすぎない。善蔵さんのばあいは往還を去来する一人一人の姿につれての歓喜と絶望、一太郎さんのばあいは暗闇の八木山峠のほとんど一足ごとの恐怖と緊張を、それぞれ細大もらさずいきいきと表現した、一時間ちかい長話である。

しかし、そのような話に笑い興じながらも私たちは、炭鉱の「嫁盗み」に共通する、ある一つの重要な特長を見逃がすことはできない。それは一般の「嫁盗み」のように単に盗みだせば終りというのではなくて、かならず手をとって一つのヤマへおもむき、共に一つのキリハで働くことによって、はじめて手続きが成立し完了することになるという点である。たとえ形式的であるにせよ、とにかくその形式をふまなければ、「嫁盗み」という形式そのものが成立したことにならないということである。そしてこれは、愛と労働とが不可分のものであり、その二つを同時に生きようとする者だけが夫婦でありうるという、その昔の地下労働者たちの強烈かつ深刻な観念を反映するものであろう。愛の真実の深さを具体的に立証できる唯一のもの——それは労働の共有だけであった。「一つのキリハで働くことは、一つの寝床に入ること」と老坑夫たちは頑強に主張してゆずらない。これはけっして地底の労働現場における男女の結びつきの偶然性を合理化するものではない。あらゆる偶然性を排除し拒絶した極限的な愛の確認である。

上野《うえの》英信《えいしん》（一九二三〜一九八七）
山口県井関村（現・山口市）生まれ。北九州の黒崎で育ち、旧制八幡中学（現・八幡高校）から満州・新京（現・長春）の建国大学前期に進む。一九四五年八月、見習士官として滞在中の広島で被爆。京都大学文学部支那文学科中退後、福岡県岡垣町、水巻町、長崎県崎戸町（現・西海市）蠣浦島《かきのうらしま》の炭鉱で坑夫となり、労働者の文芸サークルを組織。五四年、千田梅二との共著『せんぷりせんじが笑った！』を自費出版、坑内労働者たちの生活を記し、ノンフィクションの世界で知られるようになる。谷川雁《がん》、森崎和江らと筑豊の炭鉱労働者の自立共同体・サークル村を結成、機関誌「サークル村」には石牟礼道子も作品を寄せた。六〇年、『追われゆく坑夫たち』を刊行。六五年には、自宅に図書室と集会所を兼ねた筑豊文庫を開設した。著書に『地の底の笑い話』『出ニッポン記』『廃鉱譜』『天皇陛下萬歳《ばんざい》　爆弾三勇士序説』など。

大庭《おおば》みな子

青い狐

こういう話は読み進む快感に身を任せてただ流れに乗っていけばいい。

しかし、どういう仕掛けでその快感は生まれるのだろう?

話の軸は二つある。一つは「青い狐《きつね》」と呼ばれる男と、(「女」とか「彼女」と三人称で呼ばれながらも)事実上の語り手との七年の空白を挟んだ仲。もう一つは彼女の父が「お母さんの墓がやっと見つかった」と伝えてきたこと。

このけだるげな話の魅力は文章の技巧にある。大庭みな子は隠喩の達人である。二つの無関係なものを結合することで元の二つの単純な和を超えた深い意味が生じる。言わばイメージの掛け算。

男はいきなり「青い狐」と呼ばれる。彼は「ぬかりなく儀式を進行させる司祭」である。この儀式はたぶん二人の性交だろう。七年の間に結婚して四年で離婚した彼の妻は「泪《なみだ》をこぼすようにつくられた人形」であり、それがやがて「巨大な蛾《が》」になり、やがては「壁の汚点《しみ》」になる。

このイメージの奔流がなければこの短篇は成立しない。ストーリーは飛躍と跳躍によって駆動されている。

思い出してみれば、大庭みな子を世に送り出した「三匹の蟹《かに》」という話が、「海は乳色の霧の中でまだ静かな寝息を立てていた」という隠喩で始まっていた。

青い狐

「随分長いことだ」青い狐《きつね》は言った。

七年前のそのとき、月の光の中で、あるいは外の青いネオンの光の流れの中で、男の顔がうつむいている哀《かな》しげな狐の顔に見えたので、それ以来彼を心の中でそう呼ぶことにしていた。青い光の方に顔を向けると、いくらかしゃくれて尖《とが》った細い顎が、月夜の森の木の下で、ふと立ちどまって首をかしげている狐のように見えた。

「よい匂いのする白い花。薊《あざみ》や野ばらやいら草が邪魔になる」青い狐は言った。

光に背を向けると、狐の眼は琥珀《こはく》色に光った。赤い炭火が二つ燃えているようにも見えた。それから、クリスマスツリーにつけられた、灯をともした赤い玉かざり。

「七年前のことだなんて」

青い狐は型通り、ぬかりなく儀式を進行させる司祭だった。司祭の二つの眼は、狐にしては離れすぎていて、それぞれが孤独に漂っていた。その二つの眼の間の、鼻のつけ根のところを指先でいじるのが、どういうわけか彼女は好きだった。

「そこは危険な場所なんだ。刺客に匕首《あいくち》をつきつけられているような気がする」青い狐はいやがりながらも、女の指をはらいのけるのをためらった。

青い狐の鼻面は月の光で濡《ぬ》れていた。


彼女は考えた。どうして父がその墓を、母の墓だと言ったのだろうと。それは立派ないかめしい墓だった。金襴《きんらん》の袈裟《けさ》をまとった僧正か、華やかな鎧兜《よろいかぶと》に身を固めた武将か、脇息《きょうそく》によりかかったなまず髭《ひげ》の大臣の墓でもあるに違いない。

葬式はさぞ立派だったろう。賑《にぎ》やかな鳴物入りで、脚光をあびて悦に入《い》っているスター級の役者ぞろいで、天国の座主《ざす》といった指揮者が、読経《どきょう》の合唱を指揮し、官能的なすすり泣きの洩《も》れる、葬式だったに違いない。

もちろんそれは、今ではすっかり苔《こけ》むしていて、彫《きざ》んである字は全く読めない。「大」に似た字がたったひとつ、それらしいとわかるくらいのものだった。だが、にもかかわらず、それは大層きらびやかな墓だった。

ひつぎにはいって肉がくずれても、美女をあつめて伽《とぎ》をさせ、女たちを、腐臭に鼻を覆ったというとがで、牢《ろう》に送ろうと、もがいているような墓であった。

権勢をほしいままにした、肩をそびやかした、驕慢《きょうまん》な笑いと、冷淡な眼と、薄い笑いを浮かべた唇を持った墓であった。そして、それはあまりにむなしく、朽ち果てていた。

森は深くて薄暗く、「ぎい」と呻《うめ》くように啼《な》く黒い鳥が飛び立つと、冷たい雫《しずく》が落ち、見上げると、重なり合った葉のはるかかなたに藤色の空があった。

径《みち》はぬかっていて、伐《き》り倒された木に、萎えてめくれた夏蜜柑《なつみかん》を想《おも》わせるきのこが生えていた。それから淡雪《あわゆき》の泡をたたえてぼってりとした傘をひろげたきのこ。

父はよろめくたびに彼女にしがみついた。父の手は冷《つ》めたくて、彼女は死人にさわられたような気がした。彼女は死人の案内する黄泉《よみ》の国を、好奇心にかられて、立ちどまっては鑑賞した。

「お母さんの墓がやっと見つかった。どこを探しても見つからなかったのに、全く偶然、光の加減で見つかったのだね。

丁度、岩にはりついてじっとしている鮑《あわび》のようなもので、ゆれている昆布の林の中で、気紛れに魚の腹がきらりと光ったりすると、華やかな苔に覆われた殻に抱かれた、あの、しこしことして柔らかな肉の存在がはっきり見えて来るんだね」

父はいそいそと愉《たの》しげだった。父は若い頃から鮑獲りとか、きのこ獲りなどが得意だった。彫金家の父は仕事場をその島の渚の岩場に持っていて、一年の大半をそこで仕事をして過した。暮に一度、一年間に創り上げた作品をかかえて上京するほかは、そこで暮していた。子供たちは夏の間の何ヵ月かを島で父と暮すのを愉しみにしていた。裏には松林が続いていて、いろんなきのこが生えるのだった。

父は特殊な動物の眼を持っていて、波の間にゆれ動く鮑や、木の葉に覆われた白い細い糸黴《いとかび》といったきのこを探りあてた。藻の中に身をひそめて、固く岩にはりついている肉をひきはがすときの、いくらかゆがめた顎の形を彼女は青い狐の尖った顎の上に重ねた。

「こんなところにあったんだ。お母さんのお墓は」

松林のはずれにある古い寺の奥の院で、父はその墓を見つけたのだった。父は墓の後にまわって石の小さな扉をあけようとしたが、苔が喰いこんであかなかった。小さな白い花をつけた草が、納骨室の扉と思われる割れ目に咲いていた。それから羊歯《しだ》が。

「折りまげているお母さんの膝が見えた」父は言った。「ふくら脛《はぎ》のむくみも消えているようだった。ただ、耳朶《みみたぶ》の色が少し悪かった」

父は母に自分の作品のイヤリングをつけさせるために、耳朶に穴をあけさせたのだった。穴をあけたばかりの頃、そこが化膿しないように、父が消毒してやっているのを幼い頃見た記憶がある。

鮑の殻は海の苔で覆われているが、その墓は森の苔で覆われていた。森の苔だけを眺めていると、その部分だけが大写しになり、妖しく鮮やかな苔の世界がひろがって、苔の下の墓石のむなしく、きらびやかな面影は消えた。

痩《や》せた白猫に似た父は、ばらの根を磨いた杖をつき、小さな青い炎の燃える眼で微笑《ほほえ》んでいた。

「タバコを線香代りにあげましょう」

ハンドバッグをあけるとタバコは二本しか残っていなかった。一本に火をつけて苔の上に置くと、白い紙がみるまに水気を吸いあげて、小さな煙を残して消えた。残りの一本に火をつけて、一口吸ってから煙が眼にしみるのをよけるように顔をそらし、病人にくわえさせる恰好《かっこう》で指の間に挟んで差し出した。彼女はしばらくの間そうしていて、長く伸びた灰が落ちるのを待った。

タバコが母を殺したといってもよかったが、死んでしまった今となっては父は仏前によくタバコを供えていた。

父とママゴトをしている気分だった。大昔の他人の墓のまわりを、かごめ、かごめと手をつないでまわりたい気分だった。墓石の陰で蛙《かえる》がじっとこちらを見ている。


七年間、何の音沙汰もなく、ある日不意に訪れた男は狐であって、朝目が醒《さ》めると、木の葉が一枚ひらりと枕元にあるくらいのものだろう。

青い狐は磨いたばらの根よりもすべすべとしていた。彼は自分が非常に美しい躰《からだ》を持っていると思い、真《ま》っ直《す》ぐに立って、ゆっくりと歩いてくるというようなことが好きだった。きっと賛えられるのを待っているのだろうと思ったが、彼女は賛える言葉をみつけるのが億劫《おっくう》だった。そしてその怠惰を恥じていた。

青い狐は七年の間に結婚して、四年間一緒に暮して、別れた話をした。

「家に帰ると、泪《なみだ》をこぼすようにつくられた人形が、いつも同じ場所に、同じ姿勢で坐《すわ》っているというふうだった。しまいにはそれが巨大な蛾《が》に見えた、壁を這《は》いずりまわる」

「とめどもなく泪を流す人形は、ふと拾ったイメージで、作品に仕上げてみると壁にはりついた乾いた蛾でしかなかったのよ」

「しまいに、壁の汚点《しみ》になった。普通の家庭の幸せを夢みていた女だった。だから彼女に罪はなく、気の毒なことをしたと思う。別れてからも、思い直して何度か逢《あ》ってみたが、しゃべることは何もなかった。——しゃべることはなにもなかったけれど、逢うたびに寝た。そして寝てしまうと一刻も早く離れたかった。今では彼女は蛾から蝶になり、翅《はね》を閉じてとまるようになった。さわると翅の粉が舞いあがり、喘息《ぜんそく》を起す」

言葉が途切れると、青い狐は自分の無言を言いわけするように、「しゃべっている奴は、ひと口、口をぱくぱくさせるたびに、何かを失くしているのだと思うよ」と言った。

何も失わないように、できるだけしゃべらないようにしている青い狐を彼女は感心して眺めた。けれど彼は言うこととすることが、思うことと行為が、いつも一致しない男なので、女が黙っていると、何か言ってやらずにはいられないのだった。ともかくも、七年の間隙を説明しなければならないような義務感にかられるのだ。

「結婚していたときは、とても疲れていた。いつも、何かを背負わされて、肩にめりこんだ紐《ひも》が、骨にまで痛みを与えていた。ぼくは勝手な人間で、その癖勝手な生き方をしているのが、勝手な生き方をしない相手に対して負い目だった。心の底ではぼくはほんとは奴隷のような女が欲しいだけらしい」

「奴隷であることを歓ぶような女も世の中にはいるでしょう。でも、そういう女にめぐり会えば、今度は対等にふる舞える女を夢見始めるのよ。きっと。圧制者には圧制者の負い目があるということを、あなたはもうすでに知ってしまっているじゃない。今となっては、相手を自由にすることだけが、あなた自身の解放なのに」

「女はみんな自由を放棄したがるんだ。男をしばりつけたいために」

青い狐は心のどこかで奴隷を夢みていたが、現実には決して女をそういうふうには扱えないのだった。

七年前、青い狐が彼女に自分はよい夫になるつもりだから、結婚してみないかと言ったとき、彼の顔には自由を投げうつ者の悲壮な決心があらわれていて、彼女はおびえて尻ごみした。彼が結婚していたという女に、結婚する前に同じふうに言った場面が想像されて、彼女は彼に同情した。できもしないことを、身の程知らずの誓いを立てて、結局は絶望する。

すっかり打ちひしがれると、こともあろうに奴隷を夢みるようになる。相手が奴隷の志望者ならば、罪の意識が消え失せて、居直れるとでもいうのだろうか。女がひざまずいて抱きしめてくれることを夢想している男の心がよくわかったが、彼女はどうにも身を起すのが大儀だった。そしてその怠惰を恥じていた。

「あなたは女が好きすぎるのだから、一人の女に誓いを立てるのも、女をものとして扱うことも、どちらも不可能なのよ。でもねえ。あなたが女を好きなのは、女が男を好きだからなのでしょう。だとすれば、女に男を禁じてしまったら、結婚した相手の女に、あなた以外の男を禁じてしまったら、相手はあなたの好きな女じゃなくなるんじゃない。女でなくなった女を、女として扱うことなんかできやしないのに。あなたの考えていた結婚は、女でなくなった女を、女として扱うことを強いられるということだったのよ」

けれど、こういうときには、ロジックよりもムードのほうがずっと大切なのだ。だから荘厳に、しめやかに心をこめて儀式を進行させ、儀式が終ってしまうと、気を失ったこうもりみたいに祭壇にはりついて、儀式の終る前とはうってかわってなげやりになった自分に恥じらいながら、つまり、人にはいろいろな考え方があり、他人の考え方を認めないのはよくないことであろう、と妥協した。

青い狐は睡《ねむ》りに落ちた。腰に巻いた男の腕の力がぬけ、短かい指の腹に醜くふくれたたこが、昨日見た熱帯植物園のとかげの耳の辺りの感じに見えた。じっと身動きもせずに交合している二匹のとかげの前で七年ぶりにキスしたのだった。とかげは標本室の剝製のように見えた。青い狐のたこのできた指も剝製のように見えた。それは次第に拡大される地図のようにひろがって、大きな噴火口になる。噴火口から白い無数の糸黴が生える。

父がまた島から電話をかけて来た。留守のとき二度かかって来て、彼女と一緒に暮している男、かまきりが出た。かまきりはそのことを彼女に伝えたが、何となくかけ返す気にならず、そのまままた出かけた。

父はいつも、七人の子供につぎつぎと同じような電話をかけるのだった。彼女が一番最後の筈《はず》だった。末っ子だから。父は島の岩に鮑がいっぱいはりついている、と言ったそうだが、そんな話は大昔のことで、今では新月のあけ方も、満月のあけ方も、岩にはりついているのは鮑の殻を想わせる岩の苔だけなのである。

「伝えたのですが、大急ぎで出かけ直したものですから」とかまきりは三度目の電話口で苦しい言いわけをした。翌日ふたたびためらっていると、四度目に電話があり、電話口に立つと、はしゃいだ父の声が聞こえた。

「島はいい季節だよ。出てこないかね。鮑がいっぱいだ。ちょうど新月で」

父の幻覚につき合うことはできない、と思い、「かまきりのお客があるのよ。また」と言った。

「そうか。お客か。――むかし、お父さんやお母さんは恋人に逢うために、親の招きを断るいろんな口実を考えた。――お墓にはお前からだと言って、タバコを供えておこう。ほんとうは、あの墓の在りかをお前にだけでもよく覚えておいて貰《もら》おうと思っていたのだがね」父は電話を切った。

母の七人の子供は誰も母の墓を建てなかった。母の遺言に従って、骨を海にまき、波の中に母はいろいろに形を変えてあらわれる筈だと信じていた。しかし、父だけが母に忠実な子供たちにがっかりしていた。

青い狐は直《じ》き眼を醒ました。眼を醒まして、そうすることが義務のように女をひき寄せた。青い狐は女奴隷を夢みながら、女を対等に扱った。すると青い狐の寂しい夢が伝わって来て、女は男の美しい躰のそこら中に爪痕をたて、髪をひきむしった。

他人の家で子供が直ぐ自分の家に帰りたがるように、彼女はかまきりの棲む家を恋しく思った。かまきりは雌に喰い殺される雄の恍惚《こうこつ》感に浸っている妙な男だったから、女から他の男の話を聞くのが大好きだった。女が男に好奇心を示すのにだけかまきりは好奇心があった。彼女は今ここで青い狐の気に入る言葉を探しながら、青い狐の気に入る姿態で、青い狐の気に入るまなざしで、立ったり坐ったりするのが、これ以上もうどうにも我慢のならないものに思われ、一刻も早くかまきりのそばで脚をかまきりの腹の上に投げだして、眠りたかった。彼女は足をそういうふうにいくらか上に持ちあげていないと眠れないのだった。

青い狐と朝まで一緒にはとてもいられないと思い、これが七年前青い狐と一緒に棲み始めることを尻ごみした理由だったのだ、とあらためて確認した。

いっそほんとうに狐ならば、首環《くびわ》をつけてベッドの脚につないでおくが、朝になると首環だけが床の上に鎖のついたまま、残っていることになるだろう。青い狐はつまりいつでも何かに化けているのだった。彼女が惹《ひ》かれるのは、肉の匂いを嗅ぎまわっている狐の正体のほうであり、美しく化けた若衆に興味はないのである。青いつややかな毛並と、ぴんと立った耳と、尖った顎と、濡れた鼻面と、それから、おどろくほど長い桃色の舌や、ふさふさとした尻《し》っ尾《ぽ》や、金色に光る眼が好きなのだった。だが、狐の正体はいつも森の中に逃げていく後姿にちらりと見えるだけだ。

自分の棲家《すみか》の森に帰りたいのは青い狐も同じであるように思われた。「帰ったほうがいいんだろ」青い狐はそう言って、「明日立つから、ぼくもできれば今晩自分の宿に戻ったほうがいい。荷物を纏《まと》めなくちゃならないから」と附《つ》け加えた。

「何か食いに行こう」と、青い狐は言って立ち上ったとき、スタンドの脇に置いてある鍵をみつめていた。二人とももう部屋に帰って来ないなら、その鍵は必要なかった。

そこで二人は鍵を部屋に残してドアを閉めた。外はむうっと熱風が吹きすさび、赤い太陽が、真っ直ぐに見すえられるなまぬるさで、灰色のスモッグの奥にかかっていた。林立する高い建物の谷間を、誠実さの哀しみを忘れた顔つきの人間たちが忙しげに往き来し、冷房装置で悪臭を消した店の中には不貞腐《ふてくさ》れた、むくんだ顔の人々がうつむいて、檻の中の動物のようにうろうろと歩いていた。

それから二人は途方もない話をした。島に共同でヴィラを買う話。一文もない癖に。両方とも。話をしながら二人ともこういう相手と一緒に棲むことはできないだろうと思っていた。共同のヴィラの話をしながら、それぞれに架空の奴隷を思い描いていた。

香辛料の利いた生肉の料理を食べる合い間に、彼女は前にかかっている鏡の中に映る自分を見た。それは老いた父親のもうほんの少ししか残っていないわずかな記憶を呼び戻すことにも手を貸してやらない、冷酷なかみきり虫であった。かみきり虫はくもの巣のヴェールをかぶり、とりすまして、狐の化けたかぶと虫と、翅《はね》をすり合わせて通じない話をしていた。

耳朶の色が悪かった。母のイヤリングを、姉が灰の中から拾いあげたのだっけ。

家に帰るとかまきりが言った。

「お父さんのことで、姉さんから電話があったよ。どうもヘンらしいねえ。島の警察に、昨日、保護されたんだそうだ。この間会ったときは普通だったの？」

「べつに」彼女は言った。

「病院に入れたいと言っていた」

「――――」

父は七人の子供を持っていた。そして七人の子供たちは誰も父を病院に入れることに反対しなかった。それは島の丘の上にある精神病院だった。春になるとまわりの菜の花畠《ばたけ》の黄色く霞《かす》むのを、その病院は広告に使っていた。とび交う紋白蝶だけをわざとぼかした菜の花畠の真中に、その白い病院は夢の城のように浮かんでいた。脚のない白い着物を着たお化け。

翌朝、目が醒めると父の若い頃の作品の、母の形見でもあるヘアーピンをホテルに忘れて来たことに気がついた。チェックアウトの時間前なので、彼女は大急ぎで車を拾ってホテルまで行った。「部屋の中に鍵を置き忘れた」と言うと、フロントの男は係りの者を呼びかけたが、ふと気がついて、「ああ、たしか、さきほど、お連れさまが、お部屋にお帰りになりました。その番号の鍵をお渡ししたばかりです」と言った。

彼女はエレベーターの方に行きかけたが、ああ、彼は自分の宿で、荷物をまとめている筈で、もともとここに泊っている筈じゃなかったのだからと、思い直して館内電話の方に行き、ダイヤルをまわした。

青い和毛《にこげ》の舞いあがる、まさしく狐の声だった。化けたかぶと虫ではなくて。

「もし、もし、わたし。ヘアーピンを忘れたのよ。洗面所の棚に。魚の形の銀の台に、眼のところに黒い珊瑚《さんご》をはめこんだものなのよ。母の形見だから。チェックアウトする前に、とっておいて下さい。どうか、書留で送ってね」

彼女は女の気配を聴きとろうとして、耳をすましたが、何も聞こえなかった。

青い狐はだまって電話を切った。
二、三日後、小さな書留便でヘアーピンは無事にとどいた。だが、木の葉の手紙も入ってはいなかった。

大庭《おおば》みな子《こ》（一九三〇～二〇〇七）
東京生まれ。海軍軍医の父の転任で呉・江田島・豊川・西条（現・東広島）で育つ。賀茂高等女学校（現・賀茂高）在学中、救援隊の一員として原爆投下後の広島に入る。岩国高等女学校（現・岩国高）、新潟高等女学校（現・新潟中央高）を経て津田塾大学卒業。夫の赴任先であるアラスカ州シトカに住み、六八年、現代アラスカを舞台とする「三匹の蟹《かに》」で第一一回群像新人賞・第五九回芥川賞を受賞。帰国後の七五年『がらくた博物館』で第一四回女流文学賞、八二年東洋哲学に接近した『寂兮寥兮《かたちもなく》』で第一三回谷崎賞、八六年『啼《な》く鳥の』で第三九回野間文芸賞、八九年「海にゆらぐ糸」で第一六回川端康成文学賞、九一年評伝『津田梅子』で第四二回読売文学賞（評論・伝記賞）、九六年「赤い満月」で第二三回川端康成文学賞、二〇〇三年『浦安うた日記』で第一三回紫式部文学賞。日本の古典やフェミニズム、現代史の問題に触発された作品で知られる。他に、原爆体験と戦後の日本を題材とする『浦島草』、カルチャーギャップと性差の問題を取り上げた『オレゴン夢十夜』、短篇物語と詩を組み合わせた『むかし女がいた』など。

解説

池澤夏樹

この巻の配列は『近現代作家集　Ⅰ』と同じく、作者の生年順ではなく、その作が扱っている時代順である。エッセーや同時代を描いた作の場合は発表の年に従った。それが一九三七年から一九六七年まで。

武田泰淳《たいじゅん》は一九三七年から二年に亘《わた》って中国の戦線に送られていた。『汝《なんじ》の母を！』はその時の見聞に基づくものだろうと思われる。つまりこれから井上ひさしの『父と暮せば』までが戦争の影響下に書かれたものと言うことができる。

戦争は国民の生活をさまざまに変えた。一兵卒、司令官、徴兵される若者、帰還兵、普通の市民、女たち、原爆で被曝《ひばく》した娘とその将来を案じる父……立場においてその影響は異なる。

あれはおかしな戦争ではなかったか。

十五年戦争という呼び名もあるが、そんなに長引いたのはまず大陸戦線がどこまで行っても決着がつかなかったからだ。そこが日清戦争（八か月）や日露戦争（一年七か月）とは違った。

アメリカ相手の戦いだけでも三年と八か月と七日に及んだ。一進一退だったわけではない。緒戦は華々しく勝ったけれど、その半年後のミッドウェー海戦で敗れてからはじりじりと押されるばかり。負けを認める勇気がなかったのか、軍人と政治家がみんな保身に走って嫌われる役から逃げたのか。そもそもトータルな兵站《へいたん》思想を欠く参謀たちに戦争遂行の能力があったのか。糧秣《りょうまつ》の不足を精神で補えと言われる哀れな兵士たち。

真珠湾の英雄山本五十六《いそろく》は「是非やれといわれれば、初めの半年や一年は、ずいぶん暴れてごらんにいれます。しかし二年、三年となっては、全く確信は持てません」と言ったと伝えられるが、正にその通りになった。ぼくがその項で敢《あ》えて書かなかった『いろおとこ』のモデルは山本五十六である。彼は開戦から一年四か月後に戦死した。

それからまだ二年四か月も戦争は続いた。本土の各都市が空襲で焼かれ、沖縄の地上戦でたくさんの民間人が殺され、広島と長崎に原爆が落とされて、ようやく終わった。日本人の死者は三百万、アジア全体ではそれより一桁多い数字が報告されている。

この巻が扱う時期はぼくの人生と重なっている。時代を論じようとすると、どうしても自分のことが混じる。

ぼくは終戦の一か月と一週間と一日前に生まれた。戦後の年数と自分の年齢が一致するのはなにかと便利だ。

郷里は北海道の帯広《おびひろ》。戦争末期に艦載機による機銃掃射などはあったが他の都市のような大規模な空襲は受けていない。田舎だから戦後も食糧事情は比較的よかったらしい。戦争そのものについて直接に覚えていることは何もない。

一九五一年に上京した時、到着直後の仮の宿に近いところにアメリカ軍の基地があって、射撃演習の音が聞こえた。その前の年に朝鮮戦争が始まっていた。第二京浜を戦車を乗せた大きなトレーラーが行くのを見たのを覚えている。

父親など身内に出征した者はいなかった（父の詩の仲間では中西哲吉という人が応召して帰ってこなかった。同じ仲間の加藤周一は晩年までそれを嘆いていた）。

父は結核でサナトリウムに入って長く過ごした。その途中で父母は離婚し、母は再婚した。うちが貧しかったことに戦争の影響はあっただろうか。質屋通いもしばしばだったが、僕には周囲の人々がみな貧しいように思えた。母は英語ができたのでPX（米兵専用の百貨店）で売り子をして家計を支えた。これは戦争の影響と言えるかもしれない。戦争と敗戦、そして占領の。

この時期の社会の空気感をぼくは、この巻の『ウニ三のこと』、『空襲のあと』、『五勺《ごしやく》の酒』、『青鬼の褌《ふんどし》を洗う女』、『ヴィヨンの妻』、『父と暮せば』などに読み取る。全集ぜんたいを見れば、第十八巻の大岡昇平と第十九巻の石川淳《じゆん》の作品に戦後の色が濃い。

戦争が終わって、大日本帝国の統治が終わって、憲法が新しくなり、民主主義の世になった。この解放感はずいぶん大きなものだっただろう。『青鬼の褌を洗う女』のヒロインの奔放な生きかたはやはり戦後でなければあり得ない。その一方で『五勺の酒』には戦争中の言動への苦い反省がある。いや、早い話が戦争が終わっていなければ武田泰淳が『汝の母を！』を書くことはできなかった。

戦後の混乱期。たくさんの才能が開花した。

この全集で言えば、大岡昇平も石川淳も堀辰雄《たつお》も吉田健一も福永武彦も中村真一郎も堀田善衞《ほったよしえ》も、戦争が終わったからこそ出てきた作家だった。詩人ならば吉岡実、石垣りん、北村太郎、田村隆一、谷川雁《がん》、茨木のり子……。

戦後と呼ばれた時代が続き、日本は新憲法のもとでアメリカの支配下に入って冷戦というこれまた奇妙な戦争の時期にさまざまな矛盾を抱えながら高度経済成長を成し遂げた。

ともかく食べるには困らなくなった。言論の自由は一応はある（反論する者は「チャタレー裁判」、「四畳半襖《よじょうはんふすま》の下張《したばり》裁判」、「風流夢譚《ふうりゅうむたん》事件」などを挙げるだろうが）。若い作家たちはどんどん登場する。文学にとっては幸福な時期だったのだろう。

ぼくはこの時代を生きてきた。魚が水を意識しないように、時代の空気はなかなかわからない。その時々の事件が突出した印象を残すばかり。日本の社会を外から見るためにぼくはもっぱら他の国・他の言語で書かれた文学を読み、できるだけ海外に出かけ、時には海外で数年暮らすこともしてみた。この国が閉鎖的に思えて息苦しかったのだ。

そういう姿勢で生きて、あまり同時代のこの国の文学には親しまなかった。この全集を編むために大急ぎでたくさんの作品を読んで、これはなかなかの成果ではないかと思った。才能ある作家たちがみな勝手ばらばらな方向へ走って、その先で花火を打ち上げた。この国の文学史でも豊饒《ほうじょう》の時期に属すると言っていい。遅ればせにそれを知った。

この巻に収める作品を選び終わってから気づいたのだが、なんと女性の作家が大庭みな子一人しかいない。全体のバランスなど考えずに作品単位で評価した結果がこれ。里見弴《とん》と坂口安《あん》吾《ご》と太宰治では視点が女性にあるとしても。

この問題については『近現代作家集　Ⅲ』の解説で論じることにする。

初収

・武田泰淳「汝の母を！」
『にっぽんの美男美女』一九五七年四月　筑摩書房
・長谷川四郎「駐屯軍演芸大会」
『模範兵隊小説集』一九六六年二月　筑摩書房
・里見弴「いろおとこ」
『自惚鏡』一九四八年九月　小山書店
・安岡章太郎「質屋の女房」
『質屋の女房』一九六三年四月　新潮社
・色川武大「空襲のあと」
『怪しい来客簿』一九七七年四月　話の特集
・坂口安吾「青鬼の褌を洗う女」
『青鬼の褌を洗ふ女』一九四七年一二月　山根書店
・結城昌治「終着駅（抄）」
『終着駅』一九八四年七月　中央公論社
・中野重治「五勺の酒」
『話四つ・つけたり一つ』一九四九年二月　新日本文学会
・太宰治「ヴィヨンの妻」
『ヴィヨンの妻』一九四七年八月　筑摩書房
・井上ひさし「父と暮せば」
『父と暮せば』一九九八年五月　新潮社
・井伏鱒二「白毛」
『井伏鱒二選集九　白毛』一九四九年九月　筑摩書房

・吉行淳之介「鳥獣虫魚」
『娼婦の部屋』一九五九年四月　文藝春秋新社
・小林秀雄「偶像崇拝」
『真贋』一九五一年一月　新潮社
・久保田万太郎「三の酉」
『三の酉』一九五六年一〇月　中央公論社
・安部公房「誘惑者」
『無関係な死』一九六四年一一月　新潮社
・室生犀星「鮠の子」
『はるあはれ』一九六二年二月　中央公論社
・川端康成「片腕」
『片腕』一九六五年一〇月　新潮社
・三島由紀夫「孔雀」
『三熊野詣』一九六五年七月　新潮社
・上野英信「地の底の笑い話（抄）」
『地の底の笑い話』一九六七年五月　岩波新書
・大庭みな子「青い狐」
『青い狐』一九七五年五月　講談社

◎底本・表記について

一．本書は左記を底本としました。

武田泰淳「汝の母を！」……「武田泰淳全集」第五巻（筑摩書房　一九七八年五月）
長谷川四郎「駐屯軍演芸大会」……「長谷川四郎全集」第九巻（晶文社　一九七七年五月）
里見弴「いろおとこ」……「里見弴全集」第九巻（筑摩書房　一九七八年一二月）
安岡章太郎「質屋の女房」……「質屋の女房」（新潮文庫　一九六六年七月）
色川武大「空襲のあと」……「色川武大阿佐田哲也全集」第一巻（福武書店　一九九一年一一月）
坂口安吾「青鬼の褌を洗う女」……「坂口安吾全集」第五巻（筑摩書房　一九九八年六月）
結城昌治「終着駅（抄）」……『終着駅』（中公文庫　一九八七年七月）
中野重治「五勺の酒」……「中野重治全集」第三巻（筑摩書房　一九九六年六月）
太宰治「ヴィヨンの妻」……『ヴィヨンの妻』（新潮文庫　一九五〇年一二月）
井上ひさし「父と暮せば」……『父と暮せば』（新潮文庫　二〇〇一年二月）
井伏鱒二「白毛」……「井伏鱒二全集」第一二巻（筑摩書房　一九九八年一一月）
吉行淳之介「鳥獣虫魚」……「吉行淳之介全集」第二巻（新潮社　一九九七年一一月）
小林秀雄「偶像崇拝」……『モオツァルト・無常という事』（新潮文庫　一九六一年五月）
久保田万太郎「三の酉」……「久保田万太郎全集」第四巻（中央公論社　一九六七年四月）
安部公房「誘惑者」……「安部公房全集」第七巻（新潮社　一九九八年二月）
室生犀星「鮠の子」……「室生犀星全集」第一二巻（新潮社　一九六六年八月）
川端康成「片腕」……『眠れる美女』（新潮文庫　一九六七年一一月）
三島由紀夫「孔雀」……『殉教』（新潮文庫　一九八二年四月）
上野英信「地の底の笑い話（抄）」……『地の底の笑い話』（岩波新書　一九六七年五月）
大庭みな子「青い狐」……「大庭みな子全集」第五巻（日本経済新聞出版社　二〇〇九年九月）

一、本書は、各作品の底本を尊重しつつ、他の全集、単行本、文庫を参照し、次のような編集方針をとりました。

1 歴史的仮名遣いで書かれた口語文の作品は現代仮名遣いに改め、旧字で書かれたものは新字に改めました。ただし、文中に引用された詩歌などは歴史的仮名遣いのままとしました。

2 誤字・脱字と認められるものは正しましたが、いちがいに誤用と認められない場合はそのままとしました。

3 読みやすさを優先し、読みにくい漢字に適宜振り仮名をつけました。

4 送り仮名は、原則として底本通りとしました。

5 極端な当て字及び代名詞・副詞・接続詞等のうち、仮名に改めても原文をそこなうおそれがないと思われるものは仮名としました。

一、本文中、今日からみれば不適切と思われる表現がありますが、書かれた時代背景と作品価値とを鑑み、そのままとしました。

池澤夏樹（いけざわ・なつき）
一九四五年北海道生まれ。作家・詩人。八八年『スティル・ライフ』で芥川賞、九三年『マシアス・ギリの失脚』で谷崎潤一郎賞、二〇一〇年「池澤夏樹＝個人編集　世界文学全集」で毎日出版文化賞、一一年朝日賞、ほか受賞多数。一四年から「池澤夏樹＝個人編集　日本文学全集」を手がけ、『古事記』新訳を担当。

池澤夏樹＝個人編集

日本文学全集 27

近《きん》現《げん》代《だい》作《さっ》家《か》集《しゅう》 II

編者＝池澤夏樹

二〇一七年五月二〇日　初版印刷
二〇一七年五月三〇日　初版発行

帯装画＝シシヤマザキ
装　幀＝佐々木暁
発行者＝小野寺優
発行所＝株式会社河出書房新社
東京都渋谷区千駄ヶ谷二ノ三二ノ二
電話＝〇三・三四〇四・一二〇一（営業）
〇三・三四〇四・八六一一（編集）
http://www.kawade.co.jp/
印刷所＝株式会社亨有堂印刷所
製本所＝加藤製本株式会社

ISBN978-4-309-72897-1
Printed in Japan

池澤夏樹＝個人編集　日本文学全集　全30巻（★は既刊）

★01	古事記	池澤夏樹訳
★02	口訳万葉集	折口信夫
	百人一首	小池昌代訳
	新々百人一首	丸谷才一
★03	竹取物語	森見登美彦訳
	伊勢物語	川上弘美訳
	堤中納言物語	中島京子訳
	土左日記	堀江敏幸訳
	更級日記	江國香織訳
04	源氏物語 上	角田光代訳
05	源氏物語 中	角田光代訳
06	源氏物語 下	角田光代訳
★07	枕草子	酒井順子訳
	方丈記	高橋源一郎訳
	徒然草	内田樹訳
★08	日本霊異記	伊藤比呂美訳
	今昔物語	福永武彦訳
	宇治拾遺物語	町田康訳
	発心集	伊藤比呂美訳
★09	平家物語	古川日出男訳
★10	能・狂言	岡田利規訳
	説経節	伊藤比呂美訳
	曾根崎心中	いとうせいこう訳
	女殺油地獄	桜庭一樹訳
	菅原伝授手習鑑	三浦しをん訳
	義経千本桜	いしいしんじ訳
	仮名手本忠臣蔵	松井今朝子訳
★11	好色一代男	島田雅彦訳
	雨月物語	円城塔訳
	通言総籬	いとうせいこう訳
	春色梅児誉美	島本理生訳
★12	松尾芭蕉 おくのほそ道	松浦寿輝選・訳
	与謝蕪村	辻原登選
	小林一茶	長谷川櫂選
	とくとく歌仙	丸谷才一他
★13	樋口一葉 たけくらべ	川上未映子訳
	夏目漱石	
	森鷗外	
★14	南方熊楠	
	柳田國男	
	折口信夫	
	宮本常一	
★15	谷崎潤一郎	
★16	宮沢賢治	
	中島敦	
★17	堀辰雄	
	福永武彦	
	中村真一郎	
★18	大岡昇平	
★19	石川淳	
	辻邦生	
	丸谷才一	
★20	吉田健一	
★21	日野啓三	
	開高健	
★22	大江健三郎	
★23	中上健次	
★24	石牟礼道子	
★25	須賀敦子	
★26	近現代作家集 I	
★27	近現代作家集 II	
28	近現代作家集 III	
★29	近現代詩歌	
	詩	池澤夏樹選
	短歌	穂村弘選
	俳句	小澤實選
★30	日本語のために	